Mas tem que ser *mesmo* para sempre?

OBRAS DA AUTORA PUBLICADAS PELA EDITORA RECORD

Como Sophie Kinsella

Fiquei com o seu número
Lembra de mim?
A lua de mel
Mas tem que ser mesmo para sempre?
Menina de vinte
Minha vida (não tão) perfeita
Samantha Sweet, executiva do lar
O segredo de Emma Corrigan

Da série Becky Bloom:

Becky Bloom – Delírios de consumo na 5ª Avenida
O chá de bebê de Becky Bloom
Os delírios de consumo de Becky Bloom
A irmã de Becky Bloom
As listas de casamento de Becky Bloom
Mini Becky Bloom
Becky Bloom em Hollywood
Becky Bloom ao resgate

Como Madeleine Wickham

Drinques para três
Louca para casar
Quem vai dormir com quem?

sophie kinsella

Mas tem que ser *mesmo* para sempre?

Tradução de
Raquel Zampil

3ª edição

EDITORA RECORD
RIO DE JANEIRO • SÃO PAULO
2019

CIP-BRASIL. CATALOGAÇÃO NA PUBLICAÇÃO
SINDICATO NACIONAL DOS EDITORES DE LIVROS, RJ

K64m
3ª ed.

Kinsella, Sophie, 1969-
  Mas tem que ser mesmo para sempre? / Sophie Kinsella; tradução de
Raquel Zampil. – 3ª ed. – Rio de Janeiro: Record, 2019.
  378 p.; 23 cm.

  Tradução de: Surprise Me
  ISBN 978-85-01-11353-5

  1. Romance inglês. I. Zampil, Raquel. II. Título.

18-49419

CDD: 813
CDU: 82.31(410.1)

Meri Gleice Rodrigues de Souza – Bibliotecária CRB-7/6439

TÍTULO ORIGINAL:
SURPRISE ME

Copyright © 2018 Madhen Media Ltd

Publicado originalmente na Grã Bretanha em 2018 por Bantam Press, um selo da Transworld Publishers.

Texto revisado segundo o novo Acordo Ortográfico da Língua Portuguesa.

Todos os direitos reservados. Proibida a reprodução, no todo ou em parte, através de quaisquer meios. Os direitos morais da autora foram assegurados.

Este livro é uma obra de ficção e, exceto no caso de fatos históricos, quaisquer semelhanças com pessoas vivas ou mortas é mera coincidência.

Direitos exclusivos de publicação em língua portuguesa somente para o Brasil adquiridos pela
EDITORA RECORD LTDA.
Rua Argentina, 171 – Rio de Janeiro, RJ – 20921-380 – Tel.: (21) 2585-2000, que se reserva a propriedade literária desta tradução.

Impresso no Brasil

ISBN 978-85-01-11353-5

Seja um leitor preferencial Record.
Cadastre-se no site www.record.com.br e receba informações sobre nossos lançamentos e nossas promoções.

Atendimento e venda direta ao leitor:
sac@record.com.br ou (21) 2585-2002.

EDITORA AFILIADA

Para Henry

"As pessoas de 20 anos hoje têm três vezes mais probabilidade de chegar aos 100 anos do que seus avós, e duas vezes mais que seus pais."

Relatório do Instituto de Geografia e
Estatística do Reino Unido, 2011

"A dramática velocidade com que a expectativa de vida está mudando significa que precisamos repensar radicalmente as percepções sobre nosso futuro numa idade avançada..."

Sir Steven Webb, Ministro da Previdência
Social do Reino Unido, 2010–15

PRÓLOGO

Tenho um vocabulariozinho secreto para me referir ao meu marido. Palavras que inventei, só para descrevê-lo. Nunca compartilhei isso com ele: elas simplesmente surgem na minha cabeça, aqui e ali. Como...

Friccioso: a maneira fofa como ele franze o rosto todo quando está confuso, as sobrancelhas arqueadas, o olhar suplicante, como se dissesse: "Explique!" Dan não gosta de ficar confuso. Ele gosta de tudo bem explicadinho. Nos mínimos detalhes.

Tensório: aquela atitude tensa e na defensiva que ele adota sempre que o assunto "meu pai" entra na conversa. (Ele acha que não percebo.)

Solavancado: quando a vida sofre uma reviravolta e dá um soco na cara dele com tanta força que, por um instante, Dan fica literalmente sem ar.

Na verdade, essa última palavra é de uso mais geral. Pode ser usada com qualquer um. Pode se aplicar a mim. Neste momento, aliás, ela se aplica *mesmo* a mim. Porque, adivinha? Eu estou solavancada. Meus pulmões congelaram. Minhas bochechas estão dormentes. Eu me sinto como uma atriz de novela, e eis o porquê: 1. estou vagando pelo escritório do Dan, quando 2. ele está fora de casa, no trabalho, sem saber o que estou fazendo, e 3. abri uma gaveta secreta na mesa dele, que estava trancada, e 4. não consigo acreditar no que encontrei, no que tenho nas mãos, no que estou vendo.

Meus ombros sobem e descem enquanto encaro aquilo. Meu cérebro, em pânico, grita mensagens para mim, como: *O quê?* E: *Será que isso significa...?* E: *Por favor. Não. É um engano. Tem de ser um engano.*

E, talvez o pior de tudo: *Será que Tilda estava certa, desde o início? Fui eu que provoquei essa situação?*

Posso sentir as lágrimas aflorando, misturadas a uma crescente incredulidade. E a um crescente pavor. Ainda não sei qual dos dois está prevalecendo. Na verdade, sei sim. A incredulidade está ganhando e unindo forças com a raiva. "Isso é sério?", tenho vontade de gritar. "*É sério isso mesmo*, Dan?"

Mas não grito. Só tiro algumas fotos com meu celular, porque... porque sim. Pode vir a ser útil. Então ponho o que encontrei de volta no lugar, fecho a gaveta, tranco com cuidado, verifico se tranquei direito (eu sempre verifico duas vezes se as portas estão trancadas, se a máquina de lavar está desligada, esse tipo de coisa; quer dizer, nada de mais, eu não sou *maluca*, só um pouco... você sabe) e me retiro, como da cena de um crime.

Eu achava que sabia tudo sobre o meu marido e que ele sabia tudo sobre mim. Eu já o vi chorando com *Up — Altas aventuras*. Já o ouvi gritando: "*Vou* derrotar você!" enquanto dormia. Ele já me viu lavar calcinhas durante viagens de férias (porque o preço da lavanderia nos hotéis é absurdo) e até as pendurou no toalheiro para mim.

Sempre fomos um "casal com C maiúsculo". Unido. Conectado. Líamos os pensamentos um do outro. Terminávamos as frases um do outro. Achei que não poderíamos mais surpreender um ao outro.

Bem, isso mostra que eu não sabia de nada.

UM

CINCO SEMANAS ANTES

Tudo começa no dia em que completamos dez anos juntos. Quem poderia imaginar?

Na verdade, há duas questões aqui: 1. Quem poderia imaginar que tudo teria início num dia tão auspicioso? E, 2. Quem poderia imaginar que ficaríamos juntos dez anos, para começo de conversa?

Com dez anos, não quero dizer dez anos de casados. Estou me referindo a dez anos desde que nos conhecemos. Era a festa de aniversário da minha amiga Alison. Esse foi o dia em que nossas vidas mudaram para sempre. Dan era o cara responsável pela churrasqueira, eu pedi um hambúrguer para ele e... *bam*.

Bem, não *bam* de amor à primeira vista. *Bam* de eu pensar: Humm. Olha esses olhos. Olha esses braços. Ele é bonito. Dan estava com uma camisa de malha azul que realçava seus olhos. Tinha um avental de chef na cintura e virava os hambúrgueres com muita habilidade. Como se soubesse o que estava fazendo. Como se fosse o rei do hambúrguer.

O engraçado é que eu nunca pensei que "habilidade em virar hambúrgueres" estaria na lista dos atributos que eu procurava num homem. Mas não é que estava?

Observá-lo naquela churrasqueira, sorrindo alegremente o tempo todo... me impressionou.

Então fui perguntar a Alison quem era o sujeito ("um amigo da época da faculdade, trabalha com imóveis, um cara muito legal") e voltei para conversar com ele, flertando. E, como isso não produziu nenhum resultado, pedi a Alison que nos convidasse para um jantar. E, quando isso também não funcionou, "esbarrei por acaso" com ele no centro de Londres, duas vezes, inclusive numa delas com uma blusa bem decotada (toda trabalhada na piranhagem, mas é que eu estava ficando meio desesperada). E então, finalmente, *finalmente*, ele me notou e me convidou para sair e aí foi amor, tipo, à quinta vista, mais ou menos.

Em sua defesa (é o que Dan diz agora), ele tinha acabado de sair de outro relacionamento, ainda estava se recuperando, e não estava "na pista".

Detalhe: nós editamos de leve essa história quando a contamos a outras pessoas. Tipo, a blusa bem decotada. Ninguém precisa saber disso.

Enfim. Voltemos ao que interessa: nossos olhos se encontraram acima da churrasqueira e foi assim que tudo começou. Um daqueles momentos escritos nas estrelas, que mudam a vida para sempre. Um momento a ser venerado. Um momento a ser celebrado, uma década mais tarde, com um almoço no Bar.

Nós gostamos do Bar. A comida é ótima e adoramos o ambiente. Dan e eu temos gostos parecidos em muitas coisas, na verdade — filmes, shows de comédia stand-up, caminhadas —, embora também tenhamos diferenças saudáveis. Você jamais vai me ver subindo numa bicicleta para me exercitar, por exemplo. E nunca vai ver Dan fazendo compras de Natal. Ele não se interessa nem um pouco por presentes, e o aniversário dele acaba sendo uma verdadeira batalha. (Eu: "Você deve querer alguma coisa. *Pense.*" Dan (acuado): "Me dá... hã... Acho que estamos sem *pesto*. Me dá um vidro de *pesto*." Eu: "Um vidro de *pesto*? De *aniversário*?")

Uma mulher de vestido preto nos acompanha até a mesa e nos entrega dois grandes cardápios cinza.

— É um menu novo — ela nos diz. — Sua garçonete já vem.

Um menu novo! Quando ela se afasta, olho para Dan e vejo o brilho inequívoco em seus olhos.

— Ah, sério? — digo, provocando. — Tem certeza?

Ele faz que sim com a cabeça.

— Vai ser moleza.

— Convencido — replico.

— Desafio aceito. Você tem papel?

— É claro.

Eu sempre tenho papel e canetas na bolsa, porque jogamos este jogo o tempo todo. Entrego a ele uma esferográfica e uma página arrancada do meu caderno, e pego o mesmo para mim.

— Ok — digo. — Valendo.

Ficamos os dois em silêncio, devorando o cardápio com os olhos. Tem carpa e linguado, o que complica um pouco as coisas... mas, mesmo assim, eu *sei* o que Dan vai pedir. Ele vai tentar um blefe duplo, mas ainda assim vou acertar na mosca. Eu sei exatamente como a mente tortuosa dele funciona.

— Pronto. — Dan rabisca algumas palavras no papel e o dobra.

— Pronto! — Escrevo minha resposta e dobro meu papel também, na hora exata em que a garçonete chega à mesa.

— Gostariam de pedir algo para beber?

— Claro, e para comer também. — Sorrio para ela. — Eu quero um Negroni, e depois as vieiras e o frango.

— Um gim-tônica para mim — diz Dan, quando ela termina de anotar o meu pedido. — Depois as vieiras, também, e a carpa.

A garçonete se afasta e esperamos até que ela fique fora de alcance auditivo. Então:

— Mandei bem! — Empurro meu papel para Dan. — Só não acertei o gim-tônica. Pensei que você fosse beber champanhe.

— Eu acertei tudo. Cesta de três pontos. — Dan me entrega seu papel, e eu vejo *Negroni, vieiras, frango* escritos com sua letra bonita.

— Droga! — exclamo. — Pensei que você fosse apostar no lagostim.

— Com polenta? Até parece. — Ele sorri e enche meu copo com água.

— Eu sei que você quase foi no linguado. — Não consigo deixar de tirar onda, comprovando como o conheço bem. — Ficou entre ele e a carpa, mas você queria o funcho com açafrão que acompanha a carpa.

O sorriso de Dan se abriu. Na mosca.

— Por falar nisso — acrescento, desdobrando o guardanapo —, falei com a...

— Ah, que bom! O que ela...

— Tudo certo.

— Perfeito. — Dan bebe um gole d'água, e eu risco mentalmente aquele tópico da lista.

Muitos dos nossos diálogos são assim. Frases sobrepostas, pensamentos incompletos e abreviações. Eu não precisei elucidar "Falei com Karen, nossa babá, sobre o fim de semana". Ele sabia. Não é que sejamos médiuns, na verdade, mas costumamos antecipar exatamente o que o outro vai dizer.

— Ah, e precisamos falar sobre o aniversário da... — diz ele, bebericando a água.

— Eu sei. Pensei que poderíamos ir direto da...

— Isso. Boa ideia.

De novo: não precisamos esclarecer que temos que falar sobre a festa de aniversário da mãe dele e que podemos ir direto da aula de balé das meninas. Ambos sabemos. Eu passo para Dan a cesta de pães, tendo certeza de que ele vai pegar o italiano, não por preferir esta variedade, mas por saber que eu adoro *focaccia*. Dan é esse tipo de homem. O que deixa para você o seu pão favorito.

Nossas bebidas chegam e fazemos tim-tim. Não estamos preocupados com a duração do almoço porque temos a tarde livre. Estamos renovando nosso seguro-saúde, por isso ambos precisamos de exame médico, que marcamos para esta tarde.

— Então, dez anos. — Arqueio as sobrancelhas. — *Dez anos.*

— Inacreditável.

— Nós conseguimos!

Dez anos. É um feito e tanto. Parece uma montanha que conseguimos escalar até o topo. Quer dizer, é uma *década* inteira. Três mudanças de casa, um casamento, um par de gêmeas, uns vinte módulos de estante da Ikea... é praticamente uma vida inteira.

E temos muita sorte de estar aqui, ainda juntos. Eu sei disso. Alguns outros casais que conhecemos e que iniciaram o relacionamento mais ou menos na mesma época que nós não tiveram tanta sorte. Minha amiga Nadia se separou depois de três anos de casada. Simplesmente não funcionou.

Olho amorosamente para o rosto de Dan — esse rosto que conheço tão bem, com as maçãs pronunciadas, as sardas salpicadas e o ar radiante e saudável que vem da prática do ciclismo. Os cabelos louros, encaracolados. Sua energia e vitalidade visíveis até aqui à mesa de almoço.

Ele está dando uma olhada no celular agora, e eu olho o meu também. Não temos uma regra que proíba o uso do telefone durante nossas saídas para comer por um simples fato: consegue passar uma refeição inteira sem olhar o celular?

— Ah, comprei uma coisinha pra você — diz ele de repente. — Sei que não é nosso aniversário de casamento, mas não importa...

Ele me dá um pacote retangular e eu já sei que é aquele livro sobre organização da casa que eu estava querendo ler.

— Uau! — exclamo ao desembrulhá-lo. — Obrigada! Também comprei uma coisinha pra você...

Ele já está sorrindo, adivinhando o que é só de sentir o peso do pacote. Dan coleciona pesos de papel, portanto, em seu aniversário ou em ocasiões especiais, compro um novo para ele. (Assim como um vidro de *pesto*, obviamente.) É uma escolha segura. Não, não *segura*, isso é coisa de gente sem imaginação e nós decididamente não somos pessoas sem imaginação. É só... Bem. Eu sei que ele vai gostar, então por que correr o risco de jogar dinheiro fora com um tiro no escuro?

— Gostou?

— Adorei. — Ele se inclina para me dar um beijo e sussurra: — Eu te amo.

— Eu amo tudo isso, Dan — digo num sussurro também.

Às 15:45 estamos sentados no consultório médico, achando tudo maravilhoso, como só acontece quando você tem a tarde de folga, suas filhas foram brincar na casa de uma amiguinha depois da escola e você está de barriga cheia após comer uma refeição deliciosa.

Não conhecíamos o Dr. Bamford — o plano de saúde o escolheu — e ele é uma figura. Para começar, leva nós dois para sua sala, o que parece pouco convencional. Ele mede nossa pressão, faz uma série de perguntas e olha os resultados dos testes de condicionamento físico que fizemos antes. Então, enquanto escreve em nossos formulários, lê em voz alta com uma entonação meio teatral.

— Sra. Winter, uma dama charmosa de trinta e dois anos, não fuma e tem hábitos alimentares saudáveis...

Dan me lança um olhar irônico no "hábitos alimentares saudáveis" e eu finjo não notar. Hoje estávamos comemorando nosso tempo juntos — é diferente. E eu *precisava* comer aquela musse de chocolate dupla. Olho meu reflexo na porta de vidro de um armário e imediatamente me aprumo na cadeira, encolhendo a barriga.

Sou loura, os cabelos ondulados e compridos. E quero dizer compridos mesmo. Na linha da cintura. Estilo Rapunzel. São compridos desde que eu era pequena, e não consigo nem pensar em cortá-los. É uma espécie de traço que me define, meus longos cabelos louros. É o meu *orgulho*. E meu pai os adorava. Então.

Nossas gêmeas também são louras, e eu tiro proveito disso vestindo-as com blusas listradas e jardineiras fofas. Pelo menos fiz isso até esse ano, quando ambas decidiram que gostam mais de futebol do que de qualquer outra coisa, e não querem mais tirar suas camisas de poliéster azul "cheguei" do Chelsea. Não culpo Dan. Não muito.

— Sr. Winter, um homem robusto de trinta e dois anos... — começa o Dr. Bamford na ficha médica de Dan e eu me controlo para não cair na gargalhada. "Robusto." Dan vai amar isso.

Bem, ele malha; nós dois malhamos. Mas não dá para chamá-lo de enorme. Ele tem... a medida certa. Para Dan. A medida certa.

— ...e pronto. Muito bem! — O Dr. Bamford conclui suas anotações e ergue os olhos com um sorriso dentuço.

Ele usa peruca, o que percebi assim que entramos, mas tomei o cuidado de não ficar olhando. Em meu emprego, arrecado fundos para a Willoughby House, um minúsculo museu no centro de Londres. Com frequência, lido com patrocinadores velhos e ricos, e deparo com muitas perucas: algumas razoáveis, algumas horrendas.

Não, retiro o que disse. São todas horrendas.

— Que casal saudável e encantador. — O Dr. Bamford fala num tom de aprovação, como se estivesse nos entregando um boletim escolar exemplar. — Há quanto tempo estão casados?

— Sete anos — respondo. — E namoramos três anos antes disso. Na verdade, faz exatamente dez anos que nos conhecemos! — Aperto a mão de Dan numa súbita onda de afeto. — Dez anos hoje!

— Dez anos juntos — afirma Dan.

— Parabéns! E é uma árvore genealógica admirável a de vocês dois. — O Dr. Bamford está examinando nossa papelada. — Avós ainda vivos, ou que morreram numa idade bem avançada.

— Isso mesmo. — Dan confirma com a cabeça. — Os meus ainda estão todos vivos e com saúde e Sylvie ainda tem um par bem forte, no sul da França.

— Eles são conservados em Pernod — digo, sorrindo para Dan.

— Mas dos pais só restam três?

— Meu pai morreu num acidente de carro — explico.

— Ah. — Os olhos do Dr. Bamford se turvam de compaixão. — Mas, tirando isso, ele era saudável?

— Ah, sim. Muito. Extremamente. Ele era supersaudável. Era incrível. Era...

Não consigo evitar: já estou pegando o celular. Meu pai era tão bonito. O Dr. Bamford precisa ver, saber. Quando encontro pessoas que não conheceram meu pai, sinto uma estranha espécie de quase *fúria*, por elas nunca o terem visto, nunca terem sentido aquele aperto de mão firme, contagiante, por elas não compreenderem o que se perdeu.

Ele se parecia com Robert Redford, as pessoas costumavam dizer. Tinha brilho. Carisma. Era um homem de ouro, mesmo com o avançar da idade, e agora foi tirado de nós. E embora já faça dois anos, alguns dias, ao acordar, por alguns segundos eu esqueço, até que sinto novamente aquele soco no estômago.

O Dr. Bamford examina a fotografia do meu pai em que estou com ele. É da minha infância — encontrei a foto revelada depois que ele morreu, a escaneei e salvei em meu celular. Minha mãe é quem a deve ter tirado. Papai e eu estamos sentados no terraço da velha casa da família, sob a magnólia. Estamos rindo de alguma piada que não lembro e o rajado sol de verão reluz em nossas cabeças louras.

Observo atentamente a reação do Dr. Bamford, esperando que ele exclame: "Que perda terrível para o mundo. Como você aguenta?"

Mas é claro que isso não acontece. Quanto mais tempo de luto você tem, já notei, mais silenciosa a reação que obtém de estranhos. O Dr. Bamford se limita a um aceno com a cabeça. Então me devolve o telefone e diz:

— Muito bem. Vocês claramente puxaram a seus parentes saudáveis. Afora acidentes, prevejo vida longa para ambos.

— Excelente! — exclama Dan. — É o que queríamos ouvir!

— Ah, estamos todos vivendo muito mais tempo hoje. — O Dr. Bamford abre um sorriso caloroso para nós. — Essa é a minha área de estudo, sabem? Longevidade. A expectativa de vida sobe a cada ano. Mas o mundo ainda não começou a entender de verdade esse fato. O governo... a indústria... as empresas de previdência... nenhum deles se atualizou como deveria. — Ele dá uma risada bondosa. — Quanto tempo, por exemplo, vocês dois esperam viver?

— Ah. — Dan hesita. — Bem... não sei. Oitenta? Oitenta e cinco?

— Eu diria noventa — proponho, com ousadia.

Minha avó morreu com noventa anos, então definitivamente vou viver tanto quanto ela, certo?

— Ah, vocês vão passar dos cem — diz o Dr. Bamford, parecendo convicto. — Cento e dois, talvez. Você... — ele olha para Dan — ...talvez um pouco menos. Uns cem.

— A expectativa de vida não subiu *tanto assim* — afirma Dan, cético.

— A expectativa de vida média, não — concorda o Dr. Bamford. — Mas vocês dois estão muito acima da média em termos de saúde. Vocês se cuidam, têm bons genes... Eu acredito piamente que ambos vão chegar aos cem. Pelo menos.

Ele sorri com benevolência, como se fosse Papai Noel nos dando um presente.

— Uau!

Tento me imaginar com 102 anos. Nunca pensei que viveria tanto tempo. Aliás, nunca pensei em expectativa de vida, ponto. Só vou vivendo, indo no vai da valsa.

— Isso é fantástico! — O rosto de Dan se ilumina. — Cem anos!

— Eu vou ter cento e *dois* — observo, com uma risada. — Você não me pega com minha vida superlonga!

— Há quanto tempo vocês disseram que estão casados? — pergunta o Dr. Bamford. — Sete anos?

— Isso mesmo. — Sorrio para ele. — Juntos há dez.

— Bem, pensem só em como é boa essa notícia. — O Dr. Bamford vibra, deliciado. — Vocês devem ter ainda mais sessenta e oito maravilhosos anos de vida conjugal!

O q...

O quê?

Meu sorriso meio que congela. O ar parece ter ficado turvo. Não tenho certeza se consigo respirar direito.

Sessenta e oito?

Ele acabou de dizer...

Mais 68 anos de vida conjugal? Com Dan?

Quer dizer, eu amo Dan e tudo, mas...

Mais 68 anos?

— Espero que vocês tenham muitas palavras cruzadas para ajudar a passar o tempo! — O médico ri alegremente. — Talvez vocês queiram guardar um pouco das conversas para depois. Embora sempre haja a TV! — Claramente ele acha que isso é hilário. — E tem sempre os boxes de filmes, seriados e livros também!

Sorrio debilmente para ele e olho para Dan para ver se ele está achando graça da piada. Mas ele parece em transe. Deixou cair a garrafa vazia de água mineral sem nem perceber. Seu rosto está pálido.

— Dan. — Cutuco seu pé. — Dan!

— Certo! — Ele volta a si e me dirige um sorriso que é um ricto.

— Não é uma ótima notícia? — Consigo dizer. — Mais sessenta e oito anos juntos! Isso é simplesmente... quer dizer... Que sorte a nossa!

— Totalmente — concorda Dan com uma voz desesperada, estrangulada. — Sessenta e oito anos. Sorte... a nossa.

DOIS

É uma boa notícia, obviamente. Uma ótima notícia. Somos supersaudáveis, vamos ter vida longa... devíamos estar celebrando!

Mas... 68 anos *a mais* de casados? Sério? Quer dizer...

Sério mesmo?

No carro, na volta para casa, ficamos os dois calados. Lanço vários olhares para Dan quando ele não está olhando, e posso sentir que ele faz o mesmo comigo.

— Então, foi bom saber disso, não foi? — começo, enfim. — Sobre viver até os cem, e ficar casados por... — Não consigo dizer o número em voz alta, simplesmente não consigo. — Por mais um tempo — concluo com a voz baixa.

— Ah — replica Dan, sem mexer a cabeça. — É. Excelente.

— Era isso... que você imaginava? — arrisco. — A parte do casamento, digo? A... hã... a duração?

Faz-se uma longa pausa. Dan está de testa franzida, calado, daquela maneira que ele costuma ficar quando seu cérebro está lidando com um problema enorme e complexo.

— Bem, é bastante tempo — diz ele, por fim. — Você não acha?

— É muito tempo. — Faço que sim com a cabeça. — Muito mesmo. Faz-se um pouco mais de silêncio enquanto Dan passa por um cruzamento e eu lhe ofereço um chiclete, porque sou sempre eu a provedora de chiclete no carro.

— Mas muito para *bom*, né? — Eu me ouço dizer.

— Claro — responde Dan, quase rápido demais. — Lógico!

— Ótimo!

— Ótimo. Isso aí.

— Isso aí.

Mergulhamos de novo no silêncio. Normalmente eu saberia o que Dan estaria pensando, mas hoje não tenho tanta certeza. Olho para ele umas 25 vezes, enviando-lhe mensagens tácitas, telepáticas: *Me diga alguma coisa.* E: *Puxe um assunto.* E: *Por acaso você morreria se olhasse para cá pelo menos uma vez?*

Mas nada chega a ele. Dan parece totalmente mergulhado nos próprios pensamentos. Então por fim recorro a algo que nunca faço, que é perguntar:

— Em que você está pensando?

Eu me arrependo quase imediatamente. Nunca fui esse tipo de mulher que fica perguntando: "Em que você está pensando?" Agora eu me sinto carente e "p" da vida comigo mesma. Por que Dan *não pode* pensar em silêncio por um tempo? Por que eu o estou importunando? Por que não posso lhe dar espaço?

Por outro lado: em que diabos ele *está* pensando?

— Ah — Dan parece distraído. — Em nada. Estava pensando em empréstimos. Em financiamentos imobiliários.

Financiamentos imobiliários!

Eu quase tenho vontade de rir alto. Ok, eis um exemplo da diferença entre homens e mulheres. O que é algo que eu não gosto de dizer, porque não sou *nada* sexista — mas, francamente. Aqui estou eu, pensando em nossa vida conjugal, e ali está ele, pensando em financiamentos imobiliários.

— Tem alguma coisa errada com o financiamento da nossa casa ou algo assim?

— Não — diz ele, parecendo distraído, olhando para o GPS. — Meu Deus, essa rota não está levando a *lugar nenhum.*

— Então por que você estava pensando em financiamentos imobiliários?

— Ah, é... — Dan franze a testa, preocupado com a tela do GPS. — Eu só estava pensando em como antes de você fazer um... — Ele gira o volante, pegando um retorno, ignorando as buzinas furiosas à sua volta. — ...você sabe exatamente qual é o período de duração dele. Quer dizer, sim, são vinte e cinco anos, mas depois termina. Acabou. Você está livre.

Alguma coisa aperta meu estômago e, antes que eu consiga organizar as ideias, deixo escapar:

— Você me vê como um *financiamento imobiliário?*

Eu já não sou o amor da vida dele. Sou um oneroso acordo financeiro.

— *Como é que é?* — Dan se vira para mim, atônito. — Sylvie, não estamos falando de *você.* Isso não tem a ver com *você.*

Ai, meu Deus. De novo, eu não estou mesmo sendo sexista, mas... *homens.*

— É isso que você acha? Você não *ouve* o que está dizendo? — Imito a voz de Dan, para demonstrar: — "Vamos ficar casados por um tempo enorme. Merda. Ei, o financiamento imobiliário é muito bom porque, depois de vinte e cinco anos, acabou. Você está livre." — Retomo minha voz normal: — Você está dizendo que esse foi um encadeamento mental aleatório? Está dizendo que os dois pensamentos não estão ligados?

— *Não* foi isso... — Dan se interrompe quando se dá conta de algo.

— Não foi *isso* que eu quis dizer — ele afirma com renovado vigor.

— Na verdade, eu já havia esquecido completamente a conversa com o médico — ele acrescenta.

Lanço um olhar cético para ele.

— Você tinha esquecido?

— Sim. Tinha esquecido.

Ele soa tão pouco convincente, que quase sinto pena dele.

— Você tinha esquecido dos sessenta e sete anos que ainda temos juntos? — Não consigo evitar preparar uma pequena armadilha.

— Sessenta e oito — ele corrige imediatamente, e então um revelador rubor surge em seu rosto. — Ou o que seja. Como disse, eu não lembro mesmo.

Que mentiroso. Aquilo ficou gravado em seu cérebro. Exatamente como no meu.

Chegamos de volta a Wandsworth, achamos uma vaga não muito longe de casa e estacionamos. Moramos em uma pequena casa geminada de três quartos, com um caminho que leva à porta de entrada e um jardim nos fundos que costumava ter ervas e flores, mas que agora está ocupado principalmente pelas duas enormes casas de brinquedo que minha mãe comprou de presente no aniversário de quatro anos das meninas.

Só minha mãe para comprar duas casas de brinquedo imensas e idênticas. E mandar entregar de surpresa no meio da festa de aniversário. Nossos convidados ficaram todos mudos enquanto três entregadores montavam os painéis listrados com cores de balas que formariam as paredes e o teto e as janelinhas fofas, enquanto todos nós olhávamos, boquiabertos.

— Uau, mamãe! — exclamei, depois de agradecermos efusivamente.

— Bem, elas são maravilhosas... absolutamente incríveis... mas... duas? Sério?

E ela se limitou a piscar para mim com seus olhos azuis límpidos e replicou:

— Para que elas não tenham de *dividir*, querida — como se isso fosse perfeitamente óbvio.

Enfim. Essa é a minha mãe. Ela é adorável. Adoravelmente irritante. Não, talvez irritantemente adorável seja uma forma melhor de colocar.

E, na verdade, a segunda casinha é bastante útil para guardar meu tapete de ginástica e os pesos. Então.

Quando entramos em casa, nenhum de nós dois parece ter muito a dizer. Enquanto folheio a correspondência, pego Dan percorrendo os olhos pela cozinha como se estivesse vendo a casa pela primeira vez. Como se estivesse conhecendo sua cela na prisão, eu me pego pensando.

Então me repreendo: Qual é, ele não está parecendo fazer isso.

Então me absolvo, porque, na verdade, é o que parece sim. Ele está andando de um lado para o outro como um tigre, olhando os armários pintados de azul, carrancudo. O próximo passo é ele fazer um risco na parede. Começando o registro de nossa incessante e desgastante marcha pelos próximos 68 anos.

— O que foi? — pergunta Dan, sentindo meus olhos nele.

— O que foi? — rebato.

— Nada.

— Eu não disse nada.

— Nem eu.

Ai, meu Deus. O que aconteceu com a gente? Estamos os dois irritados e desconfiados. E é tudo culpa daquele maldito médico por nos dar uma notícia tão boa.

— Então vamos viver praticamente para sempre — falo abruptamente. — Temos de *lidar* com isso, ok? Precisamos conversar.

— Conversar sobre o quê? — Dan finge inocência.

— Nem vem que não tem! — explodo. — Eu *sei* que você está pensando: Inferno, como vamos durar isso tudo? Quer dizer, é maravilhoso, mas é... — Faço círculos com as mãos. — Você sabe. É... é um desafio.

Lentamente deslizo pelo armário em que estou encostada, até ficar de cócoras. Depois de um instante, Dan faz o mesmo.

— É intimidador — ele concorda, o rosto relaxando ao admitir isso. — Eu me sinto um pouco... bem... assustado.

E agora, finalmente, o desabafo. A verdade nua e crua. Estamos os dois aterrorizados com esse casamento épico, *à la Senhor dos Anéis*, no qual de repente nos vemos.

— Quer dizer, por quanto tempo você *achou* que nós ficaríamos casados? — arrisquei após uma pausa.

— Eu não sei! — Dan joga as mãos para o alto, parecendo exasperado. — Quem pensa nessas coisas?

— Mas, no altar, quando você disse "até que a morte nos separe" — insisti —, você tinha... assim... um número aproximado em mente?

Dan franze o rosto, como se estivesse tentando voltar ao passado.

— Sinceramente, não — diz ele. — Eu só imaginava... você sabe. O futuro indistinto.

— Eu também. — Dou de ombros. — Algo totalmente vago. Talvez eu tenha imaginado que um dia poderíamos chegar às bodas de prata. Quando as pessoas chegam aos vinte e cinco anos de casados, você pensa: Uau. Eles conseguiram! Chegaram lá!

— Quando chegarmos às nossas bodas de prata — diz Dan, um pouco sombrio —, não estaremos nem na metade do caminho. Nem na metade.

Ficamos os dois novamente em silêncio. Ramificações dessa descoberta continuam surgindo.

— Para sempre é muito mais tempo do que pensei — diz Dan pesadamente.

— Que eu também. — Eu me sento apoiando as costas no armário. — *Muito* mais tempo.

— É uma maratona.

— Uma supermaratona — eu o corrijo. — Uma *ultra*maratona.

— Sim! — Dan ergue o olhar, subitamente animado. — É isso. Pensamos que estivéssemos numa corrida de 10K e agora, de repente, descobrimos que estamos numa daquelas loucas ultramaratonas de mais de duzentos quilômetros no Deserto do Saara e não há como sair dela. Não que eu *queira* sair dela — Dan se apressa a acrescentar, diante do meu olhar. — Mas também não quero... você sabe. Sucumbir com um AVC.

Dan sabe mesmo como escolher suas metáforas. Primeiro, nosso casamento é um financiamento imobiliário. Agora, vai provocar um AVC nele. E, por falar nisso, quem é o Deserto do Saara nisso tudo? Eu?

— Nós não nos preparamos direito. — Ele está ficando animado de verdade com o tema. — Isto é, se eu *soubesse* que ia viver tanto tempo assim, provavelmente não teria me casado tão jovem. Se as pessoas forem todas viver até cem anos, então precisamos mudar as regras. Para começar, não assuma um compromisso com ninguém antes dos cinquenta...

— E tenha filhos aos cinquenta? — pergunto, um tanto mordaz.

— Já ouviu falar em relógio biológico?

Dan para de súbito.

— Ok, isso não vai funcionar — admite ele.

— Enfim, não podemos voltar no tempo. Estamos onde estamos. Que é um *bom* lugar — acrescento, determinada a ter uma atitude positiva. — Quer dizer, pense no casamento dos seus pais. Eles estão juntos há mais de trinta e oito anos. Se eles conseguem, nós também conseguimos!

— Meus pais não são exatamente um bom exemplo — diz Dan.

Justo. A mãe e o pai de Dan têm o que se pode chamar de relacionamento complicado.

— Bem, a Rainha, então — digo, no momento em que a campainha toca. — Ela está casada há zilhões de anos.

Dan me olha, incrédulo.

— A Rainha? Esse é o único exemplo em que você consegue pensar?

— Ok, esquece a Rainha — digo, na defensiva. — Olha, vamos discutir isso depois.

E sigo para a porta da frente.

Quando as meninas entram correndo alegremente, os próximos 68 anos ou o que quer que seja parecem irrelevantes de repente. *Isso* é o que importa. Essas garotas, nesse momento, esses rostinhos de bochechas rosadas, essas vozes agudas e flautadas gritando: "A gente ganhou *adesivos*! A gente comeu *pizza*!" Ambas se penduram em meus braços, me contam histórias e me puxam com firmeza para elas quando tento me despedir da minha amiga Annelise, que as trouxe em casa e acena alegremente, já voltando para o carro.

Eu abraço as duas, sentindo o movimento familiar de seus braços e pernas se contorcendo, me encolhendo quando os sapatos do uniforme escolar pisam nos meus pés. Elas só ficaram duas horas brincando na casa da amiguinha. Não foi nada. Mas, quando as seguro firme junto ao peito, tenho a sensação de que estiveram fora por vários anos. Anna cresceu, não cresceu? O cabelo de Tessa não está com um cheiro diferente? E de onde veio esse arranhãozinho no queixo de Anna?

Agora elas estão falando naquela linguagem quase secreta dos gêmeos, as vozes se sobrepondo, fios louros dos cabelos das duas se misturando enquanto olham com reverência para um brilhante adesivo de cavalo-marinho na mão de Tessa. Pelo que posso ouvir, acho que estão fazendo planos para que ele seja das duas "pra sempre, até a gente crescer e ficar grande". Como ele quase certamente se desintegrará assim que eu o tirar, vamos precisar de uma distração, ou haverá choros uivantes. Viver com gêmeas de cinco anos é como viver em uma nação comunista. Eu não chego *a contar* os cereais ao colocá-los nas tigelas de manhã para garantir que tudo esteja equiparado, mas...

Na verdade, uma vez contei os cereais ao colocá-los nas tigelas, sim. Foi mais rápido.

— Certo! — diz Dan. — Hora do banho? Hora do banho! — ele corrige rapidamente.

Hora do banho não é uma pergunta, de jeito nenhum. É um fato concreto e absoluto. É o centro de tudo. Basicamente, toda a estrutura organizacional da nossa rotina doméstica se baseia na concretização da hora do banho.

(Aliás, isso não acontece só com a gente; acontece com toda família que conheço que tem crianças pequenas. A percepção geral é que, se a hora do banho falhar, tudo falha. O caos se instala. A civilização se desintegra. Crianças são vistas perambulando pelas ruas em farrapos, roendo ossos de animais enquanto seus pais se balançam e choramingam em becos. Esse tipo de coisa.)

Enfim, é a hora do banho. E, à medida que nossa rotina noturna avança, é como se a esquisitice de antes nunca tivesse existido. Dan e eu estamos agindo como uma equipe de novo. Antecipando cada pensamento do outro. Mantendo a comunicação breve em nosso código parental quase mediúnico.

— Para Anna... vamos fazer o... — Dan começa quando me passa o condicionador de cabelos.

— Fiz hoje de manhã.

— E quanto ao...?

— Sim.

— Então, aquele bilhete da Srta. Blake. — Ele arqueia as sobrancelhas.

— Eu *sei*. — Nesse momento, estou espalhando o condicionador nos cabelos de Anna com os dedos, e digo para ele, acima da cabeça dela, movendo os lábios sem som: *Hilário*.

A Srta. Blake é a diretora da escola e seu bilhete estava na agenda de Anna. Era uma circular dirigida a todos os pais, pedindo-lhes que, por favor, NÃO comentassem ou "fofocassem no portão da escola" sobre um certo incidente, que não tinha absolutamente "NENHUM FUNDAMENTO".

Eu não fazia a menor ideia do que ela estava falando, então imediatamente mandei um e-mail para os outros pais, e aparentemente a Srta. Christy, que é a professora do último ano, havia digitado na barra de busca do Google o nome do pai de um dos alunos, sem perceber que a tela do computador estava conectada ao quadro branco.

— Pode me dar o...

Dan me passa o chuveirinho e lanço uma rajada de água morna na cabeça de Anna, que dá uma risadinha e grita:

— Tá chovendo!

Sempre fomos assim tão sensitivos? Tão em sintonia um com o outro? Não tenho certeza. Acho que mudamos depois que tivemos as meninas. No caso de gêmeos, os pais ficam juntos na mesma trincheira. Cuidam das mamadas, trocam fraldas, ninam, passam bebês de um para o outro, fazendo um rodízio, 24 horas por dia. Aprimoram as rotinas. Não jogam conversa fora. Quando eu estava amamentando Anna e Tessa, e exausta até para *falar*, Dan podia adivinhar só pela minha expressão facial qual das opções abaixo eu queria comunicar:

1. Pode me dar mais um pouco de água, por favor? Três litros devem ser suficientes.
2. E duas barras de chocolate? Basta colocá-las na minha boca aberta; eu dou um jeito de sugá-las para dentro.
3. Pode mudar o canal da TV? Estou com as mãos ocupadas com bebês e já assisti a treze horas diretas do *talk show* de Jeremy Kyle.
4. Deus, estou exausta. Eu já disse isso mais de quinhentas vezes hoje?
5. Quer dizer, você tem ideia do *nível* de exaustão a que me refiro? Meus ossos sucumbiram dentro do meu corpo, de tão exausta que estou. Meus rins estão jogados em cima do fígado, chorando baixinho.
6. Ai, meu *mamilo*. Ai. *Aiiii.*
7. *Aiiiiiiii.*
8. Eu sei. É natural. Lindo. O que for.
9. Não vamos ter mais nenhum depois disso, tá?
10. Você entendeu? Está prestando atenção, Dan? NENHUM BEBÊ MAIS. NUNCA MAIS.

— Argh! — Minhas recordações são interrompidas quando Tessa joga tanta água para fora da banheira que fico encharcada.

— Certo! — corta Dan. — Agora *chega*. *Saiam* do banho, vocês duas.

As meninas começam a chorar ao mesmo tempo. O choro é uma constante em nossa casa. Tessa está chorando porque não tinha intenção de me encharcar daquele jeito. Anna está chorando porque sempre chora quando Tessa chora. Ambas estão chorando porque Dan falou alto demais. E, naturalmente, ambas estão chorando porque se sentem exaustas, embora jamais fossem admitir isso.

— Meu adesi-ivo — diz Tessa em meio ao choro aos soluços, porque ela sempre traz para a cena toda calamidade em que puder pensar.

— Meu adesi-i-i-i-vo estraa-gou. E eu machuquei meu deee-do.

— Vamos levá-lo para o hospital de adesivos, lembra? — digo em tom consolador enquanto a enrolo numa toalha. — E vou dar um beijo no seu dedo para melhorar.

— Posso chuuuupar um picolé? — Ela ergue o olhar para mim, identificando ali uma oportunidade.

É preciso admirar a cara de pau dela. Eu me viro de lado para esconder o riso e digo por cima do ombro.

— Agora não. Quem sabe amanhã.

Enquanto Dan assume a tarefa de contar histórias, vou trocar minhas roupas molhadas. Depois de me secar, paro diante do espelho e fico olhando meu corpo nu.

Sessenta e oito anos. Como vou ser daqui a 68 anos?

Com cuidado, junto a pele da coxa até ela ficar toda enrugada. Ai, *meu Deus*. Essas rugas são o meu futuro. Só que estarão em todo o meu corpo. Terei coxas enrugadas e peitos enrugados e... sei lá... couro cabeludo enrugado. Solto minhas rugas e me inspeciono de novo. Será que devo começar um tratamento de beleza? Tipo esfoliação, talvez. Mas, assim, como é que minha pele vai durar até os 102 anos de idade? Não seria melhor eu criar camadas em vez de eliminá-las com esfoliação?

E como é que se conserva a aparência por cem anos? Por que não nos dizem *isso* nas revistas?

— Ok, dormiram. Vou dar uma corrida.

Dan entra já tirando a camisa, mas para quando me vê nua diante do espelho.

— Humm — diz ele, os olhos brilhando. Então atira a camisa na cama, vem até mim e põe as mãos na minha cintura.

Lá está ele no espelho. Meu marido jovem e bonito. Mas como *ele* vai estar daqui a 68 anos? Vejo uma súbita e consternadora imagem de Dan todo velho e encarquilhado, me batendo com uma bengala e gritando: "Bobagem, mulher, bobagem!"

O que é ridículo. Ele vai ficar velho. Não virar o Ebenezer Scrooge.

Balanço a cabeça com força, para dissipar a imagem. Meu Deus, *por que* aquele médico foi mencionar o futuro, para começo de conversa?

— Eu só estava pensando... — minha voz vai morrendo.

— Quantas vezes mais vamos fazer sexo? — Dan assente com a cabeça. — Eu já fiz as contas.

— *O quê?* — Giro para ficar de frente para ele. — Eu não estava pensando nisso! Eu estava pensando... — Me detenho, intrigada. — Quantas vezes?

— Onze mil. Aproximadamente.

— Onze mil?

Sinto minhas pernas fraquejarem. Isso lá é fisicamente possível? Quer dizer, se pensei que a *esfoliação* fosse desgastar minha pele, então com certeza...

— Eu sei. — Ele tira a calça do terno e a pendura. — Achei que seria mais.

— *Mais?*

Como ele pôde achar que seria mais? Só de pensar nisso já fico meio tonta. Mais onze mil transas, todas com Dan. Não que... quer dizer, é claro que *quero* que sejam com Dan, mas... *onze mil vezes?*

Como é que vamos ter tempo para isso? Afinal, nós temos de comer. Temos de trabalhar. E não vamos ficar entediados? Será que devo começar a pesquisar novas posições no Google? Instalar uma TV no teto?

Essa quantidade *não pode* estar certa. Ele deve ter colocado um zero a mais.

— Como foi que você chegou a esse número? — pergunto, desconfiada, mas Dan me ignora. Ele desliza as mãos pelas minhas costas e segura minha bunda, os olhos cheios daquela expressão obstinada e com um único propósito. A questão com Dan é que só dá para falar de sexo por cerca de trinta segundos antes que ele queira fazê-lo, e não conversar a respeito. Na verdade, Dan acha que falar de sexo, em geral, é uma total perda de tempo. (Eu adoro falar sobre o assunto, mas aprendi a fazer isso *depois*. Fico deitada nos braços dele e falo tudo que penso sobre... bem, tudo, e Dan diz "Hum, hum" até eu perceber que ele pegou no sono.)

— Acho que vou adiar a corrida — diz, beijando meu pescoço. — Afinal, *é* uma data comemorativa...

É mesmo. E o sexo é maravilhoso — a essa altura, somos bem sensitivos nesse quesito também. Ficamos deitados depois e dizemos coisas como "Foi incrível" e "Eu te amo" e tudo que os casais felizes dizem.

E foi mesmo incrível.

E eu o amo mesmo.

Mas — para ser total e absolutamente franca — há também uma outra vozinha em minha cabeça. Dizendo: *Uma já foi. Agora só faltam outras 10.999 vezes.*

TRÊS

Acordo cedo e descubro que Dan se adiantou a mim. Ele já saiu da cama e está sentado na cadeirinha de vime diante dos janelões do nosso quarto, olhando melancolicamente para fora.

— Bom dia — diz.

Ele se vira um tiquinho para mim.

— Bom dia! — digo.

Eu me sento na cama, já alerta, os pensamentos a mil. Creio ter achado a solução para toda essa coisa de viver para sempre. Fiquei pensando no assunto enquanto pegava no sono e encontrei uma saída!

Estou prestes a compartilhá-la com Dan — mas ele fala primeiro.

— Então, basicamente, eu preciso trabalhar até uns noventa e cinco anos — diz ele na maior tristeza. — Andei fazendo as contas.

— O quê? — pergunto, meio confusa.

— Se vamos viver para sempre, isso significa que temos de trabalhar para sempre. — Ele me lança um olhar funesto. — Para bancar nosso tempo de vida milenar como idosos. Ou seja, esqueça a aposentadoria aos sessenta e cinco. Ou melhor, esqueça a aposentadoria e ponto. Adeus aos planos de diminuir o ritmo.

— Pare de ser tão dramático! — exclamo. — A notícia é *boa*, lembra?

— Você quer trabalhar até os noventa e cinco? — ele dispara.

— Talvez. — Dou de ombros. — Adoro meu emprego. Você adora o seu.

Dan me olha de cara feia.

— Não gosto *tanto* dele assim. Meu pai se aposentou aos cinquenta e sete, você sabia disso?

A atitude dele está começando a me irritar de verdade.

— Deixe de ser negativo — ordeno. — Pense nas oportunidades. Temos décadas e décadas pela frente! Podemos fazer qualquer coisa! É incrível! Só precisamos nos planejar.

— Como assim? — Dan me dirige um olhar suspeito.

— Tá. Tive algumas ideias.

Eu me mexo na cama, inclinando-me para a frente, e olho fixamente nos olhos dele, tentando contagiá-lo.

— Nós dividimos nossa vida em décadas. Em cada década fazemos algo diferente e legal. Conquistamos coisas. Nos superamos. Tipo, que tal se, por uma década inteira, a gente só se falasse em italiano?

— *O quê?*

— A gente só se fala em italiano — repito, um pouco na defensiva.

— Por que não?

— Porque *nós não sabemos falar italiano* — diz Dan, como se eu fosse doida de pedra.

— Nós aprenderíamos! Seria uma experiência enriquecedora. Seria... — Faço um gesto vago.

Dan se limita a me olhar.

— Quais são as suas outras ideias?

— A gente pode tentar arranjar empregos diferentes.

— Que empregos diferentes?

— Sei lá! Podemos arrumar trabalhos incríveis, que nos realizem e que sejam desafiadores. Ou podemos viver em lugares diferentes, quem sabe. Que tal uma década na Europa, outra na América do Sul, outra nos Estados Unidos... — Vou contando nos dedos. — Poderíamos viver em várias partes do mundo!

— Poderíamos viajar — diz Dan, entrando no clima. — Deveríamos viajar. Eu sempre quis ir ao Equador. Além de conhecer as Ilhas Galápagos.

— Pronto, então! Vamos para o Equador.

Por um instante, ambos ficamos em silêncio. Posso ver Dan ruminando a ideia.

Seus olhos começam a brilhar e, de repente, ele ergue o olhar.

— Vamos fazer isso. Caramba, Sylvie, você tem razão. Isso foi um alerta. Nós precisamos *viver* a vida. Vamos comprar passagens para o Equador, tirar as meninas da escola, na sexta estaremos lá... Vamos fazer *isso*.

Dan parece tão animado que não quero jogar um balde de água fria nele. Mas será que não ouviu direito o que eu disse? Eu me referia à próxima década. Ou talvez à seguinte. Um tempo indeterminado, mais longínquo. Não *esta semana*.

— Eu quero muito ir para o Equador — digo após uma pausa. — Sem dúvida. Mas ia custar uma fortuna...

— É uma experiência única. — Dan rebate minha objeção. — Daríamos um jeito. Estou falando do *Equador*, Sylvie.

— Claro! — Tento equiparar seu nível de animação. — Equador! — Faço uma pausa antes de acrescentar: — O único problema é que a Sra. Kendrick não gosta que eu tire férias sem avisar com bastante antecedência.

— Ela vai sobreviver.

— E tem a peça das meninas na escola. Elas *não podem* perder a peça, e precisam ir aos ensaios...

Dan emite um som breve e exasperado.

— Tá, *mês que vem*.

— É o aniversário da sua mãe — observo. — E vamos receber os Richardson para jantar, e as meninas têm o dia do esporte...

— Tudo bem — diz Dan, parecendo se esforçar para não perder a calma. — Daqui a dois meses. Ou nas férias de verão.

— Vamos para Lake District — lembro a ele, e me encolho ao ver a expressão em seu rosto. — Quer dizer, nós podíamos cancelar, mas já pagamos o depósito... — Minha voz vai sumindo.

— Vamos ver se entendi — Dan fala pausadamente, mas soa como se quisesse explodir. — Tenho incontáveis anos pela frente, mas não consigo encaixar uma viagem espontânea e enriquecedora ao Equador?

Silêncio. Não quero dizer o que estou pensando, que é: *Óbvio* que não conseguimos encaixar uma viagem espontânea e enriquecedora ao Equador porque, *hello*, nós temos vidas.

— Podemos ir comer num restaurante equatoriano — dou essa sugestão brilhante.

Mas, pelo olhar com que Dan me fuzila, talvez eu devesse ter ficado calada.

No café da manhã, sirvo *muesli* para mim e para Dan e acrescento um pouco de semente de girassol. Precisaremos de uma pele boa se vamos durar mais 68 anos.

Será que eu deveria começar a aplicar Botox?

— Mais vinte e cinco mil cafés da manhã — diz Dan de repente, fitando sua tigela. — Acabei de calcular.

Tessa ergue o olhar da torrada e encara o pai com olhos vivos, sempre pronta a fazer graça.

— Se você comer vinte e cinco cafés da manhã, sua barriga vai explodir!

— Vinte e cinco mil — corrige Anna.

— Eu *disse* vinte e cinco *e* mil — retruca Tessa imediatamente.

— Francamente, Dan, você ainda está pensando nisso? — Dirijo a ele um olhar de pena. — Você precisa deixar esse assunto para lá.

Vinte e cinco mil cafés da manhã. Que merda. Como vou conseguir manter isso interessante? Podíamos começar a comer pratos picantes de manhã, como o *kedgeree*. Ou, durante uma década, comer comida japonesa. Tofu. Coisas assim.

— Por que você está torcendo o nariz? — Dan me encara.

— Por nada! — Eu me apresso a alisar minha saia cor-de-rosa com estampa floral. Uso muito saia com estampa floral no trabalho porque o museu é um lugar propício para isso. Não que haja uma regra oficial de vestuário, mas, se eu estiver usando alguma roupa florida ou cor-de-rosa ou simplesmente bonita, minha chefe, a Sra. Kendrick, irá exclamar: "Que lindo! Ah, que *lindo*, Sylvie!"

Quando a sua chefe é a dona da empresa, tem poder absoluto e é famosa por já ter demitido pessoas com a justificativa de que elas "não se encaixavam", você quer ouvi-la dizendo "Que lindo!". Assim, durante meus seis anos lá, meu guarda-roupa foi se tornando cada vez mais colorido e florido.

A Sra. Kendrick gosta de amarelo-limão, azul-lavanda, estampa de flores pequeninas, babados, botões de pérola e lindos lacinhos decorando os sapatos. (Eu achei um site.)

Ela não gosta *de jeito nenhum* de preto, tecidos cintilantes, blusas decotadas, camisas de malha e sapatos plataforma. ("Um tanto *ortopédicos*, querida, não acha?") E, como eu disse, ela é a chefe. Pode até ser uma chefe pouco convencional... mas é a chefe. Ela gosta que as coisas sejam feitas do jeito dela.

— Rá. — Dan dá um misto de ronco e risada. Ele está abrindo a correspondência e vê um convite.

— O que foi?

— Você vai adorar isto aqui.

Ele me dirige um olhar sardônico e vira o cartão para que eu possa ler. Trata-se do coquetel de lançamento de uma nova instituição médica beneficente, que tem à frente um velho amigo do meu pai chamado David Whittall, e que vai acontecer no Sky Garden.

Eu conheço o Sky Garden. Fica no 35º andar de um edifício, e é todo de vidro com vista para Londres. Só de pensar já quero me agarrar à cadeira e me ancorar com segurança ao chão.

— É bem a minha praia mesmo — digo, revirando os olhos.

— Foi o que eu pensei. — Dan sorri com ironia, pois ele me conhece muito bem.

Tenho tanto medo de altura que não é nada engraçado. Não consigo ficar em varandas de andares muito altos. Nem subir e descer em elevadores panorâmicos. Quando vejo programas na TV em que as pessoas saltam de paraquedas ou se aventuram em queda livre presas a cabos, entro em pânico, mesmo estando sentada em segurança no sofá.

Nem sempre fui assim. Eu costumava esquiar, atravessar pontes altas, sem nenhum problema. Mas, depois que tive as meninas, não sei o que aconteceu com o meu cérebro — passei a ficar tonta até subindo em escadas dobráveis e portáteis dentro de casa. Pensei que tudo fosse voltar ao normal depois de alguns meses, mas não voltou. Quando as meninas tinham um ano e meio, mais ou menos, um dos colegas de trabalho de Dan comprou um apartamento novo com um terraço coberto e nós fomos à *open house* dele. Nem por um decreto eu consegui me aproximar da amurada para olhar a vista. Minhas pernas simplesmente paralisaram. Quando chegamos em casa, Dan perguntou: "O que *aconteceu* com você?" Eu respondi: "Não faço *a menor ideia!*"

E sei que é algo que, a essa altura do campeonato, eu já deveria ter resolvido. (Hipnose? Terapia cognitivo-comportamental? Terapia de exposição? De vez em quando dou uma busca no Google.) Mas nos últimos tempos essa não tem sido exatamente uma prioridade. Tenho tido de lidar com outras preocupações mais urgentes. Como, por exemplo...

Tá... Ok. Um fato importante sobre mim: quando meu pai morreu, há dois anos, foi complicado. Eu "não lidei bem com a perda". Era o que as pessoas diziam. Eu as ouvia. Elas sussurravam pelos cantos: "Sylvie não está lidando bem com a perda." (Minha mãe, Dan, o médico que eles convocaram.) Isso começou a me irritar, na verdade.

Era uma afirmação que levantava a questão: o que é "lidar bem com uma perda"? Como alguém "lida bem" quando seu pai, seu herói, morre de repente num acidente de carro, assim, sem mais nem menos? Acho que as pessoas que "lidam bem" com isso ou estão se iludindo ou não tiveram um pai como o meu, ou talvez simplesmente não possuam sentimentos.

Talvez eu não *quisesse* lidar bem com a morte dele. Por acaso eles pensaram *nisso*?

Enfim, as coisas complicaram um pouco. Tive de tirar uma licença do trabalho. Fiz uma ou duas... besteiras. O médico tentou me passar uns remédios. (Não, *obrigada*.) E, no cenário geral, um medo de altura não parecia uma inconveniência tão grande assim.

Estou bem agora, cem por cento bem. Tirando a questão da altura, obviamente, com a qual lidarei quando tiver tempo.

— Você deveria se consultar com alguém sobre essa fobia — diz Dan, lendo meus pensamentos daquela maneira sinistra dele. — PS? — ele insiste quando não respondo imediatamente. — Você me ouviu?

"PS" é um apelido que Dan usa às vezes comigo. Significa "Princesa Sylvie".

O argumento de Dan é que, quando nos conhecemos, eu era a princesa, e ele, o plebeu. Ele me chamou de "Princesa Sylvie" em seu discurso no casamento e meu pai interveio: "Acho que isso faz de mim o Rei!" Todos riram e Dan fez um charmoso arremedo de mesura para papai. A verdade é que papai *parecia* um rei, de tão distinto e bonito que era. É uma lembrança tão vívida, ele e seus cabelos louros platinados cintilando sob a luz, seu paletó impecável. Papai era sem dúvida o homem mais bem-vestido que já conheci. Então ele disse a Dan: "Prossiga, Príncipe Daniel!" e piscou daquele seu jeito galante. Mais tarde, o padrinho fez uma piada sobre aquele ser um "casamento real". Foi tudo muito engraçado.

Mas, com o passar do tempo — talvez por eu estar um pouco mais velha agora —, me cansei de ser chamada de "Princesa Sylvie".

Isso me irrita, me dá arrepios. No entanto, hesito em dizer isso a Dan, porque preciso ter tato. É uma questão delicada. Um tanto constrangedora até.

Não, "constrangedora" não. Essa é uma palavra muito forte. É só que... Ai, meu Deus. Como posso dizer isso, sem...?

Tá. Outro fato importante sobre mim: fui criada com certas regalias. Não fui mimada, definitivamente não, mas... bem-cuidada. Eu era a filhinha do papai. Tínhamos dinheiro. Papai ocupava um cargo executivo na indústria da aviação e ganhou uma grande quantidade de ações quando a companhia aérea foi vendida, então abriu sua própria consultoria. E foi muito bem-sucedido. Naturalmente. Papai tinha o tipo de personalidade magnética que atraía as pessoas e o sucesso. Quando viajava de primeira classe ao lado de uma celebridade, ao fim do voo ele tinha o telefone da celebridade e um convite para um drinque.

Assim, não tínhamos apenas dinheiro, tínhamos privilégios. Voos caros. Tratamento especial. Tenho muitas fotos de quando era criança na cabine de comando de vários aviões, o quepe do piloto na minha cabeça. Quando eu era bem pequena, nós tínhamos uma casa em Los Bosques Antiguos, aquele condomínio fechado na Espanha, onde golfistas famosos se casavam e apareciam nas páginas da *Hello!*. Nós até socializávamos com alguns deles. Era *esse* tipo de vida que levávamos.

Ao passo que Dan... não. A família de Dan é maravilhosa, de verdade, mas é mais pé no chão, mais modesta. O pai de Dan era contador, e muito rígido no quesito "poupança". *Muito* rígido. Começou a guardar dinheiro para pagar a entrada da casa própria quando tinha 18 anos. Foram doze longos anos, mas conseguiu. (Ele me contou essa história no dia em que o conheci, e então perguntou se eu tinha plano de previdência.) Ele jamais levaria a família inteira para Barbados assim, de veneta, como meu pai levou uma vez, nem faria compras na Harrods.

E não me entenda mal: eu não *quero* viagens para Barbados nem fazer compras na Harrods. Já disse isso a Dan um milhão de vezes. Mas ainda assim, Dan é um pouco... qual seria a palavra? Sensível. É isso. Ele é sensível quando se trata das minhas origens.

A parte frustrante é que ele não era assim quando começamos a namorar. Ele e papai se davam muito bem. Saíamos para velejar, nós quatro, e nos divertíamos muito. Bem, papai obviamente velejava muito melhor do que Dan, que nunca tinha velejado antes, mas tudo bem, porque eles se respeitavam. Papai brincava que os olhos de águia de Dan seriam úteis supervisionando sua equipe contábil — e ele até pediu conselhos a Dan algumas vezes. Éramos todos relaxados e de bem com a vida.

Mas, por alguma razão, Dan foi ficando mais sensível com o passar do tempo. Ele parou de querer sair para velejar. (Justiça seja feita, ficou mais difícil depois que tivemos as meninas.) Então há três anos compramos nossa casa — dando a herança deixada pela minha avó como entrada — e papai nos ofereceu o que faltava para completar, mas Dan não aceitou. Ficou todo estranho de repente e disse que nós já tínhamos contado demais com o auxílio da minha família. (Não ajudou em nada o fato de o pai dele ter chegado para ver a casa e dito: "Então é *isso* que dinheiro de família compra", como se estivéssemos vivendo num palácio, e não em uma casa de três quartos, financiada, em Wandsworth.)

Depois que papai morreu, ficou tudo para mamãe e ela nos ofereceu dinheiro de novo — mas Dan também não aceitou. E ficou ainda mais sensível. Na verdade, tivemos até uma briga por causa disso.

Posso entender que Dan seja orgulhoso. (Mais ou menos. Na verdade, isso não faz o menor sentido para mim, mas talvez seja coisa de homem.) O que acho difícil de entender, porém, é a forma como ele fica na defensiva com relação ao meu pai. Pude ver o relacionamento deles se tornando tenso, mesmo quando papai ainda estava vivo. Dan sempre dizia que eu estava imaginando coisas — mas eu não estava. Simplesmente não sei *o que* aconteceu ou por que Dan ficou tão tensório. (Foi quando inventei a palavra.) Era como se ele tivesse começado a se ressentir de papai, ou coisa assim.

E mesmo agora, é como se Dan ainda se sentisse ameaçado. Ele nunca dedica um tempo para relembrar fatos sobre meu pai — não direito. Eu me sento e começo a olhar as fotos na tela, mas Dan não se concentra. Depois de alguns instantes ele pede licença e se afasta. E eu sinto uma dorzinha no peito, porque, se não posso falar do meu pai com Dan, com quem vou poder fazer isso? Quer dizer, a mamãe... Ela é a mamãe. Uma querida, mas não é possível ter um *diálogo* com ela nem nada. E eu não tenho irmãos.

Ser filha única costumava me incomodar. Quando eu era pequena, enchia o saco da mamãe sem parar, pedindo uma irmãzinha. ("Não, querida", dizia ela, com extrema delicadeza.) Então inventei uma amiga imaginária. Ela se chamava Lynn, tinha franja escura e cílios longos, cheirava a balas de hortelã e eu costumava conversar com ela em segredo. Mas não era a mesma coisa.

Quando Tessa e Anna nasceram, eu as observava, deitadas uma de frente para a outra, já imersas num relacionamento que ninguém mais conseguia penetrar, e eu sentia uma fisgada de inveja visceral. Apesar de tudo que tive na infância, *isso* foi algo que eu não tive.

Enfim. Chega. Há muito superei o fato de ser filha única; há muito deixei para trás minha amiga imaginária. E, quanto a Dan e meu pai... Bem. Eu simplesmente aceitei que todo relacionamento tem um ou outro ponto fraco, e esse é o nosso. O melhor é evitar o assunto e sorrir quando Dan me chama de "PS" porque, afinal, que importância isso tem de verdade?

— Sim — digo, voltando à realidade. — Vou procurar alguém. Boa ideia.

— E vamos declinar disto. — Dan dá um tapinha no convite do Sky Garden.

— Vou mandar um cartão para David Whittall — digo. — Ele vai entender.

E então Tessa derrama o leite, e Anna diz que perdeu a presilha do cabelo e só quer *aquela* presilha, porque ela tem uma *flor*, e a rotina matinal recomeça.

Dan mudou de emprego desde que nos conhecemos. No início, ele trabalhava numa grande empresa de investimentos imobiliários. Ganhava bem, mas o trabalho era muito desgastante, então todos os anos ele poupava parte do dinheiro (tal pai, tal filho) e finalmente teve o suficiente para abrir seu próprio negócio. A empresa dele produz escritórios pré-fabricados: unidades completas, independentes e sustentáveis. Ela fica perto do rio Tâmisa, na zona leste de Londres, e ele quase sempre leva as meninas para a escola de carro, porque é caminho.

Quando estou dando tchau para eles da escada em frente à porta, vejo nosso vizinho da casa ao lado, o professor Russell, pegando o jornal. Ele tem um tufo engraçado de cabelos brancos que me faz sorrir todas as vezes que o vejo, mas, quando ele se vira, eu rapidamente faço cara de adulta séria e distinta.

O professor Russell se mudou para lá no início do ano. Deve ter uns setenta e poucos anos, acho. Trabalhou na Universidade de Oxford, onde dava aulas de botânica, até se aposentar, e aparentemente é o maior especialista do mundo em alguma espécie de samambaia. De fato, seu jardim é ocupado por uma estufa nova e imensa e eu o vejo com frequência dentro dela, ocupado entre as folhagens verdes. Ele mora com outro homem de cabelos brancos, que nos foi apresentado apenas como Owen, então acho que são um casal, mas não tenho certeza.

Na verdade, sou um pouco cautelosa com eles, porque praticamente a primeira coisa que aconteceu depois que se mudaram foi Tessa chutar uma bola de futebol por cima da cerca e ela cair no telhado da estufa. Dan teve de ir pegá-la, e quebrou uma das placas de vidro na subida. Pagamos pelo conserto, mas não foi o *melhor* começo para nossa convivência. Agora estou só esperando que eles se queixem da gritaria das meninas. Embora talvez sejam um pouco surdos. Assim espero.

Não, apague isso. Eu não *espero* que sejam surdos. Claro que não. É só que... Seria conveniente.

— Oi! — digo alegremente.

— Oi.

O professor Russell abre um sorriso simpático, embora seus olhos pareçam distraídos e distantes.

— Está gostando de Canville Road?

— Ah, muito, muito mesmo. — Ele assente com a cabeça. — Muito mesmo.

Seu olhar já se desviou novamente. Talvez esteja entediado. Ou talvez sua mente não seja mais tão aguçada quanto era. Sinceramente, não sei dizer.

— Mas deve ser estranho, depois de Oxford, não é mesmo?

Tenho uma visão do professor Russell perambulando por um pátio antigo, usando uma grande toga preta, dando aula para um bando de universitários. Para ser franca, essa visão combina mais com ele do que a atual: de pé nos degraus de entrada da casa, numa ruazinha de Wandsworth, com cara de quem esqueceu que dia é hoje.

— É. — Ele parece pensar nisso pela primeira vez. — É um pouco estranho. Só que melhor. É preciso seguir em frente. — Seus olhos se fixam em mim de repente, e posso ver o brilho de perspicácia neles. — São muitos os colegas que permanecem tempo demais por lá. Se você não segue com a vida, atrofia. *Vincit qui se vincit.* — Ele faz uma pausa, como se para deixar as palavras respirarem. — Como você certamente sabe.

Ok, então a mente dele *continua* aguçada.

— Com certeza! — Faço que sim com a cabeça. — *Vincit*... hã.... — Percebo tarde demais que foi um erro tentar repetir o que ele disse.

— Certamente — emendo.

Estou me perguntando o que *vincit*-sei-lá-o-quê significa e se eu podia dar uma busca rápida no Google, quando ouço outra voz.

— Toby, você está me escutando? Precisa levar o lixo para fora. E, se quisesse me ajudar, poderia sair e comprar uma salada para o almoço. E onde estão todas as nossas canecas? Vou dizer onde. No chão do seu quarto, é onde estão.

Eu me viro e vejo nossa outra vizinha, Tilda, saindo de casa. Ela está enrolando no pescoço uma echarpe de aspecto étnico que parece não ter fim, enquanto repreende o filho. Toby tem 24 anos e se formou na Universidade de Leeds há dois. Desde então, mora com a mãe e trabalha em uma startup de tecnologia. (Todas as vezes que ele tenta me explicar exatamente o que faz, meu cérebro embota, mas tem algo a ver com "capacidade digital". O que quer que isso signifique.)

Ele ouve a mãe em silêncio, encostado na porta da casa, as mãos nos bolsos, a expressão distante. Toby podia ser muito bonito, mas tem uma dessas barbas. Existem barbas sexy e existem barbas nada a ver, e a dele é nada a ver. É tão desgrenhada e amorfa, que me faz respirar fundo. Por favor, apare isso. Modele. Faça *alguma coisa* nela...

— ...e precisamos ter uma conversinha sobre dinheiro — Tilda conclui em tom ameaçador, então sorri para mim. — Sylvie! Pronta?

Tilda e eu sempre andamos até a estação de Wandsworth Common juntas pela manhã. Há seis anos fazemos isso. Tilda, na verdade, não pega o metrô. Ela trabalha de casa como secretária para umas seis pessoas diferentes, mas gosta da caminhada e da conversa.

Somos vizinhas de porta há apenas três anos, mas antes de Dan e eu comprarmos a nossa casa, morávamos do outro lado da rua, em um prédio, e conhecemos Tilda naquela época. Na verdade, foi Tilda quem nos falou sobre a casa estar à venda e nos implorou para virmos morar ao seu lado. É o tipo de coisa que ela faz. Tilda é impulsiva, extrovertida e obstinada (no bom sentido) e se tornou minha melhor amiga.

— Até logo! — Aceno para o professor Russell e Toby, e então começo a andar. Estou de tênis, carregando os escarpins na bolsa, junto com uma faixa de cabelo de veludo turquesa que vou colocar ao chegar ao escritório. A Sra. Kendrick adora faixas de cabelo de veludo e me deu essa de Natal. Assim, embora eu prefira morrer a usá-la em casa... se isso a deixa feliz, por que não?

— Adorei as luzes — digo, olhando o cabelo de Tilda. — Bem... claras.

— Eu *sabia*. — Ela segura a cabeça com desgosto. — Ficaram exageradas.

— Não! — apressei-me a dizer. — Elas iluminam seu rosto, na verdade.

— Humm. — Tilda puxa os cabelos, insegura. — Talvez eu volte e dê uma suavizada nelas.

Tilda é um pouco incoerente quando se trata da aparência. Ela tinge o cabelo religiosamente, mas quase nunca usa maquiagem. Está sempre com uma echarpe colorida, mas não é sempre que usa joias, porque diz que a fazem lembrar de todos os presentes que o ex-marido comprava para ela por culpa. Pelo menos, ela agora se dá conta de que eram presentes comprados por culpa. ("Quem dera ele tivesse me dado utensílios para a cozinha!", ela exclamou furiosa uma vez. "Eu provavelmente teria uma loja da KitchenAid!")

— Então — digo quando dobramos a esquina. — E o quiz?

— Ai, meu Deus. — Tilda revira os olhos, horrorizada. — Eu não sei nada.

— Eu sei menos que nada! — replico. — Vai ser um desastre.

Tilda, Dan e eu nos voluntariamos para fazer parte de uma equipe num quiz beneficente, amanhã à noite. Será no pub no fim da nossa rua, e acontece todo ano. Simon e Olivia, que moram do outro lado da rua, organizaram nossa equipe, e nos seduziram dizendo que o nível das perguntas era "ridiculamente fácil".

Mas então, ontem de manhã, Simon viu Tilda e a mim na rua e mudou totalmente o discurso. Disse que algumas das rodadas podem ser "bem difíceis", mas que nós não nos preocupássemos, pois só precisaríamos ter "uma noção de conhecimentos gerais".

No instante em que ele se afastou, Tilda e eu nos entreolhamos horrorizadas. "Uma noção de conhecimentos gerais?"

Talvez eu já tenha tido uma noção de conhecimentos gerais algum dia. Na verdade, uma vez decorei o nome de cem países e suas capitais para uma competição escolar. Mas, desde que as meninas nasceram, as únicas informações que pareço capaz de guardar são: 1. aquela receita de Annabel Karmel para *nuggets* de frango, 2. a música tema da *Peppa Pig*, e 3. que dias as meninas têm natação (terças). E, para ser sincera, às vezes confundo a música da *Peppa Pig* com a de *Charlie e Lola*. Um caso perdido.

— Eu disse a Toby que ele precisa entrar na nossa equipe — diz Tilda. — Na verdade, ele gosta da comida do Bell, então não precisou de muita persuasão. Ele conhece música, esse tipo de coisa. E isso vai tirá-lo de casa, pelo menos. *Esse garoto.* — Ela emite o familiar som de frustração.

Dizer que Tilda e Toby dão nos nervos um do outro seria eufemismo. Ambos fazem *home office*, mas, pelo que pude perceber, há um ligeiro choque de culturas de trabalho entre eles. A cultura de Tilda é: trabalhe de forma organizada e contida. Ao passo que a de Toby é: espalhe suas tralhas pela casa toda, ouça música alta para se inspirar, faça reuniões com seu sócio à meia-noite na cozinha e não ganhe nenhum dinheiro de verdade. Ainda.

Ainda é a palavra de ordem para Toby. Qualquer coisa que ele não tenha feito na vida, ele estava, sim, planejando fazer, apenas não tinha feito *ainda*. Eu até já o ouvi, através da parede comum, gritando: "Não arrumei a cozinha ainda! *Ainda!* Que saco, mãe!"

Ele *ainda* não conseguiu financiamento para sua startup. *Ainda* não considerou carreiras alternativas. *Ainda* não pensou em se mudar para um apartamento sozinho. *Ainda* não aprendeu a fazer lasanha.

Tilda tem uma filha mais velha, Gabriella, que aos 24 anos já estava trabalhando num banco, morando com o namorado e dando conselhos a Tilda sobre engenhocas úteis do catálogo da Lakeland. O que é um indício. De alguma coisa.

Mas o que aprendi mesmo com Tilda é: quando ela começa a reclamar de Toby, é preciso mudar rapidamente de assunto. E, na verdade, há mesmo algo que quero perguntar a ela. Quero a opinião de outra pessoa sobre essa coisa toda de casamento.

— Tilda, quando você se casou — falo, como quem não quer nada —, quanto tempo imaginou que fosse durar? Quer dizer, eu sei, "para sempre". — Faço um gesto de aspas no ar com as mãos. — E sei que você se divorciou no fim das contas, mas... — Hesito. — Mas no dia do seu casamento, quando você não podia prever nada disso, quanto tempo achou que o "para sempre" seria?

— Verdade verdadeira? — pergunta Tilda, sacudindo o pulso. — *Merda*. Meu Fitbit parou de funcionar.

— Hã... sim, acho.

— Será a bateria? — Tilda estala a língua, irritada. — Quantos passos demos até agora? — Ela soca a pulseira-monitor. — Não conta se não ficar registrado no meu Fitbit. Eu poderia nem ter me dado ao trabalho.

O Fitbit é sua mais recente obsessão. Por um tempo foi o Instagram, e nossa caminhada diária era pontuada por Tilda tirando incontáveis fotos de gotas de chuva nas folhas. Agora são os passos.

— É claro que conta! Vou te dizer quantos demos quando chegarmos à estação, ok? — Tento retomar o assunto. — Então, quando você se casou...

— Quando eu me casei — Tilda repete, como se tivesse esquecido a pergunta.

— Quanto tempo você achou que o "para sempre" seria? Tipo, uns trinta anos? — arrisco. — Ou... cinquenta?

— *Cinquenta anos?* — Tilda faz um ruído que é meio uma baforada de desdém, meio uma risada. — Cinquenta anos com Adam? Acredite, quinze já foram mais do que suficientes, e foi uma vitória termos durado tanto. — Ela me lança um olhar desconfiado. — Por que está me perguntando isso?

— Ah, sei lá — digo vagamente. — Só estou refletindo sobre casamento, quanto tempo dura, esse tipo de coisa.

— Se você quer *mesmo* minha opinião — diz Tilda, andando mais depressa —, o sistema todo é falho. Quer dizer, para sempre? Quem consegue se comprometer para sempre? As pessoas mudam, a vida muda, as circunstâncias mudam...

— Bem... — Fico sem palavras. Não sei o que dizer. *Eu* me comprometi para sempre com Dan.

Não foi?

— E quanto a querer envelhecer juntos? — digo por fim.

— Eu *nunca* entendi isso — replica Tilda enfaticamente. — É o objetivo de vida mais tenebroso que existe. "Envelhecer juntos." Dá no mesmo dizer que você quer "conservar todos os dentes".

— Não é a mesma coisa! — contesto, rindo, mas Tilda não me ouve. Ela se empolga muito às vezes.

— Toda essa ênfase absurda no "para sempre". Bem, talvez. Mas "até que a morte nos separe" não é um pouquinho ambicioso demais? Não é meio que uma aposta? Existem outros cenários muito mais prováveis. "Até que caminhos diferentes nos separem", "Até que o tédio nos separe". No meu caso: "Até que o pênis perambulante de seu marido os separe."

Abro um sorriso torto. Tilda quase não fala do Adam, o ex-marido, mas uma vez ela me contou a história toda, que foi engraçada, sofrida e simplesmente triste ao mesmo tempo.

Adam se casou de novo. Tem três filhos pequenos com a nova mulher. E parece estar exausto o tempo todo.

— Bem, aqui estamos. — Quando chegamos à estação do metrô, Tilda soca seu Fitbit no pulso. — Maldita coisa idiota. Qual é o seu compromisso agora de manhã?

— Ah. Só um café com um patrocinador. — Mostro meu celular a ela, aberto em meu app de contagem de passos. — Aqui está: 4.458 passos.

— É, mas você provavelmente subiu e desceu as escadas umas seis vezes antes de começarmos — replica Tilda. — Onde você vai tomar café? — ela acrescenta, me lançando um olhar sardônico, as sobrancelhas levantadas, que me faz rir. — Onde? — ela insiste. — E não finja que vai ser no Starbucks.

— No Claridge's — admito.

— Claridge's! — exclama Tilda. — Eu sabia.

— Até amanhã. — Sorrio para ela e entro na estação. E quando estou pegando meu cartão do metrô, ainda ouço sua voz atrás de mim:

— Só você, Sylvie! Claridge's! Tipo, o *Claridge's*!

Sou muito sortuda por ter esse emprego. Não há como negar.

Meu trabalho é uma delícia. *Literalmente.* Estou sentada a uma mesa no Claridge's, escolhendo o que comer de um pratinho de doces e croissants com geleia de damasco. À minha frente encontra-se uma garota chamada Susie Jackson. Eu já me reuni com ela algumas vezes, e agora estou lhe contando os detalhes da nossa próxima exposição, que é de leques do século XIX.

A Willoughby House, a pequena instituição de caridade para a qual trabalho, é mantida pela família Kendrick há anos. Fica numa casa georgiana em Marylebone, cheia de obras de arte e tesouros e — o que é um tanto bizarro — cravos. *Sir* Walter Kendrick tinha verdadeiro fascínio por eles, e começou a colecioná-los em 1894. Ele também adorava espadas cerimoniais e sua mulher amava miniaturas. Na verdade, a família toda era basicamente um bando de acumuladores compulsivos. Só que nós não vemos as coisas deles como "acúmulo". Nós as chamamos de "uma inestimável coleção de obras de arte e artefatos de interesse nacional e histórico", e organizamos exposições, palestras e pequenos concertos com elas.

É o emprego perfeito para mim porque tenho formação em história da arte. Foi o curso que fiz na faculdade, e nada me deixa mais feliz do que estar cercada por objetos lindos ou com significado histórico, ou ambos, que é o caso de muitas das peças da Willoughby House. (Há também um número razoável de peças feias e totalmente irrelevantes do ponto de vista histórico, mas as expomos assim mesmo porque elas têm valor *sentimental*. O que, no mundo da Sra. Kendrick, conta muito mais.)

Antes da Willoughby House, trabalhei numa renomada casa de leilões, ajudando a elaborar catálogos, mas eu ficava num edifício separado daquele onde eram feitos os leilões, e nunca via nem tocava em nenhuma das peças. Era um trabalho bem sem graça, para ser franca. Assim, agarrei a oportunidade de trabalhar para um grupo menor, ter uma participação mais ativa e também ganhar experiência em uma função de desenvolvimento. O desenvolvimento aqui significa arrecadação de dinheiro, só que não falamos assim. A palavra "dinheiro", em si, leva ao rosto da Sra. Kendrick uma expressão de dor, assim como as palavras "banheiro" e "website". A Sra. Kendrick tem um "jeito" muito distinto de fazer as coisas, e depois de seis anos trabalhando na Willoughby House, aprendi todas as suas regras. Não use a palavra "dinheiro". Não chame as pessoas pelo nome, só pelo sobrenome. Não passe a "sacolinha" para as pessoas depositarem sua contribuição. Não faça discurso pedindo recursos. Em vez disso: *crie relacionamentos*.

É o que estou fazendo hoje. Estou criando um relacionamento com Susie, que trabalha para um grande fundo beneficente, a Fundação Wilson-Cross, cuja missão é apoiar a cultura e as artes. (Quando digo "grande", estou me referindo a cerca de 275 milhões de libras, e uma parte dessa fortuna é doada todos os anos.) Estou delicadamente tentando trazê-la para o mundo da Willoughby House. A Sra. Kendrick é defensora da sutileza e da estratégia de longo prazo. Ela nos proíbe terminantemente de pedir doações logo de cara. Seu argumento é: quanto mais você conhecer o patrocinador, por mais tempo, mais ele doará quando chegar a hora certa.

Nosso desejo mais profundo é encontrar outra Sra. Pritchett-Williams. Ela é uma verdadeira lenda na Willoughby House. Durante dez anos, compareceu a todos os eventos. Bebeu champanhe, comeu canapés, ouviu palestras e nunca nos deu um centavo sequer.

Então, quando morreu, deixou quinhentas mil libras para a casa. Meio milhão!

— Tome mais um café. — Sorrio para Susie. — Então, aqui está o seu convite para a inauguração da nossa exposição de leques antigos, a Leques Lendários. Espero que você possa ir!

— Parece incrível. — Susie assente, a boca cheia de croissant. Ela tem vinte e muitos anos, eu diria, e sempre usa sapatos incríveis. — Só que tem uma coisa no V & A nessa mesma noite para a qual fui convidada.

— Ah, sério? — Meu sorriso não vacila, embora eu esteja fervilhando por dentro. Tem sempre uma maldita coisa no maldito Museu Victoria & Albert. E metade dos nossos benfeitores são apoiadores do V & A também; na verdade, mais da metade, provavelmente. Passamos a vida toda mudando nosso calendário de eventos para não haver conflito. — O que é? — pergunto em um tom casual. — Não ouvi falar.

— Uma exposição de tecidos. Acho que vão distribuir echarpes para todos os convidados — ela acrescenta, o olhar aguçado. — Como uma espécie de sacolinha de brindes.

Echarpes? Droga. Ok, pense, rápido.

— Ah, eu não falei? — digo, como que por acaso. — Daremos um presente maravilhoso para nossos patrocinadores na inauguração. Na verdade é... uma bolsa.

Ela empertiga a cabeça.

— Uma bolsa?

— Inspirada na exposição, claro — acrescento, mentindo escandalosamente. — É bem bonita.

Onde vou encontrar trinta bolsas que parecem ter sido inspiradas numa exposição de leques antigos, só Deus sabe. Mas eu *não quero* perder Susie Jackson para o V & A, muito menos todos os nossos outros patrocinadores.

Posso ver Susie avaliando mentalmente suas opções. Echarpe do V & A *versus* bolsa da Willoughby House. Uma bolsa *tem* de ganhar. Não tem?

— Bem, talvez eu consiga dar um jeito de ir — ela concede.

— Ótimo! — Sorrio para ela. — Vou confirmar sua presença. Vai ser uma noite maravilhosa.

Peço a conta e termino meu croissant, mentalmente classificando o encontro como um "B+". Quando voltar para o trabalho, vou preparar meu relatório e falar com a Sra. Kendrick sobre o conflito de datas. E encontrar trinta bolsas adequadas para dar de presente.

Talvez eu tente a loja do V & A.

— Então! — diz Susie com uma estranha e súbita animação quando a conta chega. — Como estão suas filhas? Há séculos não tenho notícia delas. Você tem uma foto? Posso ver?

— Ah — digo um pouco surpresa. — Elas estão bem, obrigada.

Olho para a conta e entrego o cartão ao garçom.

— Deve ser tão fofo ter gêmeas! — Susie está falando sem parar. — Eu adoraria ter gêmeos... sabe, um dia. Claro que preciso encontrar um homem primeiro...

Ouço parcialmente o que ela está dizendo enquanto tento encontrar uma foto das meninas no celular, mas alguma coisa está me incomodando... E de repente me bate. *Quanto* foi essa conta? Quer dizer, eu sei que aqui é o Claridge's, mas mesmo assim...

— Posso ver a conta outra vez? — pergunto ao garçom.

Pego-a de volta e leio a lista do que consumimos.

Café. Sim.

Docinhos. Obviamente.

Bolo de café de cinquenta libras? *O quê?*

— Ah — diz Susie numa voz estranha. — Ah. Eu queria... hã...

Levanto a cabeça lentamente. Ela está me olhando com uma expressão de garota desobediente, as bochechas ficando cada vez mais vermelhas. Mas eu ainda não entendo o que está acontecendo, até que outro garçom se aproxima, trazendo uma imensa caixa amarrada com fitas e a entrega a Susie.

— Seu bolo, madame.

Fico olhando para aquela caixa, sem palavras.

Não é *possível*.

Ela pediu um bolo para levar e colocou na *nossa conta*? No maldito *Claridge's*?

Que audácia. Total e absoluta. Foi por isso que ela começou a tagarelar: estava tentando me distrair para que eu não olhasse a conta. E quase deu certo.

Meu sorriso ainda está fixo no rosto. A situação beira o surreal. Mas não hesito nem por um segundo sequer. Seis anos trabalhando para a Sra. Kendrick me ensinaram exatamente como proceder. Digito minha senha e abro um sorriso radiante para Susie quando o garçom me entrega o recibo.

— Foi *tão bom* vê-la novamente — digo da forma mais cativante que me é possível. — Até a inauguração da Leques Lendários, então.

— Certo. — Susie parece constrangida. Ela olha para o bolo, depois levanta a cabeça, com cautela. — Então, quanto a este bolo... eles colocaram na sua conta, não sei por quê! — Ela faz uma tentativa pouco convincente de rir.

— Mas é claro! — digo, como se estivesse surpresa por ela sequer mencionar o assunto; como se comprar bolos de cinquenta libras para as pessoas fosse o que fazemos o tempo todo. — Eu não permitiria que fosse de outra forma! É *inquestionavelmente* um presente nosso. Espero que o aprecie.

Quando saio do Claridge's, estou fervendo de raiva. Somos uma instituição beneficente! Beneficente, raios! Mas, quando chego à Willoughby House, vinte minutos depois, já me acalmei. Posso quase ver o lado engraçado. E o melhor é que Susie com certeza nos deve uma agora.

Paro na porta, ponho a faixa de veludo nos cabelos e passo batom cor-de-rosa. Então entro no espaçoso hall com piso de ladrilhos, onde hoje trabalham duas voluntárias, Isobel e Nina. Elas estão falando sem parar quando entro, então me limito a levantar a mão como cumprimento e subo para o escritório no último andar.

Temos muitas voluntárias — mulheres já de certa idade, na maioria. Elas sentam-se na casa, bebem chá, conversam e de vez em quando erguem a cabeça para falar com os visitantes sobre os itens expostos. Algumas são voluntárias há anos, e são todas grandes amigas e essa é basicamente sua vida social. Na verdade, às vezes a casa fica tão cheia de voluntárias, que temos de mandar algumas para casa, porque não há lugar para os visitantes.

A maioria delas fica na sala de visitas, que tem o famoso quadro de Gainsborough e a impressionante janela de vitrais dourados. Mas minha sala favorita é a biblioteca, que é lotada de livros antigos e diários escritos por integrantes da família, em uma caligrafia bonita e floreada. Praticamente não mudou ao longo dos anos, portanto entrar ali é como voltar no tempo, com suas estantes com porta de vidro e lamparinas a gás originais. Há também um porão, onde fica a cozinha dos antigos criados, preservada exatamente como era, com panelas da época, a mesa comprida e o fogão de aspecto aterrorizante. Eu a adoro, e às vezes desço e fico lá sentada, imaginando como era ser a cozinheira em uma casa como esta. Uma vez até sugeri que fizéssemos uma exposição da vida dos criados, mas a Sra. Kendrick disse: "Acho que não, querida", e o assunto foi encerrado.

A escada pode parecer não ter fim — são cinco andares —, mas já me acostumei com ela. A alternativa é um elevadorzinho excêntrico, mas não sou muito chegada a elevadorezinhos excêntricos. Principalmente elevadorezinhos excêntricos que podem quebrar e deixar você preso acima de um poço de elevador, sem escapatória...

Enfim. Por isso subo de escada todos os dias, o que ainda conta como exercício cardiovascular. Chego ao topo, avanço em direção ao escritório claro, no nível do sótão, e cumprimento Clarissa.

Clarissa é minha colega de trabalho e tem 27 anos. Ela é a administradora e também faz um pouco de captação de recursos, como eu. Somos só nós duas — mais a Sra. Kendrick —, portanto não se trata exatamente de uma equipe grande, mas funcionamos bem porque somos compatíveis. Conhecemos bem as esquisitices da Sra. Kendrick. Antes de Clarissa, uma garota chamada Amy trabalhou conosco por um tempo, mas ela era um pouco barulhenta demais. Um pouco petulante demais. Questionava coisas e criticava nossos métodos e "não se encaixava", segundo a Sra. Kendrick. Portanto, foi dispensada.

Clarissa, por outro lado, encaixa-se perfeitamente. Ela usa muitos vestidos no estilo anos cinquenta e sapatos com botões, que compra em uma loja de artigos de dança. Tem cabelos escuros compridos e grandes olhos cinzentos, e um jeito muito sincero e cativante. Quando entro, ela está borrifando água nas plantas, tarefa que temos de realizar todos os dias. A Sra. Kendrick fica bem chateada quando esquecemos.

— Bom dia, Sylvie! — Clarissa se vira e abre um sorriso radiante. — Acabei de voltar de um café da manhã. Deu tudo *tão* certo. Me reuni com seis potenciais patrocinadores e todos prometeram colocar a Willoughby House no testamento. *Tão* generoso da parte deles.

— Que maravilha! Muito bem! — Eu bateria com a mão espalmada na dela, mas gestos como esse definitivamente *não são* algo que a Sra. Kendrick aprove, e ela pode entrar a qualquer momento. — Infelizmente, o meu não foi tão bom assim. Tomei um café com Susie Jackson da Fundação Wilson-Cross e ela me disse que o V & A fará um evento na mesma noite da inauguração da nossa Leques Lendários.

— Não! — O rosto de Clarissa murcha, consternado.

— Está tudo bem. Eu disse a ela que daríamos bolsas de presente e ela disse que viria ao nosso.

— Genial — Clarissa volta a respirar. — Que tipo de bolsa?

— Não sei. Vamos ter de procurar. Onde você sugere?

— Na loja do V & A? — propõe Clarissa após pensar por um instante. — Eles têm coisas *lindas* lá.

Faço que sim com a cabeça.

— Foi o que eu pensei.

Penduro meu blazer e sigo até a Caixa para colocar o recibo do café dentro dela. Trata-se de uma grande caixa de madeira que fica em uma estante, e não deve ser confundida com a Caixa Vermelha, localizada ao seu lado e feita de papelão, mas que um dia já foi revestida com papel de presente vermelho com estampa floral. (Ainda há um pedacinho dele na tampa, por isso ganhou o nome Caixa Vermelha.)

A Caixa é para guardar recibos, enquanto a Caixa Vermelha é para guardar faxes. E então, perto delas, está a Caixinha, que é para guardar bloquinhos de Post-It e grampos, mas *não* clipes, porque estes ficam no Prato. (Um prato de cerâmica na prateleira de cima.) Canetas, por outro lado, ficam no Pote.

Pode parecer um pouco complicado, mas, depois que você se acostuma, não é não.

— Estamos quase sem papel de fax — diz Clarissa, franzindo o nariz. — Vou ter de sair mais tarde.

Usamos muito papel de fax no escritório, porque a Sra. Kendrick às vezes trabalha de casa, e gosta de trocar mensagens conosco por fax. O que soa ultrapassado. Bem, *é* ultrapassado. Mas é a maneira como ela gosta de fazer as coisas.

— Então, quem eram seus potenciais patrocinadores? — pergunto, sentando-me para digitar meu relatório.

— Seis carinhas fofos do HSBC. Bem jovens, na verdade. — Clarissa pisca para mim. — Acabaram de sair da faculdade. Mas são uns *amores*. Todos eles disseram que fariam doações para nós. Acho que vão doar milhares!

— Impressionante! — digo, e passo a elaborar um novo documento.

Mal comecei a digitar quando ouvimos o som de passos não identificados na escada.

Conheço os passos da Sra. Kendrick. Ela está subindo para o escritório. Mas há alguém com ela. Mais pesado. Com passadas mais cadenciadas.

A porta se abre no momento em que penso: *É um homem.*

E é um homem.

Está na casa dos trinta, eu diria. Terno escuro, camisa de um azul forte, peito grande e musculoso, cabelos escuros e curtos. O tipo com punhos peludos e loção pós-barba em excesso. (Dá para sentir o cheiro daqui.) Ele provavelmente se barbeia duas vezes por dia. Provavelmente faz musculação. Pelo terno estiloso, provavelmente tem um carro chamativo para combinar. Ele é tão diferente do tipo de homem que costumamos ver por aqui que fico boquiaberta. Parece totalmente deslocado, de pé no tapete verde desbotado com seus sapatos lustrosos, a cabeça praticamente batendo no lintel.

Sendo bem sincera, raramente vemos qualquer tipo de homem aqui. Quando muito os maridos grisalhos das voluntárias. Eles usam velhos smokings de veludo para os eventos. Fazem perguntas sobre música barroca. Bebem xerez. (Temos xerez em todos os nossos eventos. Mais uma das excentricidades da Sra. Kendrick.)

Eles não sobem até o último andar, e certamente não olham à sua volta, como esse sujeito está fazendo, e dizem:

— Isso aqui é o que você chama de *escritório*? — com um tom de incredulidade.

Imediatamente eu me irrito. Não é o que ninguém "chama" de escritório, aqui *é* um escritório.

Olho para a Sra. Kendrick, que está usando um vestido de estampa floral com gola alta de babadinhos, os cabelos grisalhos perfeitamente ondulados como sempre. Fico esperando que ela o coloque em seu lugar, com um de seus comentários breves e ríspidos. ("Minha querida Amy", disse ela uma vez, quando Amy trouxe uma lata de Coca e a abriu ruidosamente na mesa. "Não somos uma escola de ensino médio americana.")

Mas a Sra. Kendrick não parece tão incisiva como de hábito. Sua mão passeia até o camafeu púrpura que sempre usa, e ela ergue o olhar para o homem.

— Bem — diz com uma risada nervosa. — Funciona bem para nós. Deixe-me apresentar minha equipe a você. Garotas, este é meu sobrinho, Robert Kendrick. Robert, esta é Clarissa, nossa administradora, e esta é Sylvie, nossa diretora de desenvolvimento.

Nos cumprimentamos com um aperto de mãos, mas Robert ainda está olhando à sua volta com olhar crítico.

— Humm — diz ele. — Está um pouco entulhado aqui, não está? Vocês deviam adotar uma política de mesas limpas.

Imediatamente me irrito ainda mais. Quem esse cara pensa que é? Por que deveríamos adotar uma política de mesas limpas? Abro a boca para dar uma resposta contundente — mas então torno a fechá-la, amarelando. Talvez seja melhor descobrir o que está acontecendo primeiro. Clarissa olha de mim para a Sra. Kendrick com uma expressão vazia, boquiaberta, e a Sra. Kendrick de repente parece se dar conta de que estamos totalmente no escuro.

— Robert decidiu se interessar pela Willoughby House — diz ela com um sorriso forçado. — Ele vai herdá-la um dia, é claro, ele e seus dois irmãos mais velhos.

Sinto um abalo por dentro. Será que ele é o sobrinho do mal que veio fechar o museu da tia e transformá-lo em prédios com apartamentos de dois quartos?

— Decidiu se interessar como? — arrisco.

— Um interesse objetivo — responde ele vivamente. — O tipo de interesse que minha tia parece incapaz de ter.

Ai, meu Deus, ele *é* o sobrinho do mal.

— Você não pode fechar o museu! — solto antes de refletir se essa é uma atitude sábia. — Não deve. A Willoughby House é uma fatia da história. Um santuário para londrinos que amam a cultura.

— Está mais para santuário para parasitas fofoqueiras — diz Robert. Sua voz é grave e denota que ele teve uma boa formação acadêmica. Poderia até ser atraente se ele não soasse tão impaciente. Agora ele me analisa com uma expressão carrancuda e nada amigável. — De *quantas* voluntárias este lugar precisa? Porque parece que vocês têm metade das londrinas aposentadas lá embaixo.

— As voluntárias mantêm o lugar vivo — observo.

— As voluntárias comem o peso delas em biscoitos — retruca ele. — Biscoitos da Fortnum & Mason, nada menos. Isso não é um pouco extravagante para uma instituição beneficente? Quanto vocês gastam com biscoitos?

Todas nos calamos. A Sra. Kendrick examina o botão em seu punho e Clarissa e eu trocamos olhares dissimulados. Os biscoitos da Fortnum & Mason *são* um luxo desnecessário, mas a Sra. Kendrick acha que são "civilizados". Experimentamos os Duchy Originals por um tempo, mas depois voltamos para os da Fortnum & Mason. (Amamos as latas deles também.)

— Eu gostaria de ver todas as contas de vocês — diz Robert. — Quero o fluxo de caixa, as despesas... Vocês guardam os recibos, não guardam?

— É claro que guardamos os recibos! — digo secamente.

— Eles estão na Caixa — confirma Clarissa, assentindo com vigor.

— Como? — Robert parece confuso, e Clarissa corre até a estante.

— Esta é a Caixa... — Ela a aponta. — E essas são a Caixa Vermelha e a Caixinha.

— A quê, a quê e a *quê*? — Robert olha de Clarissa para mim. — Isso deveria fazer algum sentido?

— Isso faz sentido — digo, mas ele já está andando e examinando o escritório outra vez.

— Por que só tem um computador? — pergunta de repente.

— Nós o compartilhamos — digo a ele.

Mais uma vez, isso é pouco convencional, mas funciona para nós.

— Vocês o compartilham? — Ele me encara. — Como se pode *compartilhar* um computador? Isto é loucura.

— A gente consegue fazer funcionar. — Dou de ombros. — Nós nos revezamos.

— Mas... — Ele parece chocado. — Mas como vocês enviam e-mails umas para as outras?

— Quando quero enviar uma mensagem para as garotas de casa, mando um fax — diz a Sra. Kendrick, um tanto cabreira. — É muito conveniente.

— *Um fax?* — Robert olha de mim para Clarissa, pasmo. — Me digam que ela está brincando.

— Usamos muito o fax — digo, apontando para o aparelho. — Enviamos faxes para os patrocinadores também.

Robert vai até a máquina em questão. Ele a fita por um momento, respirando pesadamente.

— Vocês escrevem com penas também? — diz, por fim, erguendo o olhar. — Trabalham à luz de velas?

— Sei que nossos métodos de trabalho podem parecer um pouco diferentes — digo, na defensiva —, mas funcionam.

— O cacete que funcionam — diz ele energicamente. — Não se pode administrar um escritório moderno assim.

Não ouso olhar para a Sra. Kendrick. "Cacete" é uma palavra nada, nada, nada aceitável para ela.

— É o nosso sistema — digo. — É idiossincrático.

Mas, sob a minha atitude desafiadora, eu me sinto, sim, um tanto desconfortável. Porque, quando cheguei à Willoughby House e me mostraram as Caixas e o aparelho de fax, reagi da mesma maneira. Eu queria dar fim a tudo aquilo, abolir o uso de papel no escritório e mudar muitas outras coisas também. Fiz todo tipo de proposta. A Sra. Kendrick, porém, era quem mandava, como continua mandando agora. Cada ideia que apresentei foi rejeitada. Assim, fui me acostumando aos poucos com as Caixas, o fax e tudo mais. Acho que me condicionei.

Mas que *importância* isso tem? Muda alguma coisa o fato de sermos um pouco antiquadas? Que direito esse sujeito tem de vir aqui, nessa atitude de bravata, e nos dizer como administrar o escritório? Somos uma instituição beneficente bem-sucedida, não somos?

Os olhos dele estão varrendo o ambiente de novo.

— Voltarei em breve — diz, em tom ameaçador. — Este lugar precisa entrar nos eixos. Ou então...

Ou então?...

— Pois bem! — diz a Sra. Kendrick, parecendo um pouco chocada. — Pois bem. Robert e eu vamos sair para almoçar agora, e depois teremos uma conversinha. Sobre tudo.

Os dois se viram para sair, enquanto Clarissa e eu observamos em silêncio.

Depois que o ruído dos passos deles morre, Clarissa olha para mim.

— Ou então o quê? — ela pergunta.

— Não sei. — Olho para o tapete, que ainda exibe a marca da sola dos sapatos grandes, pesados e masculinos dele. — Também não sei que direito esse cara tem de vir aqui e ficar nos dando ordens.

— Talvez a Sra. Kendrick esteja se aposentando e ele vá ser nosso chefe — arrisca Clarissa.

— Não! — digo, horrorizada. — Ai, meu Deus, você consegue sequer *imaginar* esse cara falando com as voluntárias? "Obrigado por terem vindo, agora, por favor, deem todas o fora daqui."

Clarissa perde o fôlego de tanto rir, e não consegue parar, e eu começo a rir também. Não compartilho com ela algo ligeiramente mais sombrio que passa pela minha cabeça: não existe a menor possibilidade de Robert querer administrar este lugar, um excelente imóvel londrino; no fundo, tudo se resume a dinheiro.

Por fim, Clarissa se acalma e diz que vai fazer café. Eu me sento à minha mesa e começo a digitar o relatório, tentando esquecer os eventos da manhã. Mas não consigo. Estou agitada. Meu medo e minha ansiedade estão lutando com a indignação. Por que este *não pode* ser o último canto excêntrico do mundo? Por que *temos* de nos enquadrar? Não estou nem aí para quem esse sujeito é ou que direitos ele tem sobre a Willoughby House. Se ele quiser destruir esse lugar precioso e especial e transformá-lo em prédios de apartamentos, terá de passar por cima de mim primeiro.

Depois do fim do expediente, tenho de ir a uma palestra sobre pintura italiana proferida por um de nossos patrocinadores, portanto só chego em casa quando já são quase oito da noite. A casa está silenciosa, o que significa que as meninas já foram dormir. Vou até o segundo andar para dar um beijo em suas bochechas adormecidas, ajeito as cobertas e viro Anna na posição certa na cama. (Seus pés sempre terminam no travesseiro, como Pippi Meialonga.) Então desço e encontro Dan sentado na cozinha diante de uma garrafa de vinho.

— Oi — eu o cumprimento. — Como foi o seu dia?

— Bom. — Dan dá de ombros. — O seu?

— Um burocrata chegou para nos dar ordens — digo meio desanimada. — O sobrinho da Sra. Kendrick. Ele decidiu "se interessar" pela casa, ao que parece. Ou, você sabe, fechar nossas portas e construir prédios.

Dan ergue o olhar, alarmado.

— Ele disse isso? Meu Deus.

— Bem, não exatamente — admito. — Mas disse que temos de mudar, *ou então*... — Tento transmitir o peso ameaçador dessas duas palavras com meu tom de voz, mas as feições de Dan já relaxaram.

— Ele provavelmente quis dizer "ou então não terão festa de Natal" — completa ele. — Quer um pouco?

Dan me serve uma taça de vinho antes mesmo que eu consiga responder. Enquanto ele a desliza sobre a mesa, olho para seu rosto e depois para a garrafa. Está pela metade. E Dan parece preocupado.

— Ei — digo, cautelosa. — Tudo bem com você?

Por alguns segundos, Dan fica só olhando para o nada. Está bêbado, me dou conta de repente. Aposto que foi ao pub depois do trabalho. Ele faz isso às vezes, quando vou demorar e Karen está por aqui com as meninas. E então veio para casa e abriu o vinho.

— Hoje no trabalho — diz ele por fim —, fiquei sentado, pensando: eu vou mesmo fazer isso por mais sessenta e oito anos? Construir escritórios, vender escritórios, construir escritórios, vender escritórios, construir escritórios...

— Já entendi.

— ...vender escritórios. — Ele finalmente olha para mim. — Para sempre.

— Não é para sempre. — Rio, tentando descontrair. — E você não tem de trabalhar até o *leito de morte*.

— A sensação é de que é para sempre. Somos imortais, é isso que somos, Sylvie. — Ele me olha melancólico. — E você sabe o que os imortais são?

— Heroicos? — arrisco.

— Fodidos. Isso sim.

Ele se estica sobre a mesa, puxa a garrafa de vinho e serve uma nova taça.

Isso não é um bom sinal.

— Dan, você está tendo uma crise da meia-idade? — pergunto, sem conseguir me conter.

— Como posso estar tendo uma crise da meia-idade? — ele rebate com veemência. — Não estou nem perto da metade da minha vida! Nem perto! Estou no maldito pé da montanha!

— Mas isso é *bom*! — digo enfaticamente. — Temos tanto *tempo*.

— Mas o que vamos *fazer* com ele, Sylvie? Como vamos preencher os anos intermináveis e cruéis de trabalho automático e entediante? Cadê a *alegria* em nossas vidas? — Ele passa os olhos pela cozinha com uma expressão interrogativa, como se pudesse haver ali um vidro com o rótulo de "alegria" ao lado do de "açafrão".

— É como eu disse hoje de manhã! Só precisamos nos planejar. Assumir o controle de nossas vidas. *Vincit qui se vincit* — acrescentei, orgulhosa. — Significa: Vence quem se vence. — (Procurei no Google, mais cedo no trabalho, na minha vez de usar o computador.)

— Bem, e como nós nos vencemos?

— Sei lá!

Tomo um gole de vinho e o sabor é tão bom que tomo outro. Pego alguns pratos no armário, sirvo ensopado de frango da panela elétrica e polvilho com coentro enquanto Dan pega os talheres na gaveta.

— E *ainda* tem... você sabe. — Ele deixa os talheres caírem ruidosamente na mesa.

— O quê?

— Você sabe.

— Não sei!

— O sexo — diz ele, como se fosse óbvio.

Pelo amor de Deus. Sexo de novo? *Sério?*

Por que tudo sempre acaba em sexo com Dan? Quer dizer, eu sei que sexo é importante, mas há outras coisas na vida também, coisas que ele nem parece *ver*, ou *apreciar*. Como prendedores de cortina. Ou *The Great British Bake-Off* na TV.

— O que você quer dizer com "sexo"? — contesto.

— Quero dizer... — ele se interrompe.

— O quê?

— Quero dizer: sexo com a mesma pessoa para sempre. Todo o sempre. *Ad infinitum.* Por um milhão de anos.

Silêncio. Trago nossos pratos para a mesa e paro, minha mente dando voltas de um jeito incômodo. É assim que ele vê a coisa? Um casamento de um milhão de anos? Tilda me vem à cabeça: "Mas 'até que a morte nos separe' não é um pouquinho ambicioso demais? Não é meio que uma aposta?"

Observo Dan, esse homem em quem apostei. As probabilidades pareciam favoráveis na ocasião. Mas agora, aqui está ele agindo como se fazer sexo comigo para sempre fosse uma espécie de punição, e tenho a sensação de que as probabilidades não estão mais tão boas.

— Acho que a gente podia tirar um período sabático ou algo assim — digo, sem nem saber exatamente o que quero dizer com isso.

Dan levanta a cabeça e olha para mim.

— Um sabático?

— Um período sabático do relacionamento. Dar um tempo. Ficar com outras pessoas. Essa poderia ser uma de nossas décadas. — Dou de ombros, tentando passar indiferença na voz. — Quer dizer, é uma ideia.

Há muito mais coragem na minha voz do que em mim. Não *quero* Dan transando com outras pessoas por uma década. Não quero que ele fique com ninguém que não seja eu. Mas também não quero que ele se sinta como se estivesse de macacão laranja enfrentando uma pena de prisão perpétua.

Dan fica simplesmente me olhando, incrédulo.

— Então é isso? Falamos em italiano por uma década, transamos com outras pessoas por outra e então... qual era a última ideia? Nos mudamos para a América do Sul?

— Eu não sei! — rebato, na defensiva. — Só estou tentando ajudar!

— Você *quer* um período sabático? — Dan me observa atentamente.

— Você está tentando me dizer alguma coisa?

— Não! — exclamo, frustrada. — Só quero que você fique feliz! Pensei que você *estivesse* feliz. Mas agora você quer nos deixar...

— Não, eu não quero! — diz ele, vigorosamente. — É você quem quer que *eu* vá! Você quer que eu faça isso *agora*?

— Eu não quero que você vá embora! — praticamente grito.

Como foi que a conversa descambou desse jeito? Bebo todo o vinho da taça e pego a garrafa, rebobinando o diálogo mentalmente. Ok, talvez eu tenha tirado conclusões precipitadas. Mas talvez ele também.

Comemos em silêncio por um tempo e tomo vários outros goles de vinho, na esperança de que possam me ajudar a clarear as ideias. Com o tempo, uma sensação agradável toma conta de mim e começo a me sentir mais calma. Embora com "mais calma" eu queira dizer, na verdade, "bêbada". As duas taças de *prosecco* que tomei na palestra contribuíram para esse efeito, mas mesmo assim bebo toda a segunda dose de vinho. Isso é essencial. É *medicinal*.

— Eu só quero um casamento duradouro e feliz — digo finalmente, minha voz um pouco arrastada. — E que a gente não se sinta entediado nem como se estivesse de macacão laranja, fazendo marcas na parede. E eu *não quero* um período sabático — acrescento, convicta. — Quanto ao sexo, nós só precisamos... — Dou de ombros, impotente. — Quer dizer, eu sempre posso comprar uma *lingerie* nova...

— Desculpa. — Dan sacode a cabeça. — Não foi minha intenção... O sexo com você é muito bom, você sabe disso.

Muito bom?

Eu teria preferido *absolutamente fantástico*, mas não vamos nos deter nisso agora.

— Tudo bem — digo. — Somos criativos, certo? Podemos ser felizes, não é?

— É claro que podemos ser felizes. Ai, *meu Deus*, Sylvie. A verdade é que amo tanto você, amo tanto as meninas... — Dan parece ter passado direto do bêbado-beligerante para o bêbado-sentimental. (Tenho uma palavra para isso também: *chafurdância*.) — O dia em que as gêmeas nasceram, minha vida simplesmente... simplesmente... — Os olhos de Dan giram enquanto ele procura a palavra. — ...se expandiu. Meu coração *se expandiu*. Eu nunca achei que fosse possível amar alguém tanto assim. Lembra de como as duas eram pequenininhas? Em seus bercinhos de acrílico?

Faz-se silêncio e eu sei que estamos ambos relembrando aquelas apavorantes primeiras 24 horas, quando Tessa precisou de ajuda para respirar. Parece que faz um milhão de anos. Agora ela é uma garotinha robusta e saudável. Mas mesmo assim...

— Eu sei. — Lágrimas bêbadas enchem meus olhos de repente. — Eu sei.

— Lembra daquelas meinhas minúsculas que elas usavam? — Dan toma outro gole de vinho. — Posso te contar um segredo? Eu tenho saudades daquelas meinhas.

— Eu ainda tenho as meinhas! — Me levanto sofregamente da mesa, meio tropeçando na perna da cadeira. — Outro dia eu estava separando as roupas e guardei um monte de roupinhas de bebê para... sei lá. Talvez as meninas tenham filhos um dia...

Sigo para o corredor, abro o armário embaixo da escada e puxo uma sacola plástica cheia de roupas de bebê. Dan já abriu outra garrafa de vinho e empurra uma taça cheia para mim enquanto tiro da sacola um punhado de macacõezinhos de bebê. Eles cheiram a sabão em pó infantil, e é um cheirinho tão típico do mundo dos bebês que vai direto para o meu coração. Nosso mundo era todo bebês, e agora acabou.

— Ai, meu Deus. — Dan olha os macacõezinhos como se estivesse hipnotizado. — São tão *pequenininhos*.

— Não são? — Tomo um grande gole de vinho. — E este aqui com os patinhos?

Esse macacãozinho sempre foi o meu favorito, com sua estampa de patinhos amarelos. Às vezes chamávamos as meninas de nossas patinhas. Dizíamos que íamos colocá-las em seus ninhos. É engraçado como as coisas voltam à memória.

— Lembra do móbile de ursinho com a canção de ninar? — Dan agita a taça de vinho de forma errática no ar. — Como era mesmo?

— Lá-lá-lá... — Tento, mas não consigo lembrar da melodia. Droga. Essa música vivia entranhada na nossa cabeça.

— Está em um vídeo.

Dan abre o laptop, e um momento depois acessa a pasta de vídeos — *Meninas: Primeiro Ano*. Sem nenhum aviso, me vejo olhando um filme que mostra o Dan de cinco anos atrás, e fico tão tocada que nem consigo falar.

Na tela, Dan está sentado no sofá, embalando Anna no peito nu. Ela só tinha uma semana de vida e parecia tão magricela com as perninhas naquela posição de sapo dos recém-nascidos. Tão vulnerável. As pessoas dizem: "Você vai esquecer o quanto elas eram pequenas" e você não acredita, mas então esquece mesmo. E Dan parece tão cheio de ternura, tão protetor. Tão orgulhoso. Tão paternal.

Olho para ele, e seu rosto está carregado de emoção.

— É *isso* — diz ele, a voz embargada, como se fosse chorar. — É esse o sentido da vida. Bem aqui. — Ele espeta o dedo na tela. — Bem aqui.

— Bem aqui. — Enxugo os olhos.

— Bem aqui — ele repete, os olhos ainda fixos na Anna bebê.

— Você está certo. — Balanço a cabeça com vigor. — Você está tão, tão, *tão*, tão, tão, tão... — Me dá um branco de repente. — Exatamente. *Exatamente.*

— Quer dizer, o que mais importa? — Ele faz gestos elaborados com a taça de vinho na mão. — Nada.

— Nada — concordo, me segurando na cadeira para fazer o mundo parar de girar. Estou me sentindo só um *pouco*... É como se houvesse dois Dans sentados na minha frente, digamos assim.

— *Nada.* — Dan parece querer expressar esse ponto de vista com mais ênfase ainda. — Nada no mundo todo. Nada.

Faço que sim com a cabeça.

— Nada.

— Sabe de uma coisa? Devíamos ter *mais*. — Dan aponta enfaticamente a tela.

— *Sim* — concordo de pronto, antes de me dar conta de que não sei sobre o que ele está falando. — Mais o quê?

— É *assim* que damos sentido à nossa vida. É *assim* que preenchemos os infinitos e intermináveis anos. — Dan parece cada vez mais animado. — Devíamos ter mais filhos. *Muitos* mais, Sylvie. Tipo... — Ele olha à sua volta. — Mais *dez*.

Eu o observo em silêncio. Mais filhos.

E agora posso sentir lágrimas surgindo novamente. Ai, meu Deus, ele tem razão, *essa* é a resposta para tudo.

Em meio à minha embriaguez, tenho uma visão de dez lindos bebês em fila, em berços de madeira iguaizinhos. *É claro* que devíamos ter mais filhos. Por que não pensamos nisso antes? Eu serei a Mãe Terra. Vou levá-los em passeios de bicicleta, vestidos com roupinhas iguais, cantando músicas edificadoras.

Uma vozinha no fundo da minha cabeça parece dizer alguma coisa em protesto, mas não consigo ouvi-la direito nem quero. Quero pezinhos minúsculos e cabecinhas cobertas de penugem. Quero bebês me chamando de "mamã" e *me* amando acima de tudo.

Vezes dez.

Num impulso, pego o macacãozinho de patinhos, o seguro no ar e ficamos os dois fitando-o por um instante. Sei que estamos ambos imaginando um bebê novinho em folha se contorcendo dentro dele. Então o deixo cair em cima da mesa.

— Vamos fazer isso — digo, sem ar. — Aqui e agora.

Eu me inclino para beijá-lo, mas acabo escorregando da cadeira e indo ao chão. Merda. *Ai.*

— Aqui e agora. — Dan se junta a mim no chão e começa logo a tirar minha roupa.

E não é *tão* confortável assim, aqui no chão de ladrilhos, mas eu não ligo, porque estamos começando uma nova vida! Estamos começando um novo capítulo. Temos um propósito, um objetivo, um bebezinho minúsculo e amado num moisés... De repente, tudo fica cor-de-rosa.

QUATRO

AI, MEU DEUS, O QUE FOI QUE NÓS FIZEMOS?
Será que estou grávida?
Estou?
Na manhã seguinte, deitada na cama, minha cabeça lateja. Eu me sinto enjoada. Me sinto apavorada. Será que também me sinto grávida? Ai, meu Deus, *será*?
Não posso acreditar que estou acordando no meio desta situação. Tenho a sensação de estar no vídeo de uma campanha esclarecedora contra gravidez indesejada na adolescência. Não usamos *nenhuma* proteção na noite passada.
Espere aí, usamos?
Não. Não. Definitivamente não.
Com cuidado, tateio meu abdome. Nada mudou. Mas isso não quer dizer nada. Dentro de mim, o milagre da concepção humana já pode ter acontecido. Ou pode estar acontecendo nesse momento, enquanto Dan dorme, abraçado ao travesseiro, feliz, como se nossa vida não tivesse acabado de ser arruinada.
Não, não arruinada.

Sim, *arruinada*. De tantas, tantas maneiras.

Enjoo matinal. Dor nas costas. Privação de sono. Quilos a mais. Aqueles abomináveis jeans de grávida com a faixa elástica. Falta de dinheiro. Privação de sono.

Sei que tenho fixação pelo sono. Isso porque a privação do sono é uma forma de tortura. *Não posso* passar de novo por aquela coisa de não dormir. E mais: a diferença de idade seria de seis anos. Então, será que teríamos de ter um quarto filho para fazer companhia ao bebê? Mas quatro? *Quatro filhos?* De que tipo de carro precisaríamos nesse caso? Uma minivan gigantesca. Como vamos estacionar uma minivan em nossa ruazinha? Pesadelo.

Será que eu teria de abrir mão do meu trabalho para cuidar da prole? Mas eu não *quero* abrir mão do meu trabalho. Minha rotina funciona muito bem, e todo mundo está feliz...

Um pensamento horrível me deixa boquiaberta. E se tivermos outro bebê e então tentarmos um quarto... e *acabarmos tendo trigêmeos?* Acontece. Essas coisas acontecem. Aquela família de Stoke Newington que Tilda conheceu. Três filhos e então... bum! Trigêmeos. Eu morreria. Teria um colapso de verdade. Ai, meu Deus, por que não pensamos nisso direito? Seis filhos? *Seis?* Onde os *poríamos?*

Estou hiperventilando. Acabo de passar de mãe de duas meninas, com só a cabeça fora d'água, a uma mãe submersa de seis, os cabelos desgrenhados presos por um elástico, chinelos nos pés inchados pela gravidez e uma expressão de exaustão resignada...

Espere. Preciso ir ao banheiro.

Saio de mansinho da cama, vou até lá na ponta dos pés sem acordar Dan e logo tenho a resposta: não estou grávida. Nem ligeiramente grávida.

O que é — ai, *Deus* — um alívio e tanto. Desabo no vaso sanitário e me permito relaxar os músculos, as mãos na cabeça. Eu me sinto como se tivesse freado bruscamente, derrapando, a segundos de despencar no precipício. Estou feliz como estamos. Nós quatro. Perfeito.

Mas o que Dan dirá? E o macacão de patinhos, as meinhas e "É *assim* que damos sentido à nossa vida"? E se ele *quer ter* seis filhos, só nunca me disse isso?

Por um tempo, fico ali sentada, tentando decidir como vou dar a ele a real de que não só não vamos ter esse bebê, como não vamos ter mais nenhum bebê.

— Sylvie? — ele chama do quarto. — Você está bem?

— Ah, oi! Você acordou! — Minha voz está aguda e um pouco tensa. — Eu só estou... hã...

Volto para o quarto, evitando o olhar de Dan.

— Então... eu não estou grávida — digo para o chão.

— Ah. — Ele pigarreia. — Certo. Bem, isso é...

Ele se interrompe, fazendo uma pausa imensa. Prendo a respiração. Eu me sinto como se estivesse num episódio de *Topa ou Não Topa*. Como exatamente ele vai finalizar a frase?

— É... uma pena — diz ele, por fim.

Emito um som que poderia soar como anuência, embora, na verdade, seja justamente o oposto. Meu estômago está se revirando um pouco. Será que esse vai se transformar no grande fator de ruptura do nosso casamento? Mais até do que o sofá de veludo verde? (Uma saga e tanto. No fim, chegamos a um acordo com o cinza. Mas o verde teria ficado *tão* mais bonito.)

— Podemos tentar de novo mês que vem — diz Dan depois de um tempo.

— É. — Engulo em seco, pensando: Merda, merda, merda, ele quer mesmo seis filhos...

— Você provavelmente deveria tomar... como é mesmo? — acrescenta ele. — Ácido fólico.

Não. Isso está indo rápido demais. A porcaria do ácido fólico? Será que ele quer que eu aproveite e compre algumas fraldas de recém--nascido também?

— Certo. — Eu olho para a cômoda. — Quer dizer, é. Eu poderia fazer isso.

Vou ter de me abrir com ele. É como saltar em uma piscina. Respire fundo e pule.

— Dan, me desculpe, mas eu simplesmente não *quero* mais filhos — digo de supetão. — Eu sei que ficamos sentimentais com as meias, mas, no fim das contas, são só meias, enquanto um bebê é um imenso compromisso, que muda toda uma vida, e eu já estou com a minha vida organizada, e provavelmente precisaríamos ter um quarto filho, o que poderia significar seis, e nós simplesmente não temos espaço em nossa vida para seis crianças! Quer dizer, temos?

Quando meu discurso esmorece, me dou conta de que Dan também está falando, com a mesma urgência, como se tivesse pulado numa piscina também.

— ...as finanças — ele está dizendo. — Quer dizer, e como vamos pagar as faculdades? E o quarto extra? E o carro?

Espere um minuto.

— O que você está dizendo? — Eu o olho, confusa.

— Sinto muito, Sylvie. — Ele me olha, tenso. — Eu sei que nos empolgamos ontem à noite. E talvez você queira uma família maior, o que é algo que vamos ter de discutir, e eu vou sempre respeitar suas opiniões, mas eu só estou dizendo...

— Eu não quero uma família maior! — Eu o interrompo. — É você quem quer seis filhos!

— Seis? — Ele me olha, boquiaberto. — Você ficou maluca? Tivemos *uma* transa sem proteção. De onde vieram os "seis filhos"?

Francamente. Ele não consegue ver? É tão óbvio!

— Temos mais um e então tentamos o quarto, para que o bebê tenha companhia, e acabamos tendo trigêmeos — explico. — Acontece. Aquela família em Stoke Newington — lembro a ele.

Com a palavra "trigêmeos", Dan adota uma expressão absolutamente horrorizada. Os olhos dele encontram os meus, e posso ver a verdade ali: ele não quer trigêmeos. Ele não quer uma minivan. Ele não quer nada disso.

— Acho que outro bebê é uma manobra diversionista — diz ele, por fim. — Não é a resposta para nada.

— Acho que estávamos os dois muito bêbados ontem à noite. — Mordo o lábio. — Na verdade não deveríamos ficar encarregados dos nossos próprios sistemas reprodutivos.

Volto a me lembrar do macacão de patinhos. Na noite passada eu me sentia tão maternal. Queria desesperadamente um bebê novinho em folha dentro dele. Agora quero dobrá-lo e guardá-lo. Como posso ter mudado de ideia tão rápido?

— E o macacão de patinhos? — pressiono Dan, só para ter certeza de que ele não está escondendo algum desejo profundo e enterrado, o qual então irá se revelar em uma torrente de ressentimento quando for tarde demais e tivermos nos tornado um casal de idosos enrugados, hospedados à margem de um lago na Itália, nos perguntando em que ponto nossa vida deu errado. (Acabamos de ler um romance de Anita Brookner em nosso clube de leitura.)

— É só um macacãozinho. — Ele dá de ombros. — Fim da história.

— E quanto aos próximos sessenta e oito anos? — lembro a ele. — E as intermináveis décadas vazias à nossa frente?

Silêncio — e então Dan olha para mim com um sorriso irônico.

— Bem, como disse o médico... Tem sempre os boxes de filmes, seriados e livros.

Os boxes. Acho que podemos fazer melhor do que ler os livros e ver os filmes e seriados desses malditos *boxes*.

Quando chego ao Bell para o quiz da noite, eu me sinto a todo vapor. Estou bombeando adrenalina; quase fervilhando. O que, para ser justa, se deve a todo tipo de coisas, e não só a lidar com a questão de como me manter casada com Dan para sempre (e um pouco mais).

Foi essencialmente meu dia no trabalho que me deixou agitada. Não sei o *que* aconteceu na Willoughby House. Não, risque isso, eu sei exatamente *o que* aconteceu: foi o sobrinho maligno que aconteceu.

Acho que o que quero dizer é: não sei *o que* ele disse à Sra. Kendrick que a fez se transformar da noite para o dia, e não exatamente para melhor.

A Sra. Kendrick costumava ser um bastião. Ela era a medida certa para o que é Correto, segundo ela. Simplesmente sabia o que era correto. Tinha a sua Conduta, e nunca a colocava em dúvida, jamais, e todos nós a respeitávamos e a seguíamos.

Agora, porém, sua haste de ferro está vacilando. Ela parece nervosa e aflita. Insegura em relação a todos os seus princípios. Por cerca de meia hora hoje de manhã, ela andou pelo escritório, como se o visse através de um novo olhar. Pegou a Caixa e a fitou, como se de repente não estivesse satisfeita com aquilo. Pôs alguns exemplares da *Country Life* na pilha de papéis para reciclar. (Mais tarde pegou-os de volta; eu vi.) Lançou um olhar nostálgico para o aparelho de fax. Então virou de costas, aproximou-se do computador e disse num tom esperançoso:

— Um computador é *como* um aparelho de fax, não é, Sylvie?

Assegurei-lhe que sim, um computador era, em muitos aspectos, como um aparelho de fax, no sentido de que era uma ótima maneira de se comunicar com as pessoas. Mas esse foi um grande erro, porque ela se sentou e disse com ar de bravata:

— Acho que vou fazer alguns e-mails. — E tentou deslizar a tela como a de um iPad.

Então interrompi o que eu estava fazendo e fui ajudá-la. E, após alguns minutos, Clarissa juntou-se a nós, depois que a Sra. Kendrick disse com irritação:

— Sylvie, querida, o que você está falando não faz o menor *sentido*.

Ai, meu Deus. No fim das contas — depois de muita frustração e perplexidade da parte de todo mundo —, percebemos que a Sra. Kendrick tinha entendido que a linha do assunto *era* o e-mail. Tive de explicar que é preciso abrir cada mensagem e ler o conteúdo. Ao que ela falou, então, com ar de espanto:

— Ah, *entendi*.

Então, quando fechei cada e-mail, ela se sobressaltou e perguntou:

— Aonde eles foram?

Umas vinte vezes.

A essa altura ela estava ficando um pouco irritada, então preparei uma xícara de chá para ela e mostrei-lhe uma carta de agradecimento que havia chegado de um patrocinador. (Em papel, escrita a caneta--tinteiro.) *Isso* a deixou feliz. E sei que o sobrinho provavelmente disse a ela:

— Faça o que tem de ser feito, Tia Margaret, e comece a usar e-mail.

Mas eis a resposta que eu daria: "Pelo amor de Deus, deixe-a mandar faxes para os amigos. O que há de errado nisso?"

Aparentemente ele voltará para "avaliar coisas". Bem, eu também posso brincar de "avaliar". E se eu "avaliar" que ele está estressando a tia sem um bom motivo, vou dizer isso a ele, pode acreditar.

(Provavelmente em um e-mail bem-educado, depois que ele for embora. Não sou muito boa em confrontos, verdade seja dita.)

Ajeito rapidamente o cabelo, então entro no pub, já concluindo que essa foi uma péssima ideia, mas não há muito que eu possa fazer agora.

O lugar foi arrumado especialmente para a noite, com uma faixa cintilante onde se lê "QUIZ DO ROYAL TRINITY HOSPICE" e um pequeno palco a um canto, equipado com sistema de som. Grupos de pessoas já estão sentados com taças de vinho e canecas de cerveja, fitando as folhas de papel em suas mãos. Vejo Simon e Olivia sentados com Tilda e Toby, e sigo para a mesa deles, cumprimentando todos com um beijo.

— Dan está a caminho — digo, puxando uma cadeira. — Está só esperando a babá chegar.

Com o custo da babá, mais entradas e bebida, essa noite vai sair bem cara para um evento do qual ambos estamos pouquíssimo empolgados em participar. Quando eu estava saindo de casa, Dan disse:

— Por que simplesmente não fazemos uma doação de cinquenta libras, ficamos em casa e assistimos a um seriado na TV?

Mas não digo isso aos outros. Estou tentando ser positiva.

— Isso não vai ser divertido? — acrescento alegremente.

— Totalmente — diz Olivia de pronto. — Não se pode levar essas coisas muito a sério. Estamos aqui apenas pela diversão.

Não conheço Simon e Olivia muito bem. Eles têm aproximadamente a idade de Tilda, e filhos na faculdade. Ele tem a aparência de um tio alegre, com cabelos encaracolados e óculos, mas ela é bastante agitada e intensa. Ela parece estar sempre torcendo as mãos, os nós dos dedos esticando a pele branca. E tem essa desconcertante mania de desviar os olhos no meio da conversa, com um súbito movimento de baixar a cabeça, como se achasse que você está prestes a bater nela.

O boato que corre é que eles quase se divorciaram no ano passado, porque Simon teve um caso com a assistente, e Olivia o fez viajar para uma semana de terapia conjugal em Cotswolds, e eles tiveram de acender velas e "varrer para longe a infidelidade dele" com vassouras místicas especiais feitas de galhos de árvores. Isso de acordo com Toby, que soube da história por intermédio da *au pair* dos vizinhos.

Embora, obviamente, eu não dê ouvidos a fofocas. Tampouco consiga imaginar o casal varrendo para longe a infidelidade do marido com vassouras feitas de galhos de árvores, toda vez que os vejo. (Acredite, se a infidelidade fosse de Dan, eu ia querer fazer muito mais do que varrê-la com uma vassoura de galhos. Surrá-la com uma marreta, talvez.)

— Que tema é sua especialidade, Sylvie? — pergunta Tilda quando me sento. — Andei fazendo um intensivo de capitais.

— Não! — exclamo. — Capitais são o *meu* forte.

— Capital da Letônia — desafia Tilda, me passando uma taça de vinho.

Minha mente dá um salto com uma centelha de otimismo. Eu sei essa? Letônia. Letônia. Budapeste? Não, isso é Praga. Quero dizer, *Hungria*.

— Ok, as capitais podem ficar com você — concedo, generosa. — Vou focar em história da arte.

— Ótimo. E Simon sabe tudo de futebol.

— Ano passado nós teríamos ganho se tivéssemos usado o coringa na rodada de futebol — intervém Olivia de repente. — Mas Simon *insistiu* em usá-lo cedo demais.

Ela fulmina Simon com o olhar e Tilda e eu nos entreolhamos. Olivia não está aqui apenas pela diversão *mesmo*.

— Nossa equipe se chama os Conquistadores de Canville — Tilda me informa. — Porque moramos na Canville Road.

— Muito bem. — Tomo um gole de vinho e estou prestes a regalar Tilda com meu dia no escritório, quando Olivia se inclina para a frente.

— Sylvie, olhe esses monumentos famosos. — Ela empurra uma folha de papel em minha direção. Nela estão cerca de vinte fotos granuladas, fotocopiadas. — Você consegue nomear algum deles? Esta é a primeira rodada.

Olho para a folha com a testa franzida. A reprodução é tão ruim que eu nem consigo ver nada, muito menos...

— A Torre Eiffel! — digo, avistando-a de repente.

— Todo mundo acerta a Torre Eiffel — replica Olivia, impaciente. — Olhe, nós já até escrevemos aqui. *Torre Eiffel*. Você não sabe nenhum outro?

— Hã... — Observo vagamente a folha, passando por Stonehenge e Ayers Rock, cujos nomes também já estão ali escritos. — Este é o Edifício Chrysler?

— Não — responde Olivia, num tom irritado. — Só parece um pouco com o Edifício Chrysler, mas, na verdade, não é ele.

— Ok — digo com humildade.

Já estou me sentindo um tanto histérica. Não sei nada, nem tampouco Tilda, e Olivia parece cada vez mais uma diretora de escola, com os lábios comprimidos. De repente ela se senta ereta e cutuca Simon.

— Quem são *eles*?

Um grupo de homens com camisas polo roxas iguaizinhas entra e se senta. Metade deles tem barba e a maioria usa óculos e todos parecem assustadoramente inteligentes.

— Não é melhor não participarmos do quiz? — pergunto a Tilda, mais ou menos de brincadeira. — Não é melhor só assistirmos?

— Bem-vindos, todos, bem-vindos! — Um sujeito de meia-idade e bigode sobe na minúscula plataforma e fala ao microfone. — Eu sou Dave, o mediador do seu quiz esta noite. Nunca fiz isso, estou aqui hoje porque Nigel ficou doente, portanto tenham paciência comigo... — Ele dá uma meia gargalhada sem jeito, e então pigarreia. — Bem, vamos jogar limpo, vamos nos divertir... por favor, desliguem os celulares... — Ele olha ao redor com uma expressão severa. — Nada de dar busca no Google. Nem de mandar mensagens a amigos. É *proibido*.

— Toby! — Tilda dá um cutucão nele. — Desliga!

Toby pisca para ela e guarda o celular. Ele aparou a barba de hipster, reparo. Excelente. Agora só precisa se livrar de seus milhares de pulseiras de couro grotescas.

— Ei, este é o Parque Nacional do Iguaçu — diz ele de repente, apontando uma das fotos granuladas. — Eu já fui lá.

— Ssssh! — diz Olivia, lívida. — Seja discreto! Não grite para que o salão inteiro ouça!

Na mesa ao lado, escuto alguém dizer:

— Ponha "Parque Nacional do Iguaçu". — E Olivia praticamente explode de raiva.

— Está vendo? — diz ela a Toby. — Eles ouviram! Se você sabe uma resposta, escreva! — Ela bate furiosamente no papel. — *Escreva!*

— Vou pegar um saco de batata frita — informa Toby, sem dar a mínima atenção a Olivia.

Quando ele se levanta, dirijo um sorriso conivente a Tilda, mas ela não o retribui.

— Esse *garoto* — diz ela, pressionando o rosto entre as mãos, com força, e em seguida solta o ar. — O que vou fazer com ele? Você nem imagina qual foi a última dele. Não faz ideia.

— O que foi que ele fez agora?

— Caixas de pizza vazias. Ele está guardando caixas de pizza vazias no armário da lavanderia, você acredita? No armário da lavanderia! Com nossos lençóis limpos! — O rosto de Tilda fica tão vermelho e indignado que tenho vontade de rir, mas consigo me controlar.

— Isso não é nada bom — digo.

— Exatamente! — replica ela com veemência. — Não é mesmo! Comecei a sentir cheiro de tempero todas as vezes que abria o armário. Como orégano e tal. Pensei: Bem, deve ser o amaciante novo. Mas hoje começou a exalar um cheiro rançoso e repugnante, então resolvi investigar e o que foi que descobri?

— Caixas de pizza? — arrisco.

— Isso mesmo! Caixas de pizzas. — Ela fixa um olhar de reprovação em Toby, que se senta e coloca três sacos de batata frita na mesa.

— Ele estava descartando as caixas no armário da lavanderia porque não podia se dar ao trabalho de descer a escada.

— Eu não estava descartando as caixas — responde Toby laconicamente. — Mãe, eu já expliquei isso para você. Era um sistema de estocagem. Eu ia levá-las para reciclar.

— Não ia nada!

— É claro que eu ia. — Ele lança a ela um olhar rancoroso. — Eu só não tinha levado *ainda*.

— Bem, mesmo se fosse um sistema de estocagem, não se pode ter um sistema de estocagem para caixas de pizza no armário da lavanderia! — A voz de Tilda se eleva com a indignação. — O armário da lavanderia, *com roupas limpas*!!

— Vamos então à rodada de Espaço e Tempo. — O tom animado de Dave troveja pelo microfone. — E a primeira pergunta é: Quem foi o terceiro homem a pisar na Lua? Repito: Quem foi o *terceiro* homem a pisar na Lua?

Ouvem-se sussurros e murmúrios pelo salão.

— Alguém? — pergunta Olivia, correndo os olhos pela mesa.

— O *terceiro* homem a pisar na Lua? — Faço uma careta para Tilda.

— Neil Armstrong, não. — Tilda conta energicamente nos dedos. — Nem Buzz Aldrin.

Todos nos entreolhamos com a expressão vazia. Pelo salão, posso ouvir umas vinte pessoas cochichando:

— Neil Armstrong, *não*...

— Sabemos que não foram eles! — diz Olivia rispidamente. — Quem *foi*? Toby, você que gosta de matemática e ciências. Você sabe?

— Os pousos na Lua não aconteceram de verdade, foram encenados, portanto a pergunta não é válida — diz Toby de pronto, e Tilda solta um gritinho exasperado.

— Eles *não* foram encenados. Ignore-o, Olivia.

— Você pode continuar se enganando, se quiser. — Toby dá de ombros. — Viva na sua bolha. Acredite nas mentiras.

— Por que você acha que foram encenados? — pergunto, curiosa, e Tilda sacode a cabeça para mim.

— Não o provoque — ela diz. — Ele tem uma teoria da conspiração para tudo. Protetor labial, Paul MacCartney...

— *Protetor labial?* — Eu a olho, perplexa.

— Protetor labial *faz* seus lábios racharem — afirma Toby, serenamente. — É viciante. É desenvolvido para fazer você comprar mais. Você usa protetor labial, Sylvie? A indústria farmacêutica está fazendo você de marionete. — Ele dá de ombros de novo, e eu o fito, me sentindo um pouco inquieta. Eu sempre carrego protetor labial na bolsa.

— E Paul McCartney? — Não posso deixar de perguntar.

— Morreu em 1966 — diz Toby de forma sucinta. — Foi substituído por um sósia. Há pistas disso em várias músicas dos Beatles, se você souber onde procurar.

— Está vendo? — Tilda apela para mim. — Está vendo com o que eu tenho de conviver? Caixas de pizza, teorias da conspiração, tudo na casa recabeado...

— Não é recabeado — diz Toby pacientemente —, é *redirecionado*.

— Pergunta dois! — anuncia Dave ao microfone. — Harrison Ford representou Han Solo em *Star Wars*. Mas que personagem ele fez no filme *A testemunha*, de 1985?

— Ele era o sujeito *amish*! — diz Simon, acordando e batendo a caneta, pensativo, nos dedos. — Ou... espere. Ele não era *amish*, a garota é que era.

— Ai, Deus! — Olivia solta um gemido. — Esse filme é muito antigo. Alguém se lembra dele? — Ela se volta para Toby. — Foi antes de você nascer, Toby. É sobre... é sobre o que mesmo? — Ela franze a testa. — O programa de proteção a testemunhas. Alguma coisa assim.

— O "programa de proteção a testemunhas" — ecoa Toby sardonicamente, fazendo aspas no ar com os dedos.

— Toby, *não* comece com suas ideias sobre o programa de proteção a testemunhas — diz Tilda, ameaçadora. — *Não* comece.

— O quê? — pergunto, minha curiosidade aguçada. — Não me diga que você tem uma teoria da conspiração sobre o programa de proteção a testemunhas também.

— Alguém sabe a resposta para a pergunta em questão? — indaga Olivia de mau humor, mas ninguém está prestando atenção.

— Quer saber mesmo? — Toby volta os olhos para mim.

— Sim! Me conta!

— Se um dia oferecerem a você um lugar no programa de proteção a testemunhas, fuja — diz Toby sem piscar. — Porque vão se livrar de você.

— Como assim? — pergunto. — Quem?

— O governo mata todo mundo no programa de proteção a testemunhas. — Ele dá de ombros. — Faz sentido, financeiramente falando.

— *Mata?*

— Eles nunca conseguiriam custear a "proteção" daquela quantidade de gente. — Ele faz de novo as aspas no ar. — É um mito. Um conto de fadas. Em vez disso, eles se livram delas.

— Mas eles não podem simplesmente "se livrar" das pessoas! As famílias iriam... — Paro no meio da frase. — Ah.

— Está vendo? — Ele arqueia as sobrancelhas para mim, enfaticamente. — Das duas maneiras, elas desaparecem para sempre. Quem sabe a diferença?

— Uma bobagem sem tamanho — fala Tilda. — Você passa tempo demais na internet, Toby. Vou ao banheiro.

Quando ela empurra a cadeira para trás, cruzo os braços e observo Toby.

— Você não acredita em todas essas bobagens de verdade, não é? Só está irritando sua mãe.

— Talvez. — Ele pisca. — Ou talvez não. Só porque você é paranoico não quer dizer que não exista uma conspiração contra você. Ei, suas meninas gostam de origami? — Ele pega uma folha de papel e começa a dobrá-la rapidamente. Em poucos segundos, criou um pássaro, e eu fico boquiaberta.

— Incrível!

— Dê este para Anna. E aqui outro para Tessa. — Agora ele está fazendo um gato, com orelhinhas pontudas. — Diga a elas que foi Tobes quem mandou. — Ele me dirige um sorriso repentino e eu sinto uma pontada de afeto por ele. Conheço Toby desde que ele era um adolescente de uniforme escolar carregando um trombone para a escola todas as manhãs.

— Harrison Ford! — Olivia bate na mesa para atrair a nossa atenção. — Concentrem-se, todos! Que personagem ele representou?

— Na verdade, acabo de ver Dan chegando. — Eu me levanto, desesperada para fugir dali. — Só vou... hã... Volto em um segundo!

Ok, nunca mais vou participar de um quiz em nenhum pub, jamais. Eles são do mal, coisa de Satã. Existe, *sim*, uma teoria da conspiração contra você.

Passaram-se quase duas horas. Tivemos mais umas cem rodadas (é a sensação que tenho) e agora finalmente está na hora das respostas.

Todos estão ficando muito cansados e entediados. Mas os trâmites estão paralisados porque surgiu uma contenda. A pergunta era: Como se escreve "Rachmaninoff"? e uma garota russa, em outra mesa, escreveu em alfabeto cirílico. Agora Dave está tentando contornar uma discussão entre ela e a equipe de camisa polo roxa, que argumenta que, se ninguém mais no pub conhece o alfabeto cirílico, como alguém pode julgar se ela está certa ou errada?

Pelo amor de Deus, *que importância isso tem?* Dê o ponto para ela. Dê dez pontos para ela. Que seja. Mas vamos continuar.

Não é só nosso casamento que vai durar para sempre. Esse quiz também. Vamos ficar presos nessa mesa por toda a eternidade, bebendo esse Chardonnay horrível e tentando lembrar quem ganhou Wimbledon em 2008, até nossos cabelos ficarem brancos e nós ficarmos cheios de rugas como a Srta. Havisham, de *Grandes esperanças*.

— Por falar nisso, Sylvie, vi uma matéria sobre seu pai no jornal — diz Simon, em voz baixa. — Sobre suas conquistas na angariação de fundos. Você deve estar muito orgulhosa.

— Estou. — Sorrio para ele, radiante e agradecida. — Estou muito orgulhosa.

Meu pai passou muito tempo levantando fundos em prol de pesquisas sobre o câncer de fígado. Era um trabalho a que ele se dedicava com fervor. E, sendo o rei do networking, papai o executou de forma espetacular. Ele organizou um baile anual no Dorchester e conseguiu convencer um monte de celebridades a participar, e chegou até a envolver um grupo da realeza, do segundo escalão.

— O artigo dizia que estão batizando um centro de exames de imagem no New London Hospital em homenagem a ele. É isso?

Assinto com a cabeça.

— Estão sim. É incrível. Estão organizando uma grande cerimônia de inauguração, em algumas semanas. Sinead Brook vai descerrar a placa, sabe, a âncora do noticiário da TV? É uma grande honra. Eu também vou fazer um discurso.

Preciso terminar de escrevê-lo, o pensamento me ocorre. Fico falando com confiança sobre o discurso que vou fazer, mas tudo que escrevi de fato até agora foi: "Minha cara senhora prefeita, damas e cavalheiros, bem-vindos a esta ocasião muito especial."

— Bem, parece que ele era *mesmo* uma pessoa admirável — diz Simon. — Angariar todo esse dinheiro, mobilizar as pessoas ano após ano...

— Ele também escalou o Everest, duas vezes. — Balanço a cabeça com veemência. — E competiu na regata Fastnet, levantando grandes quantias com isso.

Simon ergue as sobrancelhas.

— Uau. Impressionante.

— O melhor amigo dele, um ex-colega de turma do colégio, morreu de câncer de fígado — conto. — Ele sempre quis fazer algo pelas pessoas que sofrem dessa doença. Ninguém na empresa tinha permissão para angariar fundos para nenhuma outra coisa!

Rio, como se estivesse fazendo uma piada, embora, na verdade, isso não seja nenhuma piada. Papai podia ser bastante... qual é mesmo a palavra? Intransigente. Como na ocasião em que sugeri cortar meu cabelo, aos treze anos. Ele ficou com raiva só de eu sugerir. Ficava dizendo: "Seu cabelo é sua glória, Sylvie, sua *glória*." E, na realidade, ele tinha razão. Eu teria me arrependido, provavelmente.

Sem pensar, deslizei a mão por minhas ondas longas e louras. Agora eu não poderia mais cortá-lo. Seria como se o estivesse traindo.

— Você deve sentir muito a falta dele — observa Simon.

— Sinto. De verdade.

Sinto as lágrimas emprestando um brilho aos meus olhos, mas consigo manter o sorriso. Tomo um gole do vinho... então não consigo deixar de olhar para Dan. E, de fato, lá está ele todo tensório. O maxilar rígido. Há rugas na testa. Posso ver que ele está esperando a conversa sobre o meu pai acabar, como se espera que uma nuvem se desloque no céu.

Pelo amor de Deus, ele é tão inseguro assim? Esse pensamento atravessa o meu cérebro antes que eu consiga evitar. E sei que é injusto. Meu pai foi sempre tão formidável. Tão admirável. Deve ser difícil ser o genro e ficar ouvindo as pessoas exaltando as qualidades dele, quando você é apenas...

Não. Pare. Eu não quis dizer *apenas*. Dan não é *apenas* coisa nenhuma.

Mas, comparado a papai...

Ok, vamos ser totalmente francos. Aqui, na privacidade da minha mente, onde ninguém mais pode ouvir, eu posso dizer: Para o mundo lá fora, Dan não está no mesmo nível do meu pai. Ele não tem o brilho, o dinheiro, a estatura, as conquistas beneficentes.

E não *quero* que ele esteja. Eu amo Dan exatamente como ele é. De verdade. Mas será que ele não podia uma única vez reconhecer que meu pai tinha essas qualidades incríveis — e perceber que esse fato não representa uma ameaça para ele?

Ele reage da mesma forma, sempre. E agora que o assunto já ficou para trás, sei que ele vai relaxar e se recostar na cadeira, esticar os braços e emitir aquele som que é uma mistura de bocejo e gritinho...

Observo, com uma certa incredulidade, Dan fazer exatamente isso. Então ele bebe um gole do vinho, justamente como eu sabia que faria. Em seguida pega um amendoim, como eu também sabia que pegaria.

Mais cedo ele havia pedido um hambúrguer de cordeiro, como eu sabia que ele faria. Pediu que excluíssem a maionese, exatamente como eu previra, e brincou com o barman: "É cordeiro de *Londres* de verdade?", como eu sabia que brincaria.

Ok, estou ficando assustada comigo mesma aqui. Posso não saber a capital da Letônia ou qual a medida de uma braça no sistema métrico, mas sei tudo sobre Dan.

Eu sei o que ele pensa e com o que se preocupa e quais são os seus hábitos. Sei até o que ele vai fazer em seguida, bem aqui, sentado nesse pub. Ele vai perguntar a Toby sobre seu trabalho, o que faz todas as vezes em que o vemos. Eu sei, eu sei, eu sei...

— Então, Toby — diz Dan, simpático —, como está indo a startup?

Ah! Ai, meu Deus. Eu sou onisciente.

Alguma coisa estranha está acontecendo na minha cabeça. Não sei se é o Chardonnay ou esse maldito e torturante quiz ou meu dia desconcertante... mas estou perdendo o contato com a realidade. É como se a conversa e as risadas no pub estivessem se distanciando. As luzes estão diminuindo. Estou olhando para Dan com uma espécie de visão de túnel, um insight, uma epifania.

Nós sabemos demais.

Esse é o problema. Essa é a questão. Eu sei tudo sobre o meu marido. Tudo! Posso ler sua mente. Posso antecipar seus movimentos. Posso pedir a comida por ele. Temos conversas taquigráficas, e nem uma única vez ele precisa perguntar: "O que você quer dizer com isso?" Ele já sabe.

Estamos vivendo um Dia da Marmota conjugal. Não é de *admirar* que não consigamos encarar de frente nosso futuro interminável e monótono juntos. Quem quer mais 68 anos com alguém que sempre guarda o sapato no mesmo lugar, noite após noite após noite?

(Na verdade, não sei o que mais ele faria com os sapatos. Eu certamente não quero que ele os largue em qualquer lugar. Talvez esse não seja o melhor exemplo. Mas, de qualquer forma, o argumento continua valendo.)

Tomo um grande gole do Chardonnay, minha mente redemoinhando em direção a uma conclusão. Porque, na realidade, a solução é bem simples. Precisamos de surpresas. É disso que precisamos.

Surpresas. Precisamos ser sacudidos, entretidos e desafiados com várias pequenas surpresas. E então os próximos 68 anos vão passar voando. Sim. É isso!

Olho para Dan, que estava papeando com Toby, alheio aos meus pensamentos. Ele parece um pouco abatido, é o que me ocorre no momento. Está com a aparência cansada. Precisa de algo que o anime, algo que o faça sorrir, ou até gargalhar. Algo fora do comum. Algo divertido. Ou romântico.

Humm. O quê?

É tarde demais para contratar um telegrama animado (o que, aliás, ele odiaria). Mas será que não posso fazer alguma coisa? Agora mesmo? Algo que nos sacuda e nos tire dessa situação desconfortável? Tomo outro gole de Chardonnay, e então a resposta me vem. Ai, meu Deus, que gênio. Simples, mas genial, como todos os grandes planos são.

Puxo uma folha de papel para mim e começo a compor um poeminha de amor.

> *Você pode ficar surpreso.*
> *Não fique.*
> *Quero você e sempre vou querer.*
> *Vamos parar um momento.*
> *E ser apenas nós.*
> *Ser apenas nós dois.*
> *Ser apenas*

Faço uma pausa, olhando o papel. A inspiração se esgotou. Sempre fui meio ruim com poesia. Como posso terminar?

Ser apenas nós mesmos, escrevo por fim. Desenho um coração e alguns beijos, para completar. Então dobro bem o papel em um retângulo pequeníssimo.

Agora, resta entregá-lo. Espero até Dan olhar para o outro lado, então o deslizo para dentro do bolso do blazer dele, que está pendurado no encosto da cadeira. Ele vai encontrá-lo mais tarde, e vai se perguntar o que é e desdobrá-lo lentamente, e a princípio não vai compreender, mas depois ficará encantado.

Bem, talvez fique.

Bem, talvez ficasse mais se eu fosse melhor com poesia. Mas e daí? É a intenção que vale, não é?

— Pegue uma bala de caramelo — diz Toby, estendendo o saquinho para mim. — Eu que fiz. São incríveis.

— Obrigada. — Sorrio para ele, pego um caramelo e o coloco na boca. Alguns instantes depois, me arrependo. Meus dentes estão colados. Não consigo mastigar. Não consigo falar. Tenho a sensação de que meu rosto inteiro está imobilizado. Que coisa *é esta*?

— Ah, eles são bem puxa-puxa — diz Toby, vendo minha cara. — São chamados de "quebra-queixo".

Eu lhe dirijo um olhar que tem a intenção de transmitir a seguinte mensagem: "Obrigada pelo aviso, *só que não*."

— Toby! — exclama Tilda, irritada. — Você precisa *avisar* as pessoas sobre essas coisas. Não se preocupe — ela acrescenta, dirigindo-se a mim. — Vai se dissolver em uns dez minutos.

Dez minutos?

— Muito bem, pessoal! — diz Dave, o mediador do quiz, batendo no microfone para atrair a atenção de todos. Sua atitude alegre foi desaparecendo ao longo da noite; na verdade, agora ele parece desesperado para que chegue ao fim. — Vamos continuar. A pergunta seguinte foi: Quantos atores fizeram o papel de Doctor Who? E a resposta é: treze.

— Não é não — grita um sujeito gorducho de camisa polo roxa, imediatamente. — São quarenta e quatro.

Dave o olha com cautela.

— Não pode ser — diz ele. — É um número muito grande esse.

— Doctor Who não é uma série só da BBC — diz pomposamente o sujeito de camisa polo roxa.

— São quatorze — manifesta-se uma garota em uma mesa adjacente. — Havia um doutor a mais, um extra. O Doutor da Guerra. John Hurt.

— Certo — diz Dave, parecendo acossado. — Bem, não é o que tenho em minha ficha de respostas...

— Não é nada disso — diz Toby bem alto. — Essa é uma pergunta capciosa. "Doctor Who" não é o nome do personagem. É o nome do programa. O personagem é "o Doutor". *Boom kanani* — acrescenta ele, parecendo satisfeito consigo mesmo. — Toma! *Aqui* pra vocês que escreveram um número qualquer.

— Esse é um engano comum — diz o homem de camisa polo roxa, lançando a Toby um olhar maléfico. — A resposta é quarenta e quatro, como eu disse. Quer a lista completa?

— Alguém escreveu treze? — insiste Dave, mas ninguém está prestando atenção.

— Quem são vocês, para começo de conversa? — retruca um homem de camisa florida, cujo rosto está bem vermelho. Ele acena uma mão beligerante para a equipe de camisa polo roxa. — Este deveria ser um quiz amistoso e frequentado pelos moradores das vizinhanças, mas vocês chegaram aqui marchando com suas malditas camisas combinando, arrumando briga...

— Ah, você não gosta de quem vem de fora, é? — O sujeito de camisa polo roxa o fuzila com o olhar. — Bem, sinto muito, *Adolf.*

— Do que você me chamou? — O homem de camisa florida empurra violentamente a cadeira para trás e se levanta, respirando ruidosamente.

— Você ouviu. — O sujeito de camisa polo roxa também se levanta e dá um passo ameaçador em direção ao homem de camisa florida.

— Não aguento isto — diz Olivia. — Vou lá fora fumar um cigarro. — Ela pega o blazer de Dan e o veste, então olha para o de Simon, que é quase idêntico, e de volta para o que ela está usando. — Espere. Simon, este é o seu blazer?

— Você está com o de Simon — diz Dan tranquilamente. — Trocamos de cadeira. Ele prefere a de encosto baixo.

Cerca de cinco segundos se passam antes que caia a ficha do que isso significa. O blazer de Simon? Aquele é o blazer de Simon? Eu coloquei um poema de amor no blazer de *Simon*?

— Você tem isqueiro? — Olivia leva a mão ao bolso e tira meu retângulo de papel. — O que é isto? — pergunta ela, desdobrando-o. Quando vê o desenho do coração, seu rosto inteiro fica branco.

Não. Nããão. Eu preciso explicar. Tento separar os dentes para falar, mas o desgraçado do caramelo é forte demais. Não consigo abrir a boca. Agito as mãos freneticamente para Olivia, mas ela mantém os olhos fixos no meu poema com uma expressão de absoluta revolta.

— *De novo*, Simon? — diz ela, por fim.

— Como assim de novo? — replica Simon, que está observando o sujeito de camisa polo roxa e o homem de camisa florida trocarem insultos.

— Você prometeu! — a voz de Olivia é tão cáustica que eu me sinto paralisada. — Você prometeu, Simon, que nunca mais aconteceria.

— Ela sacode o poema na cara de Simon e, quando ele lê, seu rosto também fica branco.

Eu tento agarrar o papel e atrair a atenção deles, mas Olivia nem me nota. Seus olhos queimam de forma bastante assustadora.

— Eu nunca vi isso na minha vida! — Simon fala, gaguejando. — Olivia, você precisa acreditar em mim! Eu não tenho a menor ideia do que... quem...

— Acho que todos nós sabemos quem — diz Olivia agressivamente. — É óbvio, a julgar por essa amostra de lixo iletrado, que é sua "amiga" de antes. *Quero você e sempre vou querer* — ela declama com uma voz xaroposa. — *Vamos parar um momento. Ser apenas nós.* Ela tirou isso de um cartão da Hallmark?

Olivia é tão sardônica que meu rosto queima, adquirindo um tom vermelho vivo. Finalmente, com uma última tentativa, consigo separar os dentes e pego o papel da mão dela.

— Na verdade, este poema é meu! — digo, tentando soar descolada e blasé. — Era para Dan. Blazer errado. Então. Era... é nosso. Meu. Não de Simon. Você não precisa se preocupar... Nem nada. Então. É isso. Por fim consigo parar de balbuciar e me dou conta de que todos à mesa estão observando, estupefatos. A expressão de horror no rosto de Olivia é tão impagável que eu riria se não estivesse me sentindo tão constrangida.

— Hã, então, aqui está, Dan — acrescento, sem jeito, e entrego o papel a ele. — Você pode ler agora... ou mais tarde... É bem curto — completo, para o caso de ele estar esperando seis estrofes e metáforas sobre guerra ou algo assim.

Dan não parece *muito* entusiasmado em receber um poema de amor, para ser franca. Ele olha para o papel, pigarreia e o enfia no bolso sem ler.

— Não foi minha intenção... — As mãos de Olivia estão apertadas com uma força que nunca vi antes. — Sylvie, me desculpe. Não foi minha intenção ofender você.

— Está tudo bem, sinceramente...

— Que papelão! — A voz do homem de camisa florida faz com que nos assustemos. — Vocês estavam o tempo todo com esse celular debaixo da mesa!

— Não estávamos não! — grita em resposta o homem de camisa polo roxa. — Isso é calúnia, isso sim!

Ele empurra uma mesa com violência na direção do homem de camisa florida, e todos os copos batem uns nos outros e tilintam.

— Porrada! Porrada! Porrada! — grita Toby, animado.

— Fique *quieto*, Toby! — repreende Tilda.

— Então! — Dave diz, desesperado, ao microfone, acima da barulheira. — Vamos continuar. E a pergunta seguinte foi: Que britânico ganhou uma medalha de ouro em patinação no gelo no...

Ele para de falar quando o sujeito de camisa florida se lança contra a equipe de camisa polo roxa. Um deles o derruba, como se estivessem jogando rúgbi, e os outros começam a atiçar, na maior arruaça. Por todo o pub, as pessoas começam a se xingar e a reagir com espanto. A garota russa até grita, como se alguém a houvesse apunhalado.

— Pessoal! — Dave está implorando. — Pessoal, calma! Por favor!

Ai, meu Deus, eles estão brigando. Estão se socando de verdade. Eu nunca tinha *visto* uma briga num pub.

— Sylvie — diz Dan em meu ouvido —, vamos?

— Vamos — digo imediatamente. — *Vamos!*

Quando estamos andando para casa, Dan pega meu poema de amor. Ele o lê. Vira a página, como se esperasse mais. Então torna a ler. E o guarda. Parece emocionado. E um pouco atordoado. Ok, talvez levemente mais atordoado que emocionado.

— Dan, ouça — digo mais que depressa. — Tenho toda uma explicação para dar.

Ele me dirige um olhar interrogativo.

— Do seu poema?

— Sim! É claro que é do meu poema! — Do que ele acha que eu estava falando? Do processo de combustão térmica?

— Você não precisa explicar. Eu entendi. Foi legal — ele acrescenta depois de pensar por um segundo. — Obrigado.

— Não o poema propriamente — digo um tanto impaciente. — Estou me referindo ao conceito do poema. O *fato* de o poema existir. É tudo parte da minha nova e genial ideia, que vai ser a solução para tudo.

— Certo. — Ele assente; então pega o poema e torna a olhá-lo sob a luz de um poste, franzindo a testa ligeiramente. — Era para ter uma segunda estrofe?

— Não — digo, na defensiva. — É conciso.

— Ah.

— E isso é só o começo. Eis a minha ideia, Dan. Precisamos *surpreender* um ao outro. Esse pode ser, tipo, nosso plano conjunto. Podemos chamá-lo de... — Penso por um instante. — "Projeto Me Surpreenda".

Para minha satisfação, Dan parece surpreso. Rá! Já começou!

Eu estava na expectativa de que Dan fosse aceitar a ideia com entusiasmo, mas ele se mostra um tanto indeciso.

— Certo... — diz ele. — Por quê?

— Para passar as intermináveis e entediantes décadas, é claro! Imagine que nosso casamento é um filme épico. Bem, ninguém se entedia em um filme, não é? Por quê? Porque há surpresas a cada esquina.

— Eu dormi em *Avatar* — lembra ele de imediato.

— Estou falando de um filme empolgante — explico. — E, de qualquer forma, você só dormiu lá pelo meio. E estava cansado.

Chegamos à porta de casa, e Dan leva a mão ao bolso para pegar a chave. Então, olhando por cima do meu ombro, sua expressão se transforma em uma máscara de horror.

— Ai, Deus. Ai, meu Deus. O que é *aquilo*? Sylvie, não olhe, é *horrível...*

— O quê? — Eu me viro, o coração disparando de medo. — O que foi?

— Surpresa! — diz Dan, e abre a porta.

— Não *esse* tipo de surpresa! — digo, furiosa. — Não *esse* tipo!

Francamente. Ele não entendeu *absolutamente* nada do que eu disse. Eu me referi a surpresas boas, não pegadinhas idiotas.

A babá que contratamos para esta noite se chama Beth e é a primeira vez que trabalha para nós. Quando entramos na cozinha, ela sorri alegremente, mas eu não consigo retribuir o sorriso. O lugar está coberto de brinquedos espalhados. É o massacre dos brinquedos.

Bem, não somos a família mais organizada do mundo, mas eu gosto de poder ver *algum* trecho do piso da minha casa.

— Hã... oi, Beth — digo com a voz fraca. — Foi tudo bem?

— Sim, ótimo! — Ela já está vestindo o casaco. — Elas são uns doces, suas meninas. Não conseguiram dormir, então deixei que brincassem um pouco. Nos divertimos muito!

— Certo — consigo dizer. — Estou... vendo.

Há peças de Lego por toda parte. Roupas de bonecas por toda parte. Móveis em miniatura por toda parte.

— Até mais — diz Beth despreocupadamente, pegando o dinheiro que Dan está oferecendo. — Obrigada.

— Certo. Hã... até mais...

As palavras mal saíram da minha boca quando a porta da casa é batida depois que ela sai.

— Uau — digo, olhando à volta.

— Vamos deixar assim — sugere Dan. — A gente acorda cedo, põe as meninas para ajudar...

— Não. — Sacudo a cabeça. — De manhã é aquela correria. Prefiro guardar pelo menos uma parte agora.

Me abaixo e começo a recolher uma mesinha com cadeirinhas. Arrumo-as e acrescento minúsculos pacotes de cereais. Após um instante, Dan suspira e começa e catar peças de Lego, com o ar resignado de um condenado se preparando para um dia de trabalho forçado acorrentado a outros prisioneiros.

— Quantas horas de nossas vidas... — ele começa.

— Pare.

Ponho três diminutas panelas em cima de um diminuto fogão e as ajeito.

Eu adoro essas miniaturas. Então me sento nos calcanhares.

— Estou falando sério — digo. — Ambos preparamos pequenas surpresas um para o outro. Mantemos nosso casamento vivo e animado. — Espero até ele guardar a caixa de Lego no armário. — O que você acha? Topa?

— Topo o que exatamente? — Ele me olha com sua expressão mais fricciosa. — Ainda não sei exatamente o que é esperado que eu faça.

— É essa a questão! Não "é esperado" que você faça nada. Apenas... use sua imaginação. Brinque. Divirta-se. — Vou até Dan, envolvo seu pescoço com meus braços e sorrio para ele afetuosamente. — Me surpreenda.

CINCO

Estou bem animada, na verdade.

Dan disse que não podia se jogar assim, de uma hora para outra, em um programa de surpresas para mim — ele precisava de tempo para pensar primeiro. Então tivemos uma semana para nos preparar. Está sendo um pouco como o Natal. Sei que ele está tramando alguma coisa porque tem passado muito tempo no Google. Já eu tenho me dedicado totalmente ao projeto. Totalmente! Tenho um caderno dedicado só a isso, identificado com a etiqueta *Projeto Me Surpreenda*. Ele não faz ideia do que o aguarda.

Estou olhando com satisfação a página *Me Surpreenda: Plano Diretor*, quando ouço os passos da Sra. Kendrick na escada. Fecho rapidamente o caderno, me viro para o computador e volto a digitar as legendas do folheto da exposição Leques Lendários. Vamos imprimir o folheto em papel creme e escrever todas as etiquetas à mão com caneta-tinteiro azul e preta. (Esferográficas decididamente não são a praia da Sra. Kendrick.)

Leque do século XIX, pintado à mão por artista parisiense (origem desconhecida).

— Bom dia, Sra. Kendrick. — Ergo o olhar com um sorriso.

— Bom dia, Sylvie.

A Sra. Kendrick está com um *tailleur* azul-bebê, com seu camafeu e a habitual expressão de preocupação. Habitual depois da chegada do sobrinho maligno. Aparentemente ele está hospedado na casa dela no momento, o que explica por que ela parece tão combalida. Suponho que ele discurse sobre modernas práticas de trabalho enquanto come a torrada no café da manhã. Ela lança o costumeiro olhar de ansiedade pelo cômodo, como se dissesse "alguma coisa está errada aqui, mas não sei o quê". Então se vira para mim.

— Sylvie — diz ela. — Você já ouviu falar no "Dia da Selfie nos Museus"? — Ela pronuncia cuidadosamente as palavras, como se fossem de uma língua estrangeira.

— Sim — digo, desconfiada. — Ouvi. Por quê?

— Ah, é só porque Robert mencionou isso. Ele acha que deveríamos participar.

— Bem. — Dou de ombros. — Nós poderíamos. Mas não tenho certeza se os patrocinadores apoiariam a ideia. Acha que apoiariam? Creio que isso seja para um grupo bem específico da população. Eu acho, para ser franca, que tirar selfies pode desencorajar alguns dos nossos apoiadores.

— Ah. — A Sra. Kendrick assente. — Muito. Muito. Muito bom esse argumento. — Então ela faz uma pausa, parecendo ainda mais preocupada. — Sylvie, posso fazer uma pergunta a você... — Ela baixa a voz até quase um sussurro. — O que é uma "selfie"? Ouço essa palavra por toda parte, mas eu nunca... e *não podia* perguntar a Robert o que significava...

Ai, meu Deus. Mordo o lábio ao pensar na pobre Sra. Kendrick participando de um longo diálogo sobre o "Dia da Selfie" sem ter ideia do que é uma selfie.

— É uma foto — digo, compassiva. — É só uma foto sua em algum lugar. Tirada com seu telefone.

Sei que isso não vai querer dizer muita coisa para a Sra. Kendrick. Em seu mundo, telefone é uma coisa que vive numa mesa lateral e tem um fio mola. Ela deixa o escritório, provavelmente para ir olhar com tristeza os biscoitinhos comuns de supermercado que agora oferecemos, e eu digito outra legenda.

Leque de penas.

Enquanto digito, me sinto um tanto conflitada. Obviamente ainda me ressinto desse tal de Robert por entrar em nosso mundo nos atropelando e enlouquecendo a tia. Mas, olhando pelo lado bom, se ele está sugerindo que participemos do Dia da Selfie no Museu, então talvez não vá nos transformar num condomínio... Talvez ele, de fato, queira ajudar.

Será que *devíamos* participar do projeto Dia da Selfie no Museu?

Tento imaginar algum dos nossos frequentadores regulares tirando uma selfie — e não consigo. Posso ver as razões por trás da sugestão de Robert, posso mesmo, mas será que ele não captou a nossa *vibe?* Não *olhou* para nossa clientela?

Mesmo assim, escrevo *Dia da Selfie no Museu?* num Post-it e suspiro. É o tipo de ideia visionária que teria me deixado muito animada quando comecei na Willoughby House. No início, cheguei até a redigir um documento completo sobre Estratégia Digital, nas horas vagas. Eu o resgatei na noite passada para ver se havia alguma coisa de útil nele. Mas, quando o reli, minha única reação foi ter calafrios. Parecia tão *velho.* Fazia referência a websites que nem existem mais.

A Sra. Kendrick, nem é preciso dizer, respondera à ideia na ocasião com um charmoso "Creio que não, querida". Então não usamos nenhuma de minhas ideias. A Willoughby House simplesmente seguiu em frente do seu jeito clássico e excêntrico. E estamos bem. Estamos felizes. Precisamos mudar? Não há espaço para um lugar no mundo que *não seja* igual a todos os outros?

Com outro suspiro, consulto as notas digitadas que um dos especialistas de estimação da Sra. Kendrick compilou para nós — mas ele não acrescentou nada sobre esse leque. Francamente. Não há mais nada a dizer sobre ele? Não posso dizer apenas *Leque de penas.* Isso é tosco demais. O V & A não diria apenas *Leque de penas,* tenho certeza.

Olho para a foto do leque, que é grande e um tanto extravagante, então acrescento *provavelmente usado por uma cortesã.*

O que espero que seja verdade. Então meu celular toca e vejo o nome *Tilda* na tela.

— Oiê! — Encaixo o celular sob a orelha e continuo digitando. — O que é que você manda?

— Tenho uma pergunta hipotética pra você — diz Tilda sem preâmbulos. — E se Dan te comprasse uma roupa, de surpresa, e você não gostasse dela?

Imediatamente, minha mente faz um zigue-zague, como um raio. Dan comprou alguma coisa para mim! E Tilda sabe. Como? Porque ele pediu uma sugestão a ela, talvez. O que há de errado nisso? O que poderia haver de errado nisso?

O que *é*?

Não. Eu não quero saber. É para ser surpresa. Não vou estragar a surpresa dele.

E, de qualquer forma, não sou o tipo de pessoa que encontra defeitos em presentes só porque não são "perfeitos", independentemente do que sejam. Não sou controladora e mesquinha. Adoro a ideia de Dan ter se dado ao trabalho de escolher alguma coisa para mim, e tenho certeza de que é maravilhoso, o que quer que seja.

— Eu ficaria feliz, com o que fosse — digo, de um jeito um tanto farisaico. — Ficaria sinceramente agradecida por ele ter me comprado alguma coisa e reconheceria seu esforço e sua intenção. Porque é esse o sentido dos presentes. Não são os objetos em si que importam, mas as *emoções* por trás deles.

Termino de digitar minha frase com um floreio, me sentindo bem nobre por ser tão pouco materialista.

— Ok — diz Tilda, não parecendo muito convencida. — Justo. Mas suponha que tenha sido muito caro mesmo e que seja muito horrendo?

Meus dedos param em cima do teclado, no meio da palavra *bordado*.

— Caro quanto? — pergunto, por fim. — Horrendo em que grau?

— Bem, eu não quero revelar nada — diz Tilda com cautela. — É para ser uma surpresa.

— Revele só um pouquinho — sugiro, baixando a voz instintiva-mente. — Não vou deixar que ele perceba que eu sei.

— Ok. — Tilda baixa a voz também. — Suponha que seja de cash-mere, mas de uma cor muito estranha...

Mais uma vez minha mente funciona como zigue-zagues de raios. Cashmere! Dan comprou alguma coisa de cashmere para mim! Mas, ai, meu Deus, de que cor? Tilda, na verdade, é bastante ousada com cores, portanto, se *ela* acha que é ruim...

— Como você sabe de que cor é? — não posso deixar de perguntar.

— Dan me pediu para receber a entrega, e a caixa já estava um pouco aberta, então espiei dentro do papel de seda e... — Ela suspira.

— Eu não tenho certeza... mas acho que você não vai gostar.

— De que cor é?

Tilda torna a suspirar.

— É um azul-petróleo esquisito. É horrível. Quer que eu mande o link pra você?

— Quero!

Espero ansiosa pelo e-mail dela, clico no link e então pisco, hor-rorizada.

— Ai, meu *Deus*.

— Eu sei — soa a voz de Tilda. — É pavoroso.

— Como foi que conseguiram criar essa cor?

— Não sei!

O suéter em si é até bonito, ainda que o modelo tenha um caimento um pouco sem graça. Mas aquele *azul*. No website, eles o colocaram numa garota asiática deslumbrante, de batom azul para combinar. Nela até que fica razoável. Mas em mim? Com minha pele branca azeda e meus cabelos louros? *Naquilo?*

— Eles empurraram isso para o Dan — afirma Tilda. -— Tenho cer-teza. Ele me disse que foram "muito solícitos" ao telefone. O caramba que foram. Tinham uma montanha de suéteres azuis horrendos para vender, e lá vem Dan como um carneirinho inocente, com seu cartão de crédito e sem nenhuma ideia...

— O que vou fazer, Tilda? — Minha voz treme ligeiramente em pânico. — O que vou fazer?

Não estou mais me sentindo *tão* nobre quanto antes. Quero dizer, eu sei que o que vale é a intenção e tudo mais... mas eu realmente não quero um suéter de cashmere azul-petróleo caro no meu armário, me censurando toda vez que eu não o usar. Ou eu tendo de vesti-lo toda vez que sairmos para jantar.

Ou eu dizendo que adorei, e então Dan me compra no Natal um cachecol e um par de luvas para combinar e eu tenho de dizer que adorei esses também, e em seguida ele me dá um casaco e diz: "Essa é a 'sua cor', querida."

— Você pode trocar — sugere Tilda.

— Ah, mas... — Faço uma careta. — Não posso dizer: "Dan, querido, que lindo, é perfeito, agora vou trocá-lo."

— Quer que eu diga alguma coisa a Dan?

— Você *diria*? — Eu desmorono de alívio.

— Vou dizer que vi de relance e que conheço a loja e tem uma peça que ia combinar muito melhor com você. Só uma sugestão de amiga.

— Tilda, você é o máximo.

— Então, o que devo sugerir?

— Aah! Não sei. Nunca tinha olhado esse website.

Estou bastante impressionada, na verdade, que Dan tenha chegado até ele. Não é cashmere em promoção, é um artigo de luxo, cashmere escocês da mais alta qualidade.

Navego rapidamente pelas páginas e de repente vejo um cardigã chamado Nancy. É maravilhoso. Comprido e com cinto, favorece a silhueta. Vai ficar fantástico com jeans.

— Ei, olhe o cardigã Nancy — digo, entusiasmada.

— Ok, já estou clicando... — Faz-se uma pausa, então Tilda exclama: — Ah, é perfeito! Vou dizer a Dan que peça esse. *Não* nesse azul infame. Que cor você prefere?

Desço a página, examinando as opções de cor, me sentindo como uma criança em uma loja de doces. Escolher o seu próprio presente surpresa é *divertido*.

— Espuma do mar — digo por fim.

— Lindo. Que tamanho?

— Ah. — Olho o website, na dúvida. — Talvez quarenta. Talvez quarenta e dois. Que tamanho é o suéter?

— Quarenta — informa Tilda. — Mas parece um pouco pequeno. Já sei: vou falar para Dan pedir os dois e então eu olho e avalio. Depois ele devolve o outro. Afinal, se você vai consertar as coisas, é melhor consertar direito.

— Tilda, obrigada!

— Ah, por nada. É bem divertido, pacotes secretos chegando assim... — Ela hesita, então acrescenta: — Muito legal da parte de Dan comprar um suéter de cashmere para você assim do nada. É comemoração de alguma coisa?

— Hã... — Não sei bem como responder. Eu não contei a ninguém sobre nosso pequeno projeto. Mas talvez eu confidencie a Tilda. — Mais ou menos — digo, por fim. — Eu conto quando nos encontrarmos.

Não espero mais notícias de Tilda naquele dia, mas, duas horas depois, quando estou digitando uma newsletter, ela torna a ligar.

— Eles chegaram!

— Quem chegaram? — pergunto, confusa.

— Seus cardigãs! Dan mudou o pedido, eles os trouxeram de bicicleta e levaram o suéter de volta. É um excelente serviço de entrega, devo reconhecer.

— Uau. Bem, o que você acha?

— Lindo — diz Tilda, enfática. — Minha única questão é o tamanho. Não consigo decidir qual é o melhor. Então, estava pensando: por que você não vem aqui rapidinho e experimenta os dois?

Experimentá-los? Fito, incerta, o telefone. Escolher meu próprio presente surpresa é uma coisa. Mas experimentá-lo não é ir longe demais?

— Eu não deveria manter parte do mistério? — pergunto.

— Mistério? — O tom de Tilda é gozador. — Não tem mistério nenhum! Experimente os dois, escolha o que veste melhor, ponto final. Caso contrário, corremos o risco de eu escolher o errado e aí vai ser um grande transtorno.

Ela soa tão prática que me deixo convencer.

— Ok. — Olho para o relógio. — Está mesmo na hora do almoço. Estou indo.

Quando chego à casa de Tilda, ouço um barulho ritmado vindo do segundo andar. Tilda abre a porta da casa, me dá um abraço e então grita por sobre o ombro:

— O que você está *fazendo*?

Um instante depois, Toby aparece na escada. Ele está com uma camisa de malha branca velha e jeans preto, e segura um martelo.

— Oi, Sylvie, tudo bem com você? — pergunta educadamente. Então se vira para Tilda, antes que eu tenha tempo de responder. — Como assim "O que você está fazendo?". Você sabe o que estou fazendo. Nós conversamos a respeito.

Posso ver Tilda inspirando e expirando, bem devagar.

— Eu quis dizer: por que está fazendo tanto barulho?

— Estou instalando *alto-falantes* — diz Toby, como se isso fosse óbvio.

— Mas por que está levando tanto tempo?

— Mãe, você já instalou alto-falantes? — Toby parece irritado. — Não. Então. Esse é o tempo que leva. Esse é o barulho que faz. Tchau, Sylvie, foi bom ver você — ele acrescenta, em seu modo Toby-educado, e não posso deixar de sorrir. Ele faz meia-volta e sobe os degraus, marchando, enquanto Tilda o olha de cara feia.

— Não estrague a parede! — ela grita. — É tudo que peço. Não estrague a parede.

— Não vou estragar a parede — Toby grita de volta, como se estivesse extremamente ofendido. — Por que eu estragaria a parede?

Ouve-se uma porta batendo e Tilda bota as mãos na cabeça.

— Ai, meu Deus, Sylvie. Ele não tem a menor ideia do que está fazendo. Arranjou umas ferramentas elétricas não sei onde...

— Não se preocupe — digo em tom tranquilizador. — Tenho certeza de que vai ficar tudo bem.

— É — diz Tilda, sem parecer convencida. — É, talvez. Enfim. — Ela se volta para mim, como se me visse pela primeira vez. — Os cardigãs.

— Os cardigãs! — ecoo com um quê de animação. Sigo Tilda até seu escritório, as paredes amarelas e coberto de livros, com portas-janelas que dão para o jardim. Ela pega embaixo da mesa uma caixa retangular de aspecto luxuoso.

— São perfeitos — diz ela, enquanto tiro a tampa. — A única questão é qual deles vai caber.

Tiro os cardigãs e suspiro de prazer. A cor é linda e o cashmere é supermacio. *Como* Dan *pôde* escolher aquele azul abominável...

Deixa pra lá. Não é a questão aqui.

Um ruído alto e agudo de perfuração vem do andar de cima e Tilda dá um pulo.

— O que ele está fazendo agora? — Ela olha para cima, com um certo ar de desespero.

— Vai ficar tudo bem! — digo para tranquilizá-la. — Ele só deve estar fixando suportes, ou algo assim.

Experimento o tamanho 40 e em seguida o 42, e então o 40 novamente, me admirando no espelho de corpo inteiro de Tilda.

— Maravilhoso. — Tilda me olha com curiosidade. — Mas você ainda não me disse o motivo do presente. Não é seu aniversário, nem Natal, nem seu aniversário de casamento...

— Ah. — Faço uma pausa em meu momento narciso, me admirando no espelho. Não me importo de contar para Tilda, acho, embora isso seja só da nossa conta. — Bem, a verdade é que Dan e eu resolvemos planejar algumas pequenas surpresas para o outro.

— É mesmo? — O olhar curioso de Tilda não vacila. — Por quê?

Decido que não vou entrar na história dos mais 68 anos de vida conjugal. Pode soar como algo meio esquisito.

— Porque... por que não? — Estou enrolando. — Para manter nosso casamento animado. Esquentar as coisas. Porque é divertido.

— *Divertido?* — Tilda parece espantada. — Surpresas não são divertidas.

— São sim! — Não posso deixar de rir da expressão no rosto dela.

— Eu entendo "manter seu casamento animado". Isso eu entendo. Mas surpresas, não. — Ela sacode a cabeça enfaticamente. — Surpresas têm o péssimo hábito de dar errado.

— Não têm não! — replico, me sentindo incomodada. — Todo mundo adora surpresas.

— A vida já nos presenteia com uma quantidade suficiente de imprevistos. Para que buscar mais? Isso não vai acabar bem — ela acrescenta sombriamente, e eu experimento uma leve irritação.

— Como pode não acabar bem? Olhe, só porque você não gosta de surpresas...

— Você tem razão. — Ela assente com a cabeça. — Eu não gosto de surpresas. Na minha experiência, você planeja uma surpresa e acaba acontecendo uma totalmente diferente. Quando eu tinha vinte e oito anos, meu namorado Luca, que era italiano, preparou uma festa surpresa para mim. Mas a *grande* surpresa foi que ele acabou pegando a minha prima.

— Ah — digo, debilmente.

— Enquanto todos cantavam parabéns para mim.

— Ai, meu Deus.

— Eles não ficaram juntos nem nada. Transaram algumas vezes, talvez.

— Certo. — Faço uma careta. — Isso é mesmo...

— E tínhamos sido felizes até então — ela prossegue, sem trégua. — Tínhamos vivido três ótimos anos juntos. Se ele não tivesse feito aquela festa surpresa para mim, talvez eu tivesse me casado com Luca, e não com Adam, e minha vida não teria sido tão ferrada quanto tem sido. Ele acabou voltando para a Itália. Eu o estalqueei no Facebook. *Toscana*, Sylvie. Acho que você deve ficar com o tamanho quarenta — ela acrescenta, sem nem respirar. — Fica com um caimento melhor nos ombros.

— Certo. — Estou tentando absorver o que ela está dizendo, tudo ao mesmo tempo. Tilda é maravilhosa no quesito multitarefa, mas às vezes sua conversa é um pouco multitemática *demais*. — Se você não tivesse se casado com Adam, não teria Gabriella nem Toby — observo.

Estou prestes a elaborar sobre isso, quando ouvimos um estrondo descendo pela escada. A porta do escritório de Tilda se abre violentamente e Toby a olha com uma expressão acusadora. Ele tem um grande pedaço de gesso nos cabelos, uma leve camada de pó de gesso na barba e uma furadeira elétrica na mão.

— Estas paredes são uma bosta — diz, indignado. — São de péssima qualidade. Quanto você pagou por esta casa?

— O que foi que você fez? — pergunta Tilda de pronto.

Ele faz cara feia, ignorando a pergunta.

— Elas são frágeis. Paredes têm que ser sólidas. Não deviam se quebrar em pedaços.

— "Quebrar em pedaços"? — ecoa Tilda, alarmada. — O que você quer dizer com "quebrar em pedaços"? O que foi que você fez?

— Não é minha culpa, tá? — defende-se Toby, de cara fechada.

— Se a construção desta casa tivesse sido um pouquinho melhor...

— Ele gesticula na direção da moldura da porta com a furadeira na mão, pressionando o botão de ligar por engano, porque a ferramenta começa a zumbir, perfurando a madeira.

— Toby! — Tilda berra acima do barulho. — Pare! Desligue isso!

Toby desliga a furadeira mais que depressa e a retira do buraco que acabou de fazer na moldura da porta do escritório.

— Não sei como isso aconteceu — diz ele, olhando a ferramenta serenamente. — Isso não deveria ter acontecido.

— *O que foi que você fez?* — pergunta Tilda pela terceira vez, soando bem severa.

— Foi um burac... quinho — diz Toby. Seus olhos encontram os de Tilda e ele engole em seco, parecendo repentinamente menos confiante. — Acho que dá para cobrir. Vou fazer isso. Vou cobrir o buraco. Tchau, Sylvie — ele acrescenta, e recua depressa, saindo do escritório.

— Tchau! — respondo, mordendo o lábio.

Sei que não devia rir. Mas a expressão de Tilda é muito engraçada.

— *Como* minha vida poderia ter sido diferente — diz ela, aparentemente para a parede. — Eu poderia estar na Toscana. Produzindo meu próprio azeite.

— Ei, Dan está chegando — grita Toby da escada. — Querem que eu abra a porta para ele?

Meu corpo inteiro estremece em choque. Dan? Dan? *Aqui?*

Desvairadas, Tilda e eu nos entreolhamos. Então Tilda responde:

— Não, não se preocupe, Tobes! — Sua voz soa ligeiramente estrangulada. — Vá lá para cima — ela sibila para mim. — Vou me livrar dele.

Subo a escada correndo, o coração acelerado, torcendo desesperadamente para que ele não me reconheça pelo vidro canelado da porta da casa nem olhe pela claraboia transparente. O que ele está *fazendo* aqui?

— Oi, Dan! — Da minha posição no patamar da escada, só consigo ver Tilda cumprimentando-o lá embaixo. — Que surpresa!

— Estou a caminho de Clapham para uma visita a um cliente — diz Dan —, então pensei em pegar aquele pacote agora, quando Sylvie não está em casa.

— Boa ideia! — diz Tilda, veemente. — Muito boa mesmo. Está bem aqui, no meu escritório. Por aqui...

Meu batimento cardíaco está se acalmando. Ok. Não há razão para entrar em pânico. Ele só vai pegar a caixa e ir embora, e nunca vai saber que eu estava aqui. Na verdade, é bem engraçado, nós dois nos escondendo um do outro.

Tilda leva Dan para o escritório e eu desço alguns degraus na ponta dos pés para ouvi-los.

— ...muito bonito — Dan está dizendo em uma voz que mal consigo distinguir. — Você tem razão, o azul era um pouquinho... azul demais. Então, com que tamanho você acha que eu devo ficar?

— Decididamente o quarenta — diz Tilda. — Sei que vai ficar melhor nela.

— Ótimo. — Faz-se uma breve pausa, então Dan diz, num tom um pouco confuso: — Hã... onde *está* o quarenta?

Merda! Merda, merda!

Baixo os olhos para meu corpo, compreendendo subitamente a malfadada verdade. Estou *vestida* com o tamanho 40.

— Ah! — A voz de Tilda soa como um ganido desesperado. — Ah! É claro. Levei lá para cima... para pedir a opinião de Toby. Vou buscar. Fique aqui! — ela acrescenta, estridente.

Ela vai até o hall e agita os braços para mim, num desespero mudo. Freneticamente, desabotoo o cardigã, meus dedos se prendendo nas casinhas dos botões e, por fim, eu o jogo para ela.

— Vai! — Tilda ordena com o movimento dos lábios.

Quando recuo escada acima até o patamar, Dan aparece no hall, segurando a caixa, e sinto um frio na barriga. Essa foi por pouco.

— Aqui está — diz Tilda, entregando-lhe o cardigã com um sorriso que mais parece um ricto.

— Está quente. — Dan parece ainda mais intrigado, como é de se esperar.

— Estava no sol — diz Tilda, sem perder a pose. — Um presente maravilhoso. Ela vai adorar. Agora, você vai ter que me desculpar, mas preciso voltar ao trabalho.

Percebo um movimento atrás de mim e me viro a tempo de ver Toby surgindo por uma porta, coberto por uma grossa camada de poeira de gesso.

— Ah — diz ele, surpreso. — Oi...

Antes que ele possa dizer "Sylvie", cubro sua boca com minha mão, como um assaltante.

— Não! — sussurro em seu ouvido, com tamanha ferocidade, que ele pisca, alarmado. Ele se debate um pouco, mas eu não o solto. Não até que seja seguro.

— Certo — diz Dan, abaixo de nós, no hall. — Bem, mais uma vez obrigado, Tilda. Você me ajudou muito.

— Às ordens. — Tilda lhe dirige um olhar levemente intrigado. — É alguma ocasião especial? Ou só uma surpresa aleatória?

— Só uma surpresa aleatória. — Dan sorri para ela. — Me deu vontade.

— Boa ideia! Nada como uma bela surpresa. — Tilda lança um olhar rápido e sardônico escada acima. — Até mais, Dan. — Ela se despede dele depressa com dois beijos no rosto, então a porta se fecha, e finalmente solto Toby.

— Ai! — diz ele, me dirigindo um olhar magoado e esfregando a boca. — Ai!

— Foi mal — eu digo, sem muita convicção. — Mas eu não podia correr o risco de você me entregar.

— Como *assim*? — ele pergunta.

— É só... uma coisa — digo, descendo a escada. — Presente surpresa. Não conte para o Dan que você me viu. — Tento olhar pela claraboia. — O que ele está fazendo? Já foi? Você consegue ver?

— Ele já está no carro, indo embora — relata Tilda, espiando pelo olho mágico. Ela se apruma e arfa exageradamente. — Que *confusão*. Está vendo? Vocês só estão criando problemas para si mesmos.

— Não estamos não! — digo em tom de desafio. — É divertido. Tilda revira os olhos.

— Então, o que você vai fazer para o Dan? Comprar meias de cashmere?

— Ah, vou fazer muitas coisas. — Minha mente percorre todos os meus planos para amanhã, e eu abro um sorrisinho de satisfação. — Muitas coisas.

SEIS

Minha campanha de surpresas começa bem cedo, e felizmente meu relógio interno está a meu favor, pois acordo antes de Dan. Posso ouvir as meninas tagarelando baixinho em seu quarto, mas ainda devemos ter mais uma meia hora, mais ou menos, antes que elas comecem a fazer guerra de ursinhos e a gritar.

Desço sorrateiramente até a porta da casa e avisto o cara da empresa Room Service London no momento em que ele estaciona a moto.

— Oi! — chamo baixinho, acenando para ele. — Aqui, obrigada!

Estou tão orgulhosa de mim. Qualquer um pode preparar um café da manhã. Qualquer um pode colocar numa bandeja croissants ou ovos e bacon. Mas eu dei um passo a mais. Preparei para Dan um café da manhã internacional, surpresa, que vai deixá-lo boquiaberto!

Ok, "preparei" provavelmente não é o termo certo. "Encomendei" seria mais preciso. Usei um website no qual você clica nos itens, listados como no cardápio de um serviço de quarto de hotel, e eles entregam tudo em duas caixas térmicas (quente e fria), incluindo uma bandeja de prata. (Você faz um depósito como garantia pela bandeja porque, aparentemente, muitas pessoas não a devolvem.)

— Shh! — digo quando o entregador sobe ruidosamente o caminho até a porta, ainda de capacete. Ele carrega duas caixas com a marca "Room Service London", equilibradas no que deve ser a bandeja embrulhada. — É uma surpresa!

— É. — O sujeito assente, impassível, enquanto pousa sua carga e estende a maquininha portátil para que eu assine. — É quase sempre assim.

— Ah.

— Pois é. Muitas esposas na zona sudoeste de Londres pedem o café da manhã para os maridos de surpresa. Aniversário de quarenta anos, é?

— Não! — digo, e lhe dirijo um olhar ofendido.

Primeiro: pensei que estivesse sendo original, e não apenas mais uma "esposa na zona sudoeste de Londres". Segundo: aniversário de quarenta anos? Como assim? Por que eu deveria estar casada com um homem de quarenta anos? Tenho só 32 e mesmo assim pareço muito mais jovem. Muito, *muito* mais jovem. Sabe, considerando o fato de que tive gêmeas e tudo mais.

Será que devo dizer: "Na verdade, é para meu amante de vinte anos?"

Não. Porque sou adulta e madura e não me importo com o que entregadores pensam de mim. (Além disso, Dan pode aparecer de repente à porta, de roupão.)

— Um pedido bem grande. — O rapaz aponta para as caixas. — Todos esses pratos são os favoritos dele?

— Não, nada disso — respondo com uma certa irritação na voz. — É um pedido personalizado, um café da manhã surpresa internacional, na verdade.

Rá. Não se trata mais de um clichê da zona sudoeste de Londres.

O entregador volta para a moto e eu carrego as caixas até a cozinha. Rasgo o papel que embrulha a bandeja — uma bela peça de prata opaca com o monograma "RSL" gravado em cima — e começo a montar os pratos. Todos eles são de porcelana branca lisa (há um depósito como garantia para esses, também) e há até talheres e guardanapos. Tudo parece incrível, e a minha única *pequeníssima* ressalva é que não tenho certeza de que prato é o quê.

Enfim, não importa. Coloco o menu impresso no bolso do meu roupão e decido que podemos descobrir enquanto comemos. O principal é levar a bandeja lá para cima enquanto as coisas quentes ainda estão quentes. É um pouco difícil carregar a bandeja escada acima sem desequilibrar, mas eu consigo e entro no quarto empurrando a porta.

— Surpresa!

A cabeça de Dan, que estava enterrada no travesseiro, se volta para mim. Ele me vê segurando a bandeja e seu rosto todo se ilumina.

— O que é isso?!

Aceno com a cabeça, encantada.

— Café da manhã! Café da manhã surpresa!

Vou até ele e ponho a bandeja na cama com um pouco mais de força do que pretendia, mas é que ela estava ficando muito pesada.

— Olhe só para isso! — Dan consegue se sentar sem virar a bandeja, depois a examina, esfregando os olhos sonolentos. — Que luxo.

— É um café da manhã *surpresa* — repito, enfatizando *surpresa*, porque acho que esse detalhe precisa ficar bem claro.

— Uau. — Posso ver os olhos de Dan percorrendo os pratos e pousando em um copo cheio de um suco rosa. — Então, isto é...

— Suco de romã — informo, toda satisfeita. — Está na moda. Suco de laranja já era.

Dan toma um gole e franze os lábios.

— Maravilha! — diz ele. — Muito... hã... refrescante.

Refrescante no bom sentido?

— Vou provar — digo, e pego o copo.

Ao beber, posso sentir minhas papilas gustativas murchando. Isso é muito *ácido*. É um daqueles gostos adquiridos.

Que podemos adquirir muito rapidamente, tenho certeza.

— Então, o que *são* todas essas coisas? — Dan ainda está espiando os pratos brancos. — Elas fazem parte de um tema?

— É um café da manhã *fusion* — digo, orgulhosa. — Internacional. Eu mesma escolhi os pratos. Alguns europeus, alguns americanos, outros asiáticos... — Tiro o cardápio do bolso. — Temos peixe marinado, uma especialidade alemã à base de carne...

— Isto é café? — Dan leva a mão à xícara.

— Não! — Rio. — Café não seria nenhuma *surpresa*, não é mesmo? Isto é chá de alcachofra e dente-de-leão. É da América do Sul.

Dan recolhe a mão que se estendia à xícara e, no lugar desta, pega a colher.

— Então isto... — Ele cutuca uma substância semelhante a um mingau. — Isto não é *Bircher muesli*, é?

— Não. — Consulto minha lista. — É *congee*. Mingau de arroz chinês.

Não parece *tão* apetitoso quanto eu esperava. Principalmente por causa daquele ovo de aspecto gelatinoso boiando na parte de cima — e que, para ser franca, faz meu estômago revirar. Mas, aparentemente, os chineses comem isso todas as manhãs. Um bilhão de pessoas não podem estar erradas, podem?

— Ok — diz Dan devagar, voltando-se para outro prato. — E este?

— Acho que deve ser o caldo de lentilha indiano. — Torno a olhar o cardápio. — A menos que seja a papa de milho com queijo

Olhando a bandeja atentamente pela primeira vez, eu me dou conta de uma coisa: pedi muitos pratos que são basicamente uma tigela de uma substância gosmenta. Mas como eu iria saber? Por que o website não tem um algoritmo para "substâncias gosmentas"? Deveria haver um pop-up avisando: *Você quer mesmo pedir tantas substâncias gosmentas?* Vou enviar essa sugestão a eles por e-mail.

— Você não comeu nada ainda! — digo, entregando a Dan um objeto esférico semelhante a um bolinho. — Isto é um *idli*. É indiano. Feito com massa fermentada.

— Certo. — Dan olha para o *idli*, então o coloca na bandeja. — Uau. Isto é realmente...

— Diferente, né? — digo, ansiosa. — Não o que você estava esperando.

— De jeito nenhum — diz Dan, soando sincero. — De jeito nenhum o que eu estava esperando.

— Então manda ver! — Abro bem as mãos. — É tudo seu!

— Eu vou! Eu vou! — Ele assente várias vezes, quase como se tivesse de se convencer. — É que é difícil saber por onde começar. Tudo parece tão... — Ele se interrompe. — O que é este aqui? — Ele cutuca o prato alemão à base de carne.

— *Leberkäse* — leio no cardápio. — Significa literalmente: "queijo de fígado".

Dan faz um ruído que parece o de engolir em seco, e eu lhe ofereço um sorriso radiante, encorajador, embora esteja ligeiramente arrependida de ter dito "queijo de fígado" em voz alta. "Queijo de fígado" não é exatamente o que você quer ouvir de manhã cedo, é?

— Olhe — continuo. — Você adora pão de centeio, então por que não começa com este aqui?

Empurro o prato escandinavo na direção dele. É peixe marinado com pão de centeio e creme azedo. Perfeito. Dan enche o garfo, e eu o observo, na expectativa, colocá-lo na boca.

— Ai, meu Deus. — Ele bota a mão na boca. — Eu não posso... —

Para meu desespero, ele está regurgitando. Ele vai vomitar. — Eu vou...

— Aqui. — Em pânico, empurro um guardanapo para ele. — Cuspa.

— Foi mal, Sylvie. — Quando Dan finalmente limpa a boca, ele está tremendo. Seu rosto ficou pálido, e eu noto uma gota de suor em sua testa. — Simplesmente não deu. Tinha gosto de alguma coisa estragada, podre... o que *é* essa coisa?

— Prove um pouco do queijo de fígado para tirar o gosto — digo, empurrando desesperadamente o prato na direção dele, mas Dan parece prestes a regurgitar de novo.

— Talvez daqui a um minuto — diz ele, olhando um pouco frenético pela bandeja. — Tem alguma coisa... você sabe. Normal?

— Hã... hã... — Corro os olhos pelo menu, impaciente.

Tenho certeza de que pedi morangos. Onde eles se meteram?

Então percebo um quadro minúsculo na base do cardápio: *Por favor, aceitem nossas sinceras desculpas. O prato do morango não está disponível, então o substituímos pelo típico prato egípcio* ful medames.

Ful medames? Eu não quero esses malditos *ful medames*. Olho para a bandeja e sinto uma onda de desespero. Esse café da manhã inteiro é nojento. Um monte de gororobas esquisitas. Eu deveria ter comprado croissants. Deveria ter feito panquecas.

— Perdão. — Mordo o lábio, infeliz. — Dan, eu sinto muito mesmo. Este café da manhã é horrível. Não coma.

— Não é horrível! — diz Dan imediatamente.

— É, sim.

— Não, é só... — Ele faz uma pausa para escolher a palavra. — Desafiador. Quando não se está habituado a ele. — A cor já retornou ao seu rosto e Dan me consola com um abraço. — Foi uma ideia maravilhosa. — Ele pega um *idli* e o mordisca. — E sabe de uma coisa? Isto aqui é bom. — Então dá um gole no chá de alcachofra e tem um calafrio. — Já isto aqui é horrível. — Ele faz uma cara tão engraçada que não posso deixar de rir.

— Quer que eu faça um café?

— Eu adoraria um café. — Dan me puxa para ele de novo. — E obrigado. De verdade.

Levo cinco minutos para fazer café e passar geleia em duas torradas. Quando volto para o quarto, Tessa e Anna já estão com Dan na cama e a bandeja de comida foi discretamente colocada no canto mais distante do quarto, onde ninguém precisa olhar para ela.

— Café! — exclama Dan, como um náufrago numa ilha deserta ao avistar um navio. — E torrada também!

— Surpresa! — Eu exibo para ele, balançando, o prato com as torradas.

— Bem, eu também tenho uma surpresa para *você* — replica Dan com um sorriso.

— É uma caixa — acrescenta Tessa, afobada. — A gente já viu. É uma caixa com fitas. Está embaixo da cama.

— Não é para você contar pra mamãe! — Anna parece desolada.

— Papai! Tessa contou!

Tessa fica vermelha, mas mantém a expressão desafiadora. Ela pode ter apenas cinco anos, mas tem ousadia, essa minha filha. Ela nunca se explica, pede desculpas ou capitula, exceto sob severa pressão. Enquanto Anna, pobre Anna, desmorona ao primeiro olhar.

— Bem, mamãe já sabia — afirma Tessa, atrevida. — Mamãe *sabia* o que era. Não é, mamãe?

Meu coração dá um salto, antes que eu me dê conta de que é apenas Tessa sendo Tessa e inventando uma defesa imediata e plausível. (*Como* vamos lidar com ela aos quinze anos? Ai, meu Deus. Melhor adiar esse pensamento por ora.)

— Sabia do quê? — Minha voz soa falsa aos meus próprios ouvidos. — Meu Deus, uma caixa? O que será?

Felizmente Dan se inclinou para alcançar o espaço embaixo da cama e não pode ver minha atuação de quinta categoria. Ele puxa a caixa e eu a desembrulho, tentando sincronizar minhas reações, tentando parecer genuína, ciente de que Tessa está me observando atentamente. Por alguma razão, os olhinhos penetrantes das minhas filhas são muito mais enervantes que o olhar confiante de Dan.

— Ai, meu DEUS! — exclamo. — Uau! *Cashmere?* É um... cardigã? É simplesmente... Ai, meu Deus. E a cor é perfeita, e o *cinto*...

Estou exagerando?

Não, não estou. Dan parece eufórico — e quanto mais alto eu exclamo, mais feliz ele se mostra. Ele é tão fácil de enganar. Sinto uma renovada onda de afeto por ele, sentado ali com sua torrada, alheio ao fato de que estou mentindo na cara dura.

Sinceramente, não acho que poderia ser de outra maneira. Dan é transparente. Ele é ingênuo. Se fosse ele mentindo, eu saberia. Simples assim: eu *saberia*.

— Tilda me ajudou a escolher — diz ele com humildade.

— Mentira! — arquejo. — Tilda? Você e Tilda armaram isso? Vocês, hein! — Dou um empurrãozinho no braço dele.

Estou exagerando?

Não, não estou. Dan parece ainda mais encantado.

— Você gostou mesmo?

— Amei. Que surpresa maravilhosa!

Dou um grande beijo nele, contente comigo mesma. Estamos conseguindo! O plano está dando certo! Estamos apimentando nosso casamento. Ok, o café da manhã foi um tiro que saiu pela culatra, mas, fora isso, acertamos na mosca. Eu poderia *facilmente* encarar mais 68 anos de casamento se cada dia começasse com Dan me dando um cardigã de cashmere.

Não, ok, volta a fita, obviamente eu não quis dizer isso literalmente. Dan não pode me dar um cardigã de cashmere todos os dias — que pensamento mais ridículo. (Embora a cada seis meses, quem sabe? É só uma ideia. Que estou lançando ao acaso aqui.) Creio que o que quero dizer é que poderia facilmente encarar mais 68 anos de casamento se todos os dias começassem como hoje. Com todos felizes e em harmonia.

Enfim. Na verdade, não sei bem aonde isso nos leva, mas sinto que estamos dando um rumo para nossas questões, o que só pode ser uma coisa boa, não?

— Então. — Dan esvazia a xícara de café e a pousa com uma expressão cheia de vigor. — Preciso ir. Tenho uma tarefa misteriosa a cumprir. — Ele me dirige um olhar aguçado e eu retribuo com um sorriso radiante.

— Bem, eu também tenho uma tarefa misteriosa. Você volta para o almoço? — pergunto casualmente. — Pensei que poderíamos comer uma massa ao *pesto*, nada de mais...

Rá! Rá! *Só que não.*

Dan faz que sim com a cabeça.

— Ah, com certeza. Estarei de volta ao meio-dia.

— Ótimo! — Volto a atenção para Tessa e Anna. — Muito bem! Quem quer tomar café da manhã?

É nas manhãs de sábado que ponho as tarefas domésticas chatas em dia, enquanto Tessa e Anna brincam com todos os brinquedos para os quais não têm tempo durante a semana. Então almoçamos cedo e eu levo as meninas para a aula de balé às duas da tarde.

Mas hoje não!

No instante em que Dan sai de casa, entro em ação. Venho querendo trocar as cortinas da cozinha há séculos, e essa é a minha desculpa perfeita. Também comprei uma toalha de mesa elegante, alguns castiçais novos e uma luminária. Vou fazer uma transformação completa na cozinha, como naqueles programas de TV que eu sempre vejo na cama quando Dan está assistindo a jogos de rúgbi na TV do andar de baixo. Nossa cozinha renovada vai ficar radiante, e Dan vai adorar.

Quando tudo fica pronto, estou suando. Levou mais tempo do que eu esperava e tive de deixar as meninas assistirem ao canal CBeebies, mas a cozinha ficou incrível. As cortinas são de uma estampa bem moderna, da John Lewis, e os castiçais de borracha néon acrescentam um toque de cor. (Aprendi isso no programa de TV. Tudo é uma questão de acrescentar "toques de cor".)

Quando Karen, nossa babá, chega, me recosto, como quem não quer nada, na bancada e espero que ela admire e elogie minha obra. Karen gosta de design e coisas assim. Ela sempre usa tênis de cores interessantes, mantém as unhas pintadas, e lê meus exemplares da *Livingetc* depois de mim. Ela é filha de um escocês com uma guianense, e tem cabelos escuros, fartos e encaracolados, que Anna adora enfeitar com presilhas. Como era de esperar, ela repara nas mudanças imediatamente.

— Incrível! — Ela olha ao redor, observando todos os detalhes. — Amei essas cortinas! São mesmo incríveis!

Uma característica de Karen é que ela adota uma palavra e a usa exclusivamente por cerca de uma semana e então passa para uma nova. Na semana passada era "desprezível", esta é "incrível".

— Que castiçais incríveis! — exclama ela, pegando um deles. — São da Habitat? Vi um deles na semana passada.

— Acho que dão um toque de cor — digo, casualmente.

— Incrível. — Karen assente e deixa de lado o castiçal. — Então, *o que* exatamente está acontecendo hoje?

Ela parece um pouco intrigada, e eu não a culpo. Em geral não a requisitamos aos sábados, nem envio mensagens de texto para ela começando com *Não conte a Dan que estou mandando esta mensagem pra você!!*

— Eu queria fazer uma surpresa para Dan — explico. — Levá-lo para almoçar em um lugar especial.

— Certo. — Karen abre a boca, como se fosse dizer alguma coisa, mas então torna a fechá-la. — Certo. Incrível.

— Então, se você pudesse dar o almoço das meninas, levá-las ao balé e depois quem sabe ao parque... Estaremos de volta lá pelas quatro.

— Ok — diz Karen devagar. Mais uma vez, ela parece querer dizer mais alguma coisa, mas não sabe por onde começar.

Será que ela está pensando em pedir uma troca de horário ou algo assim? Porque realmente não tenho tempo agora.

— Enfim! — digo rapidamente. — Preciso me arrumar. Obrigada, Karen!

Tomo um banho rápido antes de vestir uma calça capri e meu cardigã novo. Como esperado, um táxi logo para diante da nossa casa, e eu sinto uma pontada de animação. Dan vai ficar tão surpreso! Na verdade, tenho certeza de que é ele que estou ouvindo chegar em casa. Melhor eu me adiantar.

Levo apenas quatro minutos para fazer a maquiagem e mais um minuto para dar um nó no cabelo. Desço correndo a escada e paro no meio, olhando pela janela do patamar. Para minha surpresa, há um segundo táxi parado ao lado do primeiro.

Dois?

Ai, meu Deus. Por favor, não diga que...

Quando estou olhando os veículos, Dan surge da sala de estar. Está usando uma elegante camisa azul e um blazer de linho, e seus olhos cintilam.

— Você está linda! — diz ele. — O que é providencial, porque... tchã-tchã-tchã-tchã... não vamos comer macarrão em casa!

— Dan — digo lentamente. — Você planejou alguma coisa? Porque eu planejei uma coisa também.

— Como assim? — pergunta ele, intrigado.

— Olhe lá fora — eu digo, terminando de descer a escada. Dan abre a porta da casa e eu o vejo piscar diante da visão dos dois táxis. Tenho quase certeza de que ambos vêm da Asis Taxis, a empresa que sempre usamos.

— Que *diabos...*?

— Um deles é meu — explico. — Não me diga que o outro é seu. Será que nós dois planejamos uma surpresa?

— Mas... — Dan continua olhando os táxis, parecendo totalmente friccioso, a testa franzida. — Mas eu estava planejando o almoço — diz ele por fim.

— Não, não estava. Eu que estava! — replico, quase irritada. — Era uma surpresa. Pedi o táxi, chamei a Karen...

— Eu também chamei a Karen! — diz Dan calorosamente. — Falei com ela há dias.

— Vocês dois me chamaram! — A voz de Karen soa às nossas costas e ambos damos meia-volta. Ela olha para nós dois, parecendo um tanto assustada. — Vocês dois me mandaram mensagens, perguntando se eu podia trabalhar no sábado e "guardar segredo". Eu não sabia o que estava acontecendo. Então pensei em simplesmente vir e... ver.

— Certo — eu digo. — Justo.

Devíamos ter imaginado que isso aconteceria. Devíamos ter feito um plano. Só que dessa forma não teria sido surpresa.

— Bem, não podemos fazer as duas coisas, claro... — Dan me olha fixamente de repente. — Qual é a sua surpresa?

— Eu não vou dizer! É *surpresa*.

— Bom, eu não vou dizer a minha — afirma ele, categórico. — Isso estragaria tudo.

— Bom. — Eu cruzo os braços, igualmente inflexível.

— Então o que fazemos? Tiramos cara ou coroa?

— Não vou tirar cara ou coroa! — replico. — Acho que deveríamos simplesmente seguir com a minha surpresa. É boa de verdade. Podemos fazer a sua outro dia.

— Não, não podemos! — Dan parece ofendido. — Você está presumindo que sua ideia é melhor do que a minha, é isso?

"Ingressos para o espetáculo de Tim Wender com almoço no Festival de Comédia no Barbican Centre?" é o que tenho vontade de dizer. "Nosso comediante favorito *e* almoço? Você acha que pode superar isso?"

Mas, obviamente, sou uma pessoa educada, então não digo. Apenas dirijo a ele um sorrisinho, dou de ombros e digo:

— A minha é muito boa.

— Bem, *a minha também.* — Dan me lança um olhar furioso.

— Deixem que eu decido! — sugere Karen de repente. — Vocês me contam os planos de vocês e eu decido qual vocês devem seguir.

O quê? Que ideia idiota.

— Ótima ideia! — diz Dan. — Eu vou primeiro. — E alguma coisa em sua atitude entusiasmada me faz conjecturar pela primeira vez: O que será que ele planejou? — Vamos até a sala de estar — ele acrescenta para Karen — e eu apresento minha ideia lá, onde Sylvie não pode ouvir. Nada de ouvir atrás da porta! — diz ele para mim.

Apresentar sua ideia? O que é isto? A porcaria do *Dragon's Den*? Quando ele entra na sala de estar com Karen, dirijo a ele um olhar desconfiado. Então sigo, desconsolada, para a cozinha, onde as meninas estão devorando macarrão ao pesto e ignorando os palitos de cenoura.

— O que é "virgem"? — pergunta Tessa de repente.

Olho para ela fixamente.

— Virgem?

— Virgem. — Ela ergue os olhos para os meus. — Não sei o que quer dizer.

— Ah. Meu Deus. Muito bem. — Engulo em seco, minha mente disparando para um lado e para o outro. — Bem, quer dizer... é uma pessoa que ainda não... hã... — Minha voz desaparece e eu pego um palito de cenoura, tentando ganhar tempo.

— Não pode ser uma pessoa — contesta Tessa. — Como ia caber?

— Seria grande demais — concorda Anna. Ela mede a largura de seu corpo com as mãos, então junta as duas, apertando. — Está vendo? — Ela me olha como se apresentasse um argumento óbvio. — Grande demais.

"Caber? Grande demais?" Minha mente, apreensiva, dá conta de várias interpretações dessas observações. E por que Tessa está falando em virgens, afinal?

— Tessa — começo com cuidado. — As crianças no recreio estão falando sobre... coisas de adultos?

Será que devo dar a explicação completa bem aqui e agora? E qual *é* a explicação, aliás? Ai, Deus. Sei que devemos explicar tudo desde cedo e ser honestos, como os holandeses, mas não vou dizer a palavra "preservativo" para a minha filha de cinco anos, simplesmente não vou...

— Acho que significa tomate — sugere Anna.

— Não é tomate — afirma Tessa, categórica. — É verde. *Verde.*

De repente percebo para o que ambas estão olhando. A garrafa de azeite de oliva extra virgem na mesa.

— Ah, é isto! — digo, minha voz quase inebriada de alívio. — Azeite extra virgem! Isso significa... muito novo. Azeitonas belas e novas. Hum. Que delícia. Comam tudo, meninas.

Serei franca quando chegar a hora, prometo a mim mesma. Serei holandesa. Direi até "preservativo". Mas hoje não.

— Pronto! — Dan entra a passos largos na cozinha, exatamente como alguém que acabou de ganhar um investimento de um milhão de libras no *Dragon's Den*. — Sua vez.

Sigo para a sala de estar, onde encontro Karen sentada em uma cadeira de espaldar alto no meio da sala, segurando uma caneta e um bloco de notas tamanho A4.

— Olá, Sylvie — diz ela num tom formal, amigável. — Seja bem--vinda. Pode começar quando estiver pronta.

Eu já estou irritada. Seja bem-vinda à minha própria sala? E, a propósito, o que ela está escrevendo? Eu ainda nem comecei.

— Quando quiser — repete Karen, e eu rapidamente ordeno os pensamentos.

— Certo — começo. — Bem, estou planejando uma surpresa fantástica para Dan, o tipo de coisa que só se faz uma vez na vida. Vamos ver nosso comediante favorito, Tim Wender, em uma apresentação especial no Festival de Comédia do Barbican Centre. Com almoço e vinho incluídos.

Estou falando como se estivesse numa competição de um programa diurno da TV, percebo. Em seguida, prometerei quinhentas libras em compras no exclusivo West End de Londres.

— Muito bom — diz Karen, no mesmo tom ambivalente e agra-dável. — Isso é tudo?

Isso é tudo? Estou prestes a retrucar "Você sabe quantos pauzinhos tive de mexer para conseguir esses ingressos?", mas isso não deve ajudar na minha argumentação. (E, na verdade, foi Clarissa quem mexeu os pauzinhos, pois ela havia trabalhado no Barbican.)

— Sim. Isso é tudo — digo.

— Muito bem. Vou compartilhar com vocês minha opinião em um instante. — Ela sorri, como se me dispensasse, e eu volto para o hall, sentindo-me mal-humorada e chateada. Isso é ridículo.

Dan sai da cozinha, mastigando um palito de cenoura.

— Como foi?

Dou de ombros.

— Tudo bem.

— Ótimo! — Ele me oferece seu sorriso exuberante outra vez, no momento em que a porta se abre.

Karen surge e olha de mim para Dan, o rosto sério.

— Cheguei a uma decisão. — Ela faz uma pausa momentânea, exatamente como um juiz na TV. — E hoje... vocês seguirão o programa de Dan. Foi mal, Sylvie — ela acrescenta para mim —, mas a ideia de Dan tem aquele algo a mais.

A ideia de Dan tem?

A ideia de *Dan* tem?

Não posso acreditar. Na verdade, não acredito. A *minha* tinha o algo a mais. Mas, justamente como um competidor em um programa da TV, consigo reprimir meus verdadeiros sentimentos sob um sorriso animado.

— Muito bem! — Dou um beijo em Dan. — Tenho certeza de que você merece.

— Queria que *nós dois* pudéssemos ter ganho — diz ele generosamente.

— Você se saiu muito bem, Sylvie — diz Karen, gentil. — Mas Dan teve aquela atenção extra aos detalhes.

— É claro! — Meu sorriso se torna ainda mais radiante. — Bem, mal posso esperar para ver tudo isso em ação!

Sem pressão. Mas eu elevei os parâmetros a um nível muuuuito alto.

— Sylvie me surpreendeu com o café da manhã hoje — Dan está contando a Karen. — Assim, sério, nada mais justo que eu a surpreenda com o almoço.

— Ei, você não falou nada da minha outra surpresa — eu digo, percebendo de repente que Dan tinha acabado de ir à cozinha. Ele viu a transformação. Então por que não fez nenhum comentário?

— Que outra surpresa?

— A cozinha...? — Dou a deixa, mas Dan parece não compreender ainda. — A cozinha! — digo bruscamente. — Cozinha!

— Foi mal, mas eu deveria ter encontrado alguma coisa na cozinha? — Dan parece confuso.

Inspiro fundo e expiro ruidosamente.

— As cortinas? — pergunto devagar.

Percebo o olhar de pânico de Dan.

— É claro — diz ele depressa. — As cortinas. Eu ia falar delas agora.

— O que mais? — Seguro seu braço com força para que ele não possa se mover. — Me diga o que mais eu fiz lá.

Dan engole em seco.

— O... hã... os armários?

— Não.

— Mesa... hã... toalha de mesa?

— Acertou por sorte. — Fuzilo Dan com o olhar. — Você não percebeu nada, não foi?

— Você me deixa olhar de novo? — pede Dan. — Eu estava distraído com toda essa questão do almoço.

— Ok. — Eu o sigo até a cozinha, onde, é preciso admitir, minha transformação ficou incrível. *Como* ele pôde não perceber?

— Uau! — ele exclama. — Estas cortinas são lindas! E a toalha de mesa...

— O que mais? — Eu o pressiono, implacável. — O que mais está diferente?

— Hã... — Os olhos de Dan disparam de um lado para o outro, desnorteados. — Isto! — Ele subitamente agarra um livro de receitas da Nigella que está na mesa. — Este é novo.

Tessa cai na gargalhada.

— Esse não é novo, papai!

— São os castiçais — digo a ele. — Os *castiçais*.

— É claro! — Os olhos de Dan pousam neles, e posso ver que está procurando desesperadamente alguma coisa para dizer. — Isso mesmo! Eu deveria... Eles são tão chamativos!

— São um toque de cor — explico.

— Sem dúvida — diz Dan, hesitante, como se não estivesse muito certo do que eu queria dizer exatamente com "toque de cor", mas não ousasse perguntar.

— Enfim, eu só pensei em alegrar o ambiente um pouco. Achei que você iria gostar... — Permito que um tom ligeiramente martirizado se insinue em minha voz.

— Adorei. Eu adorei — repete Dan, enfaticamente. — E agora, minha senhora... — Ele faz uma pequena mesura. — Sua carruagem a espera.

Por sorte, o homem ao telefone no Festival de Comédia do Barbican foi muito compreensivo e já havia outro casal na fila de espera, que ficou empolgadíssimo em comprar os ingressos para o Tim Wender. (Aposto que sim.) O segundo táxi não ficou tão empolgado ao ser cancelado, mas é uma empresa que usamos muito, portanto, no fim das contas, eles nos dispensaram de pagar a tarifa.

Um dado positivo é que o entusiasmo de Dan é contagioso, e enquanto seguimos no táxi que *ele* chamou, estou começando a ficar animada de verdade. Ele tem alguma surpresa grande para mim, tenho certeza.

Estranhamente, porém, não estamos seguindo para a cidade, que é o que eu teria esperado. Estamos indo em direção a uma parte de Clapham com a qual eu não estou familiarizada. Qual é a desse lugar?

O carro para diante de um pequeno restaurante em uma rua secundária. O local se chama Munch, e eu olho, cética. Munch? Será que eu deveria ter ouvido falar dele? Seria um desses incríveis restaurantezinhos onde você se senta em um banco desconfortável, mas a comida é premiada?

— Então. — Quando se volta para mim, Dan está radiante pela expectativa. — Você queria ser surpreendida, não é mesmo?

— Sim — digo, rindo de sua expressão. — Sim!

Ok, agora estou devidamente animada. O que estará por vir? O quê?

O motorista abre a porta e Dan gesticula para que eu saia. Enquanto ele paga ao motorista, examino o quadro com o cardápio na calçada e vejo que se trata de um restaurante vegano. Interessante. Não o que eu teria esperado. A menos...

— Ai, meu Deus. — Eu me viro para Dan, subitamente alarmada. — Você está virando vegano? É *essa* a surpresa? Quer dizer, se for isso, ótimo! — Acrescento depressa. — Muito bem!

Dan ri.

— Não, não estou virando vegano.

— Ah, tá. Então... você só estava querendo uma comida saudável?

— Também não.

Dan me conduz para a entrada, e eu empurro a porta. É um daqueles lugares rústicos e autênticos, posso ver imediatamente. Muita terracota. Ventiladores de teto de madeira. Uma jardineira com a placa "Colha seu próprio Chá de Hortelã". (Na verdade, isso é bem divertido. Talvez eu copie essa ideia quando der um jantar.)

— Uau! — exclamo. — Isto é...

— Ah, esta não é a surpresa. — Dan me interrompe, quase explodindo de orgulho. — Aquela é a surpresa.

Ele aponta para uma mesa em um canto afastado, e eu sigo seu olhar. Há uma mulher sentada lá. Uma mulher de cabelos castanhos compridos e pernas bem finas cobertas por jeans preto. Quem é? Eu a conheço? Eu *acho* que a reconheço...

Ai, meu Deus, é claro. É aquela garota da época da faculdade. Ela fazia... química? Bioquímica? Qual é mesmo o nome dela?

De repente me dou conta de que Dan está esperando uma reação minha. E não uma reação qualquer.

— Não... é possível! — digo, juntando toda a minha energia. — Dan! Você não fez isso!

— Fiz! — Dan me dirige um sorriso luminoso, como se estivesse realizando todos os meus sonhos ao mesmo tempo.

Minha mente trabalha freneticamente. Que *diabos* está acontecendo aqui? Por que uma pessoa aleatória da faculdade está sentada à nossa mesa de almoço? E como eu descubro o nome dela?

— Então! — digo enquanto entregamos nossos casacos para uma garota com uns dezesseis brincos na orelha direita. — Incrível! Como você... o que...

— Quantas vezes você me disse que gostaria de ter mantido contato com Claire? — O rosto de Dan está corado de satisfação. — Então, sabe o que pensei? Pensei: Vamos fazer com que isso aconteça.

Claire. O nome dela é Claire. Claro que é. Mas isso é loucura! Eu nunca nem pensei na Claire desde a faculdade. O que...

Ai, meu Deus, *Claire*.

Ele está falando da Claire do curso de artes.

Não sei como, mas eu consigo continuar sorrindo enquanto a garçonete nos leva em direção à mesa no canto. Havia uma garota chamada Claire que conheci num curso de artes, há anos. Ela era mesmo ótima, com um senso de humor genial, e nós almoçamos juntas algumas vezes, mas então nossa amizade esfriou. Era *dela* que eu estava falando.

Não desta Claire.

Merda, *merda*...

Quando chegamos à mesa, tenho a sensação de que meu rosto está paralisado. O que vou *fazer*?

— Finalmente nos encontramos! — Dan cumprimenta Claire como um velho amigo. — Muito obrigado por compactuar com meus planos conspiratórios...

— Sem problemas — diz Claire, a voz monótona. Ela sempre teve um jeito meio monótono. — Oi, Sylvie. — Ela empurra a cadeira para trás e se levanta, mais alta do que eu e sem maquiagem. — Há quanto tempo.

Olho para Dan. Ele está nos observando carinhosamente, como se esperasse que caíssemos nos braços uma da outra, como naquele vídeo do YouTube em que o leão criado como bichinho de estimação revê o dono.

— Claire! — exclamo com a voz mais emotiva que consigo conjurar. — Isto... Faz muito tempo mesmo! — Abraço seu corpo ossudo, resistente. — Eu só... Aqui está você! Não sei o que dizer!

— Bem. — Claire dá de ombros. — Já faz muito tempo desde a faculdade.

— Deveria haver uma garrafa de champanhe nesta mesa — critica Dan. — Vou resolver isso... Claire escolheu o restaurante — ele acrescenta para mim. — Não é ótimo?

— Fabuloso! — digo, e me sento em uma cadeira de madeira pintada e muitíssimo desconfortável.

— Bem, isso foi uma surpresa — diz Claire, impassível.

— Sim! Então, o que aconteceu exatamente? — Tentei soar casual. — Como isto foi combinado?

— Seu marido me mandou uma mensagem pelo Facebook e disse que você queria muito me reencontrar. — Claire me olha. — Ele disse que você vivia lamentando que tivéssemos perdido o contato.

— Certo.

Ainda estou sorrindo, enquanto minha mente dispara freneticamente, analisando minhas opções. Conto a ela a verdade, dou uma risada e peço que não diga a ele? Não. Ela não é desse tipo. Ela desembucharia tudo num instante para Dan, posso ver, e ele ficaria arrasado.

Tenho de seguir em frente com a farsa.

De alguma maneira.

— Achei isso um pouco estranho, para ser franca — diz Claire. — Ser procurada por você.

— Bem, você sabe! — digo, excessivamente animada. — A gente chega a uma certa idade e olha para trás e pensa... o que aconteceu com Claire e... a galera?

— A galera? — Claire franze a testa sem entender.

— Você sabe! — digo. — Todo mundo! Todos os nossos colegas! Como... hã... — Não consigo lembrar o nome de uma só pessoa que Claire possa ter conhecido. Frequentávamos círculos diferentes. Sim, estudávamos nos mesmos prédios na universidade... não jogamos uma vez uma partida de netbol juntas, quando fui cooptada para o time? Talvez tenha sido por isso que Dan se confundiu. Talvez tenha visto uma foto antiga na internet. Mas esse foi nosso único ponto de conexão. Não éramos *amigas*.

— Tenho contato com Husky — concede Claire.

— Husky! — digo num tom estridente. — Como está...

Ele? Ela? Quem diabos era Husky? Eu devia olhar com mais atenção o Facebook. Mas, sinceramente, desde as gêmeas, não tenho tempo para me atualizar com frequência com todos os meus 768 "amigos". Eu mal consigo acompanhar os amigos reais.

— Ainda estou em contato com Sam... Phoebe... Freya... todo o povo de história da arte — digo. — Na verdade, Phoebe acabou de se casar.

— Certo — diz Claire com uma mortificante falta de interesse. — Eu nunca me dei com eles, na verdade.

Ai, meu Deus. Isso é doloroso. Cadê aquela garrafa de champanhe?

— Você e seu marido, vocês não estão *vendendo* alguma coisa, estão? — pergunta Claire, me olhando subitamente desconfiada.

— Não!

— Nem tentando me converter? Vocês são mórmons?

— Não. — Metade de mim quer chorar e a outra metade quer explodir numa gargalhada histérica. *Tínhamos ingressos para Tim Wender...* — Olhe, lá vem Dan com a garrafa de champanhe. Vamos beber.

É tudo uma provação. A comida (feijões em sua maioria) é seca e sem gosto. O espumante cava é ácido demais. A conversa é escassa e difícil, como colher cenouras de um solo pedregoso. Claire não ajuda muito. Quero dizer, na *realidade* ela torna tudo mais difícil. Como consegue motivar uma equipe de pesquisa na GlaxoSmithKline? O único aspecto positivo da experiência é que ela me fez querer ligar para todos os meus amigos de verdade e mergulhar, agradecida, em suas conversas.

Por fim, entramos no táxi que Dan chamou para nos levar para casa e damos tchau para ela com um aceno. (Oferecemos carona a Claire, que declinou, graças a *Deus*.) Dan então se recosta no assento, satisfeito.

— Isso foi incrível — me apresso a dizer. — Simplesmente incrível! Ele sorri.

— Você gostou, hein?

— Fiquei impressionada — digo sinceramente. — Pensar que você se deu a todo esse trabalho... estou muito comovida. — Eu me inclino para beijá-lo. — Maravilhada.

E estou mesmo. Providenciar um encontro foi a coisa mais atenciosa a se fazer. Ele não poderia ter escolhido um mimo melhor. (Exceto se fosse, bem, com alguém de quem eu gostasse de fato.)

— Claire não é o que eu imaginava — diz Dan. — Ela era uma vegana tão radical na faculdade?

— Bem... — Não faço a menor ideia. — Talvez não *tão* radical.

— E seus pontos de vista sobre compostagem. — Ele arregala os olhos. — Ela é bastante veemente, não?

Dan fez um único comentário irreverente e teve de aguentar um discurso inflamado, sem nenhum senso de humor, que ele engoliu com a melhor disposição possível. Tudo por mim. Eu pude vê-lo observando Claire e pensando: Por que diabos Sylvie queria retomar o contato com ela?

Mordi o lábio, tentando reprimir uma risada que aflorava. Um dia vou contar a verdade a ele. Daqui a um ano, por exemplo. (Talvez daqui a cinco anos.)

— Enfim — diz Dan quando o táxi dobra uma esquina. — Ainda tenho mais uma surpresa.

— Eu também. — Levo a mão ao joelho dele. — A minha é uma surpresa *sexy*. E a sua?

— É bem sexy. — Os olhos dele encontram os meus e posso ver o brilho neles, e em seguida estamos nos beijando apaixonadamente, como costumávamos fazer o tempo todo nos táxis, antes que o "banco de trás" significasse "duas cadeirinhas e toalhinhas umedecidas, por precaução".

Minha surpresa é um óleo de massagem que produz a sensação de aquecimento. Supõe-se que seja "superestimulante", não que Dan pareça precisar de estímulo extra hoje. Eu me pergunto qual será a surpresa dele. Uma lingerie, talvez? Da Agent Provocateur?

— Mal posso esperar — murmuro junto a seu pescoço, e fico aninhada nele durante todo o trajeto.

Quando entramos em casa, as meninas vêm correndo nos receber, gritando alguma coisa sobre uma apresentação de balé, e Karen vem logo atrás, os olhos brilhando com a expectativa.

— Foi incrível? — ela pergunta e então se volta para mim: — Agora você entende por que escolhi a surpresa do Dan? Um reencontro! Olha só, um *reencontro*!

— Sim! — Tento igualar minha animação à dela. — Fiquei... impressionada!

O celular de Dan apita com o alerta de uma mensagem e os olhos dele cintilam.

— Já?! — diz ele, então ergue os olhos. — Karen, pode ir agora. Muitíssimo obrigado por intervir.

— Sem problema! — replica Karen. — Às ordens!

Dan de repente parece nervoso, observo. Muito nervoso. Quando Karen se despede com um aceno e fecha a porta ao sair, ele começa a digitar uma mensagem no celular. Isso tem a ver com a surpresa sexy?

— Então, vamos planejar o restante do dia? — pergunto. — Ou...?

— Um minuto — diz ele, como se não tivesse me ouvido. — Um minuto.

A atmosfera tornou-se estranhamente tensa. A boca de Dan fica se contraindo em um sorriso. Ele fica olhando o celular e indo e voltando até a porta da casa. Ele parece tão agitado que eu mesma me sinto inquieta, animada. Qual será a surpresa sexy dele? Se é assim tão extraordinária, será que devíamos ter ido passar a noite em um hotel?

A campainha de repente toca e nós dois damos um pulo.

— O que é? — pergunto.

— Uma entrega. — A boca de Dan para de se contrair. — Uma entrega muito especial. — Ele abre a porta e um entregador de agasalho preto o cumprimenta brevemente com um gesto de cabeça.

— Tudo certo? Dan Winter, correto?

— Sim! — diz Dan. — Tudo certo.

— Vamos buscá-la na van então. Está tudo bem, no que se refere ao espaço? — O homem dá um passo para dentro de casa e olha ao redor.

Dan faz que sim com a cabeça.

— Acho que sim. Vocês devem conseguir passar pelo hall.

Eu os observo, boquiaberta. Passar o que pelo hall? Não se trata de um conjunto de lingerie da Agent Provocateur, não é mesmo? Trata-se de algo que precisa de dois homens para tirá-lo de uma van.

Ai, meu Deus, não é algum tipo de... *equipamento*, é? Devo levar as meninas correndo dali antes que elas vejam algo que vai traumatizá-las pelo resto da vida?

— Você pode levar as meninas lá para cima, Sylvie? — pergunta Dan em um tom indecifrável, e o meu coração dá um salto. — Só até eu dizer que podem descer.

— Ok! — Minha voz soa um tanto estrangulada. O que foi que Dan *fez*?

Levo as meninas rapidamente para o quarto delas e leio uma história do Ursinho Pooh sem muita convicção, o tempo todo pensando: cadeira erótica? Sofá erótico? Ai, meu Deus, o que mais poderia ser? Um balanço erótico? (Não, Dan *não poderia* ter encomendado isso. Nossas vigas não sustentariam um balanço.)

Estou desesperada para pegar o celular e dar uma busca no Google por *grandes itens eróticos que precisam ser entregues em uma van*, só que as meninas podem acabar pegando o celular da minha mão. (Esse é o problema de quando os filhos estão aprendendo a ler.) Então tenho de ficar ali sentada, falando sobre Efalantes, tensa com suspeitas e fantasia... quando, por fim, ouço a porta da casa bater e o som dos passos de Dan na escada.

— Podem descer — diz ele, olhando pela porta, o rosto radiante. — Tenho uma surpresa e tanto para vocês.

— Surpresa! — grita Tessa alegremente, e eu olho para ela, alarmada.

— Dan, as meninas podem... — Lanço um olhar significativo para ele. — Isso é *apropriado*?

— É claro! — responde Dan. — Vão para a cozinha, meninas. Vocês não vão acreditar no que vão ver!

A cozinha?

Ok, estou mesmo perdida aqui.

— Dan — digo enquanto descemos, as meninas correndo à frente. — Não estou entendendo. É essa a sua surpresa sexy?

— Com certeza. — Ele assente beatificamente. — Mas não só sexy... linda. Ela é linda.

Ela?

— Aiiii! Uma cobra! — Tessa sai da cozinha em disparada e se agarra às minhas pernas. — Tem uma cobra na cozinha!

— O quê? — Com o coração batendo forte no peito, corro para a cozinha e imediatamente dou um pulo de dois metros para trás. Ai, meu Deus. Ai, meu Deus.

Junto à parede, onde a caixa de brinquedos costumava ficar, há um tanque de vidro. Dentro dele, há uma cobra. Ela é laranja e marrom, e tem um olho preto viperino, e eu acho que vou vomitar.

— O q... q... — balbucio. Na verdade, estou incapacitada de formar palavras. — O q...

— Surpresa! — Dan entra na cozinha atrás de mim. — Ela não é linda? É uma cobra-do-milho. Criada para o cativeiro, portanto você não precisa ficar com medo de ela se irritar.

Não foi disso que eu fiquei com medo.

— Dan. — Finalmente minha voz volta e eu agarro suas lapelas. — Não podemos ter uma cobra.

— Nós já temos uma cobra — Dan me corrige. — Como vamos chamá-la, meninas?

— Cobrinha — diz Tessa.

— Não! — Estou quase hiperventilando. — Não vou ter uma cobra! Não dentro de casa! Não vou fazer isso, Dan!

Finalmente, Dan me olha direito. Sobrancelhas arqueadas, ar de inocência. Como se fosse *eu* que não estivesse sendo razoável.

— Qual é o problema?

— Você disse que a surpresa era uma coisa *sexy*! — sibilo, furiosa. — *Sexy*, Dan!

— Ela é sexy! É exótica... sinuosa... Você há de concordar.

— Não! — estremeço. — Não posso nem olhar para ela. Para *isso*, rapidamente me corrijo. Isso é uma *coisa*.

— A gente pode ter um cachorro? — intervém Anna, que é bastante intuitiva e está observando nossa conversa. — Em vez da cobra?

— Não! — grita Tessa. — A gente tem que ficar com a nossa linda cobrinha... — Ela tenta abraçar o tanque de vidro e a cobra se desenrola.

Ai, meu Deus. Tenho de olhar para o outro lado. Como Dan pôde pensar que uma cobra era uma surpresa sexy? *Como?*

Quando finalmente as meninas vão para a cama, chegamos a um acordo. Vamos dar uma chance à cobra. No entanto, eu não tenho de alimentar, manipular ou olhar para a cobra. Jamais vou sequer tocar a gaveta do freezer destinada à sua comida. (Ela come camundongos, *camundongos* de verdade.) Tampouco vou chamá-la de Dora, que é o nome que as meninas lhe deram. Não é Dora, é a Cobra.

Às oito estamos sentados em nossa cama, exaustos com nossas negociações. As meninas estão na cama e finalmente pararam de dar suas fugidinhas para "ver se Dora está bem".

— Achei que você fosse gostar — diz Dan em tom de lamento. A ficha finalmente caiu para ele. — Falamos algumas vezes sobre ter uma cobra...

— Eu estava brincando — digo, cansada. — Como já expliquei uma centena de vezes. — Nunca me ocorreu que ele pudesse estar falando sério. Afinal... uma *cobra*?

Dan se recosta na cabeceira da cama com um suspiro, descansando a cabeça nas mãos.

— Bem, seja como for, eu a surpreendi. — Ele me olha com um sorriso irônico.

— É. — Não posso deixar de retribuir o sorriso. — Surpreendeu.

— E você gostou do cardigã.

— É maravilhoso! — digo com entusiasmo, querendo compensar pela cobra. — Sério, Dan, eu amei. — Acaricio o tecido. — É tão macio.

— Você gostou da cor?

— Adorei a cor. — Gesticulo com a cabeça o mais enfaticamente que posso. — Tão melhor do que o az...

Paro no meio da palavra. *Merda*.

— O que foi que você disse? — Dan pergunta devagar.

— Nada! — Colo um sorriso no rosto. — Então, vamos assistir a um pouco de TV ou...

— Você ia dizer "azul".

— Não ia não! — protesto, mas não convenço. Posso ver a mente de Dan funcionando. Ele não é burro.

— Tilda ligou pra você. — A compreensão foi surgindo em seu rosto. — É claro que ela ligou pra você. Vocês duas conversam sobre tudo. — Ele me lança um olhar ameaçador. — O cardigã não foi nenhuma surpresa, não é mesmo? Você provavelmente... — Ele se interrompe, como se uma nova teoria estivesse lhe ocorrendo. Tenho a horrível sensação de que deve ser a verdade. — Era por isso que estava quente? — Dan está solavancado, eu posso ver. Ele me olha, estupefato, como se o mundo estivesse desmoronando à sua volta.

— *Você estava na casa da Tilda?*

— Olha... — Eu esfrego o nariz. — Olha... foi mal. Mas ela não sabia que tamanho escolher, e dessa forma você não precisava perder tempo... fazia sentido...

— Mas era para ser uma *surpresa*! — ele quase grita.

Ele tem razão.

Durante algum tempo ficamos em silêncio, olhando para o teto.

— Meu café da manhã surpresa não foi nada bom — digo, taciturna. — E você nem notou minha transformação da cozinha.

— Notei! — diz Dan imediatamente. — Os... hã... castiçais. Lindos.

— Obrigada. — Abro um sorriso torto. — Mas não precisa fingir. Eu me iludi ao pensar que você ficaria eufórico com uma transformação na cozinha.

Talvez eu tenha me iludido, pensando agora mais francamente... ou talvez eu só quisesse uma desculpa para comprar coisas novas para a cozinha.

— Bem — replica Dan, as mãos se abrindo em um gesto de admissão. E sei que estamos os dois pensando: O mesmo vale para a cobra.

— E não fomos ao show de Tim Wender... — acrescento, pesarosa.

— Tim *Wender*? — Dan gira em minha direção. — Como assim? Ai, meu Deus. Com toda essa história da cobra, ele nem sabe ainda.

— Eu tinha ingressos! — Quase estouro de frustração. — Um show especial com almoço! Ia ser... — Eu me interrompo. Não tem nenhum sentido ficar remoendo isso. — Deixa pra lá. Podemos ir em outra ocasião. — Uma súbita gargalhada escapa da minha garganta. — Que fiasco.

— Talvez essas surpresas tenham sido uma manobra diversionista — diz Dan. — Foi uma ideia divertida, mas talvez devêssemos encerrar esse assunto.

— Não — retruco. — Não vou desistir tão rápido. Pode esperar, Dan, vou pensar numa surpresa incrível para você.

— Sylvie...

— Não vou desistir — repito obstinadamente. — E, nesse meio--tempo, ainda tenho uma carta na manga. — Abro a gaveta da mesa de cabeceira, pego meu óleo de massagem que esquenta e o jogo para Dan.

— *Agora* sim você está falando a minha língua. — Os olhos dele brilham enquanto ele lê o rótulo, e posso ver que marquei um ponto. O caminho para o coração de Dan sempre passou pelo sexo. Então...

Peraí. Só um instante.

Eu pisco enquanto meus pensamentos se cristalizam. Por que fui me dar ao trabalho de fazer todas essas coisas? Por que fui pensar que ele notaria uma toalha de mesa ou se importaria com o que comeria no café da manhã? Eu fui uma completa idiota até aqui. Sexo é a resposta. Tudo acaba em sexo, é o que dizem. É *assim* que vamos manter nosso casamento animado.

As ideias já estão borbulhando na minha cabeça. Uma nova estratégia está se formando. Tenho a surpresa perfeita para Dan. O plano perfeito. E ele vai amar, eu simplesmente sei que vai.

SETE

Não começo o plano do sexo *imediatamente* porque 1. concordamos em tirar alguns dias de folga das surpresas; e 2. tenho outras coisas para resolver primeiro. Como dar o café da manhã às meninas, fazer tranças no cabelo delas e pôr a louça na máquina, tudo isso evitando olhar para a cobra. Sinto que se eu olhar para a cobra, ela terá vencido.

O que sei que é irracional. Mas o que há de tão maravilhoso em ser racional? Se quer saber minha opinião, ser racional nem sempre é o mesmo que estar certo. Fico quase tentada a compartilhar minha pequena máxima com Dan, mas como ele está lendo o jornal de domingo de cara amarrada, não vou incomodá-lo.

Sei por que ele está mal-humorado. É porque vamos visitar minha mãe agora pela manhã. Na verdade, estou ficando um pouco cansada dessa atitude dele. É o mesmo que aconteceu com papai. Dan costumava ser ok com mamãe — mas agora, nem pensar. Toda vez que vamos visitá-la, uma terrível aura de tensão o envolve antes de sairmos de casa. Quando pergunto: "O que você tem?", ele fecha a cara e diz: "Como assim? Não tenho nada." Aí eu insisto: "Tem, sim, você está todo mal-humorado", ao que ele rosna: "Você está imaginando coisas, está *tudo bem*." E eu não consigo encarar uma discussão de grandes proporções, principalmente durante o sagrado fim de semana (é sempre durante o sagrado fim de semana), então deixamos para lá.

E ok, é só uma ruga minúscula na nossa felicidade — mas, se vamos ficar casados por outros zilhões de anos, devíamos mesmo eliminá-la. Não dá para ficar vendo Dan fazer careta toda vez que digo: "Vamos visitar minha mãe este fim de semana." Daqui a pouco as meninas vão começar a notar e perguntar: "Por que o papai não gosta da vovó?", e isso vai ser *muito* ruim.

— Dan — começo.

— Sim?

Ele levanta os olhos, a testa ainda franzida, e no mesmo instante minha coragem se esvai. Como já mencionei, não sou boa em discussões. Não sei nem por onde começar.

Seja como for, talvez eu não deva abordar isso abertamente, decido de repente. Talvez eu precise operar nos bastidores. Aumentar a confiança e o afeto entre minha mãe e Dan de algum modo sutil, que nenhum dos dois perceba. Sim. É um bom plano.

— Melhor irmos andando — digo, e saio da cozinha fixando os olhos num canto distante, ainda evitando olhar para a cobra.

Enquanto Dan dirige rumo a Chelsea, olho para a frente, para a rua, ruminando sobre casamento e vida, e sobre o quanto tudo é injusto. Se havia alguém destinado a ter um casamento longo e perfeito, eram meus pais. Afinal, eles eram perfeitos. Poderiam ter sido casados por seiscentos anos, sem problemas. Papai adorava mamãe, e ela o adorava também, e eles formavam um casal incrível nas pistas de dança, ou em seu barco, vestidos com suas camisas polo em tons pastel, ou chegando às reuniões de pais na escola radiantes, sorrindo e encantando a todos.

Mamãe ainda brilha assim. Mas é o tipo de brilho exagerado e enervante que pode se apagar a qualquer momento. Todo mundo diz que ela lidou "maravilhosamente bem" com a morte de papai. Com certeza, melhor do que eu, que desmoronei.

(Não. "Melhor" não. Não se trata de uma competição. Ela teve uma reação diferente da minha, só isso.)

Ela ainda fala do papai, na verdade ela adora falar dele. Nós duas adoramos. Mas a conversa tem que ficar dentro do roteiro dela. Se você se aventurar pelo assunto "errado", ela respira fundo, os olhos começam a brilhar, ela pisca vigorosamente e olha pela janela, e você fica se sentindo muito mal. O problema é que os assuntos "errados" são aleatórios e imprevisíveis. Uma referência aos lenços coloridos do papai, suas superstições engraçadas ao jogar golfe, aquelas férias que costumávamos passar na Espanha: assuntos que pareciam extremamente neutros e inofensivos... mas não. Cada um deles já provocou um ataque de piscadas furiosas e olhares pela janela e eu tentando desesperadamente mudar de assunto.

Talvez isso seja apenas o luto, acho. Cheguei à conclusão de que o luto é como um bebê recém-nascido. Ele domina você. Assume o controle do seu cérebro com seu choro incessante. Impede você de dormir, de comer, de funcionar, e todo mundo diz: "Aguente firme, vai ficar mais fácil." O que eles não dizem é: "Daqui a dois anos, você vai *pensar* que ficou mais fácil, mas então, do nada, você escuta uma certa música no supermercado e começa a chorar de soluçar."

Mamãe não chora de soluçar — não é de seu feitio —, mas ela pisca os olhos. Eu às vezes choro de soluçar. Por outro lado, às vezes passo horas, ou até mesmo dias, sem pensar no meu pai. E aí, é claro, me sinto péssima.

— Por que vamos para o *brunch*? — pergunta Dan ao pararmos em um sinal de trânsito.

— Para comer! — respondo, um pouco ríspida. — Para sermos uma família!

— Nenhum outro motivo?

Ele ergue as sobrancelhas e me sinto ligeiramente apreensiva. Eu não *acho* que haja outro motivo. Ontem à noite, ao telefone, perguntei

a mamãe, pelo menos três vezes: "É só o *brunch*, certo? Nada... mais?"
E ela garantiu: "Claro, querida!", parecendo bastante ofendida.

No entanto, ela tem um histórico. Ela sabe disso, eu sei disso e Dan sabe disso. Até as meninas sabem.

— Ela vai fazer de novo — diz Dan calmamente quando encontra uma vaga perto do prédio dela.

— Você não *sabe* — retruco.

No entanto, quando entramos em seu apartamento espaçoso e luxuoso, meus olhos esquadrinham tudo, em busca de pistas, esperando não encontrar nenhuma...

Mas então eu vejo, através das portas duplas. Uma engenhoca branca — um utensílio de cozinha — empoleirada na mesa de centro de bronze ormolu. É grande e cintilante, e parece totalmente fora de contexto em cima dos antigos e muito manuseados livros sobre pintores impressionistas.

Droga. Dan tem razão.

Ignoro deliberadamente a engenhoca. Não faço nenhuma menção a ela. Beijo mamãe, Dan também, tiramos os casacos e os sapatos das meninas e vamos para a cozinha, onde a mesa está posta. (Finalmente consegui que mamãe desistisse de nos receber na sala de jantar quando estamos com as meninas.) E assim que entro na cozinha, respiro fundo. Ah, pelo amor de Deus. O que ela está aprontando?

Mamãe, é claro, banca a inocente.

— Coma uns legumezinhos, Sylvie! — diz mamãe naquela voz alegre e exuberante que costumava ser genuína, quando tinha mesmo tudo para ser exuberante, e agora soa apenas um pouco vazia. — Meninas, vocês gostam de cenoura, não gostam? Olhem estas aqui. Não são divertidas?

Há quatro travessas enormes sobre a bancada da cozinha, todas cheias de legumes em formatos estranhos. Bastões de abobrinha, marcados com um desenho quadriculado. Discos de pepino com bordas onduladas. Estrelas de cenoura. Corações de rabanete. (Superfofos, devo admitir). E, como *pièce de résistance*, um abacaxi esculpido em forma de flor.

Meus olhos encontram os de Dan. Nós dois sabemos aonde isso vai dar. E metade de mim está tentada a endurecer o coração, ser cruel, e nem mesmo mencionar os legumes com seus formatos extraordinários. Mas não consigo. Tenho de entrar no jogo.

— Uau! — exclamo devidamente. — São incríveis!

— Eu mesma fiz — diz mamãe, triunfante. — Levei meia hora, se tanto.

— Meia hora? — faço eco, sentindo-me como o apresentador coadjuvante de um programa de canal de compras pela TV. — Meu Deus! Como você conseguiu isso?

— *Bem* — o rosto de mamãe se ilumina —, comprei esta máquina maravilhosa! Meninas, querem ver como a nova máquina da vovó funciona?

— Queremos! — gritam Tessa e Anna, facilmente persuadidas a embarcar em novas aventuras. Sei que se eu perguntasse a elas "Vocês querem estudar FÍSICA QUÂNTICA?" no tom de voz certo, as duas gritariam: "Queremos!" E então brigariam para ver quem seria a primeira a estudar física quântica. Então eu perguntaria "Vocês sabem o que é física quântica?" e Anna me lançaria um olhar inexpressivo, enquanto Tessa diria, desafiadora: "É igual ao Urso Paddington", porque ela tem de ter sempre uma resposta.

Quando mamãe sai correndo pela porta, Dan olha para mim de um jeito sinistro.

— O que quer que seja, não vamos comprar — diz ele baixinho.

— Ok, mas não... — Faço um gesto com as mãos.

— O quê?

— Não seja negativo.

— Não estou sendo negativo — retruca Dan, o que é uma mentira deslavada, pois ele não poderia parecer *mais* negativo. — Mas também não vou gastar nem mais um tostão com as besteiras...

— Sssh! — interrompo.

— ...da sua mãe — ele termina. — Aquela máquina de fazer purê de maçã...

— Eu sei, eu sei. — Faço uma careta. — Foi um erro. Eu já admiti. Não me entenda mal: sou tão fã das engenhocas estilo americano retrô quanto qualquer pessoa. Mas aquela maldita "máquina de fazer o tradicional purê de maçãs" é *enorme*. E nós raramente comemos purê de maçãs. Tampouco a usamos para "todos aqueles práticos purês" de que mamãe falava sem parar com seu discurso de vendedora. (Quanto aos sachês de "tempero líquido"... Melhor deixar quieto.)

Cada um enfrenta o luto da sua maneira. Eu entendo isso. A minha foi entrar em colapso. A de mamãe é piscar os olhos vigorosamente. E a outra maneira é vender um produto maluco atrás do outro para amigos e parentes.

Quando ela começou a organizar reuniões para vender joias, fiquei contente. Pensei que seria um *hobby* divertido e que iria distraí-la e fazê-la esquecer a tristeza. Apoiei, beberiquei champanhe com todas as amigas dela e comprei uma gargantilha e uma pulseira. Houve uma segunda reunião à qual não pude comparecer, mas que aparentemente correu bem.

Depois ela organizou uma reunião para vender óleos essenciais e comprei presentes de Natal para toda a família de Dan, e foi tudo bem. A reunião de venda de utensílios da Espanha foi ok também. Comprei tigelas para *tapas*, que usei acho que apenas uma vez.

Então veio a reunião de venda de produtos da Trendieware.

Ai, *meu Deus*. Só de lembrar, tenho calafrios. A Trendieware é uma empresa que faz roupas com tecido *stretch* em estampas "modernas e vibrantes" (abomináveis). Você pode usar cada item de umas dezesseis maneiras diferentes, e é preciso escolher sua personalidade (eu era Primaveril Extrovertida) e a vendedora (mamãe) tenta persuadir você a jogar fora todas as suas roupas antigas e usar somente Trendieware.

Foi um horror. Mamãe tem um corpo de sílfide para sua idade, então, é claro que ela pode usar um tubo que estica como saia. Mas, as amigas dela? *Hello?* O lugar estava repleto de senhoras na faixa dos sessenta anos, com cara de desânimo, tentando cobrir com uma espalhafatosa blusa rosa colante o sutiã de sustentação ou entender o Casaco Três-em-Um (é preciso uma tese em mecânica), ou então simplesmente se recusando a entrar na dança. Fui a única pessoa que comprou alguma coisa — o Vestido Assinatura da Marca — e não o usei uma vez sequer. Quanto mais dezesseis.

Não foi surpresa nenhuma quando, depois disso, muitas amigas de mamãe evaporaram. Na reunião de venda de joias seguinte, éramos apenas cerca de meia dúzia. Na reunião de venda de velas perfumadas, éramos apenas eu e Lorna, que é a mais antiga e leal das amigas de mamãe. Lorna e eu tivemos uma conversa apressada quando mamãe saiu da sala, e concluímos que essa obsessão por vendas era um modo inofensivo que ela encontrara para processar seu luto, e acabaria naturalmente. Mas não acabou. Ela continua arranjando novas coisas para vender. E a única pessoa burra o suficiente para continuar a comprá-las sou eu. (Lorna alegou que "não tem mais espaço" no seu apartamento, o que é muito inteligente de sua parte. Se eu fizesse isso, mamãe ia chegar na minha casa, esvaziar um armário e abrir espaço.)

Sei que precisamos intervir. Dan sugeriu, eu concordei, e nos sentamos na cama muitas vezes dizendo convictos: "Vamos falar com ela." Na verdade, eu estava preparada para isso na nossa visita anterior. Mas acabou que mamãe estava tendo um dia ruim. Muitas piscadas. Muitos olhares pela janela. Ela parecia tão lacrimosa e frágil que tudo que eu queria fazer era tornar sua vida melhor... então me vi encomendando uma máquina de fazer purê de maçãs. (Poderia ter sido pior. Poderia ter sido o fatiador de presunto retrô edição especial de novecentas libras: *um destaque exclusivo e diferenciado para qualquer cozinha*. Com certeza.)

— E então? — Mamãe volta para a cozinha, segurando a engenhoca branca que eu tinha notado antes. Suas bochechas estão vermelhas e ela tem aquela expressão concentrada que exibe sempre que está prestes a soltar seu discurso de venda. — Vocês podem estar pensando que isto é um processador de alimentos comum. Mas garanto a vocês que nada se compara ao Criador de Legumes.

— "Criador de Legumes" — ecoa Dan. — Está dizendo que isso *cria* legumes?

— Todos enjoamos de legumes — mamãe prossegue, ignorando Dan. — Mas imagine uma maneira totalmente nova de servi-los! Imagine cinquenta e dois moldes de corte, todos em uma máquina única e prática, mais doze moldes inovadores extras em nosso Pacote Sazonal, grátis se você encomendar hoje! — Sua voz vai ficando mais alta a cada palavra. — O Criador de Legumes é divertido, saudável e *muito* fácil de usar. Anna, Tessa, querem experimentar?

— Sim! — grita Tessa, previsivelmente. — Eu!

— Eu! — uiva Anna. — Eu!

Mamãe monta a engenhoca na bancada, pega uma cenoura e a introduz numa abertura. Todos observamos boquiabertos a cenoura se transformar em minúsculos ursinhos.

— Ursinhos! — exclamam as meninas. — Ursinhos de cenoura!

Típico. Eu devia saber que ela levaria as meninas para o lado dela. Mas eu ia permanecer firme.

— Acho que já temos aparelhos demais — digo, pesarosamente.

— Mas parece mesmo bom.

— Um estudo mostrou que o Criador de Legumes leva as crianças a um consumo de vegetais trinta por cento maior — diz mamãe, animada.

Bobagem! Que "estudo"? Mas não vou desafiá-la, ou ela vai começar a citar uma torrente de números inventados do Laboratório Próprio e Verdadeiro do Criador de Legumes com Cientistas de Verdade.

— Gera muita perda — observo. — Olhe todas aquelas pontas de cenouras que sobraram.

— Ponha na sopa — retruca mamãe prontamente. — Muito nutritivas. Vamos tentar fazer estrelas de pepino, meninas?

Eu não vou comprar. Sei que sou sua única cliente, mas mesmo assim não vou comprar. Decidida, eu me viro e procuro mudar de assunto.

— Então, o que mais há de novo com você, mamãe? — pergunto. Vou até o pequeno quadro de recados e verifico os avisos e ingressos pregados ali. — Ah, aula de zumba. Deve ser divertido.

— Todas as partes não utilizadas são coletadas neste útil recipiente... — Mamãe prossegue determinada com seu discurso de vendedora.

— Ah, *Através do labirinto* — exclamo ao ver um livro de capa dura na bancada. — Discutimos esse livro no meu grupo de leitura. O que você achou? Me pareceu um pouco difícil.

Verdade seja dita: eu li cerca da metade de *Através do labirinto* apenas, embora seja um daqueles livros que todos leram e que aparentemente vai virar filme. É de uma mulher chamada Joss Burton, que superou um transtorno alimentar e fundou uma empresa de perfumes chamada Labirinto. Ela é linda, tem cabelos escuros bem curtinhos e uma mecha branca bem característica. E seus perfumes são bons mesmo, especialmente o Âmbar e Rosas. Agora ela organiza eventos nos quais diz a empresários como ter sucesso, e suponho que seja algo bastante inspirador — mas a inspiração depende do quanto você é capaz de absorver, acho.

Sempre que leio sobre essas pessoas superinspiradoras, começo admirando-as e termino pensando: Ai, meu Deus, por que *eu* não atravessei o deserto ou superei uma devastadora pobreza na infância? Eu sou um lixo mesmo.

Mamãe não reagiu à minha cartada, mas o bom foi que ela fez uma pausa na falação sobre o cortador, então eu rapidamente continuo a conversa.

— Você vai ao teatro! — exclamo, vendo os ingressos pregados no quadro. — *A escolha do crupiê*. É aquele sobre o vício em jogo, não é? Você vai com a Lorna? Vocês podiam jantar antes.

Mamãe continua em silêncio, o que me surpreende — e, quando olho para ela, pisco, em choque. O que foi que eu disse? O que aconteceu? Suas mãos estão imóveis e ela tem uma expressão estranha, como se seu sorriso tivesse sido petrificado. Enquanto observo, ela olha para a janela e começa a piscar, muito rápido.

Ai, merda. Obviamente me embrenhei por outro assunto "errado". Mas o que exatamente? O teatro? *A escolha do crupiê.* Com certeza não. Olho para Dan a fim de pedir socorro e, para meu espanto, ele parece congelado também. Seu queixo está tenso, e os olhos, alertas. Ele olha para mamãe. Depois para mim.

O que foi? O que significa tudo isso? O que eu perdi aqui?

— Enfim — diz mamãe, e posso ver que ela está fazendo um esforço hercúleo para se recompor. — Chega disso. Vocês todos devem estar famintos. Só vou organizar as coisas aqui...

Ela começa a tirar tudo da bancada indiscriminadamente: o Criador de Legumes, uma enorme quantidade de potes da Tupperware que estavam fora do armário (sem dúvida para guardar suas criações vegetais) e o exemplar de *Através do labirinto.* Ela leva tudo para a pequena despensa, depois volta, o rosto ainda mais rosado que antes.

— Querem um Buck's Fizz? — oferece, a voz quase estridente. — Dan, tenho certeza de que você gostaria de um Buck's Fizz. Vamos para a sala?

Estou perplexa. Ela não vai nem *tentar* me vender o cortador? Ela parece ter perdido totalmente o rumo, e não consigo imaginar por quê.

Eu a sigo até a sala de estar, onde o champanhe e o suco de laranja estão aguardando em baldes de gelo sobre o bar art déco de nogueira. (Papai era craque nos coquetéis. Em sua festa de aniversário de sessenta anos, quase todo mundo lhe deu uma coqueteleira de presente. Foi muito engraçado.)

Dan abre o champanhe, mamãe prepara o coquetel e as meninas correm para a grande casa de bonecas junto da janela. Está tudo com uma aparência normal — só que não. Algo estranho acabou de acontecer.

Mamãe está fazendo um monte de perguntas a Dan sobre seu trabalho, uma após a outra — quase como se ela estivesse desesperada para não deixar nenhuma lacuna na conversa. Ela bebe o coquetel todo em grandes goles e prepara outro (Dan e eu mal começamos os nossos), depois me dirige um sorriso largo e diz:

— Vou fazer panquecas já, já.

— Meninas, venham lavar as mãos — eu as chamo e as levo ao lavabo, onde elas têm a briga de sempre sobre quem vai primeiro e esguicham o caro sabonete líquido por toda parte. O cabelo de Tessa está todo emaranhado, e vou até a cozinha pegar minha escova na bolsa. Ao retornar, espio a sala e vejo algo que me faz reduzir o passo... e então parar totalmente.

Mamãe e Dan estão em pé bem perto um do outro, conversando em voz baixa. E não consigo evitar — avanço bem devagar, me mantendo fora do campo de visão deles.

— ...Sylvie descobre *agora*... — Dan está dizendo, e sinto um frio na barriga. Eles estão falando de mim!

Mamãe replica tão baixinho que não consigo ouvi-la — mas nem preciso. Eu sei do que se trata. *Agora* eu entendi. É uma das surpresas de Dan para mim! Eles estão planejando alguma coisa!

A última coisa que quero é que Dan pense que estou escutando atrás das portas, então volto correndo para a segurança do lavabo. É uma surpresa. Que tipo de surpresa? Então uma ideia me ocorre: será que Dan e eu vamos ver *A escolha do crupiê*? Isso explicaria a expressão paralisada de mamãe. Ela provavelmente prendeu os ingressos no quadro, sem pensar, e eu fui e, inadvertidamente, perguntei sobre eles.

Ok, de agora em diante, não vou reparar em nada fora do comum. *Nada.*

Eu arrumo o cabelo de Tessa e então levo as meninas de volta para o hall, e meu olhar cai sobre a imensa foto emoldurada de papai que fica na mesinha, como uma sentinela. Meu lindo, elegante e charmoso pai. Morto quando ainda estava no apogeu. Antes de ter a chance de conhecer de verdade as netas, de escrever aquele livro, de desfrutar da aposentadoria...

Não consigo evitar. Minha respiração se torna mais pesada. Meus punhos estão cerrados. Sei que preciso superar isso, e sei que nunca provaram que ele estava usando o celular, mas vou odiar Gary Butler para sempre. Para sempre.

Esse é o nome do motorista de caminhão que matou papai na rodovia M6. Gary Butler. (Ele acabou não sendo processado. Falta de provas.) No auge do meu "pior momento", como penso naquela época, descobri o endereço de Gary e fiquei parada diante da casa dele. Não fiz nada, só fiquei lá parada. Mas, aparentemente, não se pode ficar parado diante da casa das pessoas sem nenhuma razão, ou escrever cartas para elas, e a mulher dele sentiu-se "ameaçada". (Por mim? Que piada.) Dan teve de ir até lá e me convencer a ir embora. Foi aí que todo mundo ficou alarmado e começou a se reunir nos cantos, murmurando: "Sylvie não está lidando bem com a perda."

Dan, em particular, entrou em ação. Ele é naturalmente do tipo protetor — vai sempre abrir a porta para mim ou me oferecer um casaco —, mas, nesse caso, o nível foi outro. Ele tirou licença do trabalho para cuidar das meninas. Negociou uma licença extra para mim com a Sra. Kendrick. Tentou me convencer a fazer terapia. (Isso não é para mim, de verdade.) Lembro que o médico disse a Dan que eu precisava dormir (é claro que eu não estava dormindo, como poderia?) e Dan assumiu isso como sua responsabilidade, comprando cortinas blackout e CDs de música relaxante, e pedindo a todos na nossa rua que não fizessem barulho. Ele ainda me pergunta todas as manhãs se dormi bem. Tornou-se seu hábito, como se ele fosse meu "monitor de sono".

Mamãe, por outro lado, não quis nem saber. Não me entenda mal. Ela também estava vivendo seu luto; como poderia se preocupar comigo ao mesmo tempo? E, de qualquer forma, esse é o seu jeito. Ela não lida bem com comportamentos bizarros. Uma vez tivemos um convidado para o almoço que ficou tão bêbado que caiu no sofá, o que eu achei hilário (eu tinha nove anos). Mas, quando mencionei o episódio no dia seguinte, mamãe simplesmente pôs um fim à conversa. Era como se nada tivesse acontecido.

Assim, quando fui fazer plantão diante da casa de Gary Butler, ela não se deixou afetar. ("O que as pessoas vão *dizer*?".) Foi mamãe que se mostrou favorável a que eu tomasse remédio. Ou que talvez fosse para o exterior por um mês para voltar bem de novo.

(Ela mesma pareceu processar o luto como uma lagarta no casulo. Desapareceu em seu quarto após o enterro e ninguém teve permissão para entrar por duas semanas. Depois disso, surgiu, bem-vestida, maquiada, piscando. Nunca chorando, sempre piscando.)

— Vovô está no céu — afirma Tessa, olhando o retrato de papai. — Ele está sentado em uma nuvem, não está, mamãe?

— Talvez — digo, com cautela.

Quem sou eu para saber? Talvez papai *esteja* mesmo lá em cima, sentado em uma nuvem.

— Mas e se ele cair? — pergunta Anna, ansiosa. — Mamãe, e se o vovô cair?

— Ele vai se segurar com força — diz Tessa. — Não vai, mamãe?

— E agora ambas me olham na expectativa, com a absoluta certeza de que sei a resposta. Porque eu sou a mamãe, que sabe tudo que há neste mundo.

Sinto uma ardência súbita nos olhos. Queria ser o que elas acham que sou. Queria ter todas as respostas para elas. Quantos anos terão quando perceberem que não tenho? Que ninguém tem? Enquanto olho seus rostinhos questionadores, acho insuportável a ideia de que um dia minhas meninas saberão de toda merda que há de verdade neste mundo, e que vão ter de lidar com isso, e que eu não vou poder consertar tudo para elas.

— Tudo bem, Sylvie? — Dan pergunta quando ele e mamãe saem da sala. Ele olha rapidamente o retrato de papai, e sei que ele se dá conta da minha linha de raciocínio. Fotos do papai tendem a me tirar do prumo.

Bem, para ser franca, qualquer coisa pode me tirar do prumo.

— Tudo bem! — Meu tom alegre é forçado. — Então, meninas, o que vocês vão colocar nas panquecas?

Distraí-las é crucial, porque a última coisa que preciso é de Tessa falando na frente de mamãe sobre vovô estar sentado em uma nuvem.

— Maple syrup!

— Calda de chocolate!

Anna e Tessa saem correndo para a cozinha, todas as questões sobre o avô já esquecidas. Enquanto as sigo, olho para Dan, ainda caminhando ao lado de mamãe, e essa visão de repente me anima. Será que o Projeto Me Surpreenda terá um benefício colateral inesperado? Será que vai aproximar mais Dan e mamãe? Ainda há pouco, quando os vi juntos na sala, demonstravam um tipo de abertura e franqueza um com o outro que eu nunca tinha visto antes.

Isto é, eles se *dão* bem, como regra. De verdade. Mais ou menos. É só que...

Bem. Como já mencionei, Dan pode ser um pouco implicante com relação a papai. E dinheiro e... muitas coisas. Mas talvez ele tenha deixado isso para lá, penso com otimismo. Talvez as coisas tenham mudado.

Ou talvez não. Ao acabarmos de comer, Dan parece mais irritadiço que nunca, principalmente quando mamãe descobre sobre a cobra e zomba dele por isso. Posso ver que ele está se esforçando para ser educado, e não o culpo. Mamãe tem mania de pegar uma piada e repeti-la vezes sem conta. Eu quase me vejo indo em defesa da infeliz cobra. (Quase.)

— Eu sempre quis um bichinho de estimação quando era pequena — digo para as meninas, tentando expandir a conversa. — Mas eu não queria uma cobra, queria um gatinho.

— Um gatinho! — exclama Tessa.

— Sua cobra provavelmente comeria o gatinho! — diz mamãe alegremente. — Não é com isso que se alimentam cobras, Dan, com gatinhos vivos?

— Não — diz Dan sem emoção. — Não é.

— Não seja ridícula, mamãe — digo, fechando a cara para ela antes que assustasse as meninas. — Vovó está brincando, filhas. Cobras não comem gatinhos! Então, como eu ia dizendo — prossegui —, eu não tinha permissão para ter um bichinho de estimação e também não tinha irmãos ou irmãs... assim, adivinhem? Inventei uma amiga imaginária. O nome dela era Lynn.

Eu nunca falei com as meninas sobre minha amiga imaginária. Não sei bem por quê.

Não, é claro que sei por quê. É porque meus pais fizeram com que eu me sentisse muito envergonhada por isso. Na verdade, precisei de alguma coragem para mencioná-la na frente da mamãe agora.

Pensando em retrospecto — especialmente agora que tenho filhos —, posso ver que meus pais não lidaram muito bem com a coisa do amigo imaginário. Eles foram ótimos pais, de verdade, mas nessa questão, entenderam tudo errado.

Mas eu compreendo. As coisas eram diferentes naquela época. As pessoas tinham a mente menos aberta. Além disso, mamãe e papai eram superconvencionais. Eles provavelmente ficaram preocupados com a possibilidade de o fato de ouvir vozes em minha cabeça significar que eu estava ficando maluca ou algo assim. Mas amigos imaginários são perfeitamente normais e saudáveis para crianças. Eu pesquisei no Google. (Muitas vezes, na verdade.) Eles não deveriam ter reagido de forma tão reprovadora. Todas as vezes que eu mencionava Lynn, mamãe ficava paralisada daquela maneira horrível dela, e papai olhava para ela com uma espécie de raiva reprovadora, como se fosse culpa dela, e a atmosfera se tornava tóxica. Era horrível.

Assim, naturalmente, depois de um tempo, mantive Lynn em segredo. Mas isso não significa que a abandonei. O próprio fato de meus pais reagirem a ela de forma tão extrema fez com que eu me agarrasse a ela. Tornou-a mais interessante. Às vezes eu me sentia culpada quando falava com ela em minha cabeça — e às vezes me sentia desafiadora —, mas sempre tinha uma sensação horrível de vergonha. Estou com 32 anos e, mesmo agora, dizer "Lynn" em voz alta me faz sentir ao mesmo tempo náusea e frisson.

Até acordei sonhando com ela um dia desses. Ou lembrando, talvez? Podia ouvi-la dando aquela gargalhada de felicidade. Depois cantando uma música que eu adorava, "Kumbaya".

— Você falava com ela de verdade? — pergunta Tessa, intrigada.

— Não, só na minha cabeça. — Sorrio para ela. — Eu a inventei porque me sentia um pouco sozinha. É perfeitamente normal. Muitas crianças têm amigos imaginários — acrescentei com ênfase — e deixam essa fase para trás naturalmente.

Essa última parte é uma leve cutucada em mamãe, que finge não notar — um comportamento típico dela.

Prometi a mim mesma que um dia vou esclarecer essa questão com ela. Vou dizer: "Você tem ideia do quanto me fizeram sentir envergonhada?" e "Qual era o problema? Vocês achavam que eu estava ficando maluca ou algo assim?" Tenho todas as minhas falas prontas — só nunca tive coragem de dizê-las. Como já falei, não sou nada boa quando se trata de confrontos, principalmente depois que papai morreu. O barco da família já está suficientemente instável sem que eu precise balançá-lo ainda mais.

Como era de esperar, mamãe ignora toda essa conversa e agora muda de assunto.

— Olhem o que encontrei outro dia — diz ela, ligando a TV instalada na parede.

Alguns segundos depois, um vídeo da família aparece na tela. É do meu aniversário de dezesseis anos, a parte em que papai se levantou para fazer um discurso a meu respeito.

— Não vejo isso há séculos! — exclamo, e ficamos todos em silêncio para assistir. Papai está se dirigindo aos convidados presentes no salão de festas do Hurlingham Club, onde foi a minha festa. Ele está de black--tie, mamãe está toda cintilante, de prata, e eu uso um vestido vermelho curto, que mamãe passou sábado após sábado me ajudando a escolher.

(Vendo agora, percebo que não combina comigo. Mas eu tinha dezesseis anos. Não tinha a menor noção.)

"Minha filha tem a perspicácia de Lizzy Bennet...", está dizendo papai naquele seu jeito dominador. "A força de Pippi Meia-Longa... a coragem de Jo March... e o estilo de Scarlet O'Hara." Na tela os convidados irrompem em aplausos e papai pisca para mim. Eu o olho com admiração, sem palavras.

Eu me lembro daquele momento. Fiquei muito impressionada. Papai havia olhado, secretamente, todos os livros no meu quarto procurando minhas heroínas e escrito um discurso que girava em torno delas. Olho para mamãe agora, sentindo os olhos ardendo, e ela abre um sorriso trêmulo para mim. Minha mãe pode me deixar furiosa — mas tem horas em que ninguém me entende tão bem.

— Belo discurso — diz Dan após alguns instantes, e eu lhe dirijo um sorriso de gratidão.

Mas, enquanto seguimos assistindo, a tela começa a ficar borrada, e de repente as vozes estão distorcidas, e não dá mais para ver nada.

— O que aconteceu? — pergunta Tessa.

— Ai, puxa! — Mamãe aperta várias vezes o controle remoto, mas não consegue resolver o problema. — Esta cópia deve ter estragado. Tudo bem. Se todos já terminaram, vamos para a sala de visitas e lá podemos assistir a outra coisa.

— O casamento! — diz Anna.

— O casamento! — repete Tessa com um gritinho.

— *Sério?* — pergunta Dan, incrédulo. — Já não terminamos com os vídeos de família?

— Qual o problema em assistirmos ao casamento? — pergunto. E se meu tom soa um pouco na defensiva... é porque está mesmo.

Bem, esse é outro fato chave sobre minha família: assistimos ao DVD do nosso casamento muitas vezes. *Muitas.* Provavelmente em quase todas as visitas à casa de mamãe, nos sentamos todos para assistir ao vídeo. As meninas amam, mamãe adora e tenho de admitir que eu também.

Dan, porém, diz que é estranho ficar repassando um dia da nossa vida. Na verdade, Dan odeia o DVD do nosso casamento — provavelmente pela mesma razão pela qual mamãe o adora. Porque, enquanto a maioria dos vídeos de casamento foca no feliz casal, o nosso é basicamente focado em papai.

Eu nunca tinha notado isso, para começo de conversa. Achava que era um vídeo lindo e bem produzido. Foi só cerca de um ano depois do casamento que Dan de repente, a caminho de casa, vindos de alguma reunião familiar, explodiu: "Você não vê, Sylvie? Não é o nosso DVD, é o dele!"

E da vez seguinte que assisti ao vídeo, é claro, estava óbvio. Era o espetáculo do papai. A primeira cena do vídeo é dele, maravilhoso em seu traje a rigor, parado ao lado do Rolls-Royce que usamos para nos levar à igreja. Depois vêm cenas dele saindo de casa comigo vestida de noiva... ele no carro... nós dois na igreja, seguindo para o altar...

O momento mais comovente do vídeo inteiro não são os nossos votos. É quando o padre pergunta: "Quem dá esta mulher em casamento?" e papai responde "Eu" em sua voz sonora embargada. Então, durante os votos, a câmera continua voltando até ele, que está assistindo com a mais tocante expressão de orgulho e melancolia.

Dan acha que papai foi até o estúdio de edição e certificou-se de que apareceria com destaque. Afinal, era ele quem estava pagando — na verdade, foi ele quem insistiu em contratar uma equipe de filmagem cara —, então podia fazer do jeito que quisesse.

Fiquei muito chateada quando Dan levantou essa hipótese. Depois aceitei que era possível. Papai era... não convencido, exatamente, mas tinha uma autoestima bem parruda. Ele gostava de ser o centro das atenções, sempre. Um exemplo: ele era louco para ser nomeado cavaleiro. Quando os amigos mencionavam isso, ele negava e contava alguma piada sobre o assunto — mas todos sabíamos que ele queria. E por que não, depois de todo o bem que ele fizera? (Mamãe é muito sensível ao fato de ele não ter conseguido. Eu já a vi piscando enquanto lia a lista de títulos honoríficos no jornal. Convenhamos, se ele tivesse recebido o título, ela agora seria "Lady Lowe", o que não soa nada mal.)

Mesmo assim, tenho uma teoria diferente em relação ao DVD. Acho que a equipe do vídeo foi naturalmente atraída por papai, porque ele ofuscava, como um astro do cinema. Ele era tão bonito e espirituoso, girava mamãe pela pista de dança com tamanha desenvoltura que não era de se admirar que o operador de câmera, ou editor, ou quem quer que fosse, se concentrasse nele.

Resumindo, Dan não é o maior fã do vídeo. Mas as garotas são obcecadas por assistir ao casamento — por meu vestido, principalmente, e, é claro, meu cabelo. Papai insistiu que eu usasse o cabelo — minha "glória" — solto na cerimônia, e de fato ficou bastante impressionante e digno de uma princesa, todo ondulado, sedoso e louro, enfeitado com tranças e flores. As meninas se referem a ele como "cabelo de casamento" e tentam fazer o mesmo em suas bonecas.

Então. O que em geral acontece é que começamos o DVC, Dan se retira e, depois de um tempo, as meninas ficam entediadas e saem para brincar. Então mamãe e eu terminamos assistindo a tudo juntas, em silêncio, apenas nos deleitando com a visão de papai. O homem que ele era. É um prazer a que nos permitimos. É nossa caixinha de bombons.

Hoje, porém, não quero mamãe e eu nos deliciando sozinhas com a visão de papai. Quero que as coisas sejam diferentes.

Juntos e relaxados e mais... sei lá. Unidos. Como uma família. Quando estamos a caminho da sala de visitas, passo meu braço pelo de Dan.

— Assista hoje — peço, sendo persuasiva. — Fique com a gente.

Mamãe já apertou o Play — nenhum de nós comenta sobre o fato de que o DVD já se encontrava no aparelho — e logo estamos vendo papai e eu saindo da casa de minha infância, em Chelsea. (Mamãe vendeu a casa há um ano e mudou-se para esse apartamento próximo, para um "novo começo".)

— Falei com o jornal local ao telefone ontem — conta mamãe enquanto vemos papai fazendo pose comigo diante do Rolls-Royce. — Eles querem fotografar a inauguração do centro de diagnóstico por imagem. Não esqueça de fazer o cabelo, Sylvie — ela acrescenta.

— Você comentou sobre isso com Esme? — pergunto. — Deveria.

Esme é a garota do hospital que está organizando a cerimônia de inauguração. Ela é nova na função e esse é seu primeiro grande evento, e quase todos os dias recebo um e-mail ansioso dela, começando assim: *Acho que já planejei tudo, mas...* Até nos fins de semana. Ontem ela queria saber: *De quantas vagas no estacionamento vocês irão precisar?* Hoje era: *Você vai utilizar Powerpoint em seu discurso?* Cá entre nós, Powerpoint? Sério?

— Dan, você *vai* à cerimônia? — pergunta mamãe, voltando-se para nós de repente.

Cutuco Dan, que ergue os olhos e diz:

— Ah. Sim.

Ele poderia se mostrar mais entusiasmado. Não é todo dia que seu falecido sogro é homenageado com um centro de diagnóstico por imagens inteiro de um hospital recebendo seu nome, é?

— Quando contei ao repórter tudo que seu pai conquistou na vida, ele não pôde acreditar — continua mamãe, trêmula. — Os negócios que ele construiu do nada, toda a angariação de fundos, a organização daquelas festas maravilhosas, a escalada do Everest... O repórter disse que o título seria "Um homem extraordinário".

— Não foi exatamente "do nada" — observa Dan.

— Como assim? — Mamãe olha para ele.

— Bem, Marcus recebeu aquela enorme quantidade de ações, não foi? Portanto, não foi exatamente "do nada".

Eu me viro e lanço um olhar afiado para Dan — e, com certeza, ele está todo tensório. Seu maxilar está contraído. Ele parece estar sentado aqui sob total coerção.

Sempre que passo algum tempo com Dan e mamãe, minha solidariedade oscila constantemente de um para o outro, como um pêndulo enlouquecido. E, nesse exato momento, está com mamãe. Por que Dan não pode deixá-la recordar? Que importância tem se as lembranças dela não forem cem por cento precisas? Qual o problema de ela romantizar o marido morto?

— Que lindo, mamãe — digo, ignorando Dan.

Aperto a mão dela, observando-a com cuidado para ver se não vai começar a piscar. No entanto, embora sua voz esteja um tanto trêmula, ela parece serena.

— Lembra daquela vez que ele nos levou à Grécia? — pergunta ela, os olhos perdidos na lembrança. — Você era bem pequena.

— É claro que lembro! — Eu me volto para Dan. — Foi incrível. Papai alugou um iate e nós navegamos pela costa. Todas as noites fazíamos refeições incríveis à luz de velas na praia. Caranguejo... lagosta...

— Ele inventava um coquetel a cada noite — acrescenta mamãe, sonhadora.

— Parece fantástico — diz Dan, inexpressivo.

Mamãe pisca diante da resposta dele, como se voltasse a si.

— Para onde vocês vão nas férias este ano?

— Lake District — respondo. — Um quarto com cozinha, onde podemos preparar a comida.

— Que ótimo.

Mamãe abre um sorriso distante, e eu suspiro internamente. Eu sei que ela não tem a intenção de parecer depreciativa, mas ela não entende *de fato* a nossa vida. Ela não compreende o que é viver com o dinheiro contado, nem manter as meninas com os pés no chão, nem ter prazer nas coisas simples. Quando mostrei a ela o folheto de um acampamento francês aonde fomos uma vez, ela fez careta e perguntou: "Mas, querida, por que vocês não alugam uma daquelas mansões lindas na Provença?"

(Se eu tivesse dito: "Por falta de dinheiro", ela teria respondido: "Mas, querida, eu te dou dinheiro!" E então Dan teria ficado todo irritadinho. Assim, eu nunca dou essa resposta.)

— Ah, olhe. — Mamãe aponta para a tela. — Seu pai está prestes a fazer aquela piadinha engraçada antes de vocês entrarem na igreja. Seu pai foi sempre tão espirituoso — ela acrescenta, melancólica. — Todos disseram que o discurso dele foi a *melhor* coisa da recepção, simplesmente a *melhor*.

Sinto um movimento ao meu lado no sofá, e de repente Dan está de pé.

— Perdão — diz ele, seguindo para a porta sem olhar nos meus olhos. — Tenho de dar um telefonema de trabalho urgente. Esqueci de fazer isso mais cedo.

Sei. Em parte, eu não o culpo. Mas em parte, sim. Será que ele não pode segurar as pontas pelo menos uma vez?

— Tudo bem. — Tento dar um tom amigável à minha voz, como se não estivesse ciente de que ele inventou essa ligação. — Até daqui a pouco.

Dan sai da sala e mamãe olha para mim.

— Ai, querida — diz ela. — O pobre Dan parece um pouco tenso. Eu me pergunto por quê.

É assim que ela sempre se refere a ele: o "pobre Dan". E seu tom é tão condescendente — embora não seja essa sua intenção — que meu pêndulo instantaneamente vai para o outro lado. Eu preciso ficar do lado de Dan. Porque ele tem razão.

— Eu acho que ele sente... ele pensa... — Minha voz falha, e eu respiro fundo. Vou ter de enfrentar isso, de uma vez por todas. — Mamãe, você já percebeu que o DVD do nosso casamento é muito centrado, bem, no papai?

Mamãe me olha, piscando.

— Como assim?

— Comparado ao... de outras pessoas.

— Mas ele era o pai da noiva. — Mamãe ainda parece perplexa.

— Sim — continuo irritadiça, sentindo que estou ficando vermelha —, mas o papai aparece mais no vídeo do que Dan! E é o casamento dele!

— Ah. — Os olhos de mamãe se arregalam. — Ah, entendo! É por isso que o pobre Dan está tão implicante?

— Ele não está implicante — digo, me sentindo desconfortável. — Você tem de entender o ponto de vista dele.

— Não tenho — replica mamãe enfaticamente. — O vídeo representa bem o espírito do casamento e, goste ou não, seu pai foi o centro da festa. Naturalmente, os produtores do vídeo escolheram focar no personagem mais espirituoso do ambiente. O pobre Dan é um homem encantador, você sabe que eu o amo muitíssimo, mas ele não é exatamente a alegria da festa, é?

— Sim, ele é! — retruco, com veemência, embora saiba exatamente o que ela quer dizer. Dan é muito engraçado e divertido depois que você o conhece, mas ele não é extrovertido. Ele não vai levar de uma só vez três mulheres para a pista de dança enquanto as outras pessoas aplaudem, como papai fazia.

— É ridículo ele se importar com isso — diz mamãe com um traço de desdém na voz. — Mas também o pobre Dan *é* um tanto sensível, principalmente com relação a Marcus e todas as suas realizações. — Ela suspira. — Mas... alguém pode culpá-lo? — Ela fica em silêncio por um momento, e sua expressão se torna mais suave e mais distante. — O que você tem de lembrar, Sylvie, é que seu pai foi um homem extraordinário, e que tivemos muita sorte por tê-lo.

— Eu sei. — Faço que sim com a cabeça. — Sei que tivemos.

— É claro que Dan tem muitas qualidades também — ela acrescenta após uma pausa. — Ele é muito... leal. — Sei que ela está se esforçando para ser agradável, embora esteja claro que em sua mente "leal" se encontra vários níveis abaixo de "extraordinário".

Ficamos em silêncio enquanto o DVD continua e um nó cresce na minha garganta ao ver papai na tela assistindo ao meu casamento com Dan. Sua expressão é nobre e solene. Um feixe de luz incide em seu cabelo no lugar certo. Então ele olha para a câmera e pisca daquela sua maneira.

E, embora eu já tenha visto esse vídeo tantas vezes, sinto uma súbita dor, crua e renovada. Minha vida toda, papai piscou para mim. Nas apresentações da escola, nos jantares entediantes, ao se retirar depois de dizer boa-noite. E sei que isso não parece nada de mais — qualquer um pode piscar —, mas a piscadela de papai era especial. Era como uma injeção de ânimo. Um estimulante instantâneo.

Meu pêndulo interior se imobilizou. Estou olhando, boquiaberta, para a tela. Tudo se torna secundário em meu cérebro, deixando apenas a informação principal: meu pai morreu e nunca mais o teremos de volta. Tudo o mais é irrelevante.

OITO

Na manhã seguinte, meu pêndulo está errático de novo. Na verdade, tudo está errático. Não consigo de jeito nenhum me imaginar casada com Dan por mais 68 anos. Os últimos 68 *minutos* já foram ruins o suficiente.

Não sei que bicho o mordeu na casa da mamãe ontem. Desde então ele está mal-humorado, contemplativo, implicante e... argh. Ontem à noite, no carro, a caminho de casa, começamos a discutir sobre como minha família fala demais do passado e como não é bom, para as meninas, ficar pensando no que já passou. Ele chegou a questionar se eu tinha de mencionar minha amiga imaginária. Qual o problema de mencionar minha amiga imaginária?

Eu sei do que Dan tem medo, embora ele não admita. Ele tem medo que eu esteja instável. Ou potencialmente instável. Só porque fiquei parada na frente da casa de Gary Butler naquela única vez. E coloquei uma cartinha em sua caixa de correio. (O que, ok, reconheço que não devia ter feito.) Mas a questão é que aquela foi uma circunstância especial. Eu estava no auge do luto quando tive meu "episódio" ou seja lá que nome a gente dê para isso.

Considerando-se que minha invenção de Lynn foi há muito tempo, quando eu era criança, e isso era normal e saudável, porque pesquisei no Google, como ele sabe muito bem, *qual é a droga do problema dele?* O que basicamente resume o que respondi a ele. Só que eu estava sussurrando para que as meninas não ouvissem, e não tenho certeza se ele ouviu todos os meus argumentos cheios de nuances.

Assim hoje acordei pensando: Deixa pra lá, novo dia, novo começo, decidida a ficar animada. Eu até disse olá para a cobra, por cima do ombro, de olhos fechados. Mas Dan parecia ainda mais mergulhado nas trevas. Tomou café em silêncio, rolando a tela do celular, até que disse, de repente:

— Tivemos uma oferta de expansão na Europa.

— É mesmo? — Ergui os olhos das palavras do teste de ortografia das meninas. — Sapo.

— *Sa-pu* — Anna começou a recitar.

— São uns caras dos arredores de Copenhague que fazem um trabalho parecido com o nosso. Eles querem que a gente faça parte da equipe para um monte de projetos que eles têm em todo o norte da Europa. Podemos acabar triplicando nosso faturamento.

— Certo. E isso seria bom?

— Não sei. Talvez. Seria uma aposta um tanto arriscada. — Dan estava com uma expressão tensa e infeliz que fez disparar o alarme na minha cabeça. — Mas precisamos fazer *uma coisa.*

— Como assim?

— A empresa não vai crescer a menos que...

Ele se interrompeu e deu um gole no café, e eu fiquei olhando para ele, perturbada. Como já comentei, conheço Dan muito bem. Sei quando a cabeça dele está galopando alegremente por aí com ideias novas e viáveis, e sei quando está empacada. Naquele momento, tudo indicava que estava empacada. Ele não parecia *contente* com a ideia de expandir. Parecia sitiado.

— Pato — eu disse a Tessa, e ela começou a soletrar:

— *Pa-tu.*

— Quando você diz "crescer" — comecei, acima da entoação dela —, o que exatamente...

— Ficaríamos cinco vezes maiores do que somos.

— Cinco? — repeti, espantada. — Quem disse? Vocês estão se saindo muito bem! Vocês têm muitos projetos, uma renda excelente...

— Ah, pare com isso, Sylvie — ele quase rosnou. — O quarto das meninas é minúsculo. Vamos querer mudar para uma casa nova em breve.

— Quem disse? Dan, o que provocou tudo isso?

— Só estou pensando no futuro — respondeu Dan, sem me encarar. — Apenas fazendo planos.

— Certo, e o que esses planos acarretariam? — reagi, me sentindo cada vez mais incomodada. — Você teria de viajar?

— Claro — respondeu ele, de mau humor. — Seria um nível totalmente novo de comprometimento, investimento...

— Investimento — eu me agarrei à palavra. — Então você teria de fazer um empréstimo?

Ele deu de ombros.

— Precisaríamos de mais alavancagem.

— Alavancagem.

Odeio essa palavra. É uma palavra traiçoeira. Parece tão simples. Você imagina uma alavanca e pensa: Ah, isso faz sentido. Levei anos para perceber que o que ela realmente significa é "pegar emprestado montanhas de dinheiro a juros assustadores".

— Não sei — eu disse. — Parece um passo arriscado. Quando foi que esses caras de Copenhague abordaram vocês?

— Dois meses atrás — respondeu Dan. — Nós recusamos. Mas estou reconsiderando.

E uma fúria irrompeu imediatamente dentro de mim. Por que ele está reconsiderando agora? Porque fomos à casa da minha mãe ontem e ela falou de férias em iates na Grécia?

— Dan. — Olhei dentro dos olhos dele. — Nós temos uma vida ótima. Temos um ótimo equilíbrio trabalho-lazer. Sua empresa não precisa ser cinco vezes maior. As meninas gostam de ter você por perto. Não queremos você em Copenhague. E eu amo esta casa! Fizemos dela o nosso lar! Não *precisamos* nos mudar, não *precisamos* de mais dinheiro... Peguei o embalo. Poderia ter falado sem parar provavelmente por uns vinte minutos, só que a vozinha de Anna de repente pipocou, dizendo:

— Sete e cinquenta e dois.

Ela estava lendo o relógio do forno, que é seu novo passatempo. Parei no meio da frase e exclamei:

— Que horas? Mer...leca!

E foi aquela confusão para aprontar as meninas para a escola.

Não acabei o teste de ortografia das meninas. Ótimo. Provavelmente elas vão tirar três no teste que vale dez. E, quando a professora perguntar "O que aconteceu esta semana?", Tessa vai dizer naquela vozinha cristalina dela: "A gente não conseguiu aprender as palavras porque a mamãe e o papai estavam brigando por causa de dinheiro." E as professoras vão falar mal da gente na sala de professores.

Suspiro.

Dois suspiros.

— Sylvie! — chama Tilda quando me encontra no portão dela. — O que aconteceu? Eu disse oi três vezes. Você está no mundo da lua!

— Perdão.

Eu a cumprimento com um beijo e damos início à nossa caminhada habitual.

— O que aconteceu, querida? — pergunta ela, examinando o Fitbit.

— É só o desânimo das manhãs de segunda?

— Você sabe. — Solto outro suspiro. — Vida conjugal.

— Ah, *vida conjugal.* — Tilda bufa. — Você não leu as advertências sobre efeitos colaterais? "Pode causar dor de cabeça, ansiedade, oscilações de humor, insônia ou a sensação generalizada de querer esfaquear alguma coisa"? — A expressão dela é tão cômica que acabo rindo. — Ou urticária — acrescenta Tilda. — Em mim provocou urticária.

— Não tenho urticária — reconheço. — É uma vantagem.

— E outra vantagem, suponho, seria aquele seu lindo cardigã novo de *cashmere*...? — lembra Tilda, os olhinhos brilhando. — Saiu tudo como planejado?

— Ai, meu Deus. — Bato com a palma da mão na testa. — Parece que isso foi há séculos. Para dizer a verdade, nada saiu como planejado. Dan descobriu que eu experimentei o cardigã. E fizemos reservas para o almoço em lugares diferentes no mesmo dia. E, no fim de tudo, acabamos com uma cobra.

— Uma *cobra*? — Ela me encara com os olhos arregalados. — Por *essa* eu não esperava.

Conto a Tilda todos os acontecimentos de sábado, nós duas temos ataques de riso e eu me sinto animada de novo. Mas então lembro da rispidez de Dan, e meu estado de espírito despenca mais uma vez.

— E então, por que o desânimo esta manhã? — indaga Tilda, uma daquelas amigas que gostam de ter certeza de que você está bem, não se dão por vencidas e nunca se ofendem. O melhor tipo de amiga, na verdade. — É a cobra?

— Não, não é a cobra — respondo, com franqueza. — Posso me acostumar com a cobra. É só... — Abro os braços e os deixo cair.

— Dan?

Dou alguns passos, ordenando meus pensamentos. Tilda é sábia e leal. Compartilhamos alguns assuntos delicados ao longo desses anos. Pode ser que ela veja a situação de um jeito diferente.

— Eu já lhe falei antes sobre Dan e meu pai — digo, por fim. — E todo aquele...

— Melindre financeiro? — sugere Tilda, com tato.

— Exatamente. Melindre financeiro. Bem, eu pensei que fosse melhorar, mas está piorando. — Baixo o tom de voz, embora a rua esteja vazia. — Dan me veio com um plano de expandir a empresa dele. Eu *sei* que é porque ele está tentando competir com papai, mas eu não quero que ele faça isso! — Levanto a cabeça, encontrando os olhos perspicazes de Tilda. — Não quero que ele se mate de trabalhar, apenas para ser uma versão do meu pai. Ele não é meu pai, ele é Dan! É por isso que eu o amo. Porque ele é *Dan*, não porque... — Deixo minha voz morrer, sem saber direito o que quero dizer.

Andamos em silêncio, e percebo que Tilda está ponderando.

— Assisti a um documentário sobre leões um tempo atrás — diz ela logo depois. — Sobre os leões jovens que conquistam a posição de liderança da alcateia, tomando-a da geração mais velha. Eles são ferozes uns com os outros. Ficam muito feridos. Mas eles têm de lutar. Têm de estabelecer quem é o líder.

— Isso quer dizer o quê? Que Dan é um leão?

— Talvez ele seja um leão jovem sem ter ninguém contra quem lutar — diz Tilda, me lançando um olhar enigmático. — Pense nisso. Seu pai morreu no auge do vigor. Ele nunca vai ficar velho e frágil. Nunca vai abrir caminho para Dan. Dan quer ser o rei da selva.

— Mas ele *é* o rei da nossa selva! — digo, frustrada. — Ou pelo menos... ele reina junto comigo — emendo, porque o nosso casamento é definitivamente uma parceria, e isso é algo que eu tento transmitir às meninas de maneira positiva e feminista. (Quando não estou discutindo com Dan e negligenciando o teste de ortografia delas, para ser mais exata.) — Nós dois somos o rei — esclareço.

— Talvez ele não se *sinta* como rei. — Tilda dá de ombros. — Não sei. Você teria de perguntar a David Attenborough. — Ela dá mais alguns passos em silêncio e depois continua. — Ou então, você sabe, Dan deve simplesmente aceitar os fatos e acabar com essa frescura. Desculpe se estou sendo ríspida — acrescenta. — Você sabe o que eu quero dizer.

— Eu sei — digo, concordando com a cabeça. A essa altura chegamos à estação, e encontramos a costumeira torrente de trabalhadores e crianças a caminho da escola. — Seja como for — digo a Tilda acima do rebuliço —, pensei em um novo plano, e esse com certeza vai fazer Dan se sentir como o rei da selva. É outra surpresa — acrescento, e Tilda geme.

— Não! Chega dessa loucura! Pensei que você estivesse curada. Vocês vão acabar com outra cobra. Ou coisa pior.

— Não vamos, não — digo, desafiadora. — Essa agora é uma *boa* ideia. Tem a ver com sexo, e sexo é fundamental para tudo, concorda?

— Sexo? — Tilda parece ao mesmo tempo assustada e fascinada.

— *Não* me diga que você inventou alguma nova manobra sexual para fazer Dan se sentir o rei da selva. Francamente, é demais para a minha cabeça.

— Não é uma manobra sexual. É um presente sexual. — Faço uma pausa para dar um efeito dramático. — É um *ensaio boudoir*.

— O quê? — Tilda parece totalmente pasma. — O que é isso?

— Um ensaio sensual! É uma tendência. Você faz antes de se casar. São fotos sensuais, de meias finas ou algo assim, que você dá para o marido em um álbum especial. E aí você pode olhar o álbum no futuro e lembrar como era gostosa.

— E depois se olhar no espelho e ver a diferença? — Tilda parece horrorizada. — Não, obrigada! Guarde tudo nas brumas da memória, vai por mim.

— Bom, eu vou fazer — respondo, um tanto desafiadora. — Vou pesquisar no Google hoje. Tem estúdios que fazem isso.

— Quanto cobram?

— Não sei — admito. — Mas qual o preço de um casamento feliz?

Tilda só revira os olhos, ironicamente.

— Eu faço, se você quiser — diz ela. — E sem cobrar nada. Você pode me dar uma garrafa de vinho. Um bom vinho — esclarece.

— *Você* tiraria as fotos? — Eu me engasgo com uma risada incrédula. — Você acabou de dizer que detestou a ideia!

— Para mim. Mas, para você, por que não? Ia ser divertido.

— Mas você não é fotógrafa! — Ao dizer isso, de repente me lembro de todo o seu empenho no Instagram. — Quero dizer, não uma fotógrafa *de verdade* — acrescento com cuidado.

— Tenho um bom olho — diz Tilda, confiante. — Isso é o principal. Minha câmera é boa e podemos alugar o equipamento de iluminação ou algo assim. Estou querendo me envolver mais com fotografia.

Quanto aos acessórios... Tenho um chicote em algum lugar. — Ela ergue e baixa várias vezes as sobrancelhas para mim e me acabo de rir.

— Ok. Talvez. Vou pensar no assunto. Agora preciso ir!

Eu a abraço e corro para dentro da estação, ainda rindo com essa ideia.

Embora, na verdade... ela tem um bom argumento. Às dez eu já havia passado uma boa hora olhando sites de "ensaios *boudoir*" no computador do escritório. (Despachei Clarissa para entrevistar as voluntárias sobre seu nível de satisfação com o trabalho, para tirá-la do caminho.) Primeiro, as sessões custam centenas de libras. Segundo, algumas delas me fizeram estremecer: *Kevin, nosso fotógrafo, vai usar seus anos de experiência* (Playboy, Penthouse) *para orientá-la com sensibilidade por uma série de poses eróticas, incluindo conselhos sobre o posicionamento das mãos.* (Posicionamento das mãos?) E terceiro, não seria mais divertido e descontraído com Tilda?

Mas estou pegando algumas ideias do que estou vendo. Tem uma foto linda de uma garota de *négligé* branco, com a perna dobrada sobre uma cadeira *igual* a uma das nossas cadeiras da cozinha. Eu poderia fazer isso. Estou olhando para a tela, tentando calcular a posição exata dela, quando ouço passos pesados subindo a escada.

Merda. É ele. O sobrinho. Robert. *Merda.*

Tenho literalmente umas trinta janelas abertas na minha tela, cada uma contendo uma foto de uma mulher de corselete e meia arrastão, ou deitada na cama, vestindo nada além de dez cílios postiços e um véu de noiva.

Com o coração disparado, começo a fechar as janelas, mas, por nervosismo, clico nos lugares errados. As desgraçadas não param de me olhar fazendo biquinho, com seus lábios vermelhos e sutiãs de renda e mãos provocantemente posicionadas sobre a calcinha fio-dental. (Realmente, posso entender o motivo dos *conselhos sobre posicionamento das mãos.*)

Quando estou fechando, desesperada, a última foto, percebo que os passos na escada pararam. Ele está aqui. Mas tudo bem: fechei tudo a tempo. Tenho certeza. Ele não viu nada.

Ou viu?

Sinto um frio na espinha pelo constrangimento. Não consigo me virar. Será que devo fingir estar tão absorta no trabalho que não notei que ele está aqui? Sim. Bom plano.

Pego o telefone e digito um número qualquer.

— Alô? — digo, teatral. — É Sylvie, da Willoughby House. Estou ligando para falar sobre o nosso evento. Pode me ligar de volta? Obrigada.

Desligo o telefone, me viro e exagero na expressão de surpresa ao ver a figura de Robert ali em pé, em seu monolítico terno escuro, segurando uma pasta.

— Ah, oi! — exclamo efusivamente. — Desculpe. Não vi você aí.

O rosto dele permanece impassível mas os olhos se desviam rapidamente para a tela do meu computador, depois para o telefone e de volta para mim. Eles são tão escuros e impenetráveis que não consigo interpretá-los. Na verdade, todo o rosto dele tem um certo ar desconcertante e fechado. Como se o que você visse fosse a ponta do iceberg.

Diferente de Dan. Dan é aberto. Seus olhos são claros e sinceros. Se ele franze a testa, em geral consigo adivinhar o motivo. Se sorri, sei qual é a piada. Este cara dá a impressão de que a piada poderia ser que ninguém jamais vai adivinhar que foi *ele* quem cortou todas aquelas cabeças e as escondeu na mina de carvão.

Então, instantaneamente, eu me repreendo. Pare de exagerar. Ele não é tão mau assim.

— A maioria dos números de telefone começa com zero — diz ele, objetivamente.

Droga.

E que diabos. Ele estava observando meus dedos de propósito, para me pegar de surpresa. Isso mostra como é dissimulado. Não posso baixar a guarda.

— Alguns não — digo vagamente, e abro um documento qualquer na minha tela. É um orçamento para um concerto de cravo que fizemos ano passado, percebo tarde demais, mas, se ele perguntar, vou dizer que estou fazendo uma auditoria. Isso.

Eu me sinto uma fraude, constrangida, sentada aqui sob o olhar dele — e a culpa é dele, concluo. Ele não deveria ter esse ar tão hostil. Não ajuda... em nada. Nesse momento, ouço Clarissa na escada — e, quando entra, ela solta um gritinho de consternação ao vê-lo.

— Que bom que você chegou — ele diz a ela. — Quero fazer uma reunião com vocês duas. Quero respostas sobre algumas coisas.

É exatamente a isso que eu me referia. Isso não soa agressivo?

— Tudo bem — digo friamente. — Clarissa, por que não faz um café? Vou só terminar aqui.

Não vou saltar quando ele mandar que eu salte. Somos ocupadas. Temos uma programação. O que ele acha que fazemos o dia todo? Fecho o orçamento do concerto de cravo, arquivo alguns documentos soltos que estão bagunçando a tela (Clarissa deixa tudo na área de trabalho) e depois, sem pensar, clico em um JPEG que tinha sido minimizado.

Na mesma hora a tela é ocupada pela imagem de uma mulher fazendo bico, de sutiã transparente, os dedos espalmados sobre os seios (excelente posicionamento das mãos). Meu estômago se revira de horror. *Merda. Eu sou muito BURRA. Fecha, fecha...* Meu rosto fica roxo enquanto clico o mouse como uma demente, tentando me livrar da imagem para sempre. Por fim, ela desaparece, e eu giro na cadeira com uma risada aguda.

— Rá, rá! Você deve estar se perguntando por que eu estava com aquela imagem na tela! Na verdade, era... — Minha mente procura uma desculpa, desesperada. — ...uma pesquisa. Para uma possível exposição de ...arte erótica.

Agora meu rosto está ainda mais vermelho. Eu nunca deveria ter tentado dizer "erótica" em voz alta. É uma palavra censurada, "erótica", quase tanto quanto "úmida".

— Arte erótica? — Robert parece um pouco atônito.

— Histórica. Através das eras. Vitoriana, eduardiana, em comparação à moderna... Está só nos primeiros estágios de planejamento — concluo, pouco convincente.

Há um certo silêncio.

— A Willoughby House dispõe de alguma peça de arte erótica? — pergunta Robert por fim, franzindo a testa. — Nunca passaria pela minha cabeça que isso fosse ser algo que minha tia iria aprovar.

Claro que não aprovaria! Mas tenho de dizer alguma coisa, e das profundezas da minha memória pesco uma imagem.

— Há um quadro de uma garota num balanço em uma das coleções de gravuras do acervo — digo a ele.

— Uma garota num balanço? — Ele arqueia as sobrancelhas. — Isso não me parece muito...

— Ela está nua — acrescento. — E é bem... você sabe. Abundante. Acho que para um homem vitoriano ela seria muito sedutora.

— E para um homem moderno? — Seus olhos escuros cintilam para mim.

Isso é adequado, os olhos dele cintilarem? Vou fingir que não notei. E que não ouvi a pergunta. E que nem iniciei essa conversa.

— Vamos começar a reunião? — pergunto. — O que exatamente você quer saber?

— Quero saber que diabos vocês fazem o dia todo — diz ele, num tom amigável, e eu logo me irrito.

— Somos responsáveis pela administração e arrecadação de fundos da Willoughby House — respondo com um olhar ligeiramente irado.

— Que bom. Então vocês vão poder me dizer o que é aquilo.

Ele está apontando para a Escada. É uma escada de biblioteca, de madeira, encostada à parede, com caixas de cartões nos três degraus. Ao acompanhar o olhar dele, engulo em seco. Tenho de admitir, a Escada é idiossincrática, mesmo para os nossos padrões.

— É o nosso sistema de cartões de Natal — explico. — A Sra. Kendrick dá muita importância a eles. O degrau de cima é para os cartões que recebemos ano passado. O do meio é para os cartões deste ano, ainda não assinados. O degrau de baixo é para os cartões deste ano, assinados. Assinamos cinco por dia.

— É isso que vocês passam os dias fazendo? — Ele se vira de mim para Clarissa, que trouxe três xícaras de café e quase pula, alarmada.

— Assinando cartões de Natal? Em *maio*?

— Isso não é *tudo* que fazemos! — digo, irritada, ao pegar meu café.

— E quanto a mídias sociais, estratégia de marketing, posicionamento? — ele me questiona, de repente.

— Ah — digo, pega desprevenida. — Bem, nossa presença nas mídias sociais é... sutil.

— *Sutil?* — ele repete, incrédulo. — É *assim* que você define?

— Discreta — acrescenta Clarissa.

— Olhei o site — diz ele sem rodeios. — Não acreditei no que vi.

— Ah. — Tento pensar em uma resposta rápida. Eu tinha esperança de que ele não olhasse o site.

— Vocês têm *alguma* explicação? — pergunta ele, em um tom que diz: "Estou tentando ser razoável."

— A Sra. Kendrick não gostava da ideia de um site — respondo, na defensiva. — Foi ela que sugeriu o... conceito final.

— Vamos dar uma olhada nele de novo? — diz Robert de um jeito ameaçador.

Ele puxa uma cadeira e se senta. Depois, tira um notebook da pasta, abre, digita o endereço na web — e após alguns segundos nossa *home page* surge. É um lindo desenho a traço da Willoughby House, e na porta da casa há um pequenino aviso, onde se lê: *Informações: solicite por escrito à Willoughby House, Willoughby Street, Londres W1.*

— Sabe, o que eu estou me perguntando... — diz Robert no mesmo tom de calma estudada — é onde estão as páginas de informações, a galeria de fotos, a seção de dúvidas frequentes, o formulário de contato e, na verdade, todo o maldito site? — Ele entra em erupção de repente. — Onde está o *site*? Isto... — Ele bate com o dedo na página. — Isto parece um anúncio nos classificados do *Times*, de 1923! "Solicite por escrito"? *"Solicite por escrito"?*

Não consigo evitar uma careta. Ele tem razão. Sim, ele tem razão. O site é ridículo.

— A Sra. Kendrick gostou de "Solicite por escrito" — diz Clarissa, que se empoleirou no canto da mesa do computador. — Sylvie tentou fazê-la concordar em ter um formulário por e-mail, mas... — Ela me dá uma olhada.

— Nós tentamos — afirmo.

— Não tentaram o suficiente — retruca Robert, impiedoso. — E o Twitter? Vocês têm uma conta, eu vi, mas onde estão os tuítes? Onde estão os seguidores?

— Eu sou a encarregada do Twitter — diz Clarissa, quase em um sussurro. — Eu tuitei uma vez, mas não sabia o que dizer, então disse apenas "olá".

Robert está com cara de quem nem sabe o que dizer diante disso.

— Não creio que nossa clientela esteja no Twitter — afirmo, indo em defesa de Clarissa. — Eles preferem cartas.

— Sua clientela está morrendo — replica Robert, não parecendo nada impressionado. — A Willoughby House está morrendo. Esta instituição inteira está morrendo e vocês nem conseguem ver isso. Vocês todas vivem em uma bolha, minha tia inclusive.

— Isso não é justo! — digo com veemência. — Nós não vivemos em uma bolha. Interagimos muito com organizações externas, benfeitores... E não estamos morrendo! Estamos indo bem, somos vibrantes, inspiradores...

— Vocês *não* estão indo bem! — Robert explode. — Vocês *não* estão indo bem. — Sua voz ecoa no escritório de teto baixo e ambas o olhamos boquiabertas. Ele esfrega a nuca, fazendo uma careta, sem encarar nenhuma das duas. — Minha tia tem feito de tudo para ocultar a verdade de vocês — continua ele com a voz mais calma. — Mas vocês precisam saber. Este lugar está passando por grandes dificuldades financeiras.

— *Dificuldades?* — ecoa Clarissa, sobressaltada.

— Nos últimos anos minha tia vem subsidiando o museu com o dinheiro dela. Isso não pode continuar. E foi por isso que intervim.

Eu o olho fixamente, tão atônita que não consigo falar. Minha garganta, na verdade, fechou com o choque. A Sra. Kendrick está nos *subsidiando*?

— Mas nós captamos recursos! — afirma Clarissa, corada e transtornada, sua voz praticamente um guincho. — Tivemos um ano muito bom!

— Exatamente. — Minha voz retorna. — Captamos recursos o tempo todo!

— Não é suficiente — diz Robert sem emoção. — Manter este lugar custa uma fortuna. Aquecimento, eletricidade, seguro, biscoitos, salários... — Ele me lança um olhar incisivo.

— Mas e a Sra. Pritchett-Williams? — pergunta Clarissa. — Ela doou meio milhão!

— Exatamente! — digo. — A Sra. Pritchett-Williams!

— Já acabou faz tempo — diz Robert, cruzando os braços.

Acabou faz tempo?

Eu me sinto profundamente abalada. Não fazia ideia. A menor ideia. Suponho que a Sra. Kendrick venha sendo mesmo bastante reservada sobre a situação financeira da instituição. Mas, também, ela é reservada em relação a tantas coisas. (Como, por exemplo, ela não nos dá o endereço de Lady Chapman, uma de nossas patrocinadoras, para incluir no banco de dados. Diz que Lady Chapman "não gostaria". Assim, temos de escrever *Em mãos* no envelope todas as vezes que mandamos alguma coisa a Lady Chapman, e a Sra. Kendrick faz a entrega pessoalmente na casa da patrocinadora.)

Enquanto mantenho os olhos fixos em Robert, percebo que nunca, nem uma única vez, duvidei da saúde financeira da Willoughby House. A Sra. Kendrick sempre nos disse que estávamos indo bem. Vemos os números para o ano e sempre foram ótimos. Nunca me ocorreu que a Sra. Kendrick pudesse ter contribuído para isso.

E agora, de repente, tudo faz sentido. A expressão de suspeita de Robert. A atitude ansiosa e na defensiva da Sra. Kendrick. Tudo.

— Então você *vai* fechar nossas portas e construir prédios de apartamentos. — Cuspo o pensamento antes de conseguir me deter e Robert me olha demoradamente.

— É isso que vocês estão achando que vai acontecer? — diz ele por fim.

— Bem, você vai? — Eu o desafio e faz-se um longo silêncio. Meu estômago começa a pesar com o mau presságio. Isso agora me parece uma ameaça real. Não sei com o que me preocupar primeiro: a Sra. Kendrick, a coleção de arte, as voluntárias, os patrocinadores ou meu emprego. Ok, admito, é o meu emprego. Posso não ter uma renda tão grande quanto Dan, mas precisamos dela.

— Talvez — diz Robert por fim. — Não vou fingir que essa não é uma opção. Mas não é a única. Eu adoraria que este lugar funcionasse. A família inteira adoraria. Mas...

Ele gesticula, indicando o escritório à nossa volta, e subitamente consigo ver a situação do ponto de vista dele. Uma instituição beneficente antiquada e idiossincrática porém bem-sucedida é uma coisa. Um escoadouro de dinheiro antiquado, idiossincrático e falido é outra bem diferente.

— Nós podemos salvá-lo — digo, tentando soar firme. — Ele tem muito potencial. Podemos virar o jogo.

— Essa é uma boa atitude — diz Robert. — Mas precisamos de mais do que isso. Precisamos de ideias práticas e sólidas para iniciar o fluxo de caixa. Sua exibição de arte erótica pode ser um começo — ele acrescenta para mim. — É a primeira boa ideia que ouvi neste lugar.

— *Exibição de arte erótica?* — Clarissa me olha, boquiaberta.

Eu tento voltar atrás.

— Foi só uma ideia.

— Encontrei Sylvie fazendo uma pesquisa bem extensa sobre imagens eróticas — informa Robert. Ele soa tão natural que ergo os olhos para ele, desconfiada... e sei de imediato: ele viu as fotos dos "ensaios *boudoir*" na minha tela. Todas as trinta.

Ótimo.

— Bem. — Pigarreio. — Gosto de fazer as coisas meticulosamente.

— Isso está claro. — As sobrancelhas dele se erguem, e eu rapidamente desvio o olhar.

Procuro, meio atabalhoada, o estojo do meu protetor labial no bolso, e finjo estar absorta na tarefa. Foi Dan que me deu o estojo de couro cor-de-rosa para o protetor labial, porque eu, verdade seja dita, sou viciada em protetor labial. (O que, se Toby estiver certo, se deve à maligna indústria farmacêutica. Preciso procurar isso no Google, um dia. Talvez haja alguma ação coletiva e todos nós ganharemos milhões.)

— *P.S.* — Robert lê em voz alta as letras gravadas em dourado no estojo do meu protetor labial. — Por que P.S.?

— "Princesa Sylvie" — diz Clarissa alegremente. — É o apelido de Sylvie.

Uma onda instantânea de constrangimento me invade. Por que ela teve de abrir a boca e revelar esse pequeno detalhe?

— "Princesa Sylvie"? — ecoa Robert em um tom divertido que põe o dedo na minha ferida.

— É só um apelido que meu marido me deu — digo rapidamente. — É bobo. Não é... nada.

— Princesa Sylvie — repete Robert, como se eu não tivesse falado nada. Ele me estuda por alguns instantes. Posso sentir seus olhos percorrendo minha blusa de seda estampada com ramos, meu colar de pérolas e meus cabelos louros na altura da cintura. Então ele assente. — Certo.

"Certo"? O que ele quer dizer com *certo*? Eu quero saber. Mas também não quero. Então digo:

— Quanto tempo temos? Quero dizer, quando você vai tomar uma decisão sobre a Willoughby House?

Mesmo enquanto falo, os pensamentos giram, inquietos, na minha cabeça. O que eu faria se perdesse o emprego? Onde procuraria outro? Eu nem tenho *olhado* para ver como está o mercado. Não senti necessidade. Estava segura em meu refúgio.

— Não sei — diz Robert. — Vamos ver o que vocês apresentam. Talvez consigam fazer um milagre.

Mas seu tom é cético. É provável que ele já esteja mentalmente escolhendo acessórios de cozinha para seu condomínio de luxo. Vejo-o olhando novamente para nossa *home page* desenhada à mão, seus olhos inexpressivos, e sinto uma nova onda de aflição.

— Sabe, nós *tentamos* modernizar — eu digo. — Mas a Sra. Kendrick simplesmente não queria.

— Receio que minha tia tenha o bom senso comercial de um bule de chá — diz Robert sem emoção. — Não é culpa de vocês, mas não ajuda em nada.

— Onde está a Sra. Kendrick? — pergunta Clarissa timidamente, e o rosto de Robert se franze um pouco.

Não sei dizer se ele está achando graça ou não no que diz em seguida.

— Ela contratou um instrutor de informática em tempo integral.

— *O quê?* — exclamo antes que consiga me conter, e posso ver o queixo de Clarissa caído. — O que ela está aprendendo exatamente? — acrescento, e o rosto de Robert torna a se franzir. Acho que ele está com vontade de rir.

— Eu estava lá quando ele chegou — Robert conta. — Ela disse: "Meu jovem, eu quero ser moderna."

Acho graça e me sinto humilhada ao mesmo tempo. A Sra. Kendrick está sendo mais proativa que nós. Se eu *soubesse* que as coisas estavam assim tão ruins, não teria ficado aqui sentada defendendo nosso website não existente e nossos modos encantadores e peculiares. Eu teria...

Feito o quê, exatamente?

Mordo o lábio, tentando pensar. Ainda não sei. Preciso entender tudo isso, rápido. Preciso ter ideias. Se a Sra. Kendrick pode se modernizar, nós também podemos.

Toby, penso de repente. Vou perguntar a Toby, ele vai saber.

— E é essa a contribuição da minha tia para a situação. — Robert cruza os braços e estuda primeiro Clarissa, depois a mim. — E quanto a vocês? Alguma ideia específica além da arte erótica?

— Bem. — Vasculho meu cérebro febrilmente. — É óbvio que o website é um problema.

— Todos nós sabemos disso — diz Robert de modo grave. — Algo mais?

— Precisamos de uma placa decente lá fora. — Arranco um pensamento velho e enterrado do meu cérebro. — As pessoas passam pela casa e não têm a menor ideia do que é. Tentamos sugerir isso à Sra. Kendrick, mas...

— Posso imaginar. — Robert revira os olhos.

— E podemos fazer algo criativo? — Estou tentando me encontrar agora. — Como... um *podcast* passado na Willoughby House? Uma história de terror com fantasmas?

— Uma história de terror com fantasmas. — Ele parece confuso. — Você vai escrever uma história de terror com fantasmas?

— Bem, ok... provavelmente não — concedo. — Precisaríamos encomendar a alguém.

— Quanto de receita isso geraria? Ou de matérias na imprensa?

— Não sei — admito, já perdendo a fé na ideia. — Mas essa é só a primeira de muitas ideias. Muitas, muitas ideias — reitero, como se para tranquilizar a mim mesma.

— Bom — diz Robert, não parecendo convencido. — Aguardarei ansioso por suas muitas ideias.

— Ótimo. — Tento soar confiante. — Bem... você vai ficar impressionado.

NOVE

Tudo ficou tão *estressante*. Já se passaram três dias, e para mim já chega. Por que a vida é assim? Basta você relaxar e começar a aproveitar, rindo, se divertindo... ela se ergue, ameaçadora como um professor malvado, gritando no pátio da escola: *"Acabou* o recreio!" e todos voltam a ficar tristes e entediados de novo.

Dan está constantemente tenso, mas não quer me dizer por quê. Outro dia ele chegou em casa à meia-noite, cheirando a uísque. Passa muito tempo sentado, olhando para o tanque da cobra, e sua expressão *padrão* agora é a cara amarrada.

Ontem de manhã brinquei: "Não se preocupe, só faltam mais sessenta e sete anos e cinquenta semanas", e ele simplesmente ergueu os olhos, sem expressão, como se não tivesse entendido. Depois, quando eu disse com mais carinho: "Poxa, Dan, o que está havendo?", ele se levantou e saiu, respondendo "Nada" sobre o ombro.

Quantos divórcios são causados pela palavra "nada"? Acho que essa seria uma estatística muito interessante. Quando Dan diz "Nada", recebo esse golpe de absoluta frustadura, como de uma pequena faca sinuosa. *Frustadura* é a minha palavra para a fúria extraordinária que só seu marido pode provocar. Você não só fica furiosa, como sente que ele está fazendo tudo de propósito, *com o objetivo de atormentar você.*

Levantei essa teoria com Dan uma vez. Eu estava — agora vejo — um pouco estressada. Em minha defesa, as meninas, ainda bebês, tinham passado a noite toda acordadas. E eu gritei: "Você procura a coisa mais irritante para me dizer, *deliberadamente*, Dan? É esse o seu plano?" Ele então, com expressão atormentada, disse: "Não. Não sei. Eu não estava acompanhando direito o que você dizia. Você fica bem com esse vestido."

O que até certo ponto me apaziguou e ao mesmo tempo não apaziguou. Quer dizer, eu tinha fugido do assunto. Admito. Às vezes faço isso. Mas será que ele não conseguia ver que nossos planos de férias, o problema com as latas de lixo reciclável e o presente de aniversário da mãe dele eram *todos o mesmo problema?*

(Além disso, não era um vestido, era uma túnica para amamentação muito da sem graça que eu tinha usado umas cinquenta vezes antes. Como ele podia dizer que eu *ficava bem* com ela?)

Provavelmente devíamos estabelecer pautas para as nossas discussões. Devíamos determinar as noites de quinta-feira como noites de discussão, comprar um monte de petiscos e contratar um mediador. Devíamos nos apropriar do processo de discussão. Mas, até fazermos isso, estamos empacados com Dan dizendo "nada", eu espumando de raiva e o ar estalando com ressentimento estático.

Enfim, tenho esperança de que meu ensaio *boudoir* mude tudo. Ou mude algumas coisas, pelo menos.

Enquanto isso, o escritório anda muito estressante também. Robert tem ficado por lá todos os dias, examinando números e arquivos, e basicamente insultando tudo que já fizemos. Ele não é exatamente assustador, mas é objetivo. Faz perguntas curtas e grossas, e espera respostas curtas e grossas. A pobre da Clarissa não consegue de jeito nenhum lidar com isso, e só fala sussurrando. Sou mais resiliente — mas será que ele não percebe? Não somos nós que tomamos as grandes decisões. Não foi *nossa* ideia encomendar ano passado um pudim especial de Natal Willoughby House como um presente para os patrocinadores (gasto total: 379 libras), foi da Sra. Kendrick.

Coagida pela atitude positiva e flexível da Sra. Kendrick, pesquisei sites e lojas on-line e todas as coisas que acho que devíamos estar fazendo. Passei cada minuto acordada tentando pensar em ideias criativas além do *podcast* de uma história de terror com fantasmas. (O problema é que, uma vez que você *tenta* ter uma ideia, todas elas batem as asas e se vão.) Também fui ver Toby, mas, como ele não estava, mandei um e-mail para ele e ainda não tive resposta.

Nesse meio-tempo, mamãe fica me ligando para falar sobre a cerimônia de inauguração. Ela é quase tão insistente quanto Esme, com suas intermináveis perguntas. Hoje ela queria saber: 1. Que cor de sapatos ela deve usar? e 2. Como vai se lembrar do nome de todos? (Respostas: 1. Ninguém vai olhar para os sapatos dela e 2. Crachás.) Esme, por outro lado, queria saber: 3. Eu preciso de um microfone sem fio? e 4. Que tipos de petisco eu gostaria na "área da sala verde?" (Respostas: 3. Eu realmente não ligo e 4. Uma tigela de M&M's, sem os azuis. *Brincadeirinha.*)

Só para piorar a atmosfera carregada, Tilda e Toby tiveram uma discussão séria ontem à noite. Dava para ouvi-los gritando do outro lado da parede, o que me fez estremecer. (Também decidi que seria uma falta de tato aparecer lá e dizer "Ah, Toby, você está em casa, recebeu meu e-mail?" Então, esperei meia hora e, quando cheguei lá, ele já havia saído outra vez. Típico.)

Sei que é duro para Toby e que as coisas não são fáceis para sua geração. Eu sei disso tudo. Mas acho que Tilda vai ter de ser firme. Ele precisa arranjar um emprego. Um lugar para morar. Em resumo, ter uma vida própria.

Na realidade, estou muito apreensiva quando bato à porta deles na noite de quinta-feira, temendo encontrar os dois no meio de uma briga de novo. Mas, ao abrir a porta, ela parece bem calma — bem--humorada, até, e tem uma música tocando ao fundo.

— Ele saiu — diz ela, sucinta. — Foi dormir na casa de amigos. Está tudo bem. Pronta?

— Acho que sim! — Solto uma risada nervosa. — Tanto quanto posso estar.

— E Dan? — Ela vira o pescoço para espiar a porta ao lado, como se ele pudesse surgir de repente.

— Acha que estou no grupo de leitura. — Sorrio. — Talvez você tenha de falar umas bobagens sobre nossa interessante discussão sobre Flaubert.

— Flaubert! — Ela solta uma gargalhada curta. — Bom, então entre, Madame Bovary.

Nos últimos três dias fiz uma pesquisa muito completa no Google sobre "ensaio *boudoir*" e, como resultado, estou bem equipada. *Mais* que equipada. Providenciei: spray bronzeador, cílios postiços, uma sacola de lingeries lindas, uma sacola de lingeries atrevidas, uma sacola de lingeries superatrevidas/hardcore para putas e um longo colar de pérolas falsas da Topshop. Fiz as unhas das mãos, dos pés, e escova no cabelo. Também tenho alguns acessórios que chegaram em uma caixa com embalagem discreta — eu disse a Dan que eram sapatilhas de balé novas para as meninas —, mas não estou muito certa sobre eles. (Na verdade, acho que a "máscara de pele de coelho vintage" foi definitivamente um erro.)

Venho fazendo poses em frente ao espelho em todas as oportunidades, olhando minha bunda para ver o tamanho dela e treinando uma expressão sedutora. Mas acho que vou precisar de uma taça de *prosecco* antes para me soltar. (Trouxe isso também.)

— O que você acha? — Tilda me arrasta para a sala, e eu fico boquiaberta. Ela tirou metade da mobília e o lugar está parecendo um estúdio fotográfico. Há grandes refletores sobre tripés, uma espécie de sombrinha branca e um único sofá no centro da sala, além de um biombo e um espelho de corpo inteiro.

— Incrível!

— Não é? — Tilda está contente. — Se der tudo certo, pensei em entrar de verdade nesse negócio. É um filão e tanto, essa história de ensaio *boudoir*.

— Você já usou equipamentos como estes antes? — pergunto, tocando curiosa a sombrinha.

— Não, mas é tudo bastante óbvio. — Tilda faz um gesto gracioso com a mão. — Estive pesquisando no Google. A casa está aquecida o bastante para você?

— Está uma sauna! — Nunca vi a casa de Tilda tão quente. Em geral ela segue o lema: "Aquecimento é para os fracos."

— Você tem de estar bem aquecida e relaxada. A propósito, gostei dos cílios — acrescenta Tilda, com admiração. — E o que você trouxe? — Ela enfia a mão em uma das minhas sacolas e tira o colar de pérolas. — Ah, muito bom. Um clássico do *boudoir*. A "foto do colar", como nós, fotógrafos de *boudoir*, chamamos.

Ela parece tão profissional que tenho vontade de rir. Também fico comovida por ela estar levando isso tão a sério.

— Pode trocar de roupa atrás do biombo — continua Tilda, abrindo e servindo o *prosecco*. — Depois vamos para a primeira pose. — Ela me entrega uma taça e consulta uma lista manuscrita intitulada *Sylvie: Poses*. — Sente-se no sofá e vá escorregando aos poucos no assento. Sua cabeça deve ficar erguida, a perna direita dobrada, a esquerda relaxada, as costas arqueadas, o sapato solto, pendurado no pé...

— Humm — eu digo, na dúvida. — Pode me mostrar?

— Mostrar? — Tilda parece espantada. — Bem, posso tentar, mas não sou muito flexível.

Ela se senta no sofá e escorrega para baixo. A meio caminho do chão, fica imóvel, uma perna apoiada no chão, a outra balançando, apontando para fora, e a cabeça jogada para trás. Os músculos do rosto estão contraídos de uma forma que parece que ela está sentindo dor. Dá a impressão de que ela está parindo. *Não deve* ser assim.

— Ai! — Ela se deixa cair no chão. — Entendeu?

— É... mais ou menos — digo, depois de uma pausa.

— Vai dar tudo certo! — diz ela jovialmente. — Eu dirijo você. Agora, o que você vai vestir?

Escolher a primeira roupa é muito divertido, e levamos quase meia hora nisso. Como exagerei um pouco na compra das lingeries, temos muitas opções. Acabamos escolhendo um conjunto de renda branca, meias finas brancas com risca atrás e ligas. Quando saio de trás do biombo sinto-me genuinamente sexy e empolgada. Dan não vai acreditar no que vê!

— Incrível! — exclama Tilda, que está mexendo na iluminação. — Agora, se você ficar na posição...

Sento-me no sofá, escorrego no assento e paro do mesmo jeito que Tilda fez. Quase imediatamente, os músculos das minhas coxas começam a arder. Eu deveria ter feito a série de musculação do *boudoir*.

— Pronta? — digo, depois do que parece uns dez minutos.

— Desculpe — diz Tilda, olhando para cima. — Ah, você está deslumbrante! Linda!

Ela tira algumas fotos, olhando para mim entre uma e outra.

— Sério? Tem certeza?

Tenho vontade de dizer: "Parece que estou parindo", só que pode soar estranho.

— Experimente pôr as mãos atrás da cabeça — sugere Tilda, clicando a torto e a direito. — Isso! Agora jogue o cabelo para trás. Linda! De novo!

Vinte jogadas de cabelo depois, minhas pernas não aguentam mais e eu desabo no chão.

— Excelente! — exclama Tilda. — Vamos dar uma olhada?

— Vamos!

Levanto-me depressa e corro para a câmera. Tilda passa as fotos e nós as fitamos em silêncio.

As imagens estão tão longe do que imaginei que não sei o que dizer. Mal se pode ver meu rosto. Mal se pode ver a lingerie sexy. As fotos estão inteiramente dominadas por minhas pernas nas meias brancas, que estão de tal forma iluminadas que parecem meias de compressão luminosas. Em metade das fotos meu cabelo está cobrindo meu rosto, não de um jeito sexy, mas de um jeito desgrenhado e desleixado. E pareço *mesmo* em trabalho de parto.

— Minhas pernas estão... — digo, enfim.

Não quero dizer imensas, gordas e brancas. Mas essa é a verdade.

— Eu não acertei *exatamente* com a iluminação — diz Tilda depois de outra pausa longa. Sua animação diminuiu e há uma ruga entre suas sobrancelhas. — Não acertei *mesmo*. Não tem importância. Vamos para a segunda pose.

Visto uma nova lingerie — um *body* de renda vermelha — e fico de quatro, seguindo as instruções de Tilda.

— Agora, incline-se para a frente de joelhos... pernas afastadas... mais afastadas...

— Elas não se *afastam* mais do que isso — digo, arfando. — Não sou nenhuma ginasta!

— Ok, agora levante o queixo — instrui Tilda, me ignorando. — Apoie todo o peso do corpo em um dos braços, se puder... levante os peitos com o outro braço... me dê um olhar sexy...

Meus joelhos estão me matando. Meu braço está me matando. E agora tenho que fazer um olhar sexy? Bato os cílios e o flash espoca algumas vezes.

— Humm — diz Tilda, estreitando os olhos, em dúvida, para a tela da câmera. — Pode levantar a bunda para termos um ângulo melhor?

Com um esforço imenso, tento arquear as costas e empurrar a bunda mais alto no ar.

— Humm — repete Tilda. — Não. Acho que eu quis dizer, levante a cabeça. — Ela olha a tela como se estivesse confusa. — Você consegue curvar a bunda um pouquinho mais?

— Curvar mais a bunda? — O que isso significa? Minha bunda é minha bunda. — Não. — Eu me sento e esfrego os joelhos. — Ai! Preciso de joelheiras. — Fico em pé e esfrego as pernas. — Posso dar uma olhada?

— Não — responde Tilda, apressada, quando me aproximo. — Não, melhor você não ver estas. Quero dizer, estão *lindas*, absolutamente *deslumbrantes*, mas acho que vou deletá-las... — Ela aperta um botão da câmera repetidas vezes e depois olha para cima com um sorriso radiante. — Aquela pose não deu muito certo. Mas tenho outra ideia. Vamos usar o vão da porta.

O vão da porta é o pior de tudo. Dessa vez insisto em ver as fotos, nas quais pareço um gorila. Um gorila pálido e sem pelos com uma peruca loura, dependurado no batente da porta, de sutiã e calcinha pretos. Dessa vez, a luz se acumula implacavelmente na minha barriga. Não se consegue ver meu rosto, mas minhas estrias, sim, em detalhes gloriosos. Se Dan visse essa foto, provavelmente nunca mais transaríamos.

— Eu posso *com toda certeza* melhorar estas aqui com o Photoshop — Tilda fica dizendo enquanto passamos as fotos, mas posso ver que ela está perdendo a confiança. — É mais difícil do que pensei — conclui ela, soltando um suspiro. — Quer dizer, tirar as fotos é fácil, difícil é fazer com que fiquem *bonitas*.

Ela fita uma imagem particularmente macabra de mim, estremece e serve mais *prosecco* na minha taça.

Nós duas tomamos alguns goles, e Tilda experimenta distraidamente meu espartilho de cetim preto, enrolando-se nele de vários jeitos.

— Acho que precisamos de algo mais simples — diz ela finalmente. — Vamos usar a pose à prova de falhas.

— Qual é a pose à prova de falhas?

— Ela se adapta a todos os formatos e tamanhos — diz ela, mais confiante. — Li sobre isso em um site. Você se deita no sofá com as pernas cruzadas e olha fixo para a câmera. Tenho as instruções de iluminação também.

Deitar no sofá soa bem melhor do que ajoelhar no chão, ou me pendurar de cabeça para baixo nas costas de uma cadeira, que foi a outra ideia dela.

— Ok — concordo com a cabeça. — O que vou vestir?

Mas Tilda ainda está ocupada com meu espartilho.

— *Como* esta coisa funciona? — pergunta ela de repente. — Não consigo entender. Onde está a parte de cima? A parte dos peitos?

— Não tem parte de cima — digo a ela. É um espartilho cinta. Você pode usar sutiã com ele. Ou não.

— Ah, *entendo*. Bem, perfeito! — Algo parece tomar conta de sua imaginação. — Vista isso e uma calcinha, e nada mais. Deite-se no sofá. Brinque com as pérolas. Vai ficar ótimo. Dan vai enlouquecer.

— Certo. — Eu hesito. — Então... uma foto de topless, você quer dizer.

— Exatamente! Vai ficar maravilhosa!

Não estou tão certa disso. Posar de lingerie é uma coisa. Mas sem sutiã? Na frente de Tilda?

— Você não vai ficar constrangida? — arrisco.

— Claro que não! — diz ela alegremente. — Já vi seus peitos antes, não vi?

— Viu?

— Não vi, não? — Ela franze a testa. — Fazendo compras com você ou algo assim? Não vi rapidamente no provador?

Tenho certeza de que Tilda não viu meus peitos no provador. E eu ainda não me sinto à vontade com essa ideia. Quer dizer, não sou *pudica*. Não sou. De verdade. É só que...

— Você está constrangida? — Tilda olha para mim como se o pensamento tivesse acabado de passar pela sua cabeça.

— Bem... — Dou de ombros, sem jeito.

— E se eu mostrar os meus? É justo. — Eu abro a boca, espantada, enquanto ela levanta a blusa e abre o sutiã de fecho frontal, expondo dois seios bem grandes e cheios de veias. — São horríveis, não são? — diz ela, tranquilamente. — Amamentei Toby por dois anos, você sabe, burra que eu era. Não me surpreende que ele não queira sair de casa.

Não sei o que dizer. Ou para onde olhar. Devo dizer "São lindos"? O que se *diz* sobre os seios da sua amiga? A verdade é que eles não são lindos no sentido convencional, mas são lindos porque são exatamente como Tilda. Reconfortantes, volumosos e do estilo dela.

Felizmente ela não parece estar à espera de um comentário. Torna a fechar o sutiã, abaixa a blusa e sorri.

— Ok, Sylvie sexy — diz ela. — Sua vez.

E de repente me sinto boba por hesitar. Essa é Tilda. E são apenas peitos, pelo amor de Deus.

— Ok! — pego o espartilho. — Vamos nessa!

— Vou buscar meu conjunto extra de filtros de lente — diz Tilda. — Já volto.

Tiro depressa o sutiã que estou usando, ajusto o espartilho de cetim no corpo e o fecho tão apertado que mal consigo respirar. Calço os sapatos de salto altíssimo, sapatos de *stripper*, arrumo o colar de pérolas ao redor do pescoço e me examino no espelho. Tenho de dizer, este espartilho me favorece muito. Na verdade, estou bem gostosa. Meus peitos estão... bem, estão ok. Tendo em mente o que já fizeram. Ainda dão pro gasto. Quando ouço Tilda voltando, vou desfilando até a porta.

— Então, o que acha *disto*? — digo, e escancaro a porta com uma das mãos no quadril.

Toby está parado na minha frente. Na fração de segundo que se passa antes de eu poder reagir, vejo os olhos dele se fixando em meus mamilos, suas pupilas se dilatando e seu queixo caindo.

— Ai! — eu me ouço gritar antes de me dar conta de que estou gritando. — Ai! Desculpa! — Cubro meus seios nus com as mãos, o que é *exatamente* uma pose de um ensaio *boudoir*.

Um som rouco vem de Toby também.

— Ai, meu Deus! — Ele parece até mais consternado que eu, e põe a mão diante dos olhos. — Sylvie, me desculpe! Ai! Mãe...

— Toby! — Tilda entra no hall, repreendendo-o. Ela me joga uma *pashmina* que estava no corrimão e eu mais que depressa me enrolo nela. — O que você está fazendo aqui? Eu disse a você que Sylvie vinha para cá!

— Pensei que vocês iam só beber um vinho, como costumam fazer! — retruca Toby, defendendo-se. — Não... — Ele olha além de mim. — Estão tirando *fotos*?

— Não conte para o Dan — peço.

— Ok. — Os olhos dele descem até meus sapatos de salto muito alto e sobem de novo. — Ok.

Isto é humilhante. Nunca me senti tanto como uma trágica esposa suburbana, tentando desesperadamente manter o marido interessado, porque do contrário ele vai comer a secretária, na verdade ele provavelmente já comeu, e adivinhe, ela usa apenas a cueca boxer dele na cama, mas e daí, ela tem 21 anos e usa sutiã tamanho 44.

(Ok, esta foi uma linha de raciocínio *verdadeiramente* dispensável.)

— Enfim! — digo, num tom de irritação. — Então. Hum. Terminamos aqui, não, Tilda? Bom ver você, Toby.

— Bom ver você também, Sylvie — responde Toby educadamente. — Ah, recebi seu e-mail sobre o site. Que tipo de CMS você tem em mente?

— CMS? — repito, sem entender.

— É a sigla para sistema de gerenciamento de conteúdo. Porque você precisa pensar em escalabilidade, plug-ins, e-commerce... Você sabe que tipo de funcionalidade está buscando?

— Bem, talvez fosse melhor discutirmos isso outra hora — digo numa voz estridente. *Tipo quando eu estiver vestida...* — Seria ótimo.

— Sem problema — replica Toby tranquilamente. — Quando quiser.

Ele sobe a escada com passos pesados e Tilda e eu nos entreolhamos. De repente Tilda cobre a boca e explode numa gargalhada.

— Você tem de admitir — diz ela depois de controlar o riso. — Foi muito engraçado.

— Não foi não! — contesto em tom de censura. — Foi traumatizante! Toby está traumatizado! Vamos todos precisar de terapia depois disso!

— Ah, Sylvie. — Tilda dá um gorgolejo final. — Não fique traumatizada. Quanto a Toby, é bom para ele ver que a geração mais velha ainda tem um certo tchan. Venha, vamos tirar uma foto sua com esse espartilho. Você está maravilhosa — ela acrescenta.

— Não. — Eu me enrolo ainda mais na *pashmina*, me sentindo desanimada. — Não estou mais no clima. Me sinto velha e idiota e... você sabe. Desesperada.

Tilda fica em silêncio por um instante, me estudando com seus olhos gentis e perspicazes.

— Vá para casa — diz ela de repente. — Sylvie, você não precisa de um álbum de fotos sensuais. De qualquer forma, eu sou uma bosta de fotógrafa.

— Não é não — começo, por educação, mas Tilda resfolega.

— Eu não teria conseguido fazer você parecer mais horrível se fosse essa a minha intenção! De qualquer forma, para quê fotografias? Vá para casa vestida assim. — Ela aponta para mim. — Acredite, se isso não alegrar o dia de Dan, tem alguma coisa errada com ele.

Olho na direção da parede que divide as duas casas e imagino Dan do outro lado, comendo seu filé de salmão, assistindo ao canal de esportes na TV da cozinha, acreditando sinceramente que Tilda e eu estamos discutindo Flaubert.

— Você tem razão. — Sinto uma súbita onda de otimismo e adrenalina. — Tem razão!

De repente toda essa empreitada parece artificial e estranha e meio *exagerada*.

— Deixe suas coisas aqui — diz Tilda. — Pegue amanhã. — Ela me entrega minha bolsa. — Se eu fosse você, iria para casa agora vestida com essa *pashmina*, a arrancaria e agarraria Dan. Vou aumentar o volume da TV — ela acrescenta com uma piscadela. — Não vamos ouvir nada.

Quando entro, Dan está sentado à mesa da cozinha, exatamente como imaginei. O prato com a pele do salmão deixado de lado. O futebol na TV. A cerveja aberta. Os pés apoiados em uma cadeira. Se Vermeer estivesse aqui, poderia ter feito um estudo perfeito dele: *Homem com Esposa no Clube de Leitura.*

— Oi. — Ele levanta a cabeça com um sorriso distraído. — Voltou cedo.

Retribuo o sorriso.

— Nós concluímos rápido. Não há muito mais que dizer sobre Flaubert.

— Humm. — A atenção dele volta para a tela e ele toma um gole de cerveja.

Ele não vai dizer: "Por que você está vestida apenas com uma *pashmina* e de salto alto?"

Claro que não. Claro que ele pensa que é um vestido.

— Dan. — Eu me planto em seu campo de visão e começo a desenrolar a *pashmina* em meu mais sedutor estilo ensaio sensual.

— Vamos *lá*...

Não posso acreditar. Ele está tentando olhar a tela por trás de mim, como se eu fosse um obstáculo irritante, porque alguma coisa bem mais empolgante obviamente está acontecendo no campo de futebol.

— Vamos lá! — Ele cerra o punho. — Vamos lá!

— Dan! — digo bruscamente, e deixo a *pashmina* cair de uma vez só. Ok, *agora* tenho a atenção dele.

Faz-se silêncio, exceto pelo rugido da torcida no jogo de futebol. Dan me fita com olhos arregalados, totalmente sem fala. Ele ergue uma das mãos para acariciar um dos meus seios, como se nunca o tivesse visto antes.

— Bem — diz, por fim, a voz um pouco rouca. — Isso é interessante.

Dou de ombros, de forma displicente.

— Surpresa.

— É mesmo.

Lentamente ele começa a brincar com o colar de pérolas, apertando as pérolas entre os meus seios, esfregando os mamilos com elas, deslizando-as para cima e para baixo em minha pele, os olhos fixos nos meus. Eu *sei* que o colar de pérolas é um clichê dos ensaios *boudoir* ou o que seja, mas, na verdade, isso é muito sensual. É tudo muito sexy. Os saltos altos, o espartilho — e a expressão de Dan, em especial. Eu não o vejo assim há muito tempo: como se alguma coisa imensa e poderosa estivesse tomando conta dele e ninguém pudesse detê-la.

— As crianças estão dormindo — digo com a voz rouca, pegando o controle remoto e desligando a TV. — Podemos fazer qualquer coisa. Experimentar qualquer coisa. Ir a qualquer lugar. Ser o que quisermos.

Dan já está olhando para um banco alto ali perto, cheio de intenções. Ele está sempre disposto a transar em um daqueles bancos. Eu, não muito. Eles sempre acabam se enterrando nas minhas coxas.

— Talvez alguma coisa diferente — digo depressa. — Algo que nunca fizemos. Algo ousado. Me surpreenda.

Faz-se outro silêncio tenso, quebrado apenas pelos estalos das pérolas nos dedos de Dan. Os olhos dele estão distantes. Posso ver que está muito concentrado. Minha própria mente está percorrendo várias possibilidades deliciosas e se fixando naquela tinta corporal de chocolate que uma vez comprei para o Dia dos Namorados... humm, onde será que ela está?... quando os olhos de Dan parecem se abrir bruscamente.

— Certo — diz ele. — Vista o casaco. Vou pedir a Tilda para olhar as meninas.

— O que vamos fazer?

— Você vai ver. — Ele me lança um olhar que me faz estremecer com a expectativa.

— Preciso me vestir?

— Ponha só um casaco. — Seus olhos descem para minha calcinha preta de renda. — Você também não vai precisar disso.

Ok, isso é *muito* melhor que um álbum de fotos sensuais. Quando escolho meu casaco mais sexy, depois de tirar a calcinha, e me certifico de que as pessoas que passarem por mim não vão ter uma visão de raios X quando eu caminhar, Dan está de volta, agora com Tilda a reboque.

— Vai jantar fora, pelo que ouvi, Sylvie? — diz Tilda num tom superinocente. — Ou é mais como sobremesa ao ar livre? — Ela olha para meus saltos superaltos de forma tão cômica que mordo o lábio.

— Dan está no comando. — Imito seu tom inocente. — Então. Quem sabe?

— Um bom homem. — Os olhos dela brilham maliciosamente. — Bem, divirtam-se. Não precisam voltar correndo.

Dan chama um táxi e dá ao motorista um endereço que não consigo ouvir. Viajamos em silêncio, meu pulso se acelerando enquanto a mão de Dan desliza devagar por dentro do meu casaco. Tenho a sensação de que vou quase desmaiar de tesão. Não fazemos nada assim há séculos. Talvez nunca tenhamos feito. E eu nem sei ainda o que vamos fazer.

Após um curto trajeto, saltamos numa esquina em Vauxhall. Vauxhall? Isso é tudo muito inesperado.

— O quê? — começo, olhando ao redor. — Onde estamos...

— Shh — Dan me interrompe. — Por aqui.

Ele me conduz rapidamente por uma praça desconhecida, como se tivesse estado aqui um milhão de vezes. Passamos por uma igreja na esquina. Atravessamos o pequeno cemitério e nos aproximamos de um antigo portão de madeira em um muro de tijolos, com um teclado numérico ao lado.

— Ok — diz Dan para si mesmo quando paramos. — A única questão é: será que mudaram o código?

Estou perplexa demais para responder. Que raio de lugar é esse?

Dan insere um código, e eu ouço o clique do portão se destrancando. Em seguida ele o empurra, abrindo-o devagar. E eu não acredito: é um jardim. Um jardinzinho totalmente deserto. Olho adiante, boquiaberta, e Dan me estuda com uma aura de satisfação.

— Surpresa — diz ele.

Eu o sigo, olhando tudo à volta, maravilhada. Que lugar é esse? Há canteiros elevados. Treliças. Macieiras entrelaçadas. Rosas. É um pequeno paraíso no coração de Londres. E, no centro de tudo, um arranjo de cinco esculturas modernas abstratas — todas de madeira, feitas de curvas sinuosas enlaçadas.

É na direção delas que Dan está me levando, autoritariamente, como se fosse dono do lugar. Sem falar, ele me pressiona contra uma escultura e começa a me beijar com determinação, tirando meu casaco, segurando meus seios nus, sem dizer uma palavra. A curva suave da escultura se ajusta ao meu corpo perfeitamente. O ar resfria minha pele. Posso sentir o cheiro de rosas; ouvir a risada dos passantes do outro lado do muro, que não têm a menor ideia do que estamos fazendo. Isso é surreal.

Quero perguntar: "Onde estamos?", "Como você sabia deste lugar?" e "Por que nunca viemos aqui antes?", mas Dan já está me puxando para outra das esculturas. Ele encaixa meus braços e pernas habilmente em suas curvas, como se fosse feita sob medida. Durante trinta segundos ele simplesmente me olha, esparramada na madeira, como se fosse sua sessão privada de um ensaio *boudoir*. A um milhão de quilômetros de ligas brancas e *prosecco*.

Então ele tira as próprias roupas, sem pausas, sem hesitações, sem espanto, uma expressão de urgência. Objetivo. Sério. Essa escultura foi *projetada* para o sexo? Não posso deixar de me perguntar. E como é que Dan sabe sobre ela? E o que... por que...?

Momentos depois, arquejo, em choque, quando Dan me leva no colo para uma terceira escultura, cujas curvas são ainda mais estranhas. Com mãos firmes, ainda sem falar, ele me manobra para a mais estranha de todas... Espere, *o que* ele quer que eu faça? Sinto uma certa vertigem. Minhas pernas começam a tremer nessa posição pouco familiar. Eu nunca *soube*... Como foi que ele *pensou* em... Enquanto o ensaio *boudoir* era "soft", isso agora é explícito, proibido para menores de 18...

Eu não fazia a menor ideia de que Dan sequer...

Ai, meu Deus. Meus pensamentos se esvaem. Posso ouvir minha respiração saindo em arfadas. Eu me agarro com força à madeira. Vou explodir. Isso não é uma "surpresa". É algo "sísmico".

Não creio que eu já tenha me sentido tão saciada em toda a minha vida. Estou quase trêmula. O que *foi* aquilo?

Quando enfim acabamos — mesmo —, nos aninhamos na curva de uma das esculturas (elas são *tão* apropriadas ao sexo) e fitamos o céu. Não há estrelas por assim dizer — está muito nublado —, mas há o cheiro de rosas e jasmim, e o ruído da água de uma fonte que eu não havia notado antes.

— Uau — digo, por fim. — Essa foi a melhor surpresa do mundo. Você ganhou.

— Bem, se você vai se vestir como uma prostituta... — Posso sentir Dan sorrir na escuridão.

— Então, que lugar é este? — Faço um gesto amplo com um braço nu. — Como é que você sabia dele?

— Eu simplesmente sabia. É maravilhoso, não é?

Faço que sim com a cabeça, sentindo meu batimento cardíaco desacelerar.

— Incrível.

O frio não me incomoda: ainda estou inundada por um brilho róseo, com endorfinas correndo pelo meu corpo. (Será que estou falando de feromônios? Hormônios amorosos e sensuais, pelo menos.) Na verdade, me sinto bastante eufórica. Finalmente, tudo funcionou! O Projeto Me Surpreenda resultou nessa noite surpreendente, sublime e transcendental, que vamos lembrar para sempre. Eu me sinto tão *conectada* com Dan nesse momento. Qual foi a última vez que nos deitamos nus à noite ao ar livre? Devíamos fazer isso mais vezes. O tempo todo.

Mas como é que ele sabia desse lugar?, penso preguiçosamente. Ele não respondeu à pergunta.

Cutuco Dan.

— Como exatamente você sabia daqui?

— Ah — diz Dan, bocejando. — Bem, na verdade, eu ajudei a criar este lugar.

— Você *o quê*? — Eu me apoio em um cotovelo para olhá-lo.

— Na faculdade, no verão após o primeiro ano. Fui voluntário por um tempo. — Ele dá de ombros. — É um jardim comunitário. Eles permitem a entrada de grupos para estudar horticultura, fitoterapia, esse tipo de coisa.

— Mas... como assim? Por que um jardim?

— Bem — diz Dan, como se fosse óbvio —, você sabe que gosto de jardinagem.

Eu sei *o quê*?

— Não, não sei. — Eu o olho, perplexa. — Como assim, você gosta de jardinagem? Você nunca se interessou por jardinagem. Você nunca fez um jardim em casa.

— É verdade. — Dan faz cara de quem lamenta. — Ocupado demais com o trabalho, acho. E com as gêmeas. E agora nosso jardim é basicamente um playground, com as casas de brinquedo.

— Certo. — Puxo o casaco em torno dos ombros, digerindo isto.

— Meu marido, o jardineiro. Eu nunca soube.

— Não é nada de mais. — Dan dá de ombros. — Talvez eu retome quando me aposentar.

— Mas, peraí. — Um novo pensamento me ocorre. — Como você sabia que essas esculturas eram tão... adequadas a esse propósito?

— Eu não sabia — diz Dan. — Mas eu sempre olhava para elas e imaginava. — Ele pisca para mim, maliciosamente. — Eu imaginava muito.

— Ah. — Retribuo o sorriso, deslizando a mão afetuosamente por seus ombros. — Queria ter sido sua namorada naquele tempo. Mas naquele ano... — Enrugo a testa, tentando lembrar. — Sim. Eu estava comprometida.

— Eu também — diz Dan. — E eu não queria que tivéssemos nos conhecido naquele tempo. Acho que nos encontramos no momento certo. — Ele me beija ternamente e eu sorrio, distraída. Meu cérebro, porém, está se agarrando a uma coisa. Ele estava comprometido?

— Com quem você estava comprometido? — pergunto, intrigada. Minha mente já está percorrendo a lista das ex-namoradas de Dan. (Eu já o questionei exaustivamente sobre esse tema.) — Charlotte? Amanda?

Com certeza não era nenhuma dessas por causa do *timing*...

— Na verdade, não. — Ele se espreguiça, com outro enorme bocejo, então me puxa mais para ele. — Importa quem era?

Minha mente se debate entre duas respostas. A do tipo não vamos arruinar o momento: *não*. E a do tipo eu tenho de saber: *sim*.

— Não *importa* — digo, por fim, em um tom leve e descontraído. — Não estou dizendo que *importa*. Só estou curiosa para saber. Quem era.

— Mary.

Ele sorri para mim e beija minha testa, mas eu não reajo. Todo o meu radar interno entrou em ação. Mary? Mary?

— Mary? — Tento uma risadinha. — Não me lembro de você mencionar nenhuma Mary, nunca.

— Tenho certeza que já falei dela — diz ele naturalmente.

— Não falou não.

— Tenho certeza que sim.

— *Não* falou. — Há uma ponta de fel na minha voz. Tenho todas as ex-namoradas de Dan catalogadas em meu cérebro, da mesma forma que os agentes do FBI têm os Mais Procurados da América. Não existe e nunca existiu uma Mary. Até agora.

— Bem, talvez eu a tenha esquecido — diz Dan. — Para ser franco, eu tinha me esquecido deste lugar. Tinha esquecido tudo dessa época da minha vida. Foi só quando você disse "algo ousado"... — Ele se inclina sobre mim novamente, os olhos cheios de malícia. — Essas palavras despertaram uma coisa em mim.

— Estou vendo! — digo, correspondendo ao seu tom e decidindo deixar de lado o assunto Mary. — Venha então. Me leve numa visita guiada.

Enquanto Dan me guia pelas passagens, apontando as plantas, fico ligeiramente chocada com o seu domínio do assunto. Pensei que conhecesse Dan por dentro e por fora. E, no entanto, aqui está esse rico veio de paixão que ele nunca compartilhou comigo.

Quero dizer, isso é maravilhoso, porque poderemos definitivamente melhorar o nosso jardim. Podemos fazer disso um hobby familiar. Ele pode ensinar as meninas a eliminar as ervas daninhas... usar a enxada... E os presentes! *Yes!* Tenho de resistir a um súbito impulso de comemorar com um gesto do punho. Todos os seus presentes para os próximos vinte anos estão resolvidos! Posso comprar ferramentas de jardinagem e plantas e todos aqueles itens engraçados dizendo "Jardineiro Chefe".

Mas eu mesma preciso aprender mais sobre jardinagem. À medida que avançamos, percebo o quanto sou inexperiente no assunto. A toda hora penso que ele está falando sobre um arbusto quando está se referindo a uma trepadeira, ou vice-versa. (Os nomes em latim não ajudam em nada *mesmo*.)

— Que árvore incrível — digo quando chegamos ao canto mais afastado da entrada. (Pelo menos com "árvore" não tenho como errar.)

— Foi ideia da Mary. — Os olhos de Dan se suavizam. — Ela tinha uma queda por espinheiros.

— Certo — digo, forçando um sorriso educado. Essa é a terceira vez que ele menciona Mary. — Maravilhosa. E essa pérgola é linda! Eu nem tinha notado de início, escondidinha ali.

— Mary e eu que a erguemos — diz Dan em tom saudoso, dando tapinhas na estrutura de madeira. — Usamos madeira de demolição. Levamos um fim de semana inteiro.

— Muito bem, Mary! — digo em tom sarcástico, antes que consiga me conter, e Dan me olha, surpreso. — Quero dizer... incrível!

Passo meu braço pelo de Dan e sorrio para ele, tentando encobrir o fato de que todas aquelas breves menções a Mary estão me caindo como alfinetadas de irritação. Para uma mulher da qual eu nunca nem tinha ouvido falar há três minutos, ela parece extraordinariamente presente em nossa conversa.

— Então, era sério, entre você e Mary? — Não posso deixar de perguntar e Dan faz que sim com a cabeça.

— Foi, por um tempinho. Mas ela estava estudando em Manchester, e foi esse o motivo de terminarmos, acho. — Ele dá de ombros. — Muito longe de Exeter.

Eles não terminaram porque tiveram uma briga ou porque dormiram com outras pessoas, registro em silêncio. Foi uma questão de logística.

— Tínhamos todo tipo de sonhos — continua Dan. — Íamos ter uma pequena propriedade juntos. Vegetais orgânicos, esse tipo de coisa. Mudar o mundo. Como eu disse, era um outro eu. — Dan olha o jardim à sua volta e balança a cabeça com um sorriso irônico. — Vir aqui é estranho. Me levou de volta à pessoa que eu era naquela época.

— Você era tão diferente assim? — pergunto, me sentindo outra vez desconcertada. Ele tem um brilho nos olhos que nunca vi antes. Distante e meio saudoso. Saudoso do quê, exatamente? Essa deveria ser uma noite sublime e transcendental nossa, não uma recordação sobre um relacionamento muito antigo.

— Ah, eu era diferente, era sim. — Ele ri. — Peraí. Acho que tem uma foto...

Ele procura por um tempo no celular, então o estende para mim.

— Aqui.

Eu o pego e me vejo olhando para um website cujo cabeçalho é *O Jardim Secreto de St. Philip: Como Começamos*.

— Está vendo? — Dan aponta para uma foto de aspecto antigo de dois jovens de jeans, segurando pás e forquilhas enlameadas. — Esta é Mary... e este sou eu.

Já vi fotos da juventude de Dan antes. Mas nunca dessa época. Ele parece tão *magrinho*. Está com uma camisa xadrez e com uma bandana estranha na cabeça, e seu braço aperta Mary com firmeza. Dou um zoom e a examino criticamente. Afora o cabelo arrepiado, ela é bonita. Bonita de verdade. De uma maneira integral, orgânica e com covinhas. Pernas bem longas e esguias, noto. Seu sorriso é radiante, as bochechas estão coradas e o jeans está imundo. Não consigo imaginá-la em um ensaio *boudoir*. Mas tampouco consigo imaginar Dan como jardineiro.

— Eu me pergunto o que ela estará fazendo agora? — Dan pondera.

— É louco pensar que eu simplesmente me *esqueci* dela. Afinal, por um tempo fomos... — Ele se interrompe, como se percebesse aonde isso o está levando. — Enfim.

— Que louco! — digo com uma risadinha estridente. — Bem, aqui está você. Está ficando com frio?

Devolvo o celular, mas ele não o pega. Está olhando, transfixado, para a pérgola. Parece perdido em... o quê? Pensamentos? Lembranças? Lembranças dele e Mary, aos dezenove anos, ágeis e idealistas, construindo sua pérgola com madeira de demolição?

Transando na pérgola? Depois que todos os outros tinham ido embora?

Não. Não siga essa linha de pensamento.

— No que você está pensando? — pergunto, tentando soar alegre e despreocupada, mas na verdade refletindo: Se ele disser "Mary", eu vou...

— Ah. — Dan desperta e me lança um olhar evasivo. — Nada. De verdade. Nada.

DEZ

Alguma coisa despertou em mim ali.

Fico lembrando das palavras de Dan, sempre com uma sensação de mau agouro. Não consigo parar de ver a expressão no rosto dele, como que transportado. Transportado para longe de mim, para algum outro tempo, dourado e feliz, de flores perfumadas e trabalho simples na terra, e garotas de dezenove anos com sorrisos radiantes e covinhas.

Seja o que for que aquele jardim secreto "despertou nele", eu gostaria muito que voltasse a dormir agora, muito obrigada. Queria muito que ele esquecesse tudo sobre o jardim, Mary e a "pessoa diferente" que ele era na época. Porque — notícia fresquinha — nós não estamos mais naquela época, e sim agora, hoje. Ele não tem mais dezenove anos. Está casado e é pai. Será que ele esqueceu tudo isso?

Sei que eu não deveria tirar conclusões precipitadas sem provas. Mas *existem* provas. Tenho certeza de que, ao longo dos cinco dias desde que visitamos o jardim, Dan está pensando em Mary. Pensando *clandestinamente*, devo esclarecer. Sozinho. Longe de mim.

Não sou uma mulher desconfiada. Não sou. Acho perfeitamente razoável dar uma olhada no histórico de busca no navegador do computador do meu marido. É parte da dinâmica intrínseca à vida de casado. Ele vê meus lenços de papel usados na lata de lixo — eu vejo o funcionamento da mente dele, tudo amplamente disponível em seu notebook, sem nenhuma tentativa de ocultação.

Francamente. Era de *esperar* que ele tivesse sido mais discreto.

Não consigo decidir se me sinto bem ou não com o fato de ele não ter apagado o histórico. Por um lado, isso poderia significar que ele não tem nada a esconder. Por outro, poderia significar que não tem nenhuma noção de como as mulheres são, nem nenhuma noção de nada, ou talvez nem mesmo um cérebro. O que foi que ele achou? Que eu *não ia* vasculhar seu notebook depois de ele revelar uma namorada secreta com covinhas que não via fazia anos e que nunca tinha mencionado antes?

Fala sério.

Ele a procurou no Google de diversas maneiras: *Mary Holland. Trabalho Mary Holland. Marido Mary Holland.* A questão é: por que ele precisa saber sobre o marido de Mary Holland (que, por acaso, não existe)? Mas não vou me humilhar a ponto de trazer o assunto à baila. Não sou tão insegura. Não sou esse tipo de esposa.

Em vez disso, pesquisei no Google um dos *meus* antigos namorados — digitei *Matt Quinton executivo carro importado muito sexy* — e deixei meu notebook aberto na mesa da cozinha. Até onde sei, ele nem notou. Ele é tão irritante!

Então resolvi mudar de tática. Comprei uma revista de jardinagem e tentei puxar uma conversa sobre o nosso jardim, se deveríamos plantar cosmos, gazânias e petúnias. Insisti por uns dez minutos, até usei alguns nomes em latim e, no fim, Dan disse: "Hum, talvez", de um jeito distraído.

Hum, talvez?

Pensei que ele amasse jardinagem. Pensei que fosse sua paixão adormecida. Ele devia ter *agarrado* a oportunidade de conversar sobre cosmos, gazânias e petúnias.

E isso deixou uma pergunta martelando na minha cabeça. Uma pergunta mais preocupante ainda. Se não era em jardinagem que ele estava pensando tão nostálgico na outra noite... em que era então? Não toquei mais no assunto. Não diretamente. Apenas disse: "Pensei que você quisesse cuidar do jardim, Dan." E ele respondeu: "Ah, quero, sim. Devíamos fazer um planejamento." E foi mandar e-mails.

E agora, é claro, ele está de péssimo humor porque hoje à tarde é a cerimônia de inauguração no hospital e ele tem de sair mais cedo do trabalho, se embecar todo, ser educado com a minha mãe e basicamente todas as coisas que ele mais odeia na vida.

As meninas acordaram ainda mais cedo que o normal e imploraram para brincar no quintal antes de irem para a escola, e assim Dan e eu estamos sentados num silêncio pouco habitual durante o café da manhã, enquanto dou os retoques finais em meu discurso sobre papai. Oscilo entre achar que está emotivo demais e pouco emotivo. Toda vez que o leio, fico com os olhos marejados, mas estou determinada a não chorar durante a cerimônia. Serei uma representante digna da família.

Mas o discurso está me levando de volta no tempo. A vida com papai foi, de certo modo, um tempo de ouro. Ou será que quero dizer apenas dourado? Lembro de verões intermináveis, sol, passeios de barco, mesas privilegiadas em restaurantes e *sundaes* especiais para a "Senhorita Sylvie". A piscadela de papai. A mão firme dele segurando a minha. Papai solucionando os problemas do mundo.

Quer dizer, ok, ele tinha algumas visões políticas incisivas com as quais eu não concordava *totalmente*. E ele não era muito fã de ser contrariado. Eu me lembro de um dia, quando criança, de chegar com mamãe à sala dele em seu trabalho e vê-lo passar uma descompostura no coitado de um empregado. Fiquei tão chocada que as lágrimas literalmente jorraram dos meus olhos.

Mas mamãe me tirou depressa da sala e explicou que todos os chefes precisavam gritar com os empregados às vezes. E depois papai veio ao nosso encontro, me beijou, abraçou, e me deixou comprar duas barras de chocolate na máquina de guloseimas que havia no corredor. Depois me levou a uma sala de reunião e disse aos empregados ali reunidos que um dia eu iria governar o mundo, e todos aplaudiram enquanto papai levantava minha mão como se eu fosse uma campeã. É uma das melhores lembranças da minha infância.

Quanto aos gritos — bem, todo mundo perde a cabeça de vez em quando. É simplesmente um defeito do ser humano. E papai era uma grande força positiva o restante do tempo. Um raio de sol.

— Dan — digo de repente enquanto releio minha narrativa de um caso engraçado de papai com o carrinho de golfe. — Vamos passar as férias na Espanha ano que vem.

— Espanha? — Ele se sobressalta. — Por quê?

— Quero voltar a Los Bosques Antiguos — explico. — Ou a algum lugar nas redondezas.

Não temos como bancar uma estada lá. Dei uma busca — o preço das casas está acima do que conseguiríamos pagar. Mas poderíamos encontrar um hotelzinho e ir passar pelo menos o dia em Los Bosques Antiguos. Perambular entre as casas brancas. Mergulhar os pés no lago. Pisar nas cheirosas agulhas de pinheiro da floresta vizinha. Revisitar meu passado.

— Por quê? — pergunta Dan novamente.

— Muita gente passa as férias lá — afirmo.

— Não acho que seja uma boa ideia. — Ele está com a cara amarrada e tensório. Claro que está. — É quente demais, caro demais...

Quanta bobagem. Só vai ser caro se ficarmos em um lugar caro.

— Os voos para a Espanha são baratos — argumento. — Podíamos procurar um camping. E eu poderia voltar a Los Bosques Antiguos. Ver como está agora.

— Não estou com vontade de ir até lá — diz Dan, por fim, e sinto uma fúria repentina ferver dentro de mim.

— Qual é o seu *problema*? — grito, e Anna entra correndo, vindo do jardim.

— Mamãe! — Ela olha para mim com olhos arregalados. — Não grita! Você vai assustar Dora!

Olho para ela sem entender. Dora? Ah, a maldita *cobra*. Bom, eu espero *mesmo* assustá-la. Espero que ela tenha um ataque cardíaco de susto.

— Não se preocupe, querida! — digo da forma mais tranquilizadora possível. — Eu só estava tentando fazer o papai entender uma coisa. E falei um pouco alto. Agora vá brincar com seu foguete.

Anna corre para fora novamente e eu me sirvo de mais chá. Mas minhas palavras ainda pairam no ar, sem resposta. *Qual é o seu problema?*

E, é claro, no fundo eu sei qual é o problema dele. Vamos caminhar entre aquelas casas brancas enormes, Dan vai ver a riqueza que eu tinha quando era criança e de alguma forma isso vai estragar tudo. Não para mim, mas para ele.

— Eu só queria ver aonde eu ia quando era criança — digo, olhando para baixo, para minha toalha de mesa nova. — Nada mais. Não quero gastar dinheiro, não quero ir lá todo ano, só quero fazer uma visita.

No meu campo de visão periférico, vejo Dan se recompondo.

— Sylvie — diz ele no que é claramente um esforço para ser razoável. — É impossível que você se lembre de Los Bosques Antiguos. Você só foi lá até os quatro anos.

— Claro que lembro! — protesto, impaciente. — Foi muito marcante para mim. Lembro da nossa casa com a varanda e o lago, de me sentar no píer, e do cheiro da floresta, da vista do mar...

Tenho vontade de acrescentar o que realmente sinto, que é: "Queria que papai nunca tivesse vendido aquela casa", mas provavelmente não cairia muito bem. Também não vou admitir que minhas lembranças são um pouquinho nebulosas. O que importa é que quero voltar.

Dan está calado. O rosto, imóvel. É como se ele não pudesse me ouvir. Ou talvez ele *possa* me ouvir, mas alguma coisa na cabeça dele fala mais alto e é mais insistente.

Meus níveis de energia estão despencando. Há um limite para o que se pode fazer. Às vezes sinto que o problema dele com meu pai é como uma pedra imensa, que eu terei de empurrar e arrastar por toda a nossa vida conjugal.

— Tudo bem — digo, por fim. — Nós vamos *aonde* no ano que vem?

— Não sei — responde Dan, e dá para ver que ele está na defensiva. — Algum lugar da Grã-Bretanha, talvez.

— Vamos visitar um jardim orgânico, por exemplo? — digo incisivamente, mas não tenho certeza se Dan entende minha provocação. Estou prestes a acrescentar "Espero que você contrate uma baby-sitter para a cobra", quando Tessa entra correndo, a boca formando um "O" de horror.

— Mamãe! — ela grita. — Mamãããe! Perdemos nosso foguete!

Quando o professor Russell abre a porta da casa, seus olhos parecem exibir uma centelha de humor, e de repente me pergunto: será que ele me ouviu gritando com Dan ainda há pouco? Ai, meu Deus, claro que ouviu. Eles não são surdos afinal, são? Ele e Owen provavelmente ficam sentados escutando Dan e eu como se fôssemos personagens de uma novela de rádio.

— Oi — começo educadamente. — Desculpa por incomodar, mas acho que o foguete da minha filha aterrissou na sua estufa. Mil perdões.

— Meu foguete de ar comprimido — esclarece Tessa, que insistiu em me acompanhar nessa visitinha e segura minha mão com força.

— Ah. Oh, puxa. — Os olhos do professor Russell ficam turvos, e posso ver que ele está tendo visões de Dan escalando e quebrando seu telhado de vidro.

— Eu trouxe isto — digo afobada, e mostro a vassoura com cabo retrátil na minha mão. — Prometo que vou ser muito cuidadosa. E, se não conseguir alcançar, chamo o lavador de janelas para pegar o foguete.

— Muito bem. — O rosto do professor relaxa em um sorriso. — Vamos "tentar a sorte", como dizem.

Enquanto ele nos conduz pela casa, olho curiosa ao redor. Uau. Muitos livros. *Muitos* livros. Atravessamos uma cozinha pequena e simples e um jardim de inverno minúsculo, com apenas duas poltronas e um rádio. E lá, ocupando a maior parte do jardim, está a estufa. Trata-se de uma estrutura modernista de metal e vidro, e se instalassem uma cozinha ali dentro, poderia muito bem ir para as páginas de uma revista de design de interiores.

Já posso ver nosso foguete, parecendo incompatível e infantil no telhado de vidro, mas estou mais interessada no que está lá dentro. Não é uma estufa como as das outras pessoas. Não há tomates, nem flores, nem móveis de ferro forjado. Parece mais um laboratório. Vejo mesas funcionais e fileiras de vasos, todos contendo o que parece ser o mesmo tipo de samambaia em diferentes estágios de crescimento, e um computador. Não, dois computadores.

— Isto é incrível — digo ao nos aproximarmos. — São todos o mesmo tipo de planta?

— São todas variedades de samambaia — responde o professor Russell com aquele sorriso radiante que ele tem, como se compartilhasse uma piada interna com alguém. (Com as plantas dele, provavelmente.) — As samambaias são meu objeto de estudo.

— Olhe, Tessa. — Aponto através dos painéis de vidro. — O professor Russell escreveu livros sobre estas samambaias. Ele sabe tudo sobre elas.

— Sabe tudo sobre elas? — repetiu o professor. — Ah, meu Deus, não, não, não. Estou apenas começando a decifrar os mistérios delas.

— Você está estudando sobre plantas na escola, não está, querida? — pergunto a Tessa. — Vocês plantaram agrião, não foi? — De repente me pergunto se poderíamos levar o professor Russell à escola das meninas para dar uma palestra. Eu ganharia *muitos* pontos com as outras mães.

— As plantas precisam de água — recita Tessa, aproveitando a deixa. — As plantas crescem na direção da luz.

— Muito bem. — O professor Russell sorri para ela com benevolência, e sinto uma onda de orgulho. Minha filha de cinco anos está discutindo botânica com um professor de Oxford!

— As pessoas crescem na direção da luz? — pergunta Tessa, daquele jeito gozador dela.

Estou prestes a dizer "Claro que não, querida!" e compartilhar um olhar divertido com o professor Russell. Mas ele responde baixinho:

— Sim, minha cara. Acredito que sim.

Ah, ok. Quem diria.

— Temos, é claro, muitos tipos diferentes de luz — continua o professor Russell, quase sonhadoramente. — Às vezes nossa luz pode ser uma fé, uma ideologia ou mesmo uma pessoa, e crescemos na direção dela.

— Nós crescemos na direção de uma *pessoa*? — Tessa acha isso hilário. — Na direção de uma *pessoa*?

— Claro. — Os olhos dele focalizam algo além do meu ombro; eu me viro e vejo Owen vindo em nossa direção.

Faz tempo que não vejo Owen de perto, e há algo nele que me faz prender a respiração. Ele parece translúcido. Mais frágil do que eu lembrava. Seus cabelos brancos estão esparsos, e as mãos, ossudas, dolorosamente magras.

— Bom dia — cumprimenta ele com uma voz charmosa, apesar de rouca. — Vim ver se nossas visitas gostariam de um café.

— Ah, não, obrigada — respondo depressa. — Viemos só pegar o brinquedo. Desculpe o barulho — acrescento. — Sei que às vezes fazemos uma verdadeira algazarra.

Vejo que os olhos do professor Russell encontram brevemente os de Owen, e tenho a repentina e absoluta certeza de que eles ouviram minha discussão com Dan. *Ótimo.* Mas, quase imediatamente, Owen sorri gentilmente para mim.

— Em absoluto. Não há do que se desculpar. Gostamos de ouvir as crianças brincando. — Ele olha a vassoura na minha mão. — Ah. Isso é engenhoso.

— Bem — digo, em dúvida —, veremos.

— Não espere aqui. — O professor Russell dá tapinhas na mão de Owen. — Você pode ver nossas tentativas do jardim de inverno.

Enquanto Owen retorna para a casa, estendo o cabo da vassoura e levanto o braço, e após algumas cutucadas o foguete cai nos meus braços.

— Muito bem! — aplaude o professor Russell. Em seguida ele se vira para Tessa. — E agora, minha cara, posso lhe dar uma plantinha como suvenir? Você vai ter de regar, cuidar e tomar conta dela.

— Ah, que gentileza sua! — exclamo. — Muito obrigada!

Estou pensando: Vou encarregar Dan de cuidar da planta. Isto é, se ele se interessa mesmo por jardinagem e não só por ex-namoradas com covinhas.

O professor Russell entra calmamente na estufa e emerge com uma pequena coisa verde dentro de um vaso.

— Dê um pouco de luz a ela, mas não muito — avisa ele, os olhos cintilando para Tessa. — E observe como ela cresce.

Tessa pega o vaso e depois ergue os olhos para ele, na expectativa.

— Mas precisamos de uma para Anna — diz ela.

— Tessa! — exclamo, horrorizada. — Não é assim que se fala! Você deve dizer "Muito obrigada pela linda planta". Anna é a irmã gêmea dela — explico em tom de desculpas ao professor Russell. — Elas cuidam uma da outra. Você pode *compartilhar* a planta com Anna — acrescento, dirigindo-me a Tessa.

— De jeito nenhum! — retruca o professor Russell na mesma hora. — Tessa tem razão. Como poderíamos esquecer Anna?

Ele volta depressa para a estufa e surge com uma segunda plantinha. Eu me encolho.

— Eu sinto muito. Tessa, você não deve pedir coisas às pessoas.

— Bobagem! — o professor Russell pisca para Tessa. — Se não cuidamos das pessoas que amamos, então para que servimos?

Quando Tessa se agacha e começa a examinar as plantas mais de perto, o olhar do professor Russell avança de novo além do meu ombro. Eu me viro e vejo que ele observa Owen, que está se acomodando em uma das poltronas no jardim de inverno, com uma manta sobre os joelhos. Vejo o professor Russell perguntar a ele, articulando as palavras sem som: "Você está bem?" e Owen fazendo que sim com a cabeça.

— Há quanto tempo vocês dois estão... — pergunto em voz baixa, sem saber direito como escolher as palavras. Estou certa de que eles não são só amigos, mas nunca se pode ter certeza.

— Nós nos conhecemos desde os tempos da escola — diz o professor Russell com suavidade.

— Ah, sei — digo, desconcertada. — Uau. É muito tempo. Então...

— Naquela época, Owen não percebia sua... verdadeira natureza, digamos. — O professor Russell pisca para mim. — Ele se casou... Eu me dediquei à pesquisa... Até que nos reencontramos oito anos atrás. A resposta à pergunta que acredito que você está fazendo é sim, eu o amei por cinquenta e nove anos. Grande parte desse tempo a distância, é claro.

Ele abre aquele sorriso luminoso de novo.

Estou sem fala. *Cinquenta e nove anos?* Enquanto examino seu rosto enrugado, sinto que o professor Russell está acima de mim em tudo. Está acima de mim no intelecto. No seu amor. Sinto o desejo de ficar aqui, fazer muitas perguntas a ele e absorver um pouco de sua sabedoria.

Então, de repente, noto que Tessa está arrancando uma folha de uma das plantas no vaso. Merda. É nisso que dá a curiosidade intelectual de uma criança de cinco anos.

— Bem, precisamos ir — digo, apressadamente. — Já tomamos demais o seu tempo. Muito obrigada, professor Russell.

— Por favor. — Ele sorri para mim. — Pode me chamar de John.

— John.

John nos conduz de volta pela casa e nos despedimos com apertos de mão calorosos e promessas de tomar um chá juntos qualquer dia.

No momento em que abro a porta de casa, estou tão absorta tentando imaginar John e Owen como adolescentes magricelas que a voz de Tilda me faz pular.

— Sylvie! — Ela vem andando a passos largos, vestida com um terninho vinho meio antiquado, e acena para mim de um jeito mais do que vigoroso. — Como estão as coisas?

— Ah, oi! — Eu a cumprimento. — Estou vindo da casa do professor Russell. Ele é mesmo um amor. Devíamos convidá-lo para uma bebida ou algo assim qualquer dia. — Solto a mão de Tessa. — Vá mostrar a Anna a planta dela, querida. E peguem as mochilas. Estarei aí em um minuto.

— E então? — Os olhos de Tilda brilham quando Tessa corre para dentro de casa. — Como foi a sobremesa ao ar livre? Ainda não recebi o relatório completo.

É verdade. Exceto por um oi-obrigada-tchau de trinta segundos quando chegamos do jardim das esculturas, não vi mais Tilda. Como ela está trabalhando no escritório de um de seus clientes, em Andover, temos perdido nossas caminhadas matinais. O que significa que ela não faz ideia do que está acontecendo. Olho cautelosamente para dentro de casa, mas não há sinal de Dan. Mesmo assim, só para ter certeza, fecho a porta.

— Você não tem de ir para Andover? — pergunto, observando o terninho dela.

— Irei em um segundo. — Tilda faz um gesto gracioso com a mão. — Conte tudo.

— *Bem.* — Eu me sento no muro do jardim dela e cruzo os braços. — O tiro saiu ligeiramente pela culatra, se você quer saber.

— Jura? — Ela parece surpresa. — Dan me pareceu bem animado. Ele não gostou do espartilho?

— Não é isso. — Balanço a cabeça. — O *sexo* foi bom. Fomos a um jardim secreto especial e foi tudo espetacular, na verdade.

— Então qual é o problema?

Fico em silêncio por alguns instantes. A verdade é que, por mais que eu tente soar despreocupada e pragmática, estou sentindo o esquisito tremor da preocupação genuína. E dizer isso em voz alta vai tornar tudo vinte vezes pior.

— Aquilo "despertou alguma coisa" em Dan — digo, enfim. — Aparentemente.

Tilda me encara.

— Despertou o quê?

— A coisa toda fez Dan se lembrar de uma ex-namorada. Uma ex-namorada de quem ele *nunca* me falou. E agora ele anda procurando por ela no Google. Várias vezes. — Estou falando calmamente, mas sinto um tremor no meu rosto, como se minhas preocupações não pudessem ser contidas. — Clandestinamente.

— Ah. — Tilda parece desconcertada por um momento, e então se recompõe. — Ah, mas pesquisar no Google não quer dizer nada. Todo mundo faz isso. Eu pesquiso Adam umas três vezes por semana. Gosto de me torturar — acrescenta, irônica, dando de ombros.

— Mas ele nunca a procurou antes. Nem pensava nela. E é tudo minha culpa! — acrescento, repreendendo a mim mesma. — Eu provoquei isso!

— Não provocou, não! — Tilda solta uma risada incrédula. — Ora, só por vestir uma roupa sexy?

— Cutucando nosso casamento com vara curta! Pressionando Dan para ser aventureiro! Isso o fez *pensar*. E foi nisso que ele pensou! Na ex!

— Ah. — Tilda assume uma expressão cômica e irônica. — Bem, sim. Talvez essa não seja uma ideia tão louca assim. Ninguém quer que os maridos comecem a *pensar*.

— Você me alertou — digo, com tristeza. — Você disse: "Surpresas têm o péssimo hábito de dar errado." Bem, você tinha razão.

— Sylvie, eu não quis dizer aquilo de verdade! — diz Tilda, consternada. — E você não deve se preocupar. Olhe para os fatos. Dan ama você e o sexo foi ótimo. Muitos casais dariam a vida para ter um sexo ótimo — acrescenta ela enfaticamente.

— Sim, mas, mesmo o sexo... — mordo o lábio e dou uma olhada na porta de casa de novo.

— O quê? — Tilda se inclina para a frente, parecendo fascinada, e eu hesito.

Não faz realmente meu gênero expor detalhes íntimos. Mas, desde o ensaio *boudoir,* parece não ter muito sentido ser tímida com Tilda.

— Bem — digo, minha voz quase um sussurro. — Foi muito bom, mas foi... diferente. *Ele* estava diferente. Na hora, eu pensei: Que ótimo, estou deixando ele com tesão. Mas agora estou pensando: Foi a lembrança dela? — Estremeço de leve. — Foi tudo por causa dela?

— Tenho certeza de que não foi...

— Eu disse que queria uma surpresa — eu a interrompo, agitada. — Bem, e se a "surpresa" dele for transar com outra pessoa?

— Chega! — diz Tilda vigorosamente, colocando a mão no meu braço. — Sylvie, você está tendo uma reação exagerada. Tudo que Dan *realmente* fez foi procurar a ex no Google. Na minha opinião, ele não vai mencioná-la de novo. Em um mês ele a terá esquecido.

— Você acha mesmo isso?

— Tenho certeza. Como ela se chama? — pergunta Tilda casualmente.

— Mary.

— Taí. — Tilda revira os olhos. — Ele nunca vai trair você com uma mulher chamada Mary.

Não posso deixar de rir. Tilda sempre consegue me alegrar, seja qual for a situação.

— Tirando isso, como vocês dois estão? — pergunta ela.

— Ah, sabe como é. — Dou de ombros. — Com altos e baixos... — Mas há algo curioso na expressão dela que me faz acrescentar: — Você me *ouviu* gritar com ele hoje de manhã?

— Difícil não ouvir. — Tilda comprime os lábios, como se estivesse tentando não sorrir. Ou gargalhar.

Ótimo. Então Dan e eu realmente somos a novela da rua.

— Vocês vão ficar bem. — Tilda me dá tapinhas na mão. — Mas me prometa uma coisa. Chega de surpresas.

Ela não acrescenta "eu te disse", mas a frase está ali, velada, no ar. E ela avisou mesmo.

— Não se preocupe — digo, sendo sincera. — Desisti totalmente das surpresas. *Totalmente.*

Não conhecia Esme pessoalmente e, por alguma razão, eu a imaginava pequena e magra, de blazer ajustado no corpo e salto alto. Mas a garota esperando por mim no New London Hospital é alta e loura, com roupas infantis e charmosas — uma saia com estampa de ovelhas e sapatos boneca de sola de borracha. Ela tem um daqueles rostos largos e bem estruturados, que naturalmente parecem alegres, mas com uma testa vincada denunciadora.

— Eu *acho* que planejei tudo — diz ela umas cinco vezes enquanto atravessamos o saguão. — Então, a área da sala verde tem café, chá, água, petiscos... — Ela vai contando nos dedos. — Biscoitos... *croissants*... Ah, água com gás, claro...

Mordo o lábio, querendo rir. Estamos falando de uma pequena área de estar que vamos usar por meia hora, se tanto. Não de uma expedição polar.

— É muita gentileza sua — agradeço.

— E seu marido, está a caminho? — Ela pisca, ansiosa. — Porque temos uma vaga reservada *para ele* no estacionamento.

— Obrigada. Sim, ele está trazendo nossas filhas e os pais dele.

Há uns três dias, os pais de Dan decidiram de repente que queriam ir ao evento. Dan comentou com a mãe ao telefone e aparentemente ela ficou irritada e se perguntou por que ela e Neville não tinham sido convidados. Não eram considerados integrantes da família? Não tinha ocorrido a Dan que eles poderiam querer fazer parte da homenagem também? (O que é esquisito, porque eles nunca se deram bem com papai quando ele estava vivo.) Dan se sentiu pressionado e eu pude ouvi-lo dizer: "Mãe, não é... Não, não é uma *festa*... Quer dizer, nunca imaginei que você ia querer vir de Leicester... Sim, é claro que vocês podem vir. Adoraríamos que viessem!"

Os pais de Dan podem ser um pouco complicados. Embora, para ser justa, minha mãe pode ser complicada também. Provavelmente as gêmeas pensam que Dan e eu somos complicados. Na verdade, acho que todas as pessoas são complicadas, ponto. Às vezes eu me pergunto como nós conseguimos fazer alguma coisa como raça humana. Existem muitos mal-entendidos e questões delicadas e pessoas ficando ofendidas por tudo que é lado.

Estou tão absorta pensando que levo um tempo para me dar conta de que Esme está me dando várias informações.

— Vou levar você para a sala verde — diz ela, me conduzindo —, depois faremos um rápido ensaio e passagem de som, e você pode se pentear ou fazer o que quiser... não que você precise — acrescenta, me olhando de lado. — Seu cabelo está *incrível*.

Está mesmo espetacular. Dei uma fugida do trabalho para fazer uma escova, e o cabelo está todo cacheado, exatamente como papai adorava.

— Obrigada.

Eu sorrio.

— Deve demorar *uma vida* para lavar — diz ela em seguida, como eu sabia que ia dizer.

— Ah, nem tanto — respondo, prevendo silenciosamente o comentário seguinte: *Quanto tempo levou para chegar neste comprimento?*

— Quanto tempo levou para chegar neste comprimento? — pergunta ela, sem fôlego, ao dobrarmos em um corredor.

— Sempre tive o cabelo bem comprido. Como Rapunzel! — acrescento depressa, me antecipando a qualquer comentário sobre Rapunzel. — E Sinead Brook? Já chegou?

— Ainda não, mas ela tem uma agenda muito cheia. Ela é um amor — acrescenta Esme. — Um amor, de verdade. Ela faz muito pelo hospital. Teve os três filhos aqui, por isso.

— Ela é linda na TV — digo educadamente.

— Ah, é ainda mais pessoalmente — diz Esme, tão depressa que instantaneamente me pergunto se Sinead não é, na verdade, o oposto.

— Bem, eu *acho* que planejei tudo... — Enquanto ela me guia por um corredor cheio de quadros coloridos e com aquele cheiro antisséptico de hospital, sua testa fica vincada de novo. — Aqui é a sala verde... — Ela entra comigo em uma sala mínima, com a palavra "VISITANTES" na porta. — Pode deixar suas coisas aqui.

Eu não tenho "coisas". Mas, para que Esme sinta que tudo está correndo conforme o planejado, tiro o blazer e o penduro nas costas de uma cadeira. Posso vê-la riscando mentalmente o item "deixar coisas na sala verde" e relaxando um pouco. Pobre Esme. Eu também já organizei eventos. Sei como é.

— Ótimo! — diz ela, e me leva, apressada, pelo corredor novamente. — Venha comigo... e aqui está!

Paramos em uma área circular, de frente para portas duplas com aspecto de novas. Há um tablado com um microfone em frente às portas, e acima destas está um letreiro no qual se lê "Centro de Diagnósticos por Imagem Marcus Lowe", na fonte Helvetica azul, que costuma ser o padrão nos hospitais. E, assim que o vejo, sinto um nó na garganta.

Pensei que estivesse preparada para o dia de hoje. Pensei que estivesse usando minha armadura mental. Mas eu não tinha imaginado ver o nome de papai ali em cima, assim.

— Foi o que seu pai conquistou — diz Esme com delicadeza, e concordo com a cabeça. Não ouso falar.

Eu não queria me emocionar, mas como não se emocionar quando do seu pai financiou um local que vai ajudar a salvar vidas e depois perdeu a dele? O onipresente cheiro acre e antisséptico do hospital está me fazendo recordar aquela última e terrível noite, três dias depois do acidente, quando ficou claro que "catastrófico" realmente significava "catastrófico".

Não. Não posso pensar nisso. Não agora.

— Querida, você não vai discursar com os braços *à mostra*, vai? — A voz de mamãe me traz de volta, e instantaneamente minha garganta se abre. Podemos sempre contar com mamãe para quebrar o clima.

Ela está vindo pelo corredor com um homem de terno, simpático, que já conheço. Ele se chama Cedric e é quem dirige o novo centro, portanto, é provavelmente o chefe de Esme. Deve ter enchido mamãe de café.

— Não — respondi, na defensiva. — Só tirei o blazer por um instante.

Por que eu não *deveria* discursar com os braços à mostra?, tenho vontade de acrescentar. Você está criticando a minha aparência? E se as meninas ouvissem você e ficassem complexadas com a imagem delas? (Mas não é a hora nem o lugar.)

— Seu cabelo está bonito — concede mamãe, e instintivamente passo a mão pelos cachos.

— Obrigada. Você também está muito bonita — replico, e está mesmo, toda de lilás, com sapatos combinando. Estou de azul-claro, porque papai adorava essa cor. — Você está bem? — acrescento a meia voz, porque hoje é um dia importantíssimo e, se eu *estou* me sentindo prestes a desmoronar, que dirá ela.

Ela faz que sim com a cabeça de forma resoluta, um sorriso alegre no rosto.

— Estou bem, querida. Ficarei bem. Muito bem. Embora esteja ansiosa pela minha taça de champanhe.

— O tablado está bom? — pergunta Esme, na expectativa.

— Está perfeito. — Sorrio para ela, tentando aumentar sua confiança. — Tudo está maravilhoso.

Subo no tablado, ligo o microfone e digo "um-dois-um-dois", minha voz ribombando pelos alto-falantes.

— Maravilha. — Esme consulta um documento na sua mão. — Depois que você falar, Sinead vai descerrar a placa.

Ela aponta para um pequeno par de cortinas de veludo vermelho, posicionado na parede ao lado das portas duplas. Há duas cordinhas com borlas na ponta pendentes, com uma fita cor-de-rosa amarrada em uma delas.

— Para que serve a fita? — pergunto, curiosa.

— Para Sinead saber qual borla puxar — explica Esme. — É um sistema um pouquinho confuso. Você poderia tomar o lugar de Sinead para vermos se está tudo funcionando?

— Claro. — Vou até as cortinas e em seguida olho rapidamente para Cedric, para ter certeza de que ele está escutando. — Mas primeiro, Esme, quero agradecer a você, que organizou meticulosamente cada detalhe deste evento. Você foi *além* da eficiência.

— Bem. — Esme cora, modesta. — Sabe, eu *acho* que planejei tudo...

— Com certeza. — Estendo a mão para a borla. — Ok, finjam que sou Sinead. Eu agora declaro este Centro de Diagnóstico por Imagens oficialmente aberto!

Dou um puxão na borla com a fita, as cortinas de veludo vermelho se abrem com um zunido e todos fitamos... nada.

A parede está vazia. Como assim?

Olho para Esme, e ela está fitando a parede com os olhos esbugalhados, a expressão horrorizada. Abro e fecho as cortinas como se a placa pudesse de algum modo estar escondida — mas não há nada ali.

— Vai ser *um pouco* complicado para Sinead Brook descerrar uma placa inexistente — diz mamãe daquele jeito doce e mordaz que ela tem quando quer.

— Esme! — grita Cedric. — Onde está a placa?

— Eu não sei! — sussurra ela, fitando a parede como se fosse uma miragem. — Deveria estar ali. A manutenção deveria... — Ela batuca febrilmente no celular. — Trev? É Esme. Trev, onde está a placa? A placa! Para o novo Centro de Imagens! Deveria estar aqui hoje de manhã. Vão descerrar a placa! Sim! Sim, você sabia, *sim!* — A voz dela se transforma quase em um grito. Então, com a expressão estranhamente calma, ela afasta o celular e se vira para nós. — Estão procurando a placa.

— *Procurando* a placa? — exclama Cedric em tom de censura. — A que horas a cerimônia começa?

— Em vinte minutos. — Esme engole em seco. O rosto dela adquiriu um tom verde-claro, e sinto muita pena dela, embora, ao mesmo tempo, pense: *hello?* Nem mesmo ocorreu a ela *verificar* se a placa estava lá?

— O que vai acontecer se não a encontrarem? — pergunta Cedric asperamente. — Esme, você tem noção de que Sinead Brook está vindo agora descerrar essa placa?

— Hum... hum... — Esme engole em seco, desesperada. — Podíamos... fazer uma provisória?

— Uma provisória? — berra ele. — Com o quê? Cartolina e hidrocor?

— Sylvie! — Ouço a voz de Dan, e eu o vejo se aproximando com Tessa, Anna e os pais dele.

Há uma rodada de cumprimentos, quando todos nos beijamos e exclamamos há quanto tempo não nos vemos. Sue, a mãe de Dan, evidentemente foi ao cabeleireiro para a ocasião e o cabelo dela está lindo — castanho-avermelhado e sedoso. Enquanto isso Neville, o pai de Dan, está supervisionando tudo com aquele olhar calculado que ele tem. Quando era contador, ele fazia auditoria de grandes empresas, e manteve o hábito de avaliar. Em todos os lugares aonde vai, ele se deixa ficar para trás, olha em volta e avalia tudo antes de seguir em frente. É o que ele está fazendo agora. Está examinando o letreiro com o nome de papai. Está olhando para o tablado, para as cortinas de veludo e agora para Cedric, que, em um canto, repreende Esme severamente.

— Aconteceu alguma coisa? — pergunta ele, por fim.

— Um probleminha — respondo. — Vamos sair de cena por alguns instantes.

Quando voltamos para a sala verde, me ocorre novamente que Sue e Neville estão casados há 38 anos. E eu *sei* que Dan diz que eles "não são exatamente um bom exemplo", e *sei* que eles passaram por maus pedaços... mas eles estão juntos, não estão? Devem estar fazendo alguma coisa certa. Talvez possamos aprender com eles.

Mas, ai, meu Deus.

Eu tinha esquecido. Eu sempre esqueço. O clima entre os pais de Dan. É como um véu invisível e crepitante de... *tensão*. Não é que eles não sorriam, riam e brinquem. Mas tudo é cheio de farpas. Existem tantos lampejos de ressentimento e raiva. É exaustivo. Eles estão contando sobre uma recente viagem à Suíça, um assunto que seria considerado bastante inofensivo. Mas, não.

— Então descemos em Lausanne — Neville está dizendo a Tessa (como se Tessa tivesse alguma ideia do que é Lausanne) — e começamos a subir a montanha, mas então vovó Sue mudou de ideia de repente. Uma pena, não foi? Vovô teve de subir tudo sozinho.

— Vovó Sue não "mudou de ideia de repente" — diz Sue, irritada.

— Vovô está lembrando tudo errado, como sempre. Vovó Sue nunca poderia subir aquela montanha. Vovó Sue tem um problema no pé, e vovô sempre se esquece disso! — Ela dá um sorriso aflitivo para Anna. — Pobrezinha da vovó!

As meninas ficam caladas diante da cena dos avós. Elas podem sentir a hostilidade nas vozes, mesmo que não saibam o que é Lausanne. Até o ânimo de Dan está se abatendo, e era de esperar que ele já estivesse acostumado com isso. Seus ombros parecem curvados e ele olha para mim como se pedisse socorro.

— Bem! — digo, animada. — Acho que devemos ir para a recepção. Já deve ter começado. Meninas, terminem seus biscoitos.

Mamãe já saiu da sala verde — comeu uma uva e depois disse que ia ao toalete. A verdade é que ela não consegue se relacionar com Neville e Sue. Ela não entende os interesses deles e eles não entendem os dela. Sue, em particular, ficou com raiva depois de vir de Leicester para participar de uma das reuniões de venda de joias da mamãe, quando houve um mal-entendido sobre o preço de um colar.

Infelizmente, foi a única reunião a que não pude ir, então não estava lá para acalmar os ânimos. Tenho certeza de que foi culpa da minha mãe. Sue não está casada com um contador à toa — ela não teria se enganado com o preço. Mas mamãe pensaria: Ora, o que são vinte libras? E nem *notou* que havia um problema, porque ela é irritante assim.

— Linda roupa, Sylvie — diz Sue quando visto meu blazer azul--claro. — Linda mesmo. E seu *cabelo*... — Ela sacode a cabeça, expressando admiração. — Seu pai ficaria orgulhoso, querida. Sei que ele sempre adorou seu cabelo. Sua "glória".

O problema de Sue é que, quando ela está falando com outra pessoa que não o marido, ela é encantadora. E o mesmo acontece com Neville.

— Obrigada, Sue — digo, agradecida. — Você também está linda. — Passo a mão na manga de sua blusa de seda creme. — É muito bonita.

— Você está ótima mesmo, mãe. — Dan se junta a nós, e vejo o rosto de Sue corar de prazer.

— Muito bonita — diz Neville, seus olhos passando por ela sem olhar de verdade. — Muito bem. Vamos lá.

Ele nunca olha direito para ela, penso. Depois esse pensamento volta à minha mente com mais força. Ou talvez seja uma teoria. Uma hipótese. *Neville nunca olha direito para Sue.* Seu olhar sempre parece passar por ela, como um ímã sendo repelido. Não consigo imaginá-los olhando nos olhos um do outro. Acho que isso não acontece. Neville, o homem que observa tudo com tanto cuidado, não olha para a mulher. Não é um pouco estranho? Um pouco triste?

E agora sou tomada por um novo pensamento: Será que Dan e eu vamos ficar assim um dia? Enfurecidos um com o outro enquanto subimos montanhas na Suíça?

Não.

Não. Definitivamente não. Não vamos deixar isso acontecer.

Mas não é isso que todo casal jovem pensa, e de repente, bum, estão velhos e amargos e sem se olhar nos olhos? Segundo Dan, Neville e Sue costumavam ter um excelente relacionamento. Brincavam e faziam dança de salão e várias outras coisas.

Ai, meu Deus. *Como* podemos evitar que isso aconteça? O que vamos *fazer*? Evidentemente surpreender um ao outro não é a resposta. Qual é, então?

Enquanto seguimos para a área da recepção, o pessoal do hospital está chegando e garçonetes servem bebidas. Vejo de relance uma senhora de blazer roxo e uma pesada corrente dourada decorando seus ombros. Ela está conversando com mamãe e deve ser a prefeita. Também se ouve um som alto de furadeira enquanto um sujeito de macacão, em uma escada portátil, prende parafusos na parede. A placa está aos pés dele, apoiada na parede, mas todos educadamente ignoram isso e tentam conversar acima da barulheira. Esme se encontra parada ao lado da escada, dizendo "Rápido! Rápido!", e eu lhe dirijo um sorriso solidário.

Pego um copo d'água, bebo um gole e desdobro meu discurso. Preciso me concentrar. Preciso fazer jus a esta ocasião e parar de pensar obsessivamente no meu casamento, porque hoje não é isso que importa, é papai. O homem de macacão termina enfim de aparafusar a placa à parede, e há uma comoção no corredor, que deve ser Sinead Brook chegando. Vou falar a qualquer momento.

Passo os olhos nas palavras que escrevi, me perguntando se estão adequadas, sabendo que não, e percebendo que nunca poderia fazer justiça a papai em um discurso de seis minutos. É tudo muito arbitrário. Três páginas de folha A4. Uma breve imagem de um homem, de sua vida e de tudo o que ele fez.

Será que eu deveria ter mencionado sua infância? Ou a história sobre os cavalos?

Tarde demais agora. Uma mulher de rosto familiar, tipo celebridade, com um vestido vermelho colado ao corpo, de repente está diante de mim, apertando minha mão, com Esme dizendo:

— Sylvie, é um prazer apresentar Sinead Brook a você — em um tom de êxtase, e mal temos tempo de trocar uma palavra antes que Cedric suba ao tablado e dê tapinhas no microfone.

— Minha cara prefeita, senhoras e cavalheiros — começa ele —, bem-vindos a esta ocasião muito especial.

Humpf. Ele roubou a *minha* abertura.

— Muitos de vocês aqui hoje conheceram Marcus Lowe — continua ele, de um jeito mais grave. — Alguns, infelizmente, não. Marcus era conhecido aqui no New London Hospital como um homem comprometido, charmoso, de grande inteligência e com uma verdadeira incapacidade de aceitar não como resposta. — Os olhos dele brilham, e muitos dos convidados riem como quem sabe do que ele está falando. — Marcus idealizou com tremenda determinação a captação de recursos para esse Centro de Imagem, que simplesmente não existiria hoje se não fosse por ele. Agora vou deixar vocês com a filha de Marcus, Sylvie Winter, que dirá algumas palavras.

Eu subo no tablado e olho para aqueles rostos — alguns familiares, a maioria não — e respiro fundo.

— Olá a todos — digo simplesmente. — Obrigada por virem aqui hoje celebrar tanto este maravilhoso Centro de Imagem quanto meu pai, que se mostrou tão determinado a torná-lo realidade. Aqueles de vocês que conheceram meu pai sabem que ele foi um homem extraordinário. Tinha a aparência de Robert Redford... a energia de Errol Flynn... e a persistência de Colombo. Ou talvez a do detetive Columbo. Ou ambos.

Antes mesmo de terminar o discurso, já sei que foi horrível.

Não, estou sendo muito exigente comigo. Não foi horrível, mas não foi o que poderia ter sido. As pessoas assentiram e sorriram, e até mesmo riram, mas não pareciam entusiasmadas. Elas não captaram *quem papai foi*. Tenho uma súbita vontade de tirar uma semana de folga e reescrever meus pensamentos até chegar à verdadeira, *verdadeira* mesmo, essência dele... e então convidar todos de volta e falar direito o que deveria ter falado.

Mas todos estão aplaudindo e sorrindo com aprovação, e mamãe tem os olhos marejados, e a mais pura verdade é que ninguém está nem aí para a verdadeira essência de papai, não é? As pessoas só querem beber champanhe e começar a usar os aparelhos e salvar vidas. O mundo continua girando. Como já me disseram umas 56 mil vezes. Acho que preciso de uma bebida. Assim que a placa for descerrada, vou beber alguma coisa.

Todos observamos quando a prefeita sobe ao pódio e apresenta Sinead Brook, pronunciando o nome dela errado duas vezes. (É óbvio que ela não sabe quem é Sinead Brook.) Sinead Brook faz o que é claramente um discurso padrão sobre o hospital, então puxa a cordinha e a placa está lá dessa vez. Há outra salva de palmas e algumas fotografias. Então, finalmente, as taças de champanhe recomeçam a circular, e todos se dispersam em grupos.

As crianças estão sendo entretidas por alguns dos integrantes mais jovens da equipe do hospital, que fazem balões de ar com luvas descartáveis. Cedric está me falando sobre a campanha para a nova ala infantil, que parece de fato um projeto incrível, e eu me vejo bebendo três taças em rápida sucessão. Dan prometeu dirigir o carro na volta. Então tudo bem.

Por falar nisso, cadê o Dan?

Olho à minha volta e o vejo com mamãe, conversando muito próximos em um canto. Imediatamente fico tensa. Por que estão tão juntos? Do que estão falando?

Não consigo escapar do fluxo desenfreado de Cedric de fatos sobre os leitos nos hospitais infantis de Londres, e *estou* genuinamente interessada no que ele está dizendo. Mas, ao me deslocar para pegar um canapé, consigo me aproximar sutilmente de Dan e mamãe. E também consigo inclinar a cabeça e captar fragmentos da conversa.

— ...certeza de que esse é o caminho certo? — mamãe está dizendo com um tom um tanto cortante e ansioso.

— ...esta é a realidade da... — Não consigo ouvir o fim da frase, mas Dan também parece bastante tenso.

— ...sinceramente não entendo por que...

— ...discutimos isso...

— ...então, o que exatamente...

A conversa parece morrer, e eu me viro, bem a tempo de ver Dan articulando as palavras sem som para a minha mãe: "Um milhão de libras, quem sabe dois?"

Meus pulmões parecem congelar. No instante seguinte engasgo com o champanhe. *Um milhão de libras, quem sabe dois?* O que isso significa? Que "milhão de libras, quem sabe dois" é esse?

— Sylvie! — Cedric interrompe sua torrente de estatísticas. — Você está bem?

— Ótima! — Giro de volta para ele. — Desculpa! Desceu pelo caminho errado. Por favor, continue. — Sorrio para Cedric, mas minha cabeça está zumbindo de uma forma desagradável e sinistra.

Dan está pegando dinheiro emprestado? Está pegando dinheiro emprestado sem me falar, *com a minha própria mãe? Um milhão de libras, quem sabe dois?*

Não quero ser uma mulher desconfiada. Não quero. Não sou. Existe uma explicação; eu sei que existe. Talvez ele tenha ganho na loteria.

Não. Ele e mamãe não estavam com cara de quem ganhou na loteria. Bem pelo contrário, na verdade.

Finalmente Cedric coloca seu cartão de visita na minha mão e desaparece. Olho para as meninas, que estão brincando em segurança com Esme, então sigo em direção a Dan. Ele agora está sozinho, todo encolhido e com cara de sofrimento, olhando para o celular.

— Oi! — digo num tom descontraído e livre de suspeitas. — Vi você de papo com a mamãe ainda agora.

Os olhos de Dan encontram os meus e por um instante — somente um instante — vejo medo neles. Mas então o medo desaparece. Seus olhos se desviaram. Será que foi só imaginação?

— Certo — diz ele com uma carranca desencorajadora.

Tento de novo.

— É bom ver vocês dois se dando bem.

— Certo. Bem, Sylvie, preciso fazer uma ligação. Ótimo discurso, por falar nisso — ele dispara por sobre o ombro quando já se afasta.

Por alguns segundos eu simplesmente fico olhando-o ir, tentando manter a respiração regular, enquanto meu cérebro começa um discurso inflamado. Ele não me olhou nos olhos. Ele saiu correndo. Ele mal tinha algo a dizer sobre o meu discurso, que, afinal, era importante para mim, mesmo que tenha sido horrível. Ele estava de cara feia e tensório enquanto eu falava. (Eu percebi.) Ele tampouco aplaudiu com vontade quanto terminei. (Percebi isso também.)

Por fim, faço meia-volta, sigo para a mesa das bebidas e pego uma garrafa extra de champanhe. Então me encaminho para o local onde três poltronas de espuma vermelha foram colocadas lado a lado para formar uma espécie de sofá. Sue está sentada ali (seus sapatos são de salto agulha, de aspecto desconfortável, agora percebo) e suas bochechas estão coradas. Acho que ela também andou bebendo champanhe.

— Oi — digo, me deixando cair ao lado dela. — Como você está, Sue?

— Ah, Sylvie. — Ela me olha com olhos ligeiramente injetados. — Que discurso. Fiquei bastante emocionada.

— Obrigada — digo, tocada.

— Deve ser difícil para você. — Ela dá tapinhas no meu joelho.

— Muito difícil. Dan diz que você está se saindo maravilhosamente bem, em todos os aspectos.

Dan diz isso? Pisco, tentando não demonstrar minha surpresa. Minha fúria está se esvaindo. A verdade é que eu sempre supus que Dan achava que minha cabeça era uma bagunça completa. Agora quero saber mais. Tenho vontade de perguntar: "O que mais Dan fala sobre mim?" E: "Você sabe sobre esse um milhão de libras, quem sabe dois?" Mas isso pode causar mais problemas. Assim, em vez disso, completo a taça dela e me recosto com um imenso suspiro.

— É difícil — digo, confirmando com a cabeça. — É, sim. Muito difícil.

Ao tomar outro gole de champanhe, sinto meus neurônios cruzando devagar a fronteira entre o levemente relaxada e o bem bêbada. Olhando para Sue, imagino que os dela estejam na mesma condição. Seria esse um bom momento para uma conversa franca?

— A questão é... — começo, pensativa, e então paro. São tantas questões. Vou escolher uma. Questão Número Um: — A questão é: como se mantém o casamento para sempre? — pergunto, num tom mais queixoso do que era minha intenção.

Sue ri.

— Para sempre?

— Por muito tempo. Sessenta e oito anos — esclareço.

Sue me lança um olhar confuso, mas eu prossigo:

— Dan e eu olhamos para o futuro, e pensamos... nos *preocupamos*, sabe? — Gesticulo com a mão que segura a taça para enfatizar minhas palavras, derramando um pouquinho de champanhe. — Pensamos: como mantemos isso? E olhamos para vocês, ainda casados depois de todo esse tempo, e pensamos... — Minha voz some, o que é constrangedor. (Obviamente não posso dizer o que pensamos *de verdade*, que é: Ai, meu Deus, como vocês suportam isso?)

Mas não preciso dizer mais nada. Sue sentou-se mais ereta, o rosto alerta como nunca vi antes. Como se finalmente, depois de todo esse tempo, eu estivesse recorrendo à área de sua expertise.

— O problema todo é a aposentadoria — diz ela, e bebe seu champanhe com determinação renovada. — Sim, a aposentadoria.

— Certo — digo, confusa. Eu não estava esperando bem isso. — O que exatamente você...

— Quando ele se aposentar — ela me olha com firmeza —, não o deixe dentro de casa.

— Hã? — Eu a fito, boquiaberta.

— Hobbies. Interesses. Eles precisam de interesses. Viajem. Vocês conseguem dar conta, se viajarem. Viajem separados! — acrescenta ela. — Tenha amigas. Fins de semana em Dublin, esse tipo de coisa.

— Mas...

— Golfe — ela me interrompe. — Neville jamais jogaria golfe. Por que não? É o que eu quero saber. Qual o problema com golfe? — Sua boca se contorce e seu olhar fica distante, como se estivesse mentalmente discutindo sobre golfe, e vencendo a discussão. Então ela volta a si. — Só não pode deixá-los andando à toa pela casa perguntando de meia em meia hora qual vai ser o almoço. É aí que dá errado. Todas as minhas amigas concordam. Isso é fatal. Fatal!

Estou estupefata. Eu não tinha nem mesmo pensado em aposentadoria. E, de qualquer forma, por que eu não ia querer Dan em casa?

— Eu *não vejo a hora* de Dan ficar mais em casa, quando se aposentar — arrisco. — Quero dizer, ainda falta muito, obviamente...

Sue me examina por um instante, e então explode numa gargalhada.

— Ah, Sylvie, eu esqueço que você é muito jovem. — Ela torna a dar tapinhas no meu joelho. — Mas lembre-se do meu conselho, quando chegar a hora. É assim que você pode fazer a coisa funcionar.

Ela torna a relaxar, recostando-se, e beberica o champanhe. E eis a questão. (Questão Número Dois.) Essa é a minha sogra falando. Eu deveria simplesmente assentir com a cabeça. Deveria dizer: "Você deve estar certa, Sue", e mudar o tema da conversa. Seria educado. Seria fácil.

Mas não posso. Não posso aceitar essa versão de casamento, ou aposentadoria, ou sei lá do que estamos falando. Isto é, não me entenda mal, sou totalmente favorável a viagens só de mulheres para Dublin com Tilda e minhas amigas do portão da escola (excelente ideia). Mas banir Dan de casa se ele perguntar sobre o almoço? *Sério?* Primeiro, é mais provável que eu pergunte a *ele* qual vai ser o almoço. Ele é melhor na cozinha. E segundo, provavelmente prepararíamos nossos próprios sanduíches. E terceiro, por que você ia querer que seu marido praticasse um esporte de que ele não gosta?

— Mas você não perde intimidade se criar barreiras assim? — digo, pensando em voz alta. — Não cria fissuras?

— Fissuras? O que você quer dizer com *fissuras*? — pergunta Sue, desconfiada, como se eu estivesse me referindo a alguma doença.

— Você sabe. — Meu cérebro tenta encontrar uma explicação. — Obstáculos no caminho. Coisas que impedem que vocês sejam o que deveriam ser numa parceria. Um relacionamento.

— Bem — Sue soa quase truculenta. — O que é uma parceria? O que é um relacionamento? O que é um casamento? Existem milhares de respostas diferentes a *essas* perguntas.

Ela toma outro grande gole de champanhe e, por um tempo, ficamos as duas em silêncio. Minha mente está ruminando o que ela acabou de dizer. Fecho os olhos e examino o fundo do meu cérebro, tentando elaborar o que penso.

Eu poderia dizer o que penso sobre os Kardashians em um segundo. Mas "O que é um relacionamento?" não. Eu negligenciei o tema. Ou talvez jamais tenha me dado conta de que deveria pensar sobre isso.

— Acho que um relacionamento é como duas histórias — digo, por fim, abrindo caminho com cautela em meio aos meus pensamentos. — Como... dois livros abertos, pressionados um contra o outro, com todas as palavras se misturando em uma grande e épica história. Mas, se *pararem* de se misturar... — Ergo a taça para dar ênfase. — Então voltam a ser duas histórias independentes. E é aí que acabou. — Junto as mãos, derramando champanhe. — Os livros se fecham. Fim.

Faz-se um silêncio bem longo, e eu me pergunto se, de tão bêbada, estou falando coisas sem sentido. Mas, quando me viro, vejo, para meu horror, que há lágrimas escorrendo pelo rosto de Sue. Merda. Por que ela está *chorando*?

— Ai, meu Deus! — exclamo. — Sue! Me desculpe! O que foi que eu disse?

Ela apenas sacode a cabeça. Então pega um lenço de papel em sua bolsinha de couro elegante e assoa o nariz ruidosamente.

Ficamos ali sentadas em silêncio por um tempo — então, em um impulso, passo um braço pelos ombros de Sue e aperto.

— Vamos almoçar — digo. — Um dia desses.

— Sim — diz Sue. — Vamos.

A recepção prossegue. A equipe do hospital continua surgindo de diferentes departamentos, querendo cumprimentar a mim e a mamãe e me contar sobre quando conheceram papai nessa ou naquela campanha de arrecadação de fundos, e que ele era tão charmoso/brilhante/incrível nos dardos. (Dardos? Eu nunca soube que ele jogava dardos.)

Durante uma pausa, eu me vejo sozinha com mamãe, somente nós duas. Ela também está corada, embora eu não saiba dizer se isso se deve ao champanhe ou à emoção.

— Foi um discurso lindo, Sylvie — diz ela. — Lindo.

— Obrigada. — Mordo o lábio. — Espero que tenha sido bom o bastante para ter deixado papai orgulhoso.

— Ah, querida, ele está olhando você lá de cima agora. — Mamãe movimenta a cabeça enfaticamente, como se tentasse se convencer. — Está sim. Ele está vendo sua linda filha e está muito, muito orgulhoso... — Ela estende a mão e pega um de meus cachos louros. — Ele adorava o seu cabelo — diz ela, quase ausente.

— Eu sei. — Balanço a cabeça. — Eu sei que ele adorava.

Por algum tempo, nenhuma de nós fala, e uma voz está me dizendo que deixe o momento passar. Outra voz, porém, está me incitando a descobrir mais. Essa é a minha chance.

— Então... vi você conversando com Dan. — Tento soar casual, como se só estivesse batendo papo.

— Ah, sim. — Os olhos dela se desviam dos meus. — Pobre Dan. Um apoio e tanto para todos nós.

— Sobre o que vocês estavam falando?

— Falando? — Mamãe pisca para mim. — Querida, não tenho a menor ideia. Uma coisa ou outra.

Sinto uma onda de frustração. "Uma coisa ou outra"? *Sério?* Vi Dan articulando sem som "um milhão de libras, quem sabe dois" para ela. Em que universo isso poderia ser descrito como "uma coisa ou outra"?

— Nada importante, então? — digo mais bruscamente. — Nada que eu devesse saber?

Mamãe me lança um de seus olhares arregalados mais exasperantes. Sei que ela está escondendo alguma coisa. Eu sei. Mas o quê? Ai, meu Deus, *ela* não está endividada, está? Esse pensamento me atinge com uma força súbita. Será que ela comprou tantas engenhocas inúteis para vender que deve ao canal de compras na TV um milhão de libras, quem sabe dois?

Pare, Sylvie. Não seja ridícula. O que mais poderia ser?

Dívidas de jogo?

O pensamento me ocorre em um flash. Lembro de mamãe piscando furiosamente na cozinha quando mencionei a peça *A escolha do crupiê*. Ai, meu Deus. Por favor, não diga que é essa a maneira que ela encontrou de aliviar sua dor.

Mas... não. Certamente que não. Não consigo imaginar mamãe jogando. Mesmo quando fomos a Monte Carlo daquela vez, ela não se interessou pelo cassino. Preferiu ficar bebendo coquetéis e olhando as pessoas em seus barcos.

Tomo um gole de champanhe, meus pensamentos indo em todas as direções. Devo insistir? Confrontar minha mãe numa recepção em homenagem ao seu marido falecido?

Não. É claro que não.

— Bem, foi uma cerimônia linda — eu digo, recuando para as banalidades. — Linda.

Mamãe concorda.

— Sinead Brook parece *mais velha* do que eu imaginava, não concorda? Ou será que era toda aquela maquiagem que ela estava usando?

Fofocamos alegremente sobre a maquiagem de Sinead Book por alguns minutos, então o carro de mamãe chega e ela vai embora, e eu procuro minha família, que está devorando as minibombas, inclusive Dan. Eu os reúno e encontro as bolas de encher feitas de luvas descartáveis das meninas, que elas batizaram de "Luvinha" e "Luvs" e que obviamente se tornaram suas mais preciosas e estimadas amigas. (Deus sabe o que vai acontecer quando elas estourarem hoje à noite. Ah, bem, não vamos sofrer por antecipação.) Então é a hora das despedidas e agradecimentos e eu começo a ter a sensação de que já basta desse evento.

Por fim, saímos no ar fresco. Estou bem tonta e minha cabeça lateja. Foram luzes e vozes e rostos e lembranças demais. Sem mencionar os encontros emotivos. Sem mencionar conversas misteriosas envolvendo um milhão de libras, talvez dois.

Ficamos parados diante do hospital por um bom tempo, tentando decidir se vamos tomar um chá ou não, procurando cafés em nossos celulares, antes que Sue e Neville decidam que não, que vão pegar o trem mais cedo para Leicester. Então começa uma nova sessão de abraços e combinações futuras, e isso também leva uma vida.

Quando finalmente entramos no carro, estou exausta. Mas também me sinto agitada. Estava esperando para ficar sozinha com Dan. Preciso ir ao fundo disso.

— Então você teve uma bela e longa conversa com minha mãe! — digo quando paramos em um sinal fechado. — E acho que ouvi vocês falando sobre... dinheiro?

— Dinheiro? — Dan me lança um olhar rápido e impenetrável. — Não.

— Vocês não falaram sobre dinheiro?

— Não.

— Certo — digo após uma longa pausa. — Devo ter me enganado.

Olho pelo para-brisa, sentindo um peso no estômago. Ele está mentindo. Dan está mesmo mentindo para mim. O que eu faço? Devo confrontá-lo? Dizer: "Bem, adivinha só, eu o vi dizer 'um milhão de libras, talvez dois'" e ver o que acontece?

Não. Porque... simplesmente, não.

Se ele quiser mentir, vai mentir, mesmo que eu jogue "um milhão de libras, talvez dois" na cara dele. Ele vai dizer que a leitura labial que fiz estava errada. Ou vai dizer: "Ah, isso. Estávamos falando sobre o conselho municipal." Ele vai ter alguma explicação. E depois vai ficar na defensiva. E eu vou me sentir ainda mais desesperada do que antes. Estou justamente reprimindo um impulso de suplicar "Ah, Dan, por favor, me fale, por favor, me fale o que está acontecendo", quando ele se contorce no banco, pigarreia e diz:

— Por falar nisso, chamei alguns velhos amigos para irem lá em casa. Mas não se preocupe. Marquei para a sua noite de Pilates. Assim não vamos incomodar você.

Ele dá uma risadinha curta, que não soa muito sincera, e eu o fito com uma nova preocupação. O milhão de libras (talvez dois) me parece imediatamente menos urgente. Agora estou mais perturbada por esses velhos amigos. Que velhos amigos?

— Não se preocupe! — digo, tentando falar de um jeito descontraído. — Vou cancelar o Pilates. Eu adoraria conhecer seus velhos amigos! Quem são eles?

— Ah, só... amigos — diz Dan vagamente. — De muito tempo atrás. Você não os conhece.

— Não conheço *nenhum* deles?

— Acho que não.

— Quais os nomes deles?

— Como eu disse, você não os conhece. — Dan franze a testa para o espelho, enquanto muda de faixa. — Adrian, Jeremy... É um bando. Fomos todos voluntários no Jardim de St. Philip.

— Ah, ok! — Lanço um sorriso selvagem para ele. — O Jardim de St. Philip. Maravilha. Que ideia *incrível*, convidá-los, depois de todo esse tempo. — E espero cinco segundos inteiros antes de acrescentar no mais sutil dos tons: — E Mary? Você a convidou também?

— Ah, sim — diz Dan, aparentemente ainda concentrado no trânsito. — É claro.

— É claro! — Meu sorriso selvagem se abre ainda mais. — É claro que você convidou Mary! Por que não convidaria?

É cla-ro que convidou.

ONZE

Esse é oficialmente um Problema Conjugal. E, na verdade, estou totalmente surtada, de uma forma que não esperava ficar.

Tenho a sensação de que durante toda a nossa vida de casados, eu venho lidando com inquietações sem importância. Eram inquietações amadoras. Mini-inquietações. Eu costumava suspirar, revirar os olhos e exclamar: "Estou tão *estressada!*" sem saber o que era de fato estar "estressada".

Agora, porém, uma inquietação real, genuína e assustadora se assoma sobre mim, como o Everest. Dez dias se passaram desde a cerimônia no hospital. As coisas não melhoraram nada. E eu não posso suspirar nem revirar os olhos nem exclamar "Estou tão *estressada!*" porque essas são coisas, percebo agora, que você faz quando não está de fato preocupada. Quando está inquieta de verdade, você fica em silêncio, rói as unhas e esquece de passar batom. Você fita o marido e tenta ler a mente dele. Você busca Mary Holland no Google cem vezes por dia. Então busca *marido mentindo o que isso significa?* Depois busca *marido que trai estatística?* E você estremece com as respostas que obtém.

Deus, eu odeio a internet.

Odeio especialmente a foto de Mary Holland que surge a cada vez que digito o nome dela no Google. Ela parece um anjo. É linda, bem--sucedida e basicamente perfeita em todos os aspectos. Ela gerencia uma consultoria ambiental, fez uma palestra no TED sobre emissões de gases nocivos, faz parte de um comitê da Câmara dos Comuns *e* já correu a maratona de Londres três vezes. Em todas as fotos que encontro dela, está com roupas que parecem ecológicas — muito linho natural e blusas de algodão de aspecto étnico. A pele dela é bem branca, suas feições são pouco sofisticadas porém lindas e tem cabelos escuros ondulados (ela se livrou do arrepiado) que emoldura seu rosto em uma nuvem pré-rafaelita. Covinhas quando sorri, obviamente. Mais uma única aliança de prata que ela *não* usa na mão esquerda.

Antes, eu provavelmente teria pensado: Bem, ela não é o tipo de Dan. Todas as suas outras ex são mais parecidas comigo — traços delicados, bem convencionais e louras, na maioria. Mas claramente ela *é* o tipo dele. Claramente eu conheço meu marido bem menos do que acreditava. Ele gosta de jardinagem. Ele tem um bando de velhos amigos dos quais nunca ouvi falar. Ele gosta de garotas de cabelos escuros com roupas ecológicas. O que mais?

Dan, enquanto isso, aparentemente não tem a menor ideia do que estou passando. Ele parece fechado em sua pequena bolha, perdido em pensamentos e até mesmo agressivo. Assim, ontem à noite decidi que eu tinha de tomar uma providência. Tinha de romper esse estranho clima entre nós. No jantar, peguei blocos de papel e canetas e disse, o mais animada que pude: "Vamos cada um escolher um novo hobby para o próximo ano. Então comparamos."

Pensei que fosse ser uma coisa divertida. Pensei que pudesse provocar algumas discussões divertidas ou pelo menos relaxar o clima.

Mas não funcionou. Dan simplesmente fechou a cara e disse: "Ai, Sylvie, *sério*? Eu estou exausto." Então pegou o jantar e foi comer na frente do computador, que é algo que nos esforçamos para não fazer, porque sempre dissemos que casais que não comem juntos...

Enfim.

Eu não choro com frequência. Mas derramei algumas lágrimas, porque ele soou tão hostil. Tão impaciente. Tão diferente do Dan de sempre.

E agora é sexta-feira, estamos tomando o café da manhã e Dan acabou de me dizer que tem de trabalhar o fim de semana todo.

— O fim de semana *todo*? — digo, antes que possa me conter. Tenho consciência de que minha voz soou queixosa e até mesmo um pouco chorona, que é algo que jurei que nunca faria.

— Um projeto enorme — diz Dan, terminando o café. — Preciso me concentrar totalmente nele.

— É aquele em Limehouse? — pergunto, tentando mostrar interesse. — Adoraria ver os desenhos.

— Não. — Dan veste o paletó.

Não. Um puro e simples *não*. Encantador, Dan.

— Ah, fiz um pedido extra no supermercado — acrescenta ele. — Para o jantarzinho que vou dar na terça.

— É mesmo? — Olho para ele, surpresa. — É um planejamento bastante cuidadoso da sua parte.

— Vai chegar tudo na segunda — continua ele, como se eu não tivesse falado. — Vou fazer aquela receita de cordeiro do chef Ottolenghi; você sabe, o assado lento com todos os temperos.

O cordeiro assado de Ottolenghi. A receita que ele reserva para ocasiões especiais ou quando quer impressionar. E eu sei que Tilda diria que estou exagerando, mas não posso evitar. Meu peito queima de mágoa. Ele não tem tempo para passar com a família, mas tem tempo para planejar um cardápio, fazer um pedido no Ocado e preparar o cordeiro assado lento de Ottolenghi?

— Boa ideia. — Tento soar agradável. — Mas é um bocado de trabalho só para velhos amigos que você não vê há séculos.

— Não é nenhum trabalho. — Seus olhos estão serenos e indecifráveis. — Até mais tarde.

Ele me beija mecanicamente e se dirige à porta, no momento em que Tessa entra correndo.

— Qual é o seu desejo? — diz ela, estendendo um pedaço de papel para ele. — Qual é o seu desejo? Seu *desejo*, papai?

Ai, meu Deus. Tinha esquecido disso. O dever de casa das meninas era sobre desejos. O de Anna começou com *O desejo da mamãe é:* e eu cuidadosamente soletro para ela "paz mundial", em vez de "saber que diabos está acontecendo com meu marido".

— Qual é o seu desejo, Dan? — faço eco a ela. — Estamos ansiosas para saber.

E se há uma nota desafiadora, quase cáustica, em minha voz, que seja. Deixe que ele entenda do jeito que quiser. (Só que, para ser sincera, ele não vai entender absolutamente nada. Ele nunca percebe tons cáusticos nas vozes, ou olhares de soslaio ou pausas cortantes. Isso é algo que só eu sei fazer.)

Dan pega a folha de papel e a examina brevemente.

— Ah, ok. Bem. Eu desejo... — Ele para quando seu celular toca, olha para a tela, então faz uma careta e torna a guardá-lo. Normalmente, eu perguntaria "O que foi?", mas hoje não faria sentido perguntar. Já sei a resposta que ouviria: "Nada."

— Qual *é* o seu desejo, papai? — pergunta Tessa. — Qual *é* o seu desejo? — Ela está sentada à mesa da cozinha, o lápis pairando acima da folha.

— Meu desejo é que... eu pudesse... — Dan fala lentamente, distraído, como se sua mente estivesse se debatendo contra algum outro problema, longe dali.

— Como se escreve "pudesse"? — pergunta Tessa imediatamente, e eu soletro, porque é óbvio que Dan não está prestando atenção.

O sol da manhã destaca as rugas finas em torno de seus olhos. Seu olhar está distante e ele parece quase desolado.

— Pudesse o quê? — Tessa está batendo o lápis no papel. — Pudesse o quê?

— Fugir — diz Dan, tão desligado que eu me pergunto se ele está ao menos ciente do que disse.

Meu estômago se contrai. *Fugir?*

— Fugir? — Tessa o examina, como se suspeitasse de uma piada de adultos. — Você não está preso, papai! As pessoas que fogem estão presas!

— Fugir. — Dan acorda e me vê olhando fixamente para ele. — Fugir! — ele repete em um tom mais animado. — Fugir para a selva e ver os leões. Agora tenho de ir.

— Que desejo bobo! — diz Tessa enquanto ele desaparece em direção à porta de casa.

— Escreva apenas *ver leões* — digo a Tessa, tentando me manter calma. Mas minha voz está trêmula. Eu estou toda trêmula. Dan quer fugir? Bem, obrigada pelo aviso.

É minha vez de levar as meninas à escola nessa manhã, e estou tão distraída que pego o caminho errado duas vezes.

— Por que estamos indo por aqui, mamãe? — pergunta Tessa com seus olhinhos espertos, no banco de trás.

— É bom experimentar coisas diferentes — digo na defensiva. — Senão a vida fica chata.

No instante em que as palavras saem da minha boca, me dou conta de seu significado terrível. Será que Dan está "experimentando coisas diferentes"? Será que Mary é uma "coisa diferente"?

Não sei exatamente o que aconteceu comigo. Me sinto como uma máquina de pinball. Desconfianças, inquietações e teorias estão disparando de um lado para o outro em meu cérebro como nunca aconteceu antes. Eu confiava em Dan. Eu *conhecia* Dan. Éramos um *nós*. Uma relação sólida. Então, o que mudou?

Ou será que estou inventando problemas para mim? Essa ideia me ocorre quando me aproximo de um nó no trânsito, todos seguindo para a escola. É inteiramente possível. Talvez eu seja como Otelo, obcecado com um lenço. Dan é inocente, no entanto meu ciúme irracional é uma força incontrolável e eu só vou me dar conta disso, angustiada, assim que o tiver matado. (Me divorciado dele e ficado com as crianças e a casa. É o equivalente de Wandsworth.)

Minha cabeça está girando mais do que nunca. O que Tilda diria? Ela diria: "Foque no que você *sabe* de fato." Então. Ok. Aqui vai. Eu sei que encorajei Dan a ser aventureiro. (Imenso erro; o que eu tinha na cabeça?) Sei que alguma coisa "despertou dentro dele". Sei que ele está preparando para Mary sua receita de cordeiro mais sofisticada e sugeriu que eu saísse de casa nessa noite. Sei que ele deu uma busca no Google pelo *marido de Mary Holland*. E, obviamente, agora sei que ele "quer fugir".

É mais do que um lenço.

Não é?

É?

Paro em um sinal de trânsito, meu coração disparado e a testa franzida. Minhas mãos apertam o volante; meu corpo inteiro está engajado nesse processo mental.

Ok, eis a questão: não estou dizendo que acho que ele está tendo um caso. Ainda. O que estou dizendo é que ele se encontra *nessa zona de perigo*. Ele está pronto. Está vulnerável. Ele mesmo pode ainda não ter percebido, mas está.

— Mamãe! Manhêêêê! Os carros estão buzinando! — De repente me dou conta de que estão buzinando para mim. Merda. (E só percebi porque Tessa me avisou.)

Eu avanço e começo a procurar uma vaga para estacionar, todo e qualquer pensamento conjugal temporariamente varrido de minha mente. Maldita Londres. É impossível estacionar. É impossível fazer qualquer coisa. Por que existe tanta gente na rua? O que esse povo todo está *fazendo*?

Finalmente encontro uma vaga, a três ruas da escola, e corro com as meninas, arrastando mochilas, flautas doces e kits de ginástica. Enquanto atravesso o pátio, aceno e sorrio para várias mães que conheço, todas reunidas em panelinhas, fofocando. As mães da escola basicamente se dividem em três categorias. Existem as mães que trabalham fora. As mães que trabalham em casa. E existem as mães cujo trabalho é a malhação — estas nunca usam nada que não seja legging e tênis.

Como será a vida conjugal *delas*? Eu me pego imaginando enquanto examino todos os rostos alegres, tagarelando. Quantas estarão escondendo preocupações por baixo de seus sorrisos?

— Ah, Sylvie! — chama Jane Moffat, nossa representante de turma, quando passo. — Posso pôr uma quiche no seu nome para o piquenique anual?

— Claro — digo, distraída, antes de me amaldiçoar. Quiches são horríveis. De qualquer forma, por que alguém vai querer quiche em um piquenique? É impossível de comer. Mais tarde vou mandar um e-mail para ela sugerindo substituir por sushi, que tem a vantagem de ninguém esperar que você prepare o sushi.

Tessa e Anna já estão na porta da sala de aula, que fica no térreo e dá direto para o pátio. Vou até lá e as ajudo a pendurar as bolsas com a roupa de ginástica no cabide, colocar as mochilas na cesta e as flautas na prateleira destinada às flautas.

— Ah, Sra. Winter — chama a Sra. Pickford, a professora delas. Ela é uma mulher gentil e amável, com cabelos grisalhos cortados em camadas, e muitos cardigãs de cores diferentes. — As meninas nos contaram que vocês agora têm uma cobra na família! Que empolgante!

Eis um fato sobre crianças de cinco anos: elas contam *tudo* para a professora.

— É isso mesmo! — Tento parecer positiva. — Temos, de fato, uma cobra na família.

— Estávamos pensando se vocês poderiam trazê-la para mostrar à turma? Tenho certeza de que as crianças iam amar vê-la... é ela, não é?

— Talvez — digo, após uma pausa. — Ela é mais do meu marido Ele é quem a alimenta e tudo mais.

— Entendo. — A Sra. Pickford assente com a cabeça. — Bem, talvez a senhora possa falar com ele... — Ela hesita. — Isto é, seria *seguro*? É uma cobra *inofensiva*?

Resisto à tentação de dizer: "Não, é uma jiboia letal de mais de três metros, por isso que a mantemos em casa."

— Totalmente segura — digo em tom tranquilizador.

— Pelo que entendi foi uma completa surpresa... — acrescenta a Sra. Pickford, tagarela. — Tessa nos contou que a senhora levou um susto e tanto! Eu não sei como reagiria se meu marido levasse uma cobra para casa, assim do nada!

Ela dá uma risadinha, e eu sei que ela só está puxando assunto, mas sinto como se ela tivesse colocado o dedo na ferida.

— Bem, temos um casamento muito sólido — digo antes que consiga me conter. — Muito sólido e feliz. Muito estável. Estamos muito bem, na verdade. Não nos abalamos com coisas como cobras, ou outras... — Pigarreio. — Enfim.

Quando paro de falar, posso ver uma expressão ligeiramente estranha no rosto da Sra. Pickford.

Ai, meu Deus. Eu estou ficando mesmo descontrolada.

— Certo — ela diz, a voz um pouco animada demais. — Bem, me avise se vão poder trazer a cobra à escola. Meninas, deem tchau pra mamãe.

Abraço uma de cada vez, então me afasto, a mente agitada. Sorrio e aceno para as outras mães, e provavelmente pareço relaxada e alegre, exatamente como elas, mas por dentro a tensão está subindo. O que eu preciso de verdade, nesse momento, é de uma distração.

Ok, Toby é definitivamente uma distração. Quando chego ao trabalho, ele já está lá, perambulando pelo salão, espiando escada acima, parecendo totalmente inadequado em sua camiseta preta surrada.

Graças a Deus ele está aqui. Ele já desmarcou comigo duas vezes. Sempre com uma boa desculpa, mas ainda assim...

— Oi, Toby! — digo, cumprimentando-o com um aperto de mão...
e apenas por um breve momento há um estranho frisson entre nós.

A última vez que vi Toby, eu estava seminua, e posso ver que ele
está lembrando disso também, pela maneira como seus globos ocula-
res estão disparando para cima e para baixo. Então o vejo se recompor,
e no instante seguinte ele está fazendo um meritório esforço de dizer:

— Oi, Sylvie.

— Muito obrigada por vir. Em geral eu subo pela escada. Tudo
bem para você?

— Sem problemas — diz ele, me seguindo escada acima, dois
degraus de cada vez. — Este lugar é incrível! Todas essas armaduras!

Faço que sim com a cabeça.

— São maravilhosas, não são? Você deveria ver o porão.

— Sabe, eu nunca soube da existência deste lugar — continua
Toby alegremente. — Nunca nem mesmo ouvi falar. Provavelmente
passei por aqui um milhão de vezes, mas nunca o notei, meus amigos
nunca notaram... Literalmente, eu não sabia que ele existia. Se você
me falasse da "Willoughby House", eu perguntaria "O que é isso?"

Ele tem de soar tão enfático? Graças a Deus nem Robert nem a
Sra. Kendrick estão por perto. E também graças a Deus nós já enco-
mendamos uma grande placa de "Museu Willoughby House" para
o exterior da casa. Vai ser de madeira pintada de cinza e de muito
bom gosto, e demoramos *apenas* uma semana para convencer a Sra.
Kendrick do estilo e da fonte da letra.

Como é que vamos conseguir chegar a um acordo sobre o redesign
de um website inteiro?

Não. Não pense assim. Seja positiva.

— Sua mãe certamente mencionou este lugar para você algumas
vezes... — sugiro. Tilda já veio a vários eventos aqui; ela é muito
leal.

— Sim, talvez tenha — diz ele com simpatia. — Mas não registrei.
Não é muito famoso, é? Não como o V & A.

— Certo. — Tento abrir um sorriso. — Bem, esse é o problema. O problema que estamos tentando resolver.

Clarissa está fora esta manhã e Robert ainda não chegou, então temos o escritório todo para nós. Mostro a Toby nossa homepage dizendo *Informações: solicite por escrito,* e ele explode numa gargalhada.

— Adorei isso — diz ele, umas cinquenta vezes. — Adorei. É muito irado. — Ele tira uma foto da homepage e compartilha com todos os seus amigos aficionados por tecnologia e lê para mim os comentários que instantaneamente surgem em seu celular. E eu fico dividida entre sentir orgulho por termos algo tão singular e constrangimento por todo um grupo de nerds estar rindo de nós.

— Enfim — digo. — Como você vê, estamos parados no tempo. E não podemos continuar assim. Então... o que podemos fazer? Quais são as possibilidades?

— Bem — diz Toby vagamente, ainda rindo de alguns dos comentários em seu celular. — São muitas. Depende do que você pretende. Como um banco de dados gerenciável, uma experiência interativa, um e-commerce, o quê?

— Eu não sei! — digo, meu apetite aguçado. — Me mostre!

— Olhei o website de alguns museus — diz ele, pegando seu laptop. — Tipo, no mundo todo. Foi bem interessante.

Ele começa a acessar websites, um após o outro. Pensei que tivesse feito minha pesquisa muito bem, mas alguns desses eu nem vi. E são *incríveis.* Há fotos animadas, vídeos de 360 graus, aplicativos interativos, imagens espetaculares, audiovisitas narradas por celebridades...

— Como eu disse — conclui Toby —, o céu é o limite. Você pode ter qualquer coisa que quiser. Depende do que quiser. De quais são suas prioridades. Ah, e do orçamento — ele acrescenta, como complemento.

Orçamento. Eu devia ter *começado* com o orçamento.

— Certo. — Eu afasto o olhar do website de um museu americano que tem extraordinárias imagens em 3D de exposições girando lentamente pela tela. São tão vívidas que você tem a sensação de que está mesmo no museu diante delas. Imagine se pudéssemos fazer isso! — Assim... quanto um assim custaria?

— Na verdade, eu li sobre esse em uma revista de tecnologia — diz Toby, assentindo com a cabeça. — Custou meio milhão. Ah, não se preocupe — ele acrescenta, vendo minha expressão. — Libras não. Dólares.

— Meio *milhão*? — Tenho a sensação de que ele me deu um soco no peito.

— Mas isso foi, assim, com todo um grande reposicionamento da marca e tudo — ele se apressa a dizer. — Como eu disse, depende do que você quer.

Eu me sinto traída. Tudo que vejo on-line são anúncios dizendo o quanto é barato e fácil fazer websites.

— Pensei que atualmente fosse possível fazer websites no seu quarto por quase nada — digo, um tanto acusadora. — Pensei que estivéssemos falando disso.

— E você pode! — Toby balança a cabeça sinceramente. — Com certeza. Só que eles não vão funcionar como aquele. Mas você não precisa gastar meio milhão. — Ele está claramente tentando soar encorajador. — Você pode gastar cem mil, cinquenta mil, dez mil, mil... — Seus olhos retornam à nossa homepage. — Enfim, *isto* é legal — diz ele. — Somente um desenho. É subversivo.

Sra. Kendrick, subversiva? Eu riria se não estivesse ainda sob o efeito do choque do meio milhão.

— Talvez seja — suspiro. — Mas não traz clientes. Não faz *dinheiro*.

— Então como é que vocês trazem clientes?

— De muitas formas. Pequenos anúncios aqui e ali. No boca a boca.

— Ah, boca a boca. — Toby se anima. — Esse é o Santo Graal. É o que todo mundo quer.

— Sim, mas não existem bocas suficientes. — Olho o website americano com ar cobiçoso por mais alguns instantes. — Então, basicamente precisamos de dinheiro para bancar o website que precisamos para ganhar dinheiro.

Toby assente sabiamente.

— Ganso de ouro. Não, quero dizer, a galinha dos ovos de ouro. Então, você já pensou sobre a plataforma?

Esfrego o rosto, sentindo minha energia se esvair. Por que será que tudo na vida é um pouco mais difícil do que você acha que vai ser? Decorar bolos, ter filhos, manter casamentos, salvar museus, fazer websites. Tudo difícil. A única coisa na vida que veio a ser mais fácil do que eu esperava foi a prova de qualificação em italiano no ensino médio. (Ah, e depilar minhas pernas com laser. Isso foi moleza.)

— Acho que é melhor então eu montar um orçamento — digo, por fim. — Aí poderemos falar sobre plataformas ou o que for.

"Montar um orçamento." É um eufemismo e tanto. Faz parecer que eu só preciso reunir pedaços espalhados e montá-los. Mas eu não tenho os pedaços. Não tenho nada.

Poderíamos vender algumas obras de arte, é o pensamento que cruza minha mente. Mas a Sra. Kendrick concordaria com isso?

— Total, Sylvie, quando você quiser — diz Toby, e uma onda de compaixão cobre o seu rosto. — É difícil, né? — acrescenta ele, subitamente parecendo mais sério, como se compreendesse.

Bem, é claro que ele compreende. Está tentando lançar uma startup. Tem suas próprias dificuldades e obstáculos.

Eu lhe dirijo um sorriso meio forçado em resposta e ele fecha o laptop.

— Sim. É. Tudo muito difícil.

DOZE

É tudo muito difícil. E não fica nem um pouco mais fácil.

Estamos na terça seguinte e o acontecimento mais positivo na minha vida nesse momento é a placa "Museu Willoughby House", que chegou ontem, e é linda. Muito melhor do que esperávamos. Ficamos toda hora indo até lá fora para admirá-la, e as voluntárias estão convencidas de que ela já está trazendo mais visitantes, e até Robert deu um grunhido meio impressionado quando a viu.

Em casa, porém, nada feito. Não sei bem quem está mais estressado nesse momento, eu ou Dan. Ele vive nervoso, mal-humorado, tensório e no geral difícil de conviver. Quando o celular dele toca, ele o pega tão rápido que eu até me assusto. Duas vezes cheguei em casa e o encontrei andando de um lado para o outro na cozinha, ao celular, absorto em uma conversa intensa que ele imediatamente interrompeu. E, quando perguntei "O que foi?", ele respondeu "Nada" em um tom desencorajador, como se eu estivesse de alguma forma invadindo sua privacidade. Nesse momento sinto uma onda de frustura tão grande que tenho vontade de *socar* alguma coisa.

Tenho a sensação de que não sei de mais nada. Não sei o que Dan está pensando; não sei o que ele quer; ainda não sei o que é esse "um milhão de libras, talvez dois". Não sei por que ele vem confabulando com minha mãe. Se era para planejar uma surpresa, então onde está a surpresa?

Eu costumava pensar que nosso casamento era uma entidade sólida. Firme e densa, com talvez somente uma ou outra falha sísmica. Mas será que essas falhas sísmicas são maiores do que eu pensava? Serão abismos? E, nesse caso, *por que não consigo vê-los?*

Às vezes, sinceramente, eu me sinto como uma pessoa daltônica. É como se todo mundo conseguisse ver algo que eu não consigo. Até mamãe. Às vezes, ela respira fundo para falar, então se contém e diz "Ah, perdi minha linha de raciocínio" de forma pouco convincente, e seu olhar foge do meu e penso: O que foi? *O que foi?*

Por outro lado, eu posso estar paranoica. É possível.

Seria tão bom ter uma amiga sensata com quem conversar agora, mas a única pessoa que sabe de todos os detalhes da história é Tilda, e ela ainda está indo para Andover. Ontem eu estava tão desesperada que me vi buscando no Google *Como segurar seu marido*, e a resposta que obtive foi, basicamente: *Você não pode. Se ele quiser deixá-la, vai deixar.* (Eu odeio a internet.)

O infame jantar é hoje à noite, e Dan está totalmente obcecado — com a comida, o vinho, até as xícaras de café. (Quando foi que ele prestou atenção em xícaras de café?)

Enquanto isso, estou péssima e morrendo de vontade de que tudo isso acabe. Fico dizendo para mim mesma: *Não pode ser tão ruim assim.* Depois: *Sim, pode.* E então: *Na verdade, pode ser pior.* (Não tenho muita certeza no que consistiria esse *pior*, mas bom não vai ser, certamente.)

Dan percebeu minha tensão; como poderia não perceber? Embora — há males que vêm para o bem — eu a tenha atribuído a meus problemas no trabalho, que ainda são enormes, apesar da placa. Meu orçamento não existente para o website continua não existente. Já consultei cada um dos apoiadores, patrocinadores e filantropos em que pude pensar. Mas até agora não recebemos nada além de cem libras em espécie colocadas anonimamente na caixa de correio, em um envelope (suspeito inteiramente da Sra. Kendrick) e uma grande caixa dos biscoitos da Fortnum. Uma das voluntárias aparentemente "mexeu os pauzinhos". (A cara de Robert quando os viu foi bem engraçada; na verdade, foi a única coisa que me fez rir em muito tempo.)

E agora eu preciso me preparar para confrontar minha nêmesis saboreando um cordeiro assado de Ottolenghi.

Não. Eu não tenho nenhuma *prova* de que ela é minha nêmesis. Preciso me lembrar disso.

Quando entro na cozinha, estou com minha roupa mais casualmente elegante — calça branca de caimento reto e uma blusa estampada com um decote não muito exagerado — e exalando meu perfume. Tenho esperança de encontrar Dan ao fogão e, ao se virar, seus olhos se iluminarem e cairmos nos braços um do outro, estabelecendo uma conexão, um vínculo, que vai imunizá-lo contra Mary.

Mas ele não está ao fogão. Posso vê-lo pela janela, lá fora no quintal, pegando um pouco de hortelã de nossa moita que cresce, desgrenhada, ao lado de uma das casas de brinquedo. (Hortelã eu conheço. Hortelã e alecrim. Qualquer outra erva, esqueça: eu precisaria vê-las em um pacote no supermercado para ser capaz de identificá-las.)

Saio pela porta dos fundos e piso em nossa grama malcuidada, revirando o cérebro em busca de algo para dizer. Quando me aproximo de Dan, disparo:

— Hortelã é ótimo, não é?

Que é um comentário tão insosso que eu imediatamente me arrependo — mas, por outro lado, nem sei se Dan sequer me ouviu. Ele está esfregando uma folha de hortelã entre os dedos e seus olhos têm aquela expressão distante outra vez. Onde ele está agora? De volta à sua juventude? Com ela?

E mais uma vez eu sinto uma pontada de ansiedade. Ok, não tenho prova de nada, mas não é essa a questão. A questão é que Dan está vulnerável. Acredito nisso mais do que nunca. Alguma coisa aconteceu naquele jardim. Alguma coisa foi mexida dentro dele. E agora essa mulher vai chegar (e se ela é pelo menos *um pouco* parecida com sua foto, é maravilhosa) e vai lembrá-lo de como tudo era antes do casamento, das filhas e das estrias. (Bem, ela pode ter estrias. Mas eu duvido.)

Ajudo Dan a pegar mais um pouco de hortelã e voltamos para dentro de casa, e de alguma forma continuo a entabular uma conversa inócua — mas minha mente está zunindo.

— Então, me fale sobre seus amigos — eu digo enquanto ele lava a hortelã. — Me fale sobre... — Faço um esforço heroico para soar casual. — ...Mary.

— Bem, não vejo Jeremy e Adrian há *anos* — observa Dan, e meu cérebro solta um guincho de frustração.

Eu não quero saber sobre nenhum Jeremy ou Adrian, você não me ouviu dizer Mary? Mary?

— Jeremy é advogado tributarista, até onde sei — continua Dan —, e Adrian é professor, *acho*, mas não estava claro no LinkedIn...

Meu cérebro se desliga enquanto ele me fala tudo sobre Jeremy e Adrian e como eram divertidos e a caminhada que uma vez fizeram no Brecon Beacons.

— E Mary? — pergunto, assim que tenho uma oportunidade. — Como ela é? Preciso me preocupar? A história da antiga namorada e tudo mais? Rá, rá! — Tento, sem êxito, dar uma risada leve, natural.

— Não seja ridícula — ele replica, irritado, e há uma chama defensiva em sua voz que me faz fitá-lo com um medo súbito e genuíno.

Ele claramente percebe que teve uma reação exagerada, porque no momento seguinte ergue os olhos da hortelã e sorri como qualquer marido amoroso e diz:

— Eu não me preocupo que você veja Nick Reese todos os dias, me preocupo?

Continuo sorrindo, mas por dentro estou fervendo. Nick Reese é uma *história totalmente diferente*. Sim, ele é meu ex-namorado e sim, eu o encontro muitas vezes, mas isso porque ele tem uma filha na mesma turma que as nossas meninas. Eu o encontro nos eventos escolares, por força das circunstâncias. Não porque o convidei para minha casa para um jantar especial do chef Ottolenghi e dei atenção especial ao meu traje. (Sim, eu *notei* que Dan está usando sua camisa mais bonita, a que lhe cai melhor. Eu *notei*.)

Dou de ombros casualmente.

— Eu só estava me perguntando como ela era.

— Ah, ela é... — Dan faz uma pausa e seus olhos se tornam distantes. — Ela é uma daquelas pessoas que tornam a vida melhor. É inteligente. Calma. Algumas pessoas têm essa qualidade, sabe?, uma espécie de generosidade. Uma espécie de tranquilidade prática. Ela é como um lago tranquilo.

Eu o fito, abalada. Mary é um lago tranquilo. Ao passo que eu sou o quê? Um rio caudaloso, com corredeiras espumantes a cada curva?

Será que ele simplesmente se cansou de mim? Quer um lago e não um rio? É *esse* o imenso abismo em nosso casamento que eu não consigo ver? De repente meus olhos ardem, as lágrimas à espreita, e desvio o olhar. Eu *preciso* me controlar. O que Tilda diria? Ela diria: "Pare de pensar demais, sua boba, e beba uma taça de vinho."

— Vou beber uma taça de vinho — digo, abrindo a geladeira. — Quer uma?

— Vou terminar a hortelã primeiro — diz Dan, olhando o relógio em seu pulso. — Eles vão chegar daqui a pouco.

Sirvo uma taça de Sauvignon e verifico a mesa, tentando me acalmar. Enquanto dou a volta, arrumando guardanapos que não precisam ser arrumados, uma nova ideia me ocorre. Venho me concentrando inteiramente nele. E *ela*? Pela foto, parece uma boa pessoa. Parece uma pessoa que não roubaria o marido da amiga. Então talvez minha melhor aposta seja me tornar amiga dela. Criar um vínculo com ela. Mostrar que sou uma pessoa muito legal. Mostrar que, mesmo que Dan diga "Minha mulher não me entende" — o que, para ser justa, às vezes não entendo mesmo —, estou fazendo o melhor que posso.

(Em minha defesa, ele é bastante difícil de entender. Essa mania que ele tem de reduzir a potência do aquecedor: nunca vou entender isso.)

Estou justamente me dizendo que essa é uma boa estratégia e que não há razão para ficar ansiosa quando a campainha toca e eu levo um susto tão grande que quase derramo meu Sauvignon.

— Ela chegou! — digo, estridente. — Quer dizer... eles chegaram. Alguém chegou.

Dan vai atender a porta e eu logo ouço o estrondo alegre de vozes masculinas no hall.

— Adrian! Jeremy! Há quanto tempo! Entrem! — Dan está dizendo, e meu coração relaxa um pouco. Não é ela. Ainda.

Eu levanto os olhos com um sorriso quando Adrian e Jeremy aparecem — ambos caras simpáticos e normais com suas barbas aparadas. Adrian usa óculos, Jeremy está de sapato de camurça vermelha e, afora isso, não consigo dizer quem é quem. Dan serve drinques e chips de batata enquanto eu ouço parcialmente a conversa, que é sobre pessoas de quem nunca ouvi falar... e então chegam a Mary.

— Ela trabalha com consultoria ambiental? — pergunta Adrian. — Faz sentido.

— Não sei como todos nós perdemos contato. — Dan sacode a cabeça. — Vocês voltaram ao jardim?

Jeremy faz que sim com a cabeça.

— Algumas vezes. Você sabe... — Ele se interrompe quando a campainha toca e juro que um frisson percorre cada um de nós. É ela. É Mary.

— Certo! — diz Dan, e sei que ele está tenso, por causa da voz. — Bem, deve ser ela. Eu vou...

Ele está deliberadamente evitando contato visual comigo quando segue para o hall? Não sei dizer. Encho a taça de todos com vinho, principalmente a minha. Acho que vamos precisar.

E então, de repente, lá está ela, entrando na cozinha com Dan, e meu coração dá um pulo. Ela é uma visão, uma visão absoluta, mais alta do que eu esperava, os cabelos escuros cacheados, os olhos gentis e aquelas covinhas incríveis.

— Oi — ela diz com um sorriso radiante, e estende a mão. — Sylvie? Eu sou Mary.

Eu pisco, sentindo-me arrebatada. Ela é maravilhosa. Parece mesmo um anjo. Um anjo de camisa branca com gola *oversized*, e calça de linho macio.

— Oi. — Eu a cumprimento com um aperto de mão. — Sim. Sou a esposa de Dan.

— Que simpático da sua parte nos receber aqui — diz Mary, e então acrescenta, dirigindo-se a Dan: — Ah, vinho branco, por favor. Que perfeito! Jeremy, Adrian, vocês dois estão maravilhosos.

Ela tem aquele dom de deixar as pessoas à vontade, imediatamente me dou conta. Olho para baixo e vejo que ela está usando *scarpins* de couro cinza incríveis, que conseguem parecer chiques, éticos, caros mas não ostentosos, tudo ao mesmo tempo.

Estou com os sapatos de saltinho presos no calcanhar que sempre uso em jantares. Eu gostava deles até dez minutos atrás, mas agora de repente me parecem muito óbvios e inferiores.

— Adorei sua cozinha — diz Mary numa voz macia. — Tem uma atmosfera família deliciosa. E esse azul é deslumbrante. Você que escolheu?

Ela tem a voz mais reconfortante. Ela é mesmo um lago calmo. Ai, meu Deus, acho que *eu* estou me apaixonando por essa mulher, que dirá Dan.

— Tentamos montes de azuis diferentes antes de acertarmos — digo, e o rosto dela se abre em outro sorriso de covinhas.

— Posso imaginar. E olha só o seu quintal. Aquelas casinhas lindas!

Ela segue para a porta dos fundos para olhar lá fora e eu fico impressionada com seu andar flexível. Ela não é muito magra, mas tem perfeito domínio do corpo. Posso bem imaginá-la aos dezenove anos, o cabelo pré-rafaelita caindo nos ombros, a pele clara e perfeita...

Não. *Pare*. Preciso criar uma conexão com ela. Vou falar sobre jardinagem.

— Venha aqui fora ver! — digo, abrindo a porta dos fundos e levando-a para o minúsculo pátio. — Bem, não fazemos muita coisa com ele... Você tem namorado?

Ai, meu Deus. As palavras simplesmente saltaram da minha boca antes que eu pudesse me conter. Será que soou forçado?

Não. Tudo bem. É uma pergunta normal. É o que se faz quando se conhece uma pessoa. Você pergunta sobre ela.

— Não. — O rosto de Mary se contorce em uma expressão pesarosa e ela vai até a nossa única árvore, uma bétula. — Já faz algum tempo.

— Ah. — Tento parecer compreensiva, comunicar sororidade, não como a esposa desconfiada que está mentalmente registrando *sem namorado*.

— Os homens podem decepcioná-la tanto — continua Mary com sua voz melodiosa. — Ou talvez sejam só os homens que encontrei. Eles parecem ter uma capacidade extra para enganar. Ela é linda — acrescenta, acariciando a árvore.

Ela escolheu a única coisa em nosso quintal que se poderia descrever como linda.

— E milefólio! — ela exclama, levando a mão a uma planta comum que eu nunca tinha nem mesmo notado. — Fantástico. Tão curativo. Você usa no banho?

— Hã... não — admito. Usar aquela planta raquítica no meu banho?

— Nunca deixe ninguém dizer a você que isso é uma erva daninha. É possível fazer uma infusão maravilhosa com as flores. É bom para o sono... febres... tudo. — Ela levanta a cabeça, os olhos brilhando, e eu a fito, ligeiramente hipnotizada. — É uma das minhas paixões, cura natural. E cura energética.

— Cura energética?

— O uso da energia do próprio corpo para se reequilibrar. — Mary me dirige novamente seu sorriso beatífico. — Sou apenas uma ini-

ciante, mas acredito piamente na conexão mente-corpo. No fluxo. —
Ela aponta o próprio corpo, em um belo movimento.

— Ah, vocês estão aqui! — A voz de Dan nos interrompe e ambas
nos viramos e o vemos saindo pela porta da cozinha. — Sobre o que
as duas estão fofocando?

Ele parece constrangido, registro imediatamente. Caloroso demais.

— Sylvie estava me perguntando sobre minha vida amorosa — diz
Mary com aquela mesma expressão pesarosa, e vejo o olhar de Dan
disparar para mim severamente.

Ótimo. Agora parece que eu trouxe Mary para fora, afastando-a
do grupo, para perguntar se ela é solteira.

O que não foi o que eu fiz, em absoluto.

Quero dizer, não era o que eu *pretendia* fazer. Aconteceu.

— Não! — digo um pouco estridente. — Quero dizer... quem se
importa com isso? — Tento uma risada, que não dá muito certo.

— Enfim, fale sobre sua cura natural para Dan, Mary! Parece incrível!

Ok. Estou sendo um pouco maquiavélica aqui. Se eu tivesse de vo-
tar para a Pessoa Menos Interessada em Medicina Alternativa no
mundo, seria Dan, de longe. A visão dele em relação à medicina é
basicamente: tome paracetamol e consulte o médico, se precisar. Ele
não toma vitaminas, não medita e acredita que a homeopatia é um
imenso embuste.

Assim, minha expectativa quando nos sentamos para o jantar é
que, quando Mary falar sobre "fluxo corpo-mente" e "limpeza de
bloqueios de energia", Dan adote sua habitual postura cínica e os
dois acabem discutindo. Ou pelo menos discordando. (Cenário dos
sonhos: Mary indo embora pisando firme e gritando: "Como você
ousa dizer que reiki não passa de um monte de bobagens!")

Mas não é assim que acontece. Enquanto Dan serve o cordeiro,
Mary discorre sobre sua cura de uma forma tão inteligente e envol-
vente que todos nós escutamos, hipnotizados. Ela fala como uma

atriz shakespeariana. Até parece uma. Começo a pensar que talvez *haja* alguma coisa nessa cura afinal, e até mesmo Dan se mostra bastante aberto ao assunto. Então ela passa para yoga e ensina a todos nós um alongamento dos ombros à mesa. Em seguida, conta histórias engraçadas sobre um curso de herbalismo que frequentou, no qual preparou um tipo de licor de folha de faia que deixou todos totalmente bêbados.

Ela não é só angelical, é espirituosa. Ela exala energia positiva. Todos estão encantados. Eu *estou* encantada. Quero que ela seja minha amiga.

À medida que a noite avança, eu me vejo relaxando. Meus medos parecem ir embora. Não existe nenhum clima especial entre ela e Dan que eu possa perceber. Dan também relaxou, e parece tão interessado em pôr o assunto em dia com Jeremy e Adrian quanto com Mary. Quando chegamos aos chocolates da Green & Black's, estou pensando: Precisamos repetir isso, e: Que ótimos novos amigos, e: Vou perguntar a Mary onde ela comprou esses sapatos cinza.

Estou justamente servindo chá de hortelã fresca quando percebo que uma vozinha estridente está me chamando: "Mamãe! Mamãe!" Então peço licença e me retiro. Encontro Anna de pé na escada, agarrada ao corrimão, o rosto molhado de lágrimas, me dizendo:

— Ele estava vindo atrás de mim, estava vindo, estava vindo.

Pobre Anna. Ela sempre leva séculos para se acalmar depois de um pesadelo, então me preparo para uns bons vinte minutos sentada na cama dela, tranquilizando-a, acariciando-a, cantando e falando em voz baixa. Ela parece adormecer, então abre os olhos em pânico e procura por mim... então cochila de novo... abre os olhos outra vez... e eu simplesmente fico ali, pacientemente, esperando. E por fim ela adormece de fato, respirando pesadamente, os dedos ainda agarrados à borda do edredom.

Sinto-me tentada a deitar com ela. De repente estou exausta. Mas, afinal, ainda temos convidados e aqueles chocolates da Green & Black's não vão se servir sozinhos. Assim, eu me levanto e deixo o quarto dela... e paro, imobilizada. De onde estou, no patamar, tenho uma visão do espelho no hall, e no espelho posso ver o reflexo da sala de estar. E na sala de estar estão Dan e Mary. Somente eles. Eles não devem ter a menor ideia de que posso vê-los; de que alguém pode vê-los. Estão sozinhos e muito próximos. Mary está ouvindo Dan, a cabeça inclinada com uma expressão atenta, compreensiva. Ele fala baixo — tão baixo que não consigo ouvir suas palavras. Mas posso captar o clima entre eles. É um clima de intimidade. De familiaridade. De tudo que eu temia.

Por alguns momentos fico imóvel, meus pensamentos dando guinadas para um lado e para o outro. Quero confrontá-los. Não, não tenho coragem de confrontá-los. Posso estar errada. Errada sobre o quê, afinal? O que eu imagino que esteja acontecendo? Eles não podem ser apenas dois velhos amigos compartilhando um momento?

Mas por que se esconder de todo mundo?

Uma explosão de risadas masculinas vindo da cozinha me faz despertar, e automaticamente começo a avançar. Não posso ficar no andar de cima para sempre. Quando desço, os degraus rangem, e imediatamente Dan surge na porta da sala de estar.

— Sylvie! — ele exclama, alto demais. — Eu estava justamente mostrando a Mary... — Sua voz morre, como se ele não conseguisse pensar em uma história convincente.

Então Mary surge no vão da porta — e o olhar que ela me dirige me deixa gelada. É inconfundível. É um olhar de pena.

Por um momento nossos olhos ficam fixos nos da outra e eu engulo em seco, a garganta apertada, incapaz de falar.

— Na verdade, eu preciso ir — diz Mary naquela voz macia.

— Já? — responde Dan, mas ele não parece lamentar de fato, e, enquanto voltamos para a cozinha, os outros dois também estão se levantando, falando sobre metrôs e Ubers e nos agradecendo a noite maravilhosa.

Essa noite se esvaiu pelos meus dedos. Quero desacelerá-la. Dar pausa. Preciso arrumar meus pensamentos. Mas, antes que eu tenha chance de fazer isso, estamos no hall, pegando os casacos e dando beijinhos de despedida. Mary não me olha nos olhos. Estou desesperada para puxá-la de lado e perguntar: "O que você estava falando com Dan ainda há pouco?" E "Por que vocês dois se afastaram assim?" Mas não tenho coragem suficiente.

Tenho?

— Mamãe! Acordei!

A voz aguda de Tessa interrompe meus pensamentos e meu coração se aperta.

— Tessa! Você também não!

Corro instintivamente para o andar de cima, pegando-a no colo e levando-a de volta para o quarto antes que ela decida se juntar à festa. Crianças se levantando no meio da noite seguem a regra dos cinco segundos — você tem de ser rápida. Eu a coloco na cama e fico sentada ali até ela fechar os olhos, ouvindo as despedidas finais lá embaixo no hall e, em seguida, a porta se fechando. Quando Tessa já está ressonando, volto para o patamar da escada. Estou prestes a descer, mas algo me detém. Algo duro, com farpas e suspeitas. Então, em vez de descer, dirijo-me silenciosamente ao banheiro que dá vista para a frente da casa e espio. Dan e Mary estão na calçada, conversando, somente os dois.

Como eu sabia que eles estariam ali?

Eu simplesmente sabia.

Sinto um aperto horrível no peito quando me abaixo diante da janela e silenciosamente abro uma fresta. Mary está enrolada em uma *pashmina* e seu rosto, sob a luz do poste, se encontra envolto em preocupação.

Recosto a cabeça no parapeito, tentando desesperadamente ouvir trechos da conversa.

— *Agora* você entende — Dan está dizendo em voz baixa. — Eu me sinto simplesmente... encurralado.

Minha garganta se fecha, em choque. Encurralado? Ele se sente *encurralado*?

— Sim. Eu entendo — diz Mary. — Entendo, sim. Eu só...

Suas vozes ficam ainda mais baixas, e eu só consigo captar uma palavra ou outra.

— ...falar...

— ...descobrir...

— ...ela não vai...

— ...tome cuidado...

Meu coração bate forte quando espio pela janela outra vez e vejo que Mary está dando um abraço em Dan. Um abraço apertado. Um abraço caloroso.

Eu me agacho. Sinto que vou desmaiar. Formas escuras disparam em meu cérebro. Sou então a maior das tolas, aquela que confia?

Os dois estavam me fazendo de boba a noite toda? Repasso na mente a atitude cordial e charmosa de Mary. Sua voz macia. A mão que ela frequentemente colocava no meu braço. Era tudo cena? "Os homens... parecem ter uma capacidade extra para enganar", disse ela — e agora eu lembro do olhar que me dirigiu. Foi uma pista? Um aviso?

Ouço a porta da casa se fechando e rapidamente saio do banheiro e vejo Dan no hall, me olhando lá de baixo. Há sombras em seu rosto e não consigo ler sua expressão e tudo em que consigo pensar é: Ele se sente encurralado.

— Vá para a cama — diz ele. — Só vou recolher os pratos. Podemos fazer o resto amanhã.

Normalmente eu diria: "Não seja bobo, vou ajudar!" e limparíamos tudo, companheiros, comentando a noite e rindo sobre uma coisa e outra.

Essa noite não.

Eu me preparo para me deitar, me sentindo um tanto entorpecida, e ainda estou lá, totalmente rígida, me perguntando o que fazer em seguida, como prosseguir... quando Dan finalmente se deita ao meu lado.

— Bem, deu tudo certo — diz ele.

— Sim. — De alguma maneira consigo falar. — O cordeiro estava delicioso.

— Eles são uma turma divertida.

— Sim.

Faz-se outro longo e estranho silêncio, até que Dan de repente diz:

— Ah. Preciso mandar um e-mail. Foi mal.

Ele se levanta e sai do quarto descalço. E, por dez segundos, permaneço imóvel, minha mente tentando se acalmar. Dan está sempre enviando e-mails. Está sempre saindo da cama tarde da noite, com alguma lembrança súbita. Ele é um homem ocupado. Isso não significa nada. Não significa nada *mesmo*...

Mas eu não posso evitar. Minha desconfiança é como uma fome desesperada; tenho de saciá-la. Sem fazer nenhum ruído, giro as pernas, me levanto e sigo sem fazer barulho para a porta do quarto. A porta do escritório de Dan está aberta, e a luz, acesa. Eu me inclino para a frente, silenciosamente, até avistá-lo, e tenho outro profundo choque.

Ele se encontra de pé no escritório, digitando em um celular que nunca vi antes. Um Samsung. Que telefone é esse? Para que ele precisa de dois celulares? Depois, ele o guarda em uma gaveta e a tranca com uma chavezinha que está no mesmo chaveiro das chaves de casa. Eu nunca nem soube que ele tinha aquela chavezinha. Não sabia que ele mantinha uma gaveta da sua mesa trancada.

Por que ele precisa trancar uma gaveta? O que ele está escondendo de mim? O quê?

Por alguns instantes, ficamos ambos imóveis. Dan parece hipnotizado por seus pensamentos. Eu estou hipnotizada por Dan. Então ele de repente se vira e, num susto, dou um salto para trás, correndo silenciosamente para o quarto. Estou de volta na cama em dez segundos, coberta pelo edredom, meu coração batendo acelerado.

— Está tudo bem? — pergunto quando ele torna a se deitar.

— Ah, tudo ok.

E eu não sei se é meu otimismo desesperado vindo à tona, ou minha convicção de que todos merecem uma chance, mas não posso descansar até ter dado a ele uma oportunidade para consertar tudo.

— Dan, ouça. — Eu cutuco seu ombro até ele se virar, o rosto cansado e sonolento. — Sério. Está tudo bem? Por favor. Você parece tão estressado. Se houver alguma coisa, *qualquer coisa* errada... ou que esteja preocupando você... bem, você me falaria, não é? Você não está doente, está? — pergunto com um súbito sentimento de desespero. — Porque se estiver... — As lágrimas surgem em meus olhos. Pelo amor de Deus. Estou surtando.

— É claro que não estou *doente*. — Ele fixa o olhar em mim. — Por que eu estaria doente?

— Por que você parece tão... — Minha voz vai sumindo, desesperada.

Porque você estava abraçando Mary. Porque está escondendo alguma coisa. Porque você se sente encurralado. Porque eu não sei o que pensar.

Eu o olho em silêncio, querendo que ele veja as palavras nos meus olhos. Que reaja. Que sinta a minha dor. Eu pensava que éramos sensitivos. Que ele perceberia todos os meus medos e me tranquilizaria. Mas ele parece insensível.

— Estou bem — diz sucintamente. — Está tudo bem. Vamos dormir.

Ele se vira e logo está respirando da forma pesada e regular de alguém que estava tão cansado que não conseguiria se manter acordado nem por mais um instante.

Mas eu não. Fico acordada, olhando o teto, minha determinação se consolidando. Porque eu sei o que vou fazer agora. Sei exatamente o que vou fazer.

Amanhã vou roubar as chaves dele.

TREZE

Nunca roubei nada antes. E me sinto tão culpada que não sei o que fazer. Surrupiei as chaves de Dan enquanto ele estava no banho e guardei-as no fundo da minha gaveta de calcinhas. Agora estou zanzando pela cozinha, limpando o que não precisa ser limpo, conversando com as meninas numa voz falsa e aguda, e deixando colheres caírem a cada cinco minutos.

— Onde estão minhas chaves? — Dan entra na cozinha, a testa franzida. — Não consigo encontrá-las em lugar nenhum. Tessa? Anna? Vocês pegaram a chave do papai?

— É claro que não pegaram! — exclamo na defensiva — Provavelmente você só... colocou em outro lugar. Olhou os bolsos do paletó?

Viro-me rapidamente antes que ele veja o rubor revelador nas minhas bochechas. Não tenho *mesmo* a menor vocação para uma arquicriminosa.

— Elas estavam comigo. — Dan está remexendo a fruteira. — Elas *estavam* comigo.

— Sim, mas estávamos distraídos com os convidados, não estávamos? — digo, habilmente inserindo uma razão plausível para ele tê-las perdido. — Use as cópias por enquanto. Tenho certeza de que as chaves vão aparecer.

— Não vou usar as cópias — diz Dan, apavorado. — Preciso encontrar minhas *chaves*.

— Só por enquanto — digo, para tranquilizá-lo. — Olhe, aqui estão as cópias, no armário.

Conferi as cópias antes de afanar as chaves dele. Bem, em certos aspectos, eu *daria*, sim, uma boa arquicriminosa.

Dá para ver que Dan está dividido entre dois princípios fortes, porém opostos: Nunca se dê por vencido quando perder algo, e Não se atrase para o trabalho. Por fim, com um sopro de impaciência, ele pega as cópias. Juntos, forçamos as meninas a vestirem o suéter da escola, verificamos suas mochilas e por fim os três saem. Enquanto Dan fecha a porta do carro, eu grito:

— Vou procurar suas chaves de novo antes de sair! — que é um lance de gênio, porque 1. se Dan voltar inesperadamente, explica por que estou em seu escritório; 2. afasta de mim as suspeitas; e 3. agora posso "achá-las" e deixá-las sobre a mesa da cozinha, missão cumprida.

Vamos combinar, eu daria uma *excelente* arquicriminosa.

Observo o carro se afastar. Por via das dúvidas, espero mais cinco minutos. Depois, sentindo-me completamente surreal, subo a escada na ponta dos pés, sem nem saber por que estou andando assim. Hesito um instante no patamar, tentando me acalmar, e depois entro devagar no escritório de Dan.

Sei exatamente aonde estou indo, mas finjo para mim mesma que só estou dando uma olhada geral. Folheio alguns papéis que discorrem sobre algum planejamento. Examino um folheto de uma construtora concorrente. Descubro um antigo boletim escolar de Anna na bandeja de documentos na mesa de Dan e me pego lendo comentários sobre a caligrafia dela.

Então, enfim, com o pulso acelerado, encontro a pequena chave no chaveiro dele. Olho para ela por um instante, pensando: Quero mesmo fazer isso? E se eu encontrar...?

A verdade é que não sei o que vou encontrar. Minha mente nem mesmo chegou às suposições.

Mas estou aqui. Estou em uma missão. Vou cumpri-la. Por fim, rapidamente, eu me curvo e destranco a gaveta secreta, minha mão tremendo tanto que tenho de tentar três vezes. Então consigo abri-la e olho seu interior.

Não tenho certeza do que esperava encontrar — mas é o celular. O Samsung que vi ontem à noite. Só isso, nada mais. Eu o pego, pensando, alucinada: Espere, e as impressões digitais?, e em seguida: Não seja ridícula, isto aqui não é *CSI*. Digito a senha habitual de Dan e entro. É evidente que ele jamais esperava que eu encontrasse o celular. O que de certa forma me conforta. E de certa forma, não.

É um aparelho novinho em folha. Só há 24 mensagens de texto nele. À medida que rolo as mensagens para baixo, vejo que são todas para a mesma pessoa: *Mary*. E eu fico apenas olhando para elas, incapaz de processar a enormidade do que estou vendo. É o pesadelo, o pior cenário.

Meus ombros sobem e descem. Meu cérebro, em pânico, grita mensagens, como: *O quê?* E: *Será que isso significa...?* E: *Por favor. Não. É um engano. Tem de ser um engano.*

E, talvez o pior de tudo: *Será que Tilda estava certa, desde o início? Fui eu que provoquei essa situação?*

Posso sentir as lágrimas aflorando, misturadas a uma crescente incredulidade. E um crescente pavor. Ainda não sei qual está prevalecendo. Na verdade, sei sim. A incredulidade está ganhando e está juntando forças com a raiva. "Isso é sério?", tenho vontade de gritar. "*É sério isso mesmo, Dan?*"

Todas as outras coisas eu poderia racionalizar. Os humores... o clima familiar entre Dan e Mary... até o abraço. Mas isto não. Não estas mensagens inquestionáveis.

Posso falar em 5.
10h Starbucks?
Tudo ok distraí S.
Hoje foi meio complicado.
Em casa ñ posso falar.
Lembre-se do fator PS.
Ficando louco hoje ela está PIRADA.
11h Villandry.
Desculpe, atrasado.
Graças a Deus tenho vc.

E assim por diante. Leio todas as 24 mensagens duas vezes. Fotografo tudo com meu telefone, porque... porque sim. Pode vir a ser útil. Então ponho o que encontrei de volta no lugar, fecho a gaveta, tranco com cuidado, torno a verificar e me retiro, como da cena de um crime.

No patamar, olho à minha volta, sentindo-me tonta, como se visse nossa casa pela primeira vez. Nossa casa. Nosso pequeno ninho, com os presentes de casamento e gravuras que compramos nas férias, e fotos das meninas por toda parte. Todo esse tempo que passei tentando torná-la acolhedora, um refúgio *aconchegante*, criando um lugar para nós como um casal para nos retirarmos do mundo. Agora eu olho para minhas velas e mantas estúpidas e almofadas cuidadosamente posicionadas... e tenho vontade de rasgar todas elas. De destruí-las, jogá-las na rua e gritar: "Ok, então, *foda-se, Dan, FODA-SE!*"

Dan não quer fugir comigo. Ele quer fugir *de mim*. Talvez tenha sido nossa sessão no jardim secreto que desencadeou uma repentina paixão latente por Mary. Talvez isso tudo seja realmente novo e excitante para ele. Ou talvez ela seja a última de uma longa fila de casos extraconjugais que fui cega demais para ver. De qualquer modo: mais 68 anos de casamento? Mais 68 anos junto com Dan? É uma piada, uma piada terrível, horrível, e não estou rindo. Estou chorando.

Fico parada, imóvel, por alguns instantes, observando a poeira pairando no ar. Depois pisco e meia hora já se passou, e eu preciso ir trabalhar. Não que isso seja a maior prioridade na minha vida, para ser bem franca.

Como um autômato, junto minhas coisas, confiro duas vezes se o fogão está desligado e até deixo um animado Post-it para Dan junto com as chaves, dizendo *"Encontrei!"*

Porque, o que mais vou dizer? *Encontrei as chaves e também suas mensagens secretas para Mary, seu filho da mãe traidor.*

Quando fecho a porta, vejo Toby saindo da casa de Tilda usando jeans preto e um chapéu de feltro. Está segurando um enorme saco de lavanderia, transbordando de coisas, e tem uma revista na boca, como um cachorro.

— Toby, quer ajuda? — ofereço.

Toby sacode a cabeça alegremente e segue pela rua, sem perceber que está deixando um rastro de camisas de malha, cuecas e discos de vinil.

— Toby! — Apesar de tudo, não posso deixar de sorrir. — Suas coisas! Estão caindo!

Recolho as peças e o sigo pela rua até onde uma van branca está estacionada. Ele joga o saco de lavanderia na traseira, onde vejo vários outros sacos iguais, mais uma mesa, uma cadeira e um computador.

— Uau! — digo, perplexa. — O que está havendo?

— Estou me mudando — diz ele, os olhos brilhando. — Mudaaando! Sim.

— Meu Deus! — Eu o encaro. — Isso é incrível! Para onde?

— Hackney. Meu novo emprego é em Shoreditch. Então, faz sentido.

Continuo olhando para ele, boquiaberta.

— Você conseguiu um *emprego*?

— Emprego, apartamento, gato — diz ele, com satisfação. — Um gato compartilhado — emenda. — O nome dele é Melado e pertence a Michi.

— Michi?

— Michiko. Minha namorada.

Toby tem uma namorada? Desde quando?

— Bem... parabéns! — digo, enfiando sua calça no saco de lavanderia e fechando-o. — Mas e a startup?

— Não chegou nem a começar — diz Toby com franqueza. — Esse foi o problema.

Estamos voltando na direção da casa quando Tilda aparece à porta e aceno para chamar sua atenção. Ela me mandou uma mensagem ontem à noite, lembro-me de repente, contando que o trabalho em Andover terminou por enquanto, mas não respondi.

Quando me aproximo, vejo que seu rosto está rosa-shocking e há uma espécie de energia reprimida ao seu redor. Na verdade, ela está tremendo. O que é normal. Deve estar radiante. Até que *enfim*. Finalmente ele está indo. E tem um emprego! E uma namorada! Adeus, barulho; adeus, brigas; adeus, entregas de pizza à meia-noite... Bem, se eu me sinto aliviada, que dirá Tilda.

— Que notícia incrível! — digo a ela. — Toby parece tão *estável* de repente.

— Ah, eu sei. — Tilda balança a cabeça vigorosamente. — Ele anunciou há duas noites, na hora do jantar: "Vou me mudar." Simples assim. Nenhum aviso com antecedência, nenhum preparo, apenas "Bum, estou indo".

— Estou muito feliz por você! Esse dia demorou a chegar! — Eu me inclino para dar um abraço em Tilda, e então a olho mais de perto. Ela está tremendo de alegria? Ou...

Seus olhos estão injetados, percebo de repente. Ai, meu Deus.

— *Tilda?*

— Estou bem. Tudo bem. Bobagem. — Ela dispensa com a mão meu olhar preocupado.

— Ah, Tilda. — Examino ansiosa seu rosto generoso e amarrotado, e evidentemente agora posso ver, por baixo do seu jeito apressado e cheio de energia. Tristeza. Porque ela o está perdendo. Finalmente.

— Caiu a ficha — diz ela em voz baixa, sentando-se no muro do jardim. — Ridículo! Venho implorando a ele que se mude, mas...

— É o seu bebê — digo baixinho, sentando-me ao lado dela, e nós duas observamos Toby fazer outra viagem para a van branca, levando uma chaleira, uma sanduicheira e um processador, todos arrastando o fio pela rua.

— É o *meu* processador — diz Tilda, e não consigo deixar de rir de sua expressão. — Eu sei que ele tem de sair de casa — acrescenta ela, sem tirar os olhos dele. — Sei que ele precisa crescer. Sei que o pressionei a fazer tudo isso. Mas... — As lágrimas de repente transbordam de seus olhos e ela tira um lenço de papel do bolso. — Bobagem — diz ela, sacudindo a cabeça. — Bobagem.

Observo Toby retornar à casa, alheio à tristeza da mãe, saltitando com seus tênis *hipster*, cantarolando uma música alegre, pronto para começar sua vida *de verdade*.

— As meninas vão sair de casa — digo, repentinamente assustada. — Elas vão embora um dia, sem olhar para trás.

De repente vejo Tessa e Anna crescidas. Mulheres lindas, altas, de vinte e poucos anos. Cheias de energia. Checando seus celulares constantemente. Ignorando tudo que eu digo porque sou a mãe delas, portanto, o que é que eu sei?

Espero que Tilda diga algo reconfortante, como "Não se preocupe, com suas meninas vai ser diferente", mas ela apenas sacode a cabeça.

— Não é nem tão simples assim. Elas vão testar você. Odiar você. Gritar com você. Precisar de você. Emaranhar seu coração no delas. *Depois*, vão sair de casa sem olhar para trás.

Ficamos em silêncio por algum tempo. Ela está certa. E não sei como evitar que aconteça.

— Algumas pessoas fazem isso parecer tão *fácil* — digo, por fim, com um profundo suspiro. Mas Tilda sacode a cabeça, irônica.

— Se amar é fácil, então você não está amando direito.

Observamos Toby sair pela porta da frente carregando um edredom de casal.

— Ei, você queria falar mais sobre o seu site, Sylvie? — pergunta ele ao se aproximar, e balanço a cabeça.

— Ainda não estamos prontos. Obrigada mesmo assim.

— Claro — diz Toby, e continua pela rua, a ponta do edredom arrastando na calçada empoeirada.

— Cuidado com as *pontas*! — grita Tilda para ele, e depois balança a cabeça. — Deixa pra lá. Ele tem máquina de lavar.

— Acho que Dan está tendo um caso — digo, olhando para a frente, a voz estranhamente calma. — Encontrei mensagens de texto. Mensagens secretas. Uma gaveta trancada. Tudo isso.

— Ai, que merda. — Tilda agarra meu braço. — *Que merda*, Sylvie, você devia ter dito...

— Não. Tudo bem. Tudo bem. Eu vou... — Ao dizer essas palavras, me dou conta de que não faço a menor ideia do que vou fazer. — Tudo bem — repito. — Vai ficar tudo bem.

— Ah, minha querida. — O braço de Tilda se fecha em torno dos meus ombros e aperta forte. — É uma merda. Vocês dois pareciam tão... De todos os casais, eu teria dito...

— Eu sei! — Solto uma risada trêmula. — Éramos um "casal com C maiúsculo". Na verdade, sabe o que era realmente engraçado sobre mim e Dan? É que eu pensava que o conhecia bem *demais*. — Solto uma risada triste. — Pensava que fôssemos unidos *demais*. Queria que ele me surpreendesse. Bem, adivinhe só, ele me surpreendeu.

— Olhe... — Tilda suspira. — Você tem certeza disso? Poderia haver outra... Você conversou sobre isso com Dan?

— Não. Ainda não. — A simples ideia de "conversar sobre isso com Dan" faz meu estômago revirar. — Acho que nunca se sabe a verdade sobre as pessoas.

— Mas Dan. — Tilda sacode a cabeça, incrédula. — *Dan*. O mais carinhoso, atencioso... Lembro quando ele veio à nossa casa depois que seu pai morreu. Estava muito preocupado com você. Obcecado em manter o nível de barulho baixo para que você pudesse dormir. Pediu que andássemos de meias. E assim fizemos — ela acrescentou com um sorriso.

Faço uma careta.

— Desculpe por isso. — Um novo pensamento deprimente me chega e meus ombros se curvam. — Talvez seja esse o problema de Dan. Meu colapso nervoso foi demais para ele.

Um silêncio longo e pesado se instala entre nós. Posso ver a testa de Tilda se franzindo.

— Hum — diz ela, finalmente. — Seu "colapso".

— Episódio — emendo, sem jeito. — Como quiser.

— Sim, já ouvi você falar de seu "episódio". Mas... — A testa de Tilda ainda está franzida. — Olha... você não estava só vivendo o seu luto?

— Bem, sim, claro que estava — respondo, confusa. — Mas não lidei bem com isso.

— Foi o que você sempre disse. E eu nunca quis contradizê-la, mas... — Tilda suspira e se vira para me encarar. — Sylvie, não sei se isso vai ajudar neste momento, mas vou falar. Não acho que você tenha tido um colapso nervoso. Acho que você viveu o luto como qualquer pessoa normal.

Olho para ela, pouco à vontade, sem saber o que dizer.

— Mas eu escrevi aquela carta — digo, por fim. — Fui até a casa de Gary Butler.

— E daí? Dois momentos aleatórios.

— Mas... Dan. Minha mãe. Os dois disseram... Eles chamaram o médico...

— Eu não diria que sua mãe é um excelente juiz para nada — Tilda me interrompe bruscamente. — E Dan... Dan sempre foi muito protetor em relação a você. Talvez até demais. Ele já perdeu alguém? Já viveu um luto?

— Bem... não — respondo, pensando alto. — Não viveu, não. Ninguém próximo.

— Então ele não sabe. Não estava preparado. Ele não aguentava ver você sofrendo e queria curá-la. Sylvie, o luto é algo demorado, confuso e terrível... mas não é uma doença. E você enfrenta como pode. Não existe uma forma "certa" para isso.

Ela passa o braço pelo meu e ficamos sentadas em silêncio por um tempo. E apesar de tudo, sinto-me fortalecida pelo que ela acaba de dizer. Sinto que é verdade.

— Não sei se ajuda — diz ela. — Provavelmente, não.

— Ajuda, sim — digo. — Ajuda. Você sempre ajuda. — Eu a abraço apertado e num impulso lhe dou um beijo. Em seguida me levanto.

— Preciso ir. Estou atrasada.

— Quer que eu caminhe com você? — oferece Tilda imediatamente, e sinto outra onda de afeição por ela.

— Não, não. — Dou um tapinha em seu ombro. — Fique. Despeça--se direito de Toby. Ele vai voltar — acrescento sobre o ombro ao me afastar. — Vai voltar para ver você. Espere.

CATORZE

A caminho do trabalho, o torvelinho na minha cabeça pouco a pouco se acalma. Andando pelas calçadas de Londres, sinto como se cada passo meu esmagasse os problemas. Levasse-os embora. Afinal, tenho de seguir com minha vida, não é? Não posso ficar chorando no trabalho.

Para minha surpresa, quando entro na Willoughby House, a Sra. Kendrick se encontra no hall, junto com Robert e um sujeito desconhecido de terno azul e cabeça raspada. Com olho clínico, ele observa o espaçoso hall com piso de ladrilhos, e imediatamente concluo que ele é do ramo de imóveis.

— Olá, Sra. Kendrick! — digo. — Que bom vê-la aqui. Há quanto tempo!

— Sylvie, me desculpe. — Ela põe a mão no meu braço. — Sei que abandonei vocês recentemente. Estive muito ocupada.

— Robert disse que a senhora está aprendendo a usar o computador...

— Estou, sim! Tenho um Mac da Apple. — Ela pronuncia as palavras devagar, como se fosse uma língua estrangeira. *Mac da A-pple.*

275

— Uau! — digo. — Fantástico!

— Ah, dá para fazer tudo com ele. Comprei esta blusa "on-line", sabia? — Ela puxa a blusa branca de babados que está usando. — Está vendo? Entregaram na minha casa. Só precisei digitar o número do meu cartão de crédito. Muito conveniente. — Ela assente com a cabeça, como que satisfeita consigo mesma. — E depois fiz minha avaliação no site *Avalie suas Coisas*. Quatro estrelas de cinco. Bom tecido, mas os botões não têm a mesma qualidade. Pode ler minha avaliação, se quiser.

Sinto-me um pouco atônita. A Sra. Kendrick passou de alguém que mal sabia o que era um computador para alguém que avalia produtos on-line?

— Certo — digo, por fim. — Bem, não conheço esse site específico...

— Ah, mas *precisa*, precisa conhecer. — Ela me fita com um olhar reluzente. — Avaliar é o mais maravilhoso dos passatempos. Você pode avaliar qualquer coisa. Ontem avaliei o policial que fica parado na frente do meu prédio.

Robert se vira e olha para ela, incrédulo.

— Tia Margaret, não se pode avaliar *policiais*.

— Claro que pode — diz a Sra. Kendrick secamente. — Na categoria "Geral" você pode avaliar o que quiser. Saquinhos de chá... férias... policiais. Só dei três estrelas a ele. Ele não tinha brilho no olhar e o uniforme não lhe caía bem.

Enquanto fala, ela olha o sujeito de cabeça raspada de um jeito significativo, e eu mordo o lábio. A Sra. Kendrick está em forma novamente. Graças a Deus. E eu definitivamente vou procurar algumas de suas avaliações. Adoro a ideia de ter as opiniões da Sra. Kendrick sobre a vida sendo divulgadas na internet.

O sujeito de cabeça raspada se dirige aos fundos do hall e pergunto baixinho:

— Quem é ele?

— Convidado de Robert. Acho que o nome dele é "Mike". — Ela pronuncia "Mike" com um leve desdém.

— Você sabe que o nome dele é Mike — diz Robert, com toda a paciência.

— Sinceramente, Robert, isso não tem nada a ver comigo — diz a Sra. Kendrick, glacial. — Faça como quiser. Quando eu morrer, será tudo seu de qualquer jeito.

— Você vai vender mesmo? — Olho para Robert. — Não ia nos dar uma chance primeiro?

— Estou pesquisando sobre as nossas opções — responde ele, com certa irritação. — Reunindo informações.

— Algumas pessoas desistem. — A Sra. Kendrick lança a Robert um olhar mordaz. — Outras pensam fora do espaço.

— Fora do espaço? — Ao confrontar a Sra. Kendrick, Robert parece sitiado e me pergunto se essa discordância entre eles vem ocorrendo durante toda a manhã. — *Fora do espaço* não é nem mesmo uma expressão existente! Como lhe disse, só estou fazendo uma avaliação...

— E como eu *lhe* falei, Robert — retruca a Sra. Kendrick secamente —, tenho um plano engenhoso no qual você não parece interessado. Você pode achar que sou um dinossauro, mas posso acompanhar os novos tempos.

Robert suspira.

— Olhe, estou interessado, mas preciso resolver isto primeiro...

— É uma ideia avançada. — A Sra. Kendrick se vira para mim. — Requer um smartphone.

Comprimo os lábios, tentando não sorrir. A Sra. Kendrick pronuncia "smartphone" com a mesma lentidão que "Mac da Apple", enfatizando "phone" em vez de "smart". "Smart*phone*."

— Mavis, onde está seu smart*phone*? — Ela eleva a voz. — Precisamos de um smart*phone*.

Mavis é uma das nossas voluntárias mais leais, uma senhora rechonchuda de cabelos escuros com corte Chanel curto, vestidos sem forma definida e sapatos resistentes que ela usa o ano inteiro. Está segurando um iPhone e o agita para a Sra. Kendrick.

— Aqui está, Margaret. Pronta?

— Bem, ainda não.

A Sra. Kendrick corre os olhos pelo hall, como se estivesse vendo as mesas de apoio, as urnas de porcelana e os quadros do século XVIII pela primeira vez.

O que será que ela planeja fazer? Uma *selfie*? Postar uma foto da Willoughby House on-line? Escrever uma avaliação?

— Onde devo ficar? — Mavis olha em torno. — Alguns passos para trás, talvez?

— Sim. — A Sra. Kendrick faz que sim com a cabeça. — Perfeito.

Observo, intrigada, enquanto elas manobram pelo hall. Mavis continua a segurar seu iPhone no alto como se estivesse enquadrando a Sra. Kendrick, e as duas parecem ter algo muito específico em mente.

— Robert, para a esquerda — diz a Sra. Kendrick de repente.

— Só um pouco. E "Mike"? — Mesmo ao se dirigir a ele, ela consegue fazer o nome soar ridículo. — Você poderia ficar nos degraus? Agora, silêncio, todos vocês, vou filmar.

Antes que alguém possa protestar, ela respira fundo, sorri para o iPhone e começa a falar, enquanto simultaneamente anda para trás no piso de ladrilhos preto e branco, como uma apresentadora de TV.

— Bem-vindos à Willoughby House — diz ela em alto e bom som.

— Uma pedra preciosa escondida em Londres. Um tesouro de arte e antiguidades. E um retrato de como a vida de fato era... Ai!

— Merda!

— Ai, meu Deus!

Todos gritam horrorizados quando a Sra. Kendrick tropeça no piso de ladrilhos e esbarra pesadamente em uma mesinha redonda, mandando pelos ares uma urna de porcelana azul e branca, que parece quase parar, equilibrada no ar, antes que Robert, em uma jogada de rúgbi, se lance no chão. Ele agarra a urna, rola no piso de ladrilhos e ouve-se um nítido estalo quando a cabeça dele acerta o corrimão da escada.

— Robert! — grita a Sra. Kendrick. — Você acabou de salvar vinte mil libras!

— Vinte mil? — Robert olha para a urna com uma expressão de tamanho horror que tenho vontade de rir. — O que há de errado com este maldito mundo? Quem pagaria vinte mil libras por *isto*?

— Você está bem, cara? — Mike desce os degraus.

— Tudo bem. Tudo bem. — Lentamente, segurando firme a urna, Robert se levanta.

— *A senhora* está bem, Sra. Kendrick? — pergunto, porque, afinal, ela também deu uma trombada.

— Claro que estou bem — responde a Sra. Kendrick com impaciência. — Volte o vídeo, Mavis. Vamos assistir.

Todos nos espichamos por sobre o ombro de Mavis para assistir à Sra. Kendrick recuando pelo hall, falando com voz clara e serena, tropeçando... e depois o caos que se seguiu. Ai, meu Deus, impossível não rir.

— Da próxima vez, experimente andar para a frente — diz Robert enfaticamente para sua tia, quando o vídeo termina.

— Bem, pelo menos a urna não quebrou — lembro a ele.

— Vinte mil libras. — Robert ainda olha a urna, incrédulo. — Por um vaso. Isso está no seguro? Quer dizer, não deveria estar trancado numa caixa?

Mas a Sra. Kendrick não está escutando nenhum de nós. Ela está dizendo:

— Coloque no Twitter, Mavis! E no YouTube. Poste agora! — Ela olha para mim e para Robert. — Todos precisam começar a tuitar — diz ela convicta. — Compartilhar. Seja lá como se chama isso.

— O quê? — pergunto, como uma idiota.

— Tuitar! Se quisermos que o vídeo viralize, temos de tuitar. Agora, que nome dar ao vídeo?

Viralize?

Uma suspeita repentina está se formando em minha mente — e ao olhar para Robert vejo que ele está pensando a mesma coisa.

— Tia Margaret — diz ele sem alterar a voz —, isso foi *forjado*?

— Claro que foi — diz a Sra. Kendrick com aspereza. — Robert, como eu disse, não sou um dinossauro. Quanto mais gente vir este vídeo, mais gente vai conhecer o nome da Willoughby House.

— Acabei de pedir um conselho ao meu neto — anuncia Mavis sem fôlego, erguendo os olhos do celular. — Ele sugere: "Aquele estranho momento em que sua urna valiosa quase se espatifa."

— Maravilhoso. — A Sra. Kendrick assente com a cabeça para Mavis. — Digite isso, querida.

— Mas você me deixou mergulhar no chão! Eu bati a cabeça! — Robert parece genuinamente aborrecido.

A Sra. Kendrick lhe dirige um sorriso glacial.

— Achei que você não seria capaz de representar.

— E se a urna tivesse quebrado? — indaga ele. — Você arriscou vinte mil libras para viralizar um vídeo?

— Ora, Robert. — A Sra. Kendrick lhe lança um olhar compadecido. — Tenha um pouco de bom senso. A urna não vale realmente vinte mil libras. Comprei na John Lewis.

Robert parece tão furioso, que sinto vontade de rir, apesar de não ter certeza se é porque sua tia o fez de bobo ou porque sua cabeça ainda está dolorida, ou porque de repente Mike solta uma risada reprimida.

— Vou deixar isso por conta de vocês — digo diplomaticamente e subo para o escritório, e aquilo tudo quase, de certa forma, me deixou mais animada.

Logo o vídeo está no YouTube, e toda vez que verifico vejo que foi visualizado por mais umas cinquenta pessoas. Não é exatamente um panda espirrando, mas acho que a Sra. Kendrick teve a ideia certa.

Mas mesmo um vídeo viral não é capaz de manter meu ânimo elevado por muito tempo. Passo o dia em uma espécie de piloto automático e, às quatro, estou realmente nas profundezas do inferno. Clarissa saiu para ver um possível patrocinador e começou a chover, e estou sentada à mesa do computador, a cabeça entre os braços, quando ouço os passos de Robert na escada. Rapidamente me aprumo na cadeira e volto ao e-mail que comecei mais ou menos três horas atrás.

— Ah, oi — digo quando ele surge, com um tom meio ausente, como se estivesse concentrada. — "Mike" já foi? — Não consigo evitar chamá-lo de "Mike" com um tom irônico, como a Sra. Kendrick fez.

— Sim, "Mike" já foi. — Robert parece achar graça.

— E você vendeu o lugar por vinte milhões? — acrescento, sem olhar para ele.

— Ah, no mínimo.

— Bom. Porque eu não ia querer que você passasse fome.

Rapidamente concluo meu e-mail.

— Tudo bem — diz ele, o rosto inexpressivo. — Os órfãos que eu pisoteio no caminho para sacar meu dinheiro de origem escusa podem me preparar um leitão assado enquanto limpam minhas chaminés capitalistas.

Não consigo evitar que um sorrisinho curve meus lábios. Robert é mais engraçado do que demonstra. Finalmente levanto a cabeça e faço uma careta ao ver o hematoma que surgiu em sua testa.

— Você se machucou! — digo.

— Sim! Obrigado — diz ele em um tom falsamente aborrecido. — É o que eu estava tentando dizer.

— A Sra. Kendrick também foi embora?

— Foi, está numa reunião com Elon Musk — responde ele, e eu quase exclamo "É mesmo?", antes de perceber que ele está brincando.

— Ah — digo.

— Uma coisa boa foi que enquanto eu estava mostrando o lugar para Mike, encontramos isto. — Ele ergue o braço direito exibindo na mão uma garrafa de vinho.

— Ah, sim — digo, sem muito interesse —, é o vinho do Natal. Damos às voluntárias todo ano.

— Château Lafite — repete Robert, e percebo que ele está fazendo uma observação. — Um Château *Lafite*.

— Bem, você sabe. — Dou de ombros. — A Sra. Kendrick gosta do melhor.

Robert olha para mim, depois para a garrafa de vinho e sacode a cabeça, incrédulo.

— Toda vez que acho que este lugar não pode ficar mais doido, ele fica. Bom, vamos ver se é mesmo o melhor? Tem taças?

Pego duas taças de cristal lapidado do carrinho de bebidas, que é onde guardamos o xerez, as castanhas e chips.

— Vocês estão bem equipadas — diz Robert, me observando.

— Não me diga que a Sra. Kendrick...

— Ela gosta de tomar uma taça de xerez quando ficamos até mais tarde — explico.

— Claro que sim. — Robert serve duas taças do Château Lafite e, embora eu não seja uma profunda conhecedora de vinhos, só pelo aroma sei que esse é especial. — Saúde. — Robert levanta sua taça e brindamos. De repente, preciso muito de uma bebida, e tomo de um só gole quase a metade da taça.

— Coma alguma coisa — digo, despejando biscoitinhos de queijo em uma tigela de vidro lapidado.

Robert senta-se em uma cadeira do escritório e bebemos em silêncio, devorando os biscoitinhos. Após um tempo, abro outro pacote e Robert torna a encher nossas taças. Ele ainda parece não combinar com o ambiente, com seus sapatos grandes, voz grave e um jeito de pôr as coisas de lado sem mesmo notar.

— Cuidado! — digo, quando ele se recosta, o cotovelo descuidadamente sobre a mesa do computador, e derruba a pilha de cadernos com capa de couro de Clarissa. — Estes são os Cadernos.

— Os Cadernos?

— Fazemos resumos de todas as nossas reuniões — explico. — Hora, pessoa, assunto. Na verdade são incrivelmente úteis. Remontam a anos e anos atrás.

Robert pega os cadernos. Folheia um deles, lendo as anotações de Clarissa, feitas com caneta-tinteiro, depois o põe de volta com um suspiro.

— Vocês me deixam pasmo, sabia? O Prato, a Escada, os Cadernos, o Vinho... É como se isto aqui fosse *Alice no País das Maravilhas.* — Ele olha ao redor do escritório com o que parece um pesar genuíno. — Não *quero* empurrar este lugar para o mundo real. Mas preciso fazer isso. Não podemos evitar a realidade para sempre.

— Tenho olhado websites — digo rapidamente. — Fiz outro apelo aos apoiadores. Quem sabe poderíamos vender algumas peças, levantar dinheiro dessa forma... — Eu me interrompo ao ver Robert sacudir a cabeça.

— Isso nos manteria até certo ponto — diz ele. — Mas e depois? Vender três quadros todo ano até que não reste mais nenhum? Este lugar precisa ser sustentável.

— Ele precisa de uma injeção de dinheiro — contraponho. — Um montante único já nos ajudaria...

— Ele já *teve* várias injeções de dinheiro! — Robert parece frustrado. — Ano após ano! Tem um limite! Você se dá conta do quanto minha tia... — Ele se interrompe e eu sinto uma fisgada desconfortável. Não faço a menor ideia do quanto a Sra. Kendrick gastou nos sustentando.

— Então você vai mesmo vender? — Não posso evitar um tremor em minha voz. — Disse que nos daria uma chance...

— Eu não disse que não vou dar — afirma Robert após uma pausa. — Nada é definitivo. É só... — Ele suspira. — É um trabalho enorme. Maior do que imaginei a princípio. Não se trata apenas de fazer a volta com um transatlântico. É fazer uma volta ao mesmo tempo que impede o transatlântico de afundar. Vídeos no YouTube não vão nos salvar. Um novo website... bem, talvez. Mas talvez não.

A chuva tamborila nas janelas enquanto ele torna a encher minha taça. Posso sentir a tristeza me cobrindo como uma nuvem. Então é isso. O fim de uma era. Em casa, talvez seja o fim de outra era. E de repente não posso evitar que as lágrimas rolem pelo meu rosto. Eu era tão *feliz*. Minha vida tinha um sentido. Agora tenho a sensação de que está tudo se desfazendo. Trabalho, renda, marido...

— Ai, meu Deus. Sylvie, me desculpe... — Robert parece perturbado. — Olhe, como eu disse, nada é definitivo... não vai acontecer ainda por algum tempo...vamos ajudá-las a encontrar novos empregos...

— Não é isso. — Eu pego meu lenço e enxugo o rosto. — Desculpe. É... uma questão pessoal.

— Ah — ele diz.

E então há uma imediata mudança no ar. Posso de fato sentir as moléculas se transformando. É como se minha vida profissional fosse uma proveta de água límpida e agora eu houvesse adicionado uma gota de cor de vida pessoal e esta estivesse lentamente se infiltrando por todas as coisas.

Ergo os olhos, como se para me certificar de que Robert não está nem remotamente interessado em meus ridículos assuntos pessoais — mas ele está inclinado para a frente, uma ruga na testa, como se *estivesse* interessado. Muito interessado.

Seu cabelo tem cerca de duas vezes a espessura do de Dan, eu me pego notando aleatoriamente. Grosso, escuro e sedoso. E daqui sinto o cheiro de sua loção pós-barba. É cara. Agradável.

— Não vou me intrometer — diz Robert, após uma longa pausa.

— Não é... — Dou de ombros. — Eu só... — Enxugo o nariz, tentando me controlar. — Você é casado? — Eu me vejo perguntando, nem sei mesmo por quê.

— Não. — Ele faz uma pausa. — Eu tinha uma pessoa.

— Certo.

— Mas nem isso era fácil. Casamento... — Ele dá de ombros também.

— É.

— Mas eu *vou* dizer uma coisa. — Robert engole o seu vinho. — Provavelmente não deveria, mas vou. Se seu marido, de alguma forma... Se ele por um momento... Se não percebe o que tem... — Ele se interrompe e me encara, os olhos escuros e indecifráveis. — Então ele é louco. Ele é louco.

Posso sentir minha pele cintilar sob o olhar de Robert. Estou hipnotizada pelos olhos dele. Pelos cabelos sedosos. Seu jeito direto. Ele é tão diferente de Dan. É um tipo diferente de homem. Um sabor completamente diferente.

Se a vida é como uma caixa de bombons, então casar-se é escolher um dos bombons e dizer "É isso, pronto", e fechar a tampa. Quando você faz os votos, o que está basicamente dizendo é "Isso é tudo que eu quero, para sempre. Esse único sabor. Mesmo que estrague. Humm. Não posso nem mesmo ver outros sabores, lá-lá-lá."

E pode ser o seu sabor favorito. E pode ser que você o ame de verdade. Mas você consegue evitar olhar às vezes para o crocante com mel e pensar... *hummm*?

— Ele é louco — Robert repete, seus olhos ainda presos nos meus.

— Quer comer alguma coisa? — acrescenta ele, hesitante.

Em um flash, uma porta parece se abrir em minha mente. Por ela, posso ver uma fascinante e convidativa cadeia de acontecimentos começando nesse momento. Jantar. Mais bebidas. Risos, a mente turva e uma euforia do tipo *foda-se, Dan*. A mão no meu braço, murmúrios no ouvido... dançar? Um táxi? Um corredor de motel tenuamente iluminado... lábios desconhecidos nos meus... mãos tirando minhas roupas... um corpo diferente colado ao meu...

Seria bom.

E seria terrível.

Me deixaria arrasada. Eu não estou nessa posição. Não sei nem em que posição *estou*... mas não é esta.

— Não, obrigada — digo, por fim, a respiração um pouco irregular.

— É melhor eu ir e... Mas obrigada. Obrigada. De verdade. Obrigada.

Chego em casa antes de Dan, me despeço de Karen com um sorriso animado, ponho as meninas na cama e então fico esperando na cozinha, me sentindo como um vilão de James Bond.

Eu estava à sua espera, Sr. Winter. Essa é a minha fala. Só que não é verdade. Até a noite passada eu não esperava nada disso. Casos extraconjugais? Gavetas secretas? Mensagens? Você está brincando? Olhei as fotos no meu celular umas mil vezes hoje. Li as mensagens de Dan vezes sem conta. Elas me soam tão familiares. Tão a cara de Dan. Exatamente como as que ele me enviaria... só que não eram para mim. A que realmente faz meu estômago revirar é *Lembre-se do fator PS*. O fator "Princesa Sylvie". Não sou sua amada esposa, sou um *fator*. Para não mencionar o fato de que Princesa Sylvie é um apelido muito íntimo que me faz estremecer por todo tipo de razões, e agora ele o está usando com ela. Eu simplesmente não entendo. O Dan que eu conheço é atencioso e solícito.

Protetor em relação a nós: ao que construímos juntos. Nosso lar. Nossa família. Nosso mundo. Será possível não conhecer alguém que está tão perto de você? Será possível mesmo ser tão cego?

Não sei exatamente o que vou dizer. O que sei é que *não* vou recebê-lo esfregando as provas na cara dele. O que eu ganharia com isso? Nada, exceto um momento breve de alegria vingativa. (O que, na verdade, agora é bem tentador.)

Mas em seguida o que acontece? Eu o peguei no flagra. Ganhei. Só que a sensação não é de vitória.

A vitória seria: ele decide confessar tudo, de forma totalmente espontânea, se arrepende de verdade e tem uma explicação que conserta tudo. (Que explicação? Não sei. Não é minha função encontrá-la.)

Ou melhor ainda: voltamos no tempo, e nada disso jamais aconteceu.

O ruído de sua chave na fechadura me faz dar um pulo. Merda. Não estou pronta. Eu rapidamente ajeito o cabelo e respiro fundo algumas vezes. Meu coração está batendo tão forte que tenho a sensação de que dá para ouvi-lo — mas, quando Dan entra, ele não parece ouvir. Ou notar qualquer coisa. Ele parece exausto e a testa está enrugada, como se ele não conseguisse fugir de seus pensamentos. Quando pousa a maleta, solta um suspiro cansado. Qualquer outra noite, eu perguntaria: "Você está bem?" e providenciaria uma xícara de chá ou uma bebida para ele.

Mas não esta noite. Se está exausto, *talvez não devesse fazer arranjos tão complicados em sua vida particular.* Eu cuspo essas palavras na privacidade da minha mente, e quase desejo que ele pudesse ouvi-las.

— Tudo bem? — pergunto sucintamente.

— Já tive dias melhores. — Dan esfrega a testa e sinto uma onda de fúria que reprimo.

— Acho que precisamos conversar — digo.

— Sylvie... — Dan ergue os olhos como se essa fosse a gota d'água. — Estou destruído. Tive um dia péssimo, e ainda preciso fazer umas ligações...

— Ah, *ligações* — retruco sarcasticamente, antes que consiga evitar. Ele me encara.

— Sim, ligações.

— Que tipo de ligações?

— Só ligações.

Minha respiração está pesada. Meus pensamentos correm de um lado para o outro. Preciso me controlar.

— Eu só acho que... nós devíamos ser... honestos um com o outro — digo, cautelosa. — Honestos de verdade. Vamos iniciar um novo projeto em que confessamos tudo. Projeto Pratos Limpos.

— Que inferno — murmura Dan. — Preciso de uma bebida. — Pela cara dele, o Projeto Pratos Limpos é a última coisa que quer na vida, mas eu insisto, determinada, enquanto ele pega uma cerveja na geladeira.

— Precisamos nos conectar. E, para nos conectar, precisamos ser totalmente francos e não esconder nada. Como... — Tento encontrar alguma coisa às pressas. — Como: achei um Post-it que eu havia escrito no outro dia. Sua mãe tinha ligado e eu esqueci completamente de dar o recado. Desculpe.

Faz-se silêncio, e eu olho para Dan, na expectativa.

— *O quê?* — diz ele.

— Sua vez! Projeto Pratos Limpos! Deve haver alguma coisa que... alguma coisa que você não me contou... pode ser qualquer coisa...

Minha voz morre, meu coração batendo ainda mais forte. A essa altura, já sei que isso não vai funcionar. Foi uma ideia idiota. Eu confesso um recado de telefone esquecido e ele confessa um caso extraconjugal?

— Sylvie, não estou *mesmo* com tempo para isso — diz Dan, e alguma coisa em seu tom conciso e desinteressado me deixa furiosa.

— Você não tem tempo para o seu casamento? — explodo. — Não tem tempo para falar sobre as dificuldades em nosso relacionamento?

— Que dificuldades? — Dan parece irritado. — Por que você está sempre inventando problemas?

Inventando? Tenho vontade de gritar. *Por acaso inventei suas mensagens?*

O silêncio toma conta da cozinha, quebrado apenas pelo tique--taque do nosso relógio de parede. Nós o compramos juntos, na Ikea, antes do casamento. Não precisamos nem discutir a escolha. Fomos ambos imediatamente atraídos para o mesmo, com a grande borda preta e sem números. Eu me lembro de ter pensado: Meu Deus, estamos tão em sintonia.

Que piada.

Dan puxa uma cadeira e se senta, e parece o mesmo marido que conheci e amei durante todos esses anos, só que não é mais, não é? Ele agora está cheio de segredos.

Estou agitada novamente. Preciso confrontá-lo. Se não posso me obrigar a esfregar as mensagens para Mary na cara dele, posso esfregar outra coisa.

— Eu sei que você está planejando alguma coisa no trabalho — digo para ele. — Ouvi você no hospital falando com minha mãe. "Um milhão de libras, talvez dois", hein, Dan? É esse o empréstimo que você está fazendo? Sem me falar? É para o negócio em Copenhagen?

Os olhos de Dan se arregalam.

— Que *inferno*.

— Eu ouvi você! — Eu sei que minha voz está estridente, mas não posso evitar. — "Um milhão de libras, talvez dois!" Meu Deus,

Dan! É o nosso futuro que você está arriscando! E eu sei exatamente a verdadeira razão disso...

— Ah, é? — diz Dan em um tom sinistro. — E qual é a verdadeira razão disso?

É sério? Ele está me perguntando isso?

— Meu pai! — eu quase grito. — O que você *acha*? É sempre por causa do meu pai! Você não tolera o fato de que papai era rico e bem-sucedido, não suporta que ele fosse admirado, você fica arrasado todas as vezes que alguém diz algo bom sobre ele...

— Eu não — diz Dan, agressivo.

— Ai, meu Deus, Dan, você tá de brincadeira? — Eu quase tenho vontade de gargalhar, só que não é engraçado. — Você já se olhou no espelho? É muito óbvio. E é por isso que você quer expandir sua empresa, não porque é bom para nós, como família, mas porque você tem de competir com meu pai, que, por falar nisso, está morto. Morto. Você não passa de um *despeitado*, e eu já estou cansada disso.

Paro, arfando, as lágrimas surgindo, um pavor tomando conta de mim. Não posso acreditar que chamei Dan de "despeitado". É uma palavra que jurei nunca, jamais usar. Mas agora já falei. Cruzei uma linha.

Uma veia está pulsando na fronte de Dan. Ele me fita por alguns segundos em silêncio e posso ver que um milhão de pensamentos passam por seus olhos, mas não consigo ler nenhum deles.

— Não posso fazer isso — diz ele bruscamente, empurrando a cadeira para trás.

— Não pode fazer *o quê*? — pergunto às suas costas, mas ele não responde, só segue em passadas largas para o hall e a escada.

— Dan! — Corro atrás dele, furiosa. — Volte! Precisamos conversar!

— Meu Deus, Sylvie! — Dan para no meio da escada e faz meia-volta. — *Você* está de brincadeira? Nós *não* precisamos conversar. Não tenho mais o que dizer. Eu preciso de espaço. Um pouco de espaço. Para pensar. Para... Preciso de espaço. Espaço. — Ele segura a cabeça. — Espaço.

— Ah, *espaço* — digo, o mais mordaz que consigo, mas por dentro meu coração bate em ritmo de pânico.

Isso saiu muito pior do que eu esperava, muito mais rápido. Quero voltar. Quero dizer: "Por favor. Por favor, Dan. Me diga que você não a ama." Mas estou petrificada, temendo o que ele possa dizer. E eu achando que o conhecia pelo avesso; que éramos sensitivos; que eu era capaz de completar suas frases. Não tenho mais a menor ideia do que ele está prestes a dizer.

Eu me sinto quase desmaiar de medo, ali de pé no hall tão familiar, olhando para o meu marido agora tão pouco familiar. Ele me fita com uma expressão irritada que deixa os meus cabelos em pé, porque aquele não é um dos nossos olhares. É o tipo de olhar que ele poderia dirigir a um estranho.

— Eu ia dizer a você — ele fala, finalmente, em uma voz que não soa como verdade. — Tenho uma viagem amanhã. Preciso pegar o avião para... Glasgow. É melhor eu ir dormir esta noite no hotel do aeroporto.

— Glasgow? — Eu o olho fixamente. — Por que Glasgow?

— Um possível novo fornecedor — diz ele, desviando os olhos, e meu coração se aperta. Ele está mentindo. Eu posso ver.

Ele vai ao encontro dela.

— Ok. — Consigo dizer os dois fonemas, embora tenha a sensação de que meus pulmões estão entrando em falência.

— Diga às meninas que volto logo. Dê um beijo nelas.

— Ok.

Ele se vira e sobe os degraus com passos pesados e eu fico ali, imóvel, repassando em looping nossa conversa, com a sensação de que qualquer movimento que eu faça pode ser errado. Alguns minutos depois ele está de volta, tendo nas mãos a bolsa de couro para viagens curtas que eu lhe dei em nosso primeiro Natal juntos.

— Dan, escute. — Eu engulo, tentando não soar desesperada.
— Por que você não fica aqui esta noite? Você não pode ir para o aeroporto de manhã?

— Tenho coisas para fazer — ele diz, olhando resolutamente para um ponto além de mim. — Vai ser mais simples se... Vou mandar uma mensagem para Karen. Tenho certeza de que ela vai fazer algumas horas extras, cuidar da ida para a escola...

A ida para a escola? É com isso que ele acha que eu estou preocupada? *A ida para a escola?*

— Ok. — Mal consigo pronunciar a palavra.

— Vou ficar lá um ou dois dias. Manterei você informada. — Ele beija minha testa, então segue para a porta da frente com seus passos rápidos e determinados. Em dez segundos, ele se foi, e eu continuo parada imóvel, quase tonta com o choque. O que acabou de acontecer?

Um súbito pensamento me ocorre e eu corro para o escritório dele, no andar de cima. Abro violentamente a primeira gaveta — e ali dentro está o passaporte dele, no lugar de sempre. Dan não é o tipo que esquece o passaporte. Ele não vai pegar avião nenhum.

Pego o passaporte, abro e fito a foto impassível do rosto de Dan, sentindo-me enjoada. O homem que eu achava que não conseguia guardar segredos de mim acabou se revelando um grande mentiroso.

E agora a humilhação desce sobre mim como um cobertor sufocante. É tão sórdido. Tão previsível. Meu marido saiu de casa para ir ao encontro da amante, me deixando para cuidar de suas filhas. Essa é a minha realidade. Pensei que fôssemos diferentes. Especiais. Mas somos iguaizinhos a qualquer outro casamento tedioso e bagunçado no sudoeste de Londres. Com um súbito meio soluço, meio grito, pego meu telefone e escrevo com dedos furiosos uma mensagem para ele:

Vai lá se divertir então. Falando em surpresas para o outro... Você é um maldito clichê, previsível e tedioso.

Envio a mensagem e então desabo no chão. Estou além da capacidade de chorar. Além da capacidade de pensar.

Éramos um casal com C maiúsculo. Sempre fomos um casal com C maiúsculo.

Agora somos um casal com c minúsculo.

QUINZE

Lembro dessa sensação de quando papai morreu — primeiro você fica dormente. Mas opera perfeitamente. Sorri e faz piadas. Você pensa: Uau, está tudo bem de verdade, devo ser uma pessoa muito forte, quem diria? E é só mais tarde que a dor engole você e aí começam as ânsias de vômito na pia.

Ainda estou no estágio da dormência. Apronto as meninas para a escola. Converso alegremente com Karen e menciono que Dan está muito ocupado no trabalho. Aceno para o professor Russell — John — pela janela.

Poderia ter levado as meninas à escola, sem problemas, mas obviamente Dan mandou uma mensagem para Karen ontem à noite alegando uma emergência, porque ela chegou às 7 da manhã, pronta para entrar em ação. Assim que elas saem a casa ganha aquela sensação supersilenciosa de quando as crianças não estão. Somos só eu e a cobra. Que, graças a Deus, não precisa ser alimentada pelos próximos cinco dias. Se Dan não voltar até lá, vou doá-la à Sociedade Real para a Prevenção de Maus-tratos Contra os Animais.

Aplico mais maquiagem do que o normal, batendo selvagemente nos olhos com o pincel do rímel. Ponho um salto alto, porque acho que a altura vai me ajudar hoje. Estou de blazer, pronta para ir trabalhar, quando o carteiro enfia algumas cartas por baixo da porta e eu pego, pensando, tonta: O que eu faço se houver uma carta para Dan? Encaminho? Para onde?

Mas são só dois catálogos e um envelope escrito à mão. Caro, cor de creme. Caligrafia bonita, inclinada e elegante. Olho para ela com uma suspeita crescente. Não pode ser de... Ela não teria...

Abro o envelope e é como se eu levasse uma facada na barriga. Sim. É dela. Ela nos mandou uma maldita carta de agradecimento. Examino as palavras banais, mas não consigo digeri-las. Não consigo me concentrar. Tudo que consigo pensar é: *Como vocês se atrevem, como vocês se atrevem?*

Os dois.

Ele.

Ela.

Com suas mensagens e abraços secretos. Me fazendo de boba.

Uma nova energia toma conta de mim. Uma fúria nova e incandescente. Ontem à noite fiz tudo errado. Fui pega desprevenida. Não reagi rápido o bastante. Não disse as coisas que devia ter dito. Repasso a cena na cabeça, lamentando não *ter* confrontado Dan com aquelas mensagens, não *ter* colocado as cartas na mesa. O que eu estava esperando? Que ele confessasse? Por que ele faria isso?

Então hoje estou assumindo o controle. A amante do meu marido pode conseguir fazer muitas coisas. Mas *não vai* me escrever uma carta de agradecimento cheia de falsidade, rindo de mim pelas costas. Ela *não vai* fazer isso.

Mando uma mensagem para Clarissa: *Vou dar um pulo na Biblioteca de Londres para fazer uma pesquisa.* Em seguida, procuro no Google a empresa de Mary, Green Pear Consulting. Fica em Bloomsbury. Fácil. Quando saio do metrô na Goodge Street, caminho vigorosamente, minhas pernas se movendo como uma tesoura. Os punhos estão fechados do lado do corpo. Os maxilares, cerrados. Eu me sinto pronta para uma luta corporal.

Chego ao endereço e encontro uma daquelas casas londrinas altas, com cerca de dez empresas em cinco andares diferentes, um elevador instável e uma recepcionista cujo objetivo parece ser entender mal tudo que você diz. Mas, por fim, após uma excruciante conversa entre a recepcionista e alguém ao telefone na Green Pear Consulting — "Não, ela não marcou hora. Não. Não marcou. O nome é Sylvie. Syl-vii Winter. Para Mary. Ma-rii" —, subo as escadas até o quarto andar. Meu condicionamento físico é bom, mas meu coração está disparado e minha pele se abre em arrepios. Sinto-me irreal. Finalmente, *finalmente*, vou ter algumas respostas. Ou uma vingança. Ou *alguma coisa*...

Chego ao andar e empurro uma pesada porta corta-fogo. E lá está Mary, esperando por mim em um pequeno patamar, linda como sempre, dentro de um tubinho de linho cinza. Parece chocada em me ver, noto com satisfação. *Agora* não está mais tão tranquila, não é?

— Sylvie! — diz ela. — Ligaram avisando que alguém chamado Sylvie estava aqui, mas eu não... quer dizer...

— Não sabia por que eu estava aqui? — digo, mordaz. — É mesmo? Você não faz ideia?

Ficamos em silêncio e posso ver os olhos escuros de Mary piscando enquanto sua mente trabalha. Ela então diz:

— Talvez seja melhor irmos para a minha sala.

Ela me guia até uma sala mínima e aponta uma cadeira diante da mesa. É um espaço bem simples — tudo de madeira clara, pôsteres sobre causas ambientais e um quadro abstrato impressionante, sobre o qual eu perguntaria em circunstâncias diferentes.

Mary se senta, mas eu não. Quero a vantagem da altura.

— E então — digo, em meu tom de voz mais cortante. — Obrigada por sua *carta*. — Eu a tiro da bolsa e a jogo sobre a mesa. Mary se encolhe, espantada.

— Certo. — Ela pega o envelope cautelosamente e depois o deixa de novo sobre a mesa. — Existe algum... Você está... — Ela tenta uma terceira vez. — Sylvie...

— Sim? — digo, do modo mais implacável possível. Eu certamente não vou facilitar as coisas para ela.

— Aconteceu algum... problema?

Aconteceu algum *problema*?

— Ah, deixe disso, Mary — digo, asperamente. — Você está tendo alguma coisa secreta com ele. Um caso. Ele foi morar com você. Seja o que for. Mas *não* me mande uma carta agradecendo o delicioso jantar, ok? — Eu me calo, sem conseguir respirar, e Mary olha para mim, boquiaberta.

— *Morar* comigo? Do que você...?

— Bela tentativa.

— Ai, meu Deus. — Mary leva as mãos à cabeça. — Preciso entender tudo isso. Sylvie, eu *não* tenho um caso com Dan e ele *não* está morando comigo. Ok?

— Ah, tá — digo friamente. — Suponho que ele também não enviou mensagens secretas para você. Suponho que ele não lhe disse que se sente "encurralado". Eu vi vocês conversando, Mary. Vi vocês se abraçando. Então pode parar de representar, ok? Eu *sei*.

Faz-se silêncio, e posso ver que atingi Mary. Perfurei sua capa de serenidade. Ela parece muito abalada, para um anjo.

— Nós realmente conversamos naquela noite — diz ela, por fim. — E, sim, nos abraçamos. Mas como velhos amigos, nada mais. Dan queria desabafar comigo... e me vi escutando. Conversando. — Ela de repente se levanta e nossos olhos ficam na mesma altura. — Mas Dan e eu não estamos tendo um caso. De verdade, não estamos. Por favor, acredite em mim.

— "Velhos amigos" — repito as palavras com sarcasmo.

— Sim! — Seu rosto fica vermelho de repente — Só isso. Não tenho casos com homens casados. Eu não faria isso.

— E o que me diz das mensagens? — retruco com veemência.

— Mandei umas duas mensagens para ele. Sem nenhuma importância. Nada mais. Juro.

— Mas vocês se encontraram. No Starbucks. Em Villandry.

— Não. — Ela sacode a cabeça. — Na sua casa falamos em nos encontrar, possivelmente... Só isso. Ele só queria conversar comigo. Desabafar. Só isso.

— Desabafar sobre o quê? — Minha voz tem um tom agressivo. — Sobre como estou "pirada"?

— O quê? — Ela pisca para mim em choque. — Não!

— Pare de negar! — explodo. — Eu vi as mensagens! "Atrasado." "Tudo ok distraí S." — Com os dedos, faço aspas no ar. — "Lembre-se do fator PS." Eu li! Não adianta mentir!

— Não tenho ideia do que você está falando! — Ela parece perplexa. — O que é fator PS? E ele nunca esteve "atrasado", porque nunca nos encontramos.

Minha respiração está pesada. *Ela está falando sério?*

— Olhe. — Abro as fotos que tirei do celular secreto de Dan e as enfio debaixo de seu nariz. — Você se lembra dessas?

Mary olha para baixo, a testa delicadamente franzida, e então sacode a cabeça.

— Nunca vi estas mensagens na minha vida.

— O quê? — Estou quase gritando. — Mas são para "Mary"! Olhe! "Mary"!

— Não importa. Não são para mim.

Por um momento ficamos apenas nos encarando. Minha mente gira, tentando encontrar uma explicação. Então Mary pega meu telefone. Ela vai passando as fotos até chegar a uma mensagem de "Mary", que diz: *Novo nº de celular a partir de amanhã*, seguida por uma série de algarismos.

— Não é o meu número — diz ela calmamente. — Estas mensagens não são minhas. Eu lhe mostro meu celular, se quiser. Pode ler as mensagens que Dan me enviou, todas as três, e vai *ver* como são inocentes.

Ela pega um iPhone que está carregando e abre a tela.

Um instante depois vejo as três mensagens de Dan, todas começando com *Oi, Mary,* e todas no estilo *Foi ótimo fazermos contato.* Mary tem razão. São todas inocentes e até mesmo bastante formais. Totalmente diferentes da intimidade informal das outras mensagens.

— Não sei quem é *esta*... — Ela aponta com o polegar as fotos no meu celular. — Mas você pegou a mulher errada.

— Mas...

Afundo em uma cadeira, as pernas tremendo. Sinto-me solavancada. Tão solavancada que estou sem ar. Quem é essa outra Mary? Quantas Marys *existem* na vida de Dan? Por fim, levanto os olhos para Mary, que parece igualmente perplexa. Ela está passando devagar as fotos, e a vejo fazer uma careta.

— Entendo por que você está... alarmada — diz ela. — O que vai fazer?

— Não sei. — Levanto uma das mãos, desamparada, e a deixo cair. — Dan foi para algum lugar ontem à noite. Disse que era uma viagem de negócios, mas não acredito. Ele está com *ela*?

— Não — responde Mary imediatamente. — Não consigo acreditar. Ele não faria isso. Acho que é mais provável... — Ela para, como se um pensamento lhe tivesse ocorrido e eu me endireito na cadeira, alerta.

— O quê? — pergunto. — O que ele disse a você? Ele lhe fez confidências?

— Não exatamente. Ele começou... mas depois se deteve. — Mary suspira. — Eu me senti mal por ele. Ele está mesmo estressado no momento.

— Eu *sei* que ele está estressado! — exclamo, cheia de frustração. — Mas ele não me diz por quê. Eu nem sei por onde começar. É como se houvesse um enorme segredo. Mas como posso ajudá-lo se não sei o que está acontecendo?

Mary está vendo as fotos de novo, lendo as mensagens cuidadosamente. Sua testa está vincada e ela parece perturbada. Parece estar diante de um dilema. É como se ela...

— Ai, meu Deus. — Eu a encaro. — Ele *contou* alguma coisa a você. Não contou? O que foi?

Mary levanta os olhos e percebo que acertei em cheio. Seus lábios estão cerrados. Os olhos, aflitos. É evidente que ele revelou alguma coisa e ela o está protegendo porque é uma boa pessoa e acha que está fazendo a coisa certa. Mas está fazendo a coisa *errada*.

— Por favor, Mary. — Eu me inclino para a frente, tentando transmitir a urgência da situação. — Sei que você é amiga dele e quer respeitar a confiança que ele depositou em você. Mas talvez a melhor maneira de ajudá-lo seja *quebrar* sua confiança. Jamais vou dizer que foi você que me contou — acrescentei depressa. — E farei o mesmo por você. Prometo.

Não consigo ver como uma situação equivalente algum dia possa surgir, mas estou sendo sincera. Se acontecer, vou contar *absolutamente* tudo a Mary.

— Ele não me contou detalhes — diz Mary, relutante. — Não exatamente. Mas sim, existe... algo. Ele disse que isso estava empacando a vida dele. Chamou de "pesadelo contínuo".

— "Pesadelo contínuo"? — repito, consternada. Dan está passando por um pesadelo contínuo que eu desconheço? Mas como é possível? Do que se trata? O que ele não me contou?

— Foi a expressão que ele usou. Não me deu mais nenhum detalhe. Exceto... — Ela morde o lábio rosado, com evidente desconforto.

— *O que foi?* — Estou quase explodindo de frustração.

— Ok. — Ela suspira. — Seja o que for... tem a ver com a sua mãe.

Olho boquiaberta para ela.

— Minha mãe?

— Eu falaria com ela. Pergunte a ela. Tenho a sensação... — Novamente Mary se interrompe. — Converse com ela.

Não consigo enfrentar o trabalho agora. Mando uma mensagem para Clarissa: *Ainda pesquisando, chego mais tarde*, e vou direto para casa. Quando chego a Wandsworth já deixei três mensagens de voz para mamãe, mandei uma mensagem de texto e um e-mail — todos com *Precisamos conversar!!!* —, mas não tive resposta. Irei até lá pessoalmente se for necessário. Agora, porém, preciso de um tempo para digerir o que acabo de escutar. Um "pesadelo contínuo". Há quanto tempo Dan está lidando com um pesadelo contínuo?

Segundo Mary, tem algo a ver com a minha mãe. Será aquele "um milhão de libras, talvez dois?" Ai, meu Deus, o que está acontecendo, *o quê?*

E — pior — se Mary estiver errada? E se *eu* for o pesadelo contínuo? Esse pensamento me deixa gelada e um tanto pequena por dentro. Estou me lembrando do rosto de Dan ontem à noite. O jeito como ele disse "Não posso fazer isso", como se estivesse no fim das suas forças.

Toda vez que recordo a noite de ontem eu me encolho por dentro. Eu o chamei de "maldito clichê, tedioso e previsível". Presumi que ele estivesse seguindo o mesmo velho roteiro de sempre: Marido Tem Caso com Antiga Paixão, Mente para a Mulher. Mas não é isso. Há algo mais. Enquanto caminho, pego o celular para mandar outra mensagem para ele, querendo consertar a situação. Chego até *Querido Dan*, mas paro. O que eu digo? Frases disparam pela minha cabeça, mas as descarto na hora, uma a uma.

Me conte quem é a outra Mary. Por favor, não me exclua mais. Sei que você está em um pesadelo contínuo; do que se trata?

Se ele quisesse me contar, teria me contado. O que me leva de volta à pergunta que me enche de maus presságios: serei eu seu pesadelo contínuo?

Caminho pela nossa rua com as lágrimas escorrendo pelo rosto, mas as enxugo depressa ao ver Toby. Ele está diante da casa de Tilda, segurando um par de patins e um capacete.

— Oi, Toby! — digo. — Sabia que você ia voltar.

Ele assente com a cabeça.

— Vim pegar meus patins. Esqueci de levá-los.

Ele os joga no porta-malas de um Corsa, que não reconheço.

— Este carro é seu? — pergunto, curiosa, enquanto ele o tranca.

— É de Michi. Aliás, é melhor eu avisar a ela que peguei o carro.

Ele se senta no muro do jardim, mandando uma mensagem de texto. O sol saiu e, quando termina de digitar, ele se inclina para trás, saboreando o calor, parecendo absolutamente sem pressa.

— Você não está trabalhando?

— Vou mais tarde. Está tudo bem. — Ele dá de ombros. — Normalmente trabalhamos do meio-dia à meia-noite.

Meia-noite? De repente me sinto muito antiquada.

— Certo. Bem, não deixe de ver sua mãe enquanto está aqui. Ela está em casa?

— Sim, está fazendo espaguete à bolonhesa para mim. — O rosto dele se ilumina e não posso deixar de sorrir. Tilda deve ter ganho o dia, Toby voltando em casa tão rápido. Ou isso, ou estão gritando um com o outro de novo. — Que almoçar com a gente? — acrescenta ele, educadamente. — Tenho certeza de que temos o suficiente.

— Não, obrigada. — Tento sorrir. — Tenho algumas coisas para... Estou... As coisas estão um pouco... — Sem ter a intenção, deixo escapar um suspiro alto e me sento ao lado dele no muro. — Alguma vez você teve a impressão de estar no meio de uma conspiração?

Não estou esperando de fato uma resposta, mas Toby assente, sério.

— *Existe* uma conspiração. Eu disse, Sylvie, *tudo* faz parte de uma conspiração.

O sol está ficando mais quente em nosso rosto. Ele deve estar abafado com essa barba. Tiro os óculos escuros e procuro meu protetor labial e, quando abro o estojo rosa, Toby acena com a cabeça na direção dele, como se isso provasse tudo.

— A indústria farmacêutica, Sylvie. Está vendo?

Não respondo. Estou olhando para a gravação *P.S.* em letras douradas. Não posso acreditar que Dan usou meu apelido secreto em mensagens para outra mulher. Não posso acreditar que ele se referiu a mim como o "fator PS". O "fator Princesa Sylvie". Só a ideia de outra mulher me chamando assim me faz estremecer. É quase a pior traição.

Quem é ela? Quem *é* ela?

— O que você faria se encontrasse um monte de mensagens de textos em um celular e não soubesse para quem são? — pergunto, fitando o céu azul.

— Pegue o número nos Contatos — diz Toby, encolhendo os ombros.

— Um número não diz nada — objeto.

— Pesquise-o no Google, então. Veja se aparece alguma coisa.

Eu me viro para encará-lo. Pesquisar no Google? Nunca pensei nessa possibilidade.

— Números de celular não estão no Google — digo, com cautela.

— Às vezes estão. Vale a tentativa. De quem é o celular? — pergunta ele com interesse, e levanto minhas defesas no mesmo instante.

— Ah, é para uma colega de trabalho — respondo. — A prima dela — acrescento por precaução. — Prima por afinidade. Nada importante.

Eu podia pesquisar o número no Google. De repente, fico nervosa. Preciso ir para um computador, *agora*.

— Bem, a gente se vê, Tobes — digo, levantando-me. — Traga Michi um dia! Gostaríamos de conhecê-la.

— Claro. Tchau, Sylvie.

Corro para dentro de casa, atrapalhando-me com a chave na pressa. Meu computador leva uma vida para ligar, e começo a dizer "Vamos, *vamos*", entre dentes.

Digito o número do celular da mensagem, e espero os resultados, prendendo a respiração, apesar de saber que era uma idiota se estava esperando uma resposta instantânea. Preciso passar por um bocado de lixo. Resultados sobre números de série de carros e páginas de listas telefônicas sem nenhuma informação real. Mas, na página cinco, vejo algo que me faz me inclinar para a frente.

Clube de Rúgbi da Escola St. Saviour. Rep. dos pais: Mary Smith-Sullivan.

É ela. O mesmo número de celular. O mesmo primeiro nome. Ai, meu Deus, ela existe. Será que consigo descobrir mais alguma coisa? Um trabalho, talvez?

Com o coração batendo loucamente, procuro Mary Smith-Sullivan no LinkedIn. E lá está ela. *Mary Smith-Sullivan, Sócia, Avory Milton. Especialidade: difamação, privacidade e outros litígios relacionados à mídia.* Ela parece ter cerca de cinquenta anos, com cabelo escuro cortado bem curto e um casaquinho. Maquiagem mínima. Está sorrindo, mas não de um jeito caloroso, e sim profissional, do tipo "tenho que sorrir nesta foto".

É para *ela* que Dan está mandando aquelas mensagens intermináveis? Ele não pode estar tendo um caso com ela. Não pode. Quero dizer... *Não pode.*

Fito a página, tentando inutilmente encontrar um sentido para aquilo. Então, por fim, com a mão trêmula, pego meu telefone e disco.

— Avory Milton. Como posso ajudá-la? — Uma voz melodiosa me atende.

— Gostaria de marcar uma hora com a Sra. Smith-Sullivan — digo apressada. — Hoje. O mais rápido possível, por favor.

A Avory Milton é um escritório de advocacia de tamanho médio, perto da estação de Chancery Lane, com uma área de recepção no décimo quarto andar. A janela, que vai do piso ao teto, oferece uma vista impressionante de Londres, o que fez minhas pernas quase cederem quando saí do elevador. As pessoas não deviam ter janelas apavorantes como aquela.

Mas de alguma forma consegui chegar ao balcão da recepção e peguei meu crachá de visitante. E agora me encontro na sala de espera, determinada a não olhar para a janela.

Sentada ali, fingindo ler uma revista, olho à minha volta com cuidado. Estudo os sofás cinza-escuro, as pessoas de terno passando por ali e até mesmo o bebedouro... mas não encontro nenhuma pista. Não tenho a menor ideia do que esse lugar tem a ver com Dan. Também não me impressiona a maneira como administram o tempo. Estou sentada aqui há pelo menos meia hora.

— Sra. Tilda?

Meu peito se aperta e me sinto apreensiva quando vejo uma mulher se aproximando de mim. É ela. Tem o mesmo cabelo bem curtinho da foto do LinkedIn. Está usando um blazer azul-marinho e uma camisa azul listrada que reconheço da Zara. Sapatos caros. Uma aliança de casamento.

— Sou Mary Smith-Sullivan. — Ela sorri profissionalmente e estende a mão de unhas feitas. — Peço desculpas por deixá-la esperando. Como vai?

— Ah, oi. — Minha voz falha, e eu só consigo emitir um grasnado. — Oi — tento de novo, levantando-me apressada. — Sim. Obrigada. Como vai?

O nome que dei foi Sra. Tilda. O que não é ideal, mas eu estava tão abalada ao marcar a hora que não pensava com clareza. Quando a recepcionista perguntou "E o nome?", entrei em pânico e soltei: "Tilda". Então rapidamente emendei: "Sra. Tilda. Hã... Sra. Penelope Tilda."

Penelope Tilda? O que eu estava pensando? Ninguém se chama Penelope Tilda. Mas ainda não fui questionada. Embora, enquanto andamos por um corredor neutro, com carpete claro, Mary Smith-Sullivan me lance de vez em quando um olhar avaliador. Eu não disse ao telefone por que queria marcar hora. Só fiquei dizendo "altamente confidencial" e "muito urgente" até que a recepcionista disse: "É claro, Sra. Tilda. Reservei um horário para as duas e meia."

Mary Smith-Sullivan me conduz a um escritório relativamente grande — com uma janela bem pequena, felizmente — e eu me sento em uma cadeira estofada azul. Faz-se uma pausa silenciosa e insuportável enquanto ela serve um copo d'água para cada uma de nós.

— Bem. — Finalmente ela me olha nos olhos e torna a abrir um de seus sorrisos profissionais. — Sra. Tilda. Como posso ajudá-la?

Isso é exatamente o que previ que ela diria, e tenho minha fala pronta para ela, como uma heroína de novela: *Quero saber por que meu marido anda mandando mensagens para você, SUA VACA.*

(Ok, "vaca" não. Não na vida real.)

— Sra. Tilda? — ela incentiva, simpática.

— Eu queria saber... — Faço uma pausa e engulo em seco. Merda. Prometi a mim mesma que ia me manter calma e fria, mas minha voz já está vacilando.

Ok. Espere um momento. Não há pressa.

Na verdade, há pressa sim. Essa mulher provavelmente custa mil libras por hora e vai me cobrar mesmo que seja amante de Dan. *Principalmente* se for. E eu nem pensei em como vou pagar isso. Merda. Por que não perguntei quanto era? Rápido, Sylvie, *fale*.

Respiro fundo, organizando os pensamentos, e olho pela janela de sua porta. E o que vejo quase me faz desmaiar.

É mamãe.

Ela está usando um terno cor-de-rosa e anda rapidamente na direção dessa sala, com um sujeito muito gordo de terno risca de giz. Ela fala animadamente enquanto ele inclina a cabeça para ouvir.

Que diabos minha mãe está fazendo aqui?

Minhas pernas já estão me levando para a porta do escritório de Mary Smith-Sullivan. Agarro a maçaneta como uma pessoa lunática.

— Mãe? — chamo, a voz estridente. — *Mãe?*

Tanto mamãe quanto o sujeito gordo de risca de giz param abruptamente e o rosto de mamãe se congela em um ricto de consternação.

— Entao *é* você — diz ela.

— Se *sou* eu? — Olho dela para o sujeito gordo de risca de giz. — O que isso significa: "Se *sou* eu?" É claro que sou eu. Mãe, por que você está aqui?

— Fui eu quem chamou sua mãe, Sylvie — diz Mary Smith-Sullivan atrás de mim, e eu giro para encará-la.

— Você me *conhece*?

— Achei que fosse você assim que a vi na recepção. Vi fotografias suas e seu cabelo é bem marcante. Embora, é claro, o nome falso... — Ela dá de ombros. — Mas, ainda assim, tive certeza de que era você.

— Querida, por que você está aqui? — pergunta mamãe quase acusadoramente. — O que a trouxe aqui?

— Porque... — Eu olho para ela, desconcertada, então me volto para Mary Smith-Sullivan. — Eu quero saber por que meu marido anda mandando mensagens para você.

Finalmente consegui dizer o meu texto. Mas ele perdeu o efeito. Tudo perdeu o significado. Eu me sinto como se tivesse subido no palco em plena peça e não soubesse qual era o meu papel.

— Sim, imagino que queira — diz Mary, e me olha com uma espécie de pena. O mesmo tipo de pena que a outra Mary pareceu ter de mim. — Eu sempre *disse* que você deveria saber, mas...

— Sra. Winter. — O sujeito gordo de risca de giz fala com uma voz estrondosa ao se aproximar de mim. — Peço desculpas, permita que eu me apresente. Sou Roderick Rice, e venho lidando com essa questão, junto com Mary, é claro...

— Qual questão? — Tenho a sensação de que vou começar a gritar a qualquer momento. Ou vou matar alguém. — *Que droga de questão?*

— Olho de Mary Smith-Sullivan para Roderick e em seguida para mamãe, que se mantém parada diante da porta do escritório com um de seus olhares evasivos característicos. — O que está acontecendo? *O quê?*

Posso ver olhares sendo trocados; consultas silenciosas voando de um lado para o outro.

— Alguém entrou em contato com Dan? — Mary pergunta a Roderick por fim.

— Ele foi para Devon. Ver o que pode fazer de lá. Tentei falar com ele mais cedo, mas... — Roderick dá de ombros. — Sem sinal, provavelmente.

Devon? Por que Dan foi para Devon? Mary, porém, faz um gesto afirmativo com a cabeça, como se isso fizesse todo sentido.

— Só estou pensando no fator PS — disse ela baixinho.

O fator PS. De novo. Não suporto isso.

— Por favor, não me chame assim! — Minha voz sai numa explosão, como a de um foguete. — Não sou uma princesa. *Não* sou a Princesa Sylvie. Queria que Dan *jamais* tivesse me *dado* esse apelido idiota.

Ambos os advogados se voltam para me estudar com o que parece surpresa genuína.

— "PS" não significa "Princesa Sylvie" — diz Mary Smith-Sullivan, por fim. — Não neste escritório.

— Mas... — Eu a encaro, espantada. — Então o que... — Silêncio. E mais uma vez, ela me dirige aquele estranho olhar de pena, como se soubesse bem mais sobre mim do que eu mesma.

— "Proteja Sylvie" — diz ela. — Significa "Proteja Sylvie".

Por um instante, não consigo falar. Minha boca não me obedece. Me *proteger*?

— De quê? — consigo finalmente falar, e me volto para mamãe, que ainda está parada na entrada da sala. — Mãe?

— Ah, querida. — Ela começa a piscar furiosamente. — Tem sido tão difícil decidir o que fazer...

— Seu marido a ama muito — diz Mary Smith-Sullivan. — E acho que ele vem agindo com a melhor das intenções. Mas... — Ela se interrompe e olha para Roderick, e depois para mamãe. — Isto é ridículo. Ela precisa saber.

Na sala de Mary, nos sentamos com xícaras de chá, servidas pela assistente. Seguro a minha nas mãos, sem beber, apenas agarrando-a com firmeza. É alguma coisa tangível. Alguma coisa real. Quando mais nada em minha vida parece ser.

— Deixe-me lhe apresentar os fatos — diz Mary, com seus modos ponderados, quando por fim a assistente sai. — Seu pai supostamente teve um caso, há muitos anos, com uma garota de dezesseis anos.

Olho para ela em silêncio. Não sei o que eu estava esperando. Mas não era isso.

Papai? Uma garota de dezesseis anos?

Volto-me para mamãe, que está olhando para um canto distante da sala.

— Isso é... verdade? — consigo perguntar.

— É claro que não é verdade — responde mamãe, irritada. — A história toda é mentira. Uma mentira cruel e deplorável. — Ela recomeça a piscar furiosamente. — Quando *penso* no seu pai...

— A garota em questão, que agora é adulta — continua Mary, impassível —, ameaçou expor o caso em um livro. Isso foi... evitado.

— Que livro? — pergunto, confusa. — Um livro sobre meu pai?

— Não exatamente. Já ouviu falar de uma escritora chamada Joss Burton?

— *Através do labirinto.* — Eu a encaro. — Eu li. Ela teve uma vida muito difícil antes do sucesso. Teve um distúrbio alimentar; precisou abandonar a faculdade... — Engoli em seco, me sentindo enjoada. — Papai... *não.*

— São só mentiras — diz mamãe, chorosa. — Estava tudo na cabeça dela. Ela ficou obcecada por ele porque era tão bonito.

— Uma primeira versão continha um relato do suposto caso com seu pai e seu efeito sobre ela — resume Mary. — Obviamente, aos dezesseis anos, segundo a lei inglesa, ela não é menor de idade; ainda assim, é... — Ela hesita. — Não é uma leitura muito fácil.

Não é uma leitura muito fácil. Minha mente registra essa frase e então se afasta dela numa guinada. Há um limite para o que consigo enfrentar de cada vez.

— Seu pai tomou conhecimento do livro e contratou nosso escritório. Apresentamos uma ação de interdição em nome dele, embora a autora tenha acabado sendo persuadida a remover as passagens relevantes.

— Persuadida?

— Dan foi muito prestativo — diz mamãe, enxugando o nariz.

— *Dan?* — Olho de um rosto para o outro.

— Seu pai queria manter o caso dentro da família, então solicitou a ajuda de Dan. — Alguma coisa no tom de Mary me faz olhar bruscamente para ela. — Eu diria que Dan trabalhou além de todas as expectativas para o seu pai — diz ela. — Ele se tornou nosso contato. Lia todos os documentos. Comparecia a todas as reuniões com Joss Burton e seus advogados e conseguiu transformar o que eram... discussões bastante difíceis... em algo mais construtivo. Sua mãe tem razão: foi a intervenção pessoal dele que, no fim, convenceu Joss Burton a retirar as passagens relevantes.

— Dan ficou feliz em ajudar — diz mamãe na defensiva. — Muito feliz.

Minha cabeça está girando como um caleidoscópio. Papai. Dan. Joss Burton. Aquele livro na cozinha de mamãe. A tensão de Dan. Todos os sussurros, a proximidade nas conversas... Eu sabia que havia alguma coisa, eu sabia...

— Por que vocês não me contaram? Por que ninguém me *contou*? — Minha voz sai como um rugido. — Por que sou a única pessoa sentada aqui que não sabe nada sobre isso?

— Querida — mamãe se apressa a dizer —, seu pai ficou consternado com essa... essa calúnia maldosa. Ele não queria que você ouvisse histórias indecentes, inventadas. Decidimos manter toda a questão em segredo.

— E então, justamente quando as coisas estavam resolvidas, seu pai morreu — acrescenta Roderick, em um tom solene, pesado. — E tudo mudou novamente.

— Você estava tão frágil, Sylvie. — Mamãe estende a mão e aperta a minha. — Estava tão arrasada. *Não podíamos* contar a você. Nenhum de nós. Além disso, pensamos que tudo estava acabado. — Ela recomeça a piscar.

— E não está? Não — eu mesma respondo, pensando em voz alta. — É claro que não está, senão por que vocês estariam aqui? — Volto a fitar os rostos à minha volta, os pensamentos surgindo em meu cérebro com tanta rapidez que mal consigo extraí-los. — Por que Dan está em Devon? O que significa o "um milhão, talvez dois"? — Vou para cima de mamãe. — Tem a ver com isso? O que está acontecendo?

— Ah, querida — diz mamãe vagamente, os olhos se desviando, e eu reprimo uma resposta brusca. Ela é *tão frustrante*.

— Joss Burton escreveu outro livro de memórias — diz Mary. — Uma prequela, descrevendo sua vida anterior. Ela é taxativa ao dizer que dessa vez vai descrever o suposto relacionamento com seu pai. Aparentemente ele é "crucial" à sua história. A provável data de publicação é daqui a um ano, quando o filme *Através do labirinto* sair.

— Um filme — diz mamãe com desgosto. — Quem quer assistir a um filme sobre ela?

Eu me seguro para não responder: "Quem quer ver a história de uma mulher que derrotou seus demônios para se tornar uma empresária de sucesso internacional? Ah, ninguém, imagino."

— O novo livro terá muita visibilidade — continua Mary. — Será publicado em folhetim num jornal de alcance nacional, sem dúvida. E o nome do seu pai com ele.

— O adiantamento dela é de um milhão — informa Roderick. — Embora, naturalmente, ela diga que não se trata do dinheiro, mas da verdade.

— A verdade! — exclama mamãe, em um tom violento. — Se esse livro for publicado, se seu pai for lembrado por *isso*... depois de todo seu trabalho beneficente... — Sua voz se torna estridente. — É cruel! E, de qualquer forma, como ela poderia se lembrar depois de todos esses anos?

— Então por que Dan está em Devon? — Eu continuo olhando de um para o outro. — Eu ainda não entendo...

— Ele está falando novamente com Joss Burton — diz mamãe, enxugando o nariz com um minúsculo lenço de renda. — Ela mora em Devon.

— Ele pegou o trem ontem à noite. — Mary me dirige um olhar bondoso. — Acho que um dos maiores motivos de estresse para Dan em tudo isso tem sido esconder a verdade de você.

O trem noturno. Eu pensei que ele estivesse com a amante. Quando o tempo todo...

Minha garganta de repente se fecha quando imagino Dan pegando o trem, sozinho. Carregando esse peso, sozinho. Fito o meu chá, meus olhos ficando quentes, tentando manter a compostura.

— Ele nunca disse uma palavra — afirmo, por fim. — Nem uma só palavra.

— A maior preocupação dele, o tempo todo, é que você descobrisse e não "lidasse bem" com essa história, como ele diz — observa Mary.

— Tivesse outro... "episódio" — acrescenta Roderick diplomaticamente.

— Aquilo não foi um "episódio"! — Minha voz se eleva, e vejo Roderick trocando olhares assustados com mamãe. — Não foi um episódio ou colapso nervoso ou seja lá como as pessoas chamaram — digo, mais calma. — Foi luto. Apenas isso. Sim, eu estava arrasada. Mas só porque, para mim, a morte de papai foi difícil de processar... isso não significa que eu estivesse *desequilibrada*. Dan se preocupava demais comigo. Ele era superprotetor. Excessivamente superprotetor.

— Estávamos todos preocupados, querida! — diz mamãe, na defensiva.

— Você só estava preocupada com a possibilidade de eu envergonhá-la — digo rispidamente, e me viro para Mary, que sinto ser a mais receptiva para o que estou dizendo. — Dan tinha os melhores motivos possíveis, e eu não o culpo... mas ele entendeu mal. Eu poderia ter enfrentado isso e ele devia ter me contado. Vocês todos deveriam ter me contado. — Apoio minha xícara na mesa de centro com uma pancada. — Então agora eu quero saber. Tudo.

Meus olhos encontram os de Mary, e posso vê-la me avaliando. Por fim, ela assente.

— Muito bem. Vou lhe dar acesso a todos os arquivos. Você vai ter de olhá-los aqui, no escritório, mas posso lhe dar uma sala para ficar.

— Obrigada. — Uso seu mesmo tom profissional.

— Sylvie, querida. — Mamãe faz uma cara agoniada. — Eu realmente não faria isso. Você não precisa saber...

— Preciso! — eu a interrompo furiosamente. — Tenho vivido em uma bolha. Bem, agora estou saindo dela. Não preciso de proteção. Não preciso de um escudo. O fator "Proteja Sylvie" acabou. — Corro um olhar selvagem pela sala. — *Acabou.*

Eu me sento sozinha, lendo sem parar. Meus olhos se turvam. Minha cabeça começa a doer. Uma assistente me traz mais três xícaras de chá, mas ficam todas ali esfriando, intactas, porque estou absorta demais no que estou vendo; no que estou entendendo. Minha cabeça é um turbilhão. Como tudo isso podia estar acontecendo e eu não ter a menor ideia? Que tipo de idiota cega e alienada eu vinha sendo?

Joss Burton costumava passar férias em Los Bosques Antiguos. Foi onde aparentemente ela conheceu papai. Nada disso era questionável. A família dela de fato tinha uma casa lá, muito próxima à nossa. Os pais dela conviviam com mamãe e papai. Eu não lembro deles, mas eu só tinha três ou quatro anos na época.

Então há todas as coisas que ela alega: sobre papai lhe dar presentes, enchê-la de coquetéis, levá-la para o bosque... e eu não consegui me obrigar a ler aquilo devidamente. Só de *pensar nisso* eu ficava enjoada. Corri os olhos por algumas páginas apenas, absorvendo frases aqui e ali, e me senti ainda mais enjoada. Meu pai? Com uma adolescente ingênua e inexperiente, que nunca nem...

Mary Smith-Sullivan estava certa. Não era uma leitura muito fácil.

Assim passei rapidamente aos e-mails, à correspondência dos últimos anos, ao processo de fato. Há centenas de e-mails nos arquivos. Milhares até. De papai para Dan, de Dan de volta a papai, de Roderick para ambos, de Dan para Mary, de Mary de volta para Dan... E quanto mais eu lia, mais chocada ficava. Os e-mails de papai são tão bruscos. Exigentes. Autoritários. Dan é sempre educado, sempre agradável, mas papai... papai o manipula. Ele espera que Dan ponha um fim a tudo. E o xinga quando as coisas dão errado. Ele é intimidador.

Não posso acreditar que estou pensando essas coisas do meu pai. Meu pai charmoso e genial uma pessoa *intimidadora*? Sim, às vezes ele perdia as estribeiras com um empregado... mas nunca com a família.

Não é mesmo?

Continuo a ler, torcendo desesperadamente para descobrir o e-mail em que ele demonstra gratidão. Em que ele agradece a Dan todos os esforços. Em que ele se revele. Ele era uma pessoa encantadora. Onde está o encanto aqui?

Depois de 258 e-mails, ainda não o encontrei e meu estômago está pesado. Tudo faz um sentido horrível. Aqui está o motivo do relacionamento de Dan com papai ter se deteriorado. Porque papai o arrastou para os seus problemas e então transferiu-os para Dan e o tratou como lixo.

Não era de admirar que Dan falasse sobre um "pesadelo contínuo". Papai era o pesadelo.

Por fim, levanto a cabeça, o rosto queimando. Estou agitada. Quero intervir. Quero confrontar papai. Quero pôr tudo em pratos limpos. Frases voam pela minha cabeça: *Como você pôde? Peça desculpas! Você não pode falar assim com Dan! Ele é meu marido!*

Mas papai está morto. Morto. É tarde demais. Não posso confrontá-lo, não posso falar com ele, não posso perguntar por que ele agiu assim, nem pôr tudo em pratos limpos ou consertar as coisas; é tarde demais para tudo, tarde demais.

E a culpa está crescendo em mim, esquentando ainda mais o meu rosto. Porque eu não ajudei Dan em nada, não é? O tempo todo, cobri os defeitos de papai, eu o glorifiquei, impossibilitei Dan de falar a verdade. E foi *esse* o abismo.

— Você está bem?

Dou um pulo, assustada, com a voz de Mary, e de repente me dou conta de que estou me balançando para a frente e para trás na cadeira, o maxilar projetado para a frente, como se pronta para a luta.

— Estou bem! — Rapidamente me aprumo na cadeira. — Estou bem. É... um material bem pesado.

— Sim. — Ela me dirige um olhar compreensivo. — Provavelmente um pouco demais para se digerir de uma vez.

— Tenho de ir, de qualquer forma. — Olho para o relógio. — Hora de saída da escola.

— Ah. — Ela assente. — Bem, volte quando quiser. Pode me perguntar qualquer coisa que queira saber.

— Teve notícias de Dan? — A pergunta sai antes que eu possa detê-la.

— Não. — Ela me dirige um olhar neutro. — Tenho certeza de que ele está fazendo tudo que pode.

Tenho cerca de dez mil perguntas com que quero bombardeá-la, mas enquanto seguimos para os elevadores, duas circulam bem acima das outras.

— Meu pai — digo ao pressionar o botão do elevador.

— Sim?

— Ele... É... Você acha... — Não consigo dizer em voz alta. Mary, porém, compreende exatamente.

— Seu pai sempre afirmou que Jocelyn Burton tem uma imaginação fértil e que o caso foi inteiramente fictício — diz ela. — O relato completo dela está todo aí nos arquivos para você ler. Milhares de palavras. Muito detalhado. No entanto, você pode achar que isso não vai ajudá-la em nada.

— Certo — digo. — Bem... talvez.

Observo o indicador do elevador mudando: 26 — 25 — 24 — e então suspiro.

— Meu pai — repito.

— Sim?

Mordo o lábio. Eu não sei o que quero perguntar exatamente. Tento outra vez.

— Li os e-mails entre Dan e meu pai. E...

— Sim. — Meus olhos encontram os de Mary e tenho a sensação de que, mais uma vez, ela sabe exatamente aonde quero chegar. — Dan é muito paciente. Muito inteligente. Espero que seu pai tenha tido consciência do quanto Dan fez por ele.

— Mas ele não teve, não é? — digo francamente. — Eu vi naqueles e-mails. Papai foi horrível com ele. Não posso acreditar que Dan tenha aguentado. — Subitamente lágrimas brotam em meus olhos enquanto penso em Dan, lidando, resignado, com as mensagens desagradáveis de papai. Sem nunca me dizer uma só palavra. — Afinal, por que ele aguentaria? Por quê?

— Ah, Sylvie. — Mary sacode a cabeça com uma estranha risadinha. — Se você não sabe... — Ela se interrompe, me examinando com um olhar tão sarcástico que quase me sinto desconfortável. — Sabe, eu tinha muita curiosidade em conhecer você, todo esse tempo. Em conhecer a Sylvie do Dan.

— A Sylvie do Dan? — Uma risada dolorosa brota em mim. — Eu não me sinto a Sylvie do Dan neste momento. Se eu fosse ele, teria me deixado há séculos.

As portas se abrem e, quando entro, Mary estende a mão.

— Foi um grande prazer finalmente conhecê-la, Sylvie — diz ela. — Por favor, não se preocupe com esse segundo livro. Tenho certeza de que tudo se resolverá. E, se houver mais alguma informação que eu possa lhe dar sobre Joss... ou Lynn...

— Hein? — Eu a encaro, atordoada. — De que Lynn você está falando?

— Ah, desculpa. Eu sei que é confuso. — Mary ergue os olhos, mortificada. — Jocelyn é o nome dela, mas era conhecida como Lynn na adolescência. Para fins legais, obviamente, nós...

— Espere. — Minha mão aperta violentamente o botão de abrir a porta antes mesmo de eu ter consciência de que estou reagindo. — Lynn? Você está me dizendo que... ela era chamada de *Lynn*?

— Bem, em geral nos referimos a ela como Joss. — Mary parece intrigada com minha reação. — Mas naquela época ela era Lynn. Pensei que você fosse lembrar dela, na verdade. Em seu relato, ela menciona você. Costumava brincar com você. Cantar com você. "Kumbaya", esse tipo de coisa. — A expressão de Mary se transforma. — Sylvie? Você está bem?

Venho vivendo em uma bolha dentro de outra bolha. Eu me sinto surreal. Enquanto ando pela Lower Sloane Street, uma frase fica se repetindo em minha cabeça: *O que é real? O que é real?*

Quando finalmente deixei o escritório da Avory Milton, tentei ligar para Dan umas cinco vezes. Mas ele não atendia, ou estava sem sinal, ou alguma outra coisa. Então, por fim, deixei uma mensagem de voz frenética, desesperada: "Dan, acabei de descobrir, não posso acreditar, eu não fazia ideia, me desculpe, eu sinto tanto, entendi tudo errado. Dan, nós precisamos conversar. Dan, por favor, me ligue, eu sinto tanto, tanto..." e prossegui, nesse espírito, até soar o bipe.

Agora estou seguindo para o apartamento de mamãe. Estou em uma espécie de estado de choque e provavelmente deveria parar e tomar alguma bebida calmante — mas não vou fazer isso. Eu tenho de vê-la. Tenho de pôr isso em pratos limpos. Já liguei para a escola e avisei que as meninas vão ficar para a atividade extracurricular do dia, depois do fim do horário escolar. (Eles são muito bons com telefonemas de última hora de pais londrinos esgotados que trabalham fora.)

Entro no apartamento de mamãe com a minha chave, vou até a sala de estar e, sem nenhum cumprimento, digo em um tom implacável:

— Vocês mentiram.

Mamãe dá um pulo e olha de onde está sentada, fitando o espaço, uma almofada apertada contra o peito. Ela de repente parece muito pequena e vulnerável contra a vasta expansão do sofá, mas eu expulso esse pensamento da minha mente.

— Lynn — digo, meus olhos perfurando os dela. — Lynn, mãe. *Lynn.*

Em sua defesa, ela não diz: "De que Lynn você está falando?" Ela olha além de mim, como se estivesse vendo um fantasma, seu rosto lentamente se enrugando de ansiedade.

— Lynn! — eu praticamente grito. — Vocês me disseram que ela era imaginária! Vocês ferraram com a minha cabeça! Ela era real! Ela era *real*!

— Ah, querida. — A mão de mamãe amassa nervosamente o tecido de seu blazer.

— Por que vocês *fizeram* isso? — Minha voz está perigosamente próxima de um gemido, um gemido infantil. — Por que vocês fizeram com que eu me sentisse tão horrível? Vocês não me deixavam falar sobre ela, vocês faziam com que eu sentisse tanta culpa... e o tempo todo vocês sabiam que ela era real! Isso é doentio! É insano!

Enquanto falo, surge em minha cabeça uma imagem de Tessa e Anna. Minhas meninas lindas, com seus pensamentos, sonhos e ideias preciosos. A possibilidade de eu confundi-las, alterá-las, fazer com que se sentissem mal em relação a *qualquer coisa*... é simplesmente uma abominação.

Mamãe não responde. Vou até a frente do sofá, de modo que fico cara a cara com ela, respirando forte.

— Por quê? *Por quê?*

— Você era tão pequena — diz mamãe por fim.

— Pequena? O que isso tem a ver?

— Pensamos que isso tornaria as coisas mais simples.

— Por que mais simples? — Eu a encaro. — Como assim, mais simples?

— Porque tivemos de sair de lá às pressas. Porque...

— Por que tivemos de sair às pressas?

— Porque aquela garota estava fazendo... *acusações*! — A voz de mamãe subitamente soa fria e ríspida, e seu rosto mostra a expressão mais feia que já vi, uma espécie de repugnância distorcida que me faz gelar até o coração.

No momento seguinte, não estava mais lá. Mas eu vi. Não posso *des*ver. Não posso apagar aquela voz.

Nossa vida era tão maravilhosa. Nunca pude ver nada além do brilho, da diversão, do luxo. Meu pai e minha mãe tão bonitos. Minha família encantadora e invejável. Mas agora vejo e-mails ameaçadores. Pais mentindo. Uma feiura espreitando sob tudo.

— Existe alguma... — Engulo em seco. — Existe alguma... verdade no que ela diz?

— É claro que não. — A voz de mamãe está ríspida novamente, me fazendo estremecer. — É claro que não. É *claro* que não.

— Então por que...

— Tivemos de sair de Los Bosques Antiguos. — Mamãe vira a cabeça para o outro lado, olhando para o canto da sala. — Era tudo tão desagradável. Insuportável. A garota contou para os pais, e obviamente eles acreditaram na sua história escabrosa. Bem, você pode imaginar como eles reagiram. E espalharam boatos tão perversos entre nossos amigos... Não podíamos ter aquele tipo de... Tínhamos de ir embora.

— Então vocês venderam a casa.

— Acho que teríamos vendido de qualquer forma.

— E vocês me falaram que Lynn era imaginária. Vocês mexeram com a mente de uma criança de quatro anos. — Minha voz é impiedosa.

— Você ficava *perguntando* sobre ela, Sylvie. — Tinha aparecido um espasmo no olho esquerdo de mamãe e ela o esfregava repetidamente. — Sempre perguntando: "Cadê a Lynn?" Cantando aquela música horrível.

— "Kumbaya" — digo baixinho.

— Aquilo enlouquecia o seu pai. Enlouquecia nós dois. Como podíamos deixar tudo para trás? Foi ideia do seu pai dizer a você que ela era imaginária. E eu pensei: que importância teria? Real... imaginária... você nunca mais iria vê-la mesmo. Era uma mentirinha inofensiva.

— *Uma mentirinha inofensiva?*

Eu me sinto queimar de raiva. Revejo um milhão de momentos da minha infância. Lembro-me de papai alterando-se, uma fúria silenciosa tomando conta dele, sempre que Lynn era mencionada. Mamãe rapidamente desviando a atenção e mudando de assunto. Mas, afinal, essa tem sido a vida dela, não? Desviar a atenção dos problemas.

Faz-se silêncio na sala. Não posso ficar, mas tampouco consigo me mover. Por alguma razão, estou fixada no sofá da mamãe. Grande e creme, com franjas e muitas almofadas feitas sob medida com estampas de linho, damasco e veludo cor-de-rosa. É bonito. E ela parece tão loura e bonita, ali sentada com seu terninho cor-de-rosa. A imagem inteira é linda. Na superfície.

E é isso que mamãe sempre foi para mim, eu percebo. Superfície, só superfície. Brilho e reflexo. Sorrisos luminosos, destinados a desviar a luz. Nós duas ecoamos as mesmas falas uma para a outra, ao longo dos anos, nunca parando para examiná-las. "Que saia linda." "Que vinho delicioso." "Papai foi um herói." Qual foi a última vez que tivemos uma conversa profunda e empática que de fato *levou* a algum lugar?

Nunca.

— E quanto a Dan? — pergunto, sem alterar a voz.

— Dan? — Mamãe franze a testa, como se tivesse esquecido quem é Dan, e eu sinto outra onda de raiva dela.

— Dan, que vem trabalhando arduamente para vocês. Dan, que está em Devon neste momento, tentando proteger o nome de papai. De novo. Dan, que é o herói nessa história toda, mas que você trata como... como... — Eu hesito. — Como... uma piada.

Quando encontro a palavra, me dou conta de que é exatamente isso. Mamãe nunca levou Dan a sério. Nunca o respeitou. Ela é educada, encantadora e tudo mais, mas sempre houve aquela leve curva em seus lábios. Aquele leve ar de pena. *Pobre Dan.*

— Querida, não seja ridícula — diz mamãe energicamente. — Todos nós sentimos pelo pobre Dan.

Não acredito. Ela está fazendo de novo.

— Não o chame de "pobre Dan"! — replico bruscamente. — Você é tão arrogante!

— Sylvie, querida, acalme-se.

— Vou me acalmar quando você tratar meu marido com respeito! Sua atitude é tão deplorável quanto a de papai. Eu vi os e-mails dele para Dan, e eram rudes. *Rudes*. O tempo todo, nós agimos como se papai fosse o santo. Como se ele fosse a estrela. Bem, a estrela é Dan! É ele a estrela, e ele não teve nenhum reconhecimento, nenhum agradecimento...

A raiva está transbordando, mas é raiva de mim também. Eu me sinto queimar com autorreprovação e mortificação. Estou lembrando do número de vezes em que defendi papai diante de Dan. As suposições que fiz. As coisas imperdoáveis que eu disse: "Você não tolera o fato de que papai era rico e bem-sucedido... Você não passa de um *despeitado*, e eu já estou cansada disso..."

Eu chamei Dan, que aguentou toda essa merda pacientemente, de *despeitado*.

Não posso suportar isso. Não posso me suportar. Não admira que ele tenha ficado todo tensório. Não admira que ele se sentisse encurralado. Não admira que ele não suportasse assistir ao vídeo do nosso casamento, apresentando o espetáculo de papai.

A vergonha toma conta de mim. Eu achava que era inteligente. Achava que era a sensitiva Sylvie. Eu não sabia de *nada*.

E agora mamãe ainda não vê. Ela não reconhece nada disso. Posso ver pelo seu olhar distante. Ela está reordenando os eventos em sua mente da maneira que melhor lhe convier, como um algoritmo, colocando papai e ela mesma no centro e todos os outros apenas pairando ao redor.

— Sentada aqui mesmo nesta sala — continuo —, você disse que Dan "não é exatamente a alegria da festa, é?". Bem, ele é, sim, a alegria da festa. — Minha voz falha de repente. — Ele é a alegria genuína da festa. Sem flashes em torno dele, sem exibicionismos... mas sempre à disposição da família. Vocês o subestimaram. Eu o subestimei. — As lágrimas de repente queimam meus olhos. — Não posso acreditar que papai simplesmente não reconheceu seu valor. Ele o xingou. Tratou-o como...

— Sylvie, já chega! — diz mamãe bruscamente, me interrompendo. — Você está exagerando. Dan tem muita sorte de ter se casado com você e entrado para a nossa família, muita sorte mesmo.

— O quê? — Eu a encaro, sem ter certeza de que ouvi direito. — *O quê?*

— Seu pai era um homem maravilhoso, generoso, extraordinário. Pense no que ele conquistou. Ele ficaria desolado se a ouvisse falando dele assim!

— Bem, sinto muito! — explodo. — E o que você quer dizer com Dan tem sorte? Ele não tocou em só um centavo do dinheiro da minha família, não deixa faltar nada para mim e as meninas, tolerou assistir ao maldito vídeo do casamento todas as vezes que viemos aqui, vendo papai roubar o espetáculo... *Sorte?* Você e papai é que tiveram sorte de ganhar um genro tão fantástico! Você já pensou nisso?

Paro, arfando. Estou começando a perder o controle. Não sei mais o que vou dizer em seguida. Mas não ligo.

— Não fale assim do seu pai! — A voz de mamãe atravessa, estridente, a sala. — Você sabe o quanto ele a amava? Sabe quanto orgulho ele sentia de você?

— Se ele me amasse, teria respeitado o homem que eu amo! Teria tratado Dan direito, como integrante da família, não como alguém... inferior! Não teria mentido sobre minha amiga imaginária porque era conveniente para ele! — Eu fito mamãe, a respiração presa em minha garganta, meus pensamentos se reunindo em um padrão que forma um sentido horrível. — Não tenho nem certeza se ele me amava por mim mesma, como pessoa. Ele me amava como um reflexo dele. Uma parte do espetáculo Marcus Lowe. A princesa do rei, que era ele. Mas eu sou eu. Eu sou *Sylvie*.

Enquanto falo, olho para um dos espelhos de moldura dourada de mamãe, e vejo meu reflexo. Meu cabelo louro até a cintura, tão ondulado, menininha e princesinha como sempre. Era papai quem amava meu cabelo. Papai que me impedia de cortá-lo.

Será que eu gosto mesmo de cabelo comprido?

Será que cabelo comprido *combina* comigo?

Por alguns instantes fico ali me olhando, quase sem respirar. Então, me sentindo tonta e fora da realidade, vou até a escrivaninha de mamãe e pego a tesoura feita à mão que lhe dei de presente em um Natal. Seguro meu cabelo com uma das mãos e começo a cortar.

Nunca na vida me senti tão empoderada. Em toda a minha *vida*.

— Sylvie? — Mamãe arqueja, horrorizada. — Sylvie. *Sylvie!* — Sua voz se eleva até se tornar um grito histérico. — O que você está *fazendo*?

Faço uma pausa, minha mão prestes a acionar a tesoura novamente, um punhado de cabelos louros já no chão. Olho para eles com desapego, então levanto a cabeça para fitá-la.

— Estou crescendo.

DEZESSEIS

Passo o restante do dia no piloto automático. Pego as meninas no clube após a escola e tento rir de suas perguntas desapontadas:

— Mamãe, o que aconteceu com seu *cabelo*?

— Para onde foi seu *cabelo*?

— Quando você vai colocar ele de volta? — (Anna, piscando ansiosamente para mim.) — Vai pôr de volta agora, mamãe? Agora?

E meu primeiro instinto é de alguma forma protegê-las. Abrandar o golpe. Chego mesmo a pensar: Será que devo comprar uma peruca loura comprida? Até a realidade me atingir. Não posso proteger as meninas para sempre, nem devo. Vão acontecer coisas desagradáveis na vida delas. Coisas ruins acontecem o tempo todo. E elas terão de enfrentar. Todos nós temos de enfrentar.

Jantamos, eu as coloco para dormir e depois fico sentada na minha cama — nossa cama — fitando a parede, até que os acontecimentos dos últimos dias me submergem como uma onda, e eu sucumbo ao choro soluçante. Soluços profundos e ofegantes, a cabeça enterrada no travesseiro, como se eu estivesse revivendo meu luto.

E, de certa forma, acho que estou mesmo de luto. Mas por quê? Pela perda de minha amiga real/imaginária Lynn? Pelo pai heroico que pensei que conhecia? Por Dan? Pelo nosso casamento abalado? Pela Sylvie que eu costumava ser, tão alegre e inocente, saltitando pelo mundo sem ter a menor ideia de nada?

Meus pensamentos continuam a voltar para papai e Lynn, e toda aquela questão... a mentira... o que quer que tenha sido aquilo, mas então mentalmente me afasto. Não consigo pensar nisso. A coisa toda é simplesmente surreal. Surreal.

E o que realmente me importa — no que estou realmente fixada, como uma pessoa louca e obcecada — é Dan. Quando a noite avança e finalmente vou para a cama, não consigo dormir. Fico olhando o teto, palavras e frases girando em meu cérebro. *Eu sinto tanto... Eu não entendia... Você devia ter me contado... Se eu soubesse... Se ao menos eu soubesse...*

Ele não respondeu minha mensagem de voz. Não entrou em contato por nenhum meio. Eu não o culpo.

De manhã, depois de cochilar por umas poucas horas, meu rosto está mortalmente pálido, mas me levanto assim que o alarme toca, sentindo-me elétrica. Ao me arrumar para o trabalho, pego automaticamente um de meus vestidos de estampa floral de que a Sra. Kendrick gosta. Então paro, minha cabeça trabalhando rápido. Afasto para o lado todos os meus vestidos e pego um terninho preto com calça reta e blazer bem cortado. Faz anos que não o uso. Definitivamente não é uma roupa do tipo que agrada a Sra. Kendrick. E é exatamente o que eu quero.

Minha cabeça clareou durante a noite. Vejo tudo diferente à luz clara da manhã. Não apenas Dan e eu... e papai... e nosso casamento... mas também o trabalho. Quem eu sou. O que venho fazendo.

E preciso mudar. Chega de passos elegantes. Chega de convenções. Chega de cautela. Preciso andar com passos largos. Preciso *agarrar* a vida. Preciso compensar o tempo perdido.

Deixo as meninas na escola e balanço a cabeça, sorrindo brevemente, quando todo mundo que não me viu ontem à noite se espanta com meu novo cabelo picado. Pais, professores — até a Srta. Blake, a diretora, ao passar por mim — todos levam um susto, depois se recompõem rapidamente para me cumprimentar. A verdade é que o cabelo está bem radical. Até eu me espantei ao me ver no espelho hoje de manhã. Digo, simpática: "Sim, eu queria uma mudança" e "Preciso ajeitar um pouco", umas seiscentas vezes, e depois fujo.

Tenho de agendar um corte decente. Vou fazer isso. Mas tenho outras coisas para fazer primeiro.

Quando chego à Willoughby House, a boca de Clarissa se escancara de horror.

— Seu cabelo, Sylvie! — exclama ela. — Seu *cabelo*!

— Sim. — Gesticulo com a cabeça. — Meu cabelo. Cortei.

— Certo. Puxa! — Ela engole em seco. — Está... lindo!

— Não precisa mentir. — Sorrio, comovida com o esforço dela. — Não está lindo. Mas parece adequado. Para mim.

É evidente que Clarissa não faz ideia do que quero dizer com isso — mas por que faria?

— Robert estava se perguntando o que você andou fazendo ontem — diz ela, me olhando com ar cauteloso. — Na verdade, todos nós nos perguntamos.

— Estava cortando o cabelo — digo, e me dirijo à mesa do computador.

Os Cadernos estão arrumados cuidadosamente em uma pilha, e eu os apanho. Eles cobrem doze anos. Isso deve ser o bastante. Não é?

— O que está fazendo? — Clarissa me observa com curiosidade.

— Está na hora de alguém tomar uma atitude — digo. — Está na hora de uma de nós *fazer* alguma coisa. — Eu me viro para encará-la. — Não apenas pequenas medidas seguras... mas grandes atitudes. Arriscadas. Coisas que devíamos ter feito há muito tempo.

— Certo — diz Clarissa, parecendo desconcertada. — Sim. Com certeza.

— Volto mais tarde. — Guardo os Cadernos com cuidado numa sacola. — Deseje-me sorte.

— Boa sorte — diz Clarissa, obediente. — Você parece muito *profissional* — acrescenta ela de repente, olhando para mim como se essa fosse uma ideia nova e estranha. — Esse terninho. E o cabelo.

— Sim, bem. — Dirijo-lhe um sorriso irônico. — Já era hora.

Chego à Fundação Wilson-Cross com vinte minutos de antecedência. Trata-se de um escritório em uma casa de estuque branca em Mayfair, com uma equipe de cerca de vinte pessoas. Não faço ideia do que todas elas fazem — além de tomar café no Claridge's com idiotas como eu —, mas não me importo. Não é nos empregados que estou interessada. É no dinheiro.

A Reunião do Conselho Curador começa às onze horas, conforme minha consulta à Agenda que Susie Jackson me enviou no início do ano. Escutei-a descrever essas reuniões muitas vezes, enquanto tomávamos café, e a descrição dela é muito engraçada. A maneira como os curadores não tratam imediatamente do que interessa, mas ficam batendo papo sobre escolas e férias. Como interpretam errado os números mas depois fingem que não o fizeram. Como tomam uma decisão sobre um milhão de libras num piscar de olhos, mas depois discutem durante meia hora sobre uma pequena subvenção de quinhentas libras e se ela "está de acordo com o sumário executivo da fundação". Como conspiram uns contra os outros. Os curadores da Fundação Wilson-Cross são pessoas muito ilustres e importantes — vi a lista e são todos *Sir* Isto e *Dame* Aquilo —, mas aparentemente são capazes de se comportar como criancinhas.

Portanto, sei tudo isso. Também sei que hoje os curadores estão concedendo subvenções de até cinco milhões de libras. E que eles receberão recomendações, inclusive da própria Susie Jackson.

E o que sei, acima de tudo, é que ela nos deve.

Eu disse à garota da recepção que tenho hora marcada, e, quando Susie chega, segurando uma pasta branca grossa, parece confusa.

— Sylvie! Oi! Seu *cabelo*. — Os olhos dela se arregalam com aversão, e mentalmente atribuo a ela nota 2 na categoria Reação Diplomática. (A nota 10 vai para a diretora da escola das meninas, Srta. Blake, que me viu e evidentemente ficou chocada, mas quase instantaneamente disse: "Sra. Winter, que cabelo impressionante o seu hoje. Muito inspirador.")

— Sim. Meu cabelo. Não importa.

— Tínhamos hora marcada? — Susie franze a testa enquanto consulta o celular. — Eu *acho* que não. Ah, me desculpe por não ter respondido o seu e-mail ainda...

— Não se preocupe com o e-mail. — Eu a interrompo. — E não, não tínhamos hora marcada. Só quero alguns minutos seus para perguntar de quanto é o donativo que vocês pretendem conceder à Willoughby House hoje.

— Como? — Susie parece perplexa.

— Foi ótimo ver você no nosso encontro no Claridge's, e eu realmente espero que você tenha saboreado o seu *bolo* — digo com ênfase, e o rosto dela fica cor-de-rosa.

— Ah. Sim. — Ela fala com o chão. — Obrigada.

— Eu realmente acredito em contrapartidas, e você? — acrescento docemente. — Na troca de favores. Em retribuições.

— Olha, Sylvie, esta não é uma boa hora — começa Susie, mas eu continuo.

— E o que percebi é que estamos esperando *há muito tempo* a nossa retribuição. — Enfio a mão na minha sacola e tiro os Cadernos. Marquei-os com Post-its antes de vir, e agora abro direto na página de um registro antigo escrito em caneta-tinteiro desbotada. — Primeiro tivemos uma reunião com uma antecessora sua há onze anos. *Onze anos.* Ela se chamava Marian e disse que a Willoughby House era exatamente o tipo de causa que vocês deviam apoiar, mas infelizmente o momento não era oportuno. Ela disse isso por três anos. — Abro outro Caderno. — Depois Fiona assumiu o lugar de Marian.

Veja, em 12 de maio de 2011 a Sra. Kendrick a levou para almoçar no Savoy. — Percorro com o dedo o registro escrito à mão. — Elas pediram uma refeição de três pratos e tomaram vinho, e Fiona prometeu que a fundação nos apoiaria. Mas, é claro, isso nunca aconteceu. E depois você sucedeu Fiona e eu tive, o quê... oito encontros com você? Convidei-a para cafés com bolo, festas e recepções. Todos os anos nós nos candidatamos a um donativo. E nem um centavo.

— Certo — diz Susie, sua atitude se tornando mais formal. — Bem. Como você sabe, temos uma demanda grande, e tratamos cada solicitação com enorme cuidado.

— Não me venha com essa conversa fiada! — digo, impaciente. — Por que vocês doaram constantemente para o V & A, a Wallace Collection, a Handel House, o Museu Van Loon em Amsterdam... e nunca para a Willoughby House?

Fiz meu dever de casa, e vejo que acertei em cheio. Mas no mesmo instante Susie se recupera.

— Sylvie — diz ela, com certa pompa. — Se você acha que existe alguma espécie de vingança contra a Willoughby House...

— Não, não acho isso — eu a interrompo. — Mas acho que fomos educados e despretensiosos demais. Somos tão merecedores quanto qualquer outro museu, e estamos prestes a quebrar.

Posso sentir minha Sra. Kendrick interior fazendo uma careta com aquela palavra: "quebrar". Mas chegou a hora de ser incisiva. Cabelo incisivo, conversa incisiva.

— Quebrar? — Susie me fita, parecendo genuinamente chocada. — Como vocês podem estar quebrando? Pensei que estivessem muito bem financeiramente. Vocês não receberam grandes doações particulares?

— Já se foram faz muito tempo. Estamos prestes a ser vendidos e virar um condomínio.

— Ai, meu Deus. — Ela parece horrorizada. — Condomínio? Eu não... Eu pensei... Todos nós pensamos...

— Bem, nós também. — Dou de ombros.

Há um longo silêncio. Susie parece envergonhada de verdade. Ela olha para a pasta em sua mão, depois para mim, o rosto preocupado.

— Não há nada que eu possa fazer hoje. Todos os orçamentos estão definidos. As recomendações foram feitas. Está tudo planejado até o último centavo.

— Mas ainda não foi aprovado. — Aponto para a pasta branca.

— São apenas recomendações. Você poderia mudar o planejamento. Mudar a recomendação.

— Não, não posso!

— Poderia fazer uma correção. Uma proposta extra.

— É tarde demais. — Ela sacode a cabeça. — Tarde demais.

— A reunião ainda não começou! — De repente me enfureço. — Como pode ser tarde demais? Tudo que você precisa fazer é entrar lá e dizer: "Ei, curadores, adivinhem, acabo de receber a péssima notícia de que a Willoughby House está prestes a quebrar, e acho que de certo modo nós os negligenciamos, então vamos fazer uma doação, levante a mão quem está de acordo!"

Posso ver a ideia se instalando no cérebro de Susie, apesar de ela ainda parecer resistente.

— Seria a coisa certa a fazer — digo, para dar ênfase. — E você sabe disso. Aqui está um documento com algumas informações úteis. — Entrego a ela uma folha com alguns tópicos sobre a Willoughby House escritos com capricho. — Vou deixar isto com você, Susie, e aguardar notícias, porque confio em você. Boa reunião.

De algum modo me obrigo a me virar e ir embora, embora haja mais centenas de argumentos que eu poderia apresentar. Menos é mais, e se eu ficasse começaria a esbravejar, o que deixaria Susie irritada.

Além disso, hoje estou em uma missão. E essa foi apenas a parte um. Agora vamos para as partes dois, três e quatro.

Às cinco da tarde estou exausta. Mas também estou numa maré de sorte. Durante todo o tempo que trabalhei na Willoughby House, nunca me expus como hoje. Nunca fiz tanta propaganda, bajulei tanto ou falei com tanta paixão para tanta gente. E agora eu me pergunto: o que eu estava *fazendo* esse tempo todo?

Sinto como se eu tivesse vivido como uma sonâmbula durante anos. Fazendo tudo do jeito da Sra. Kendrick. Mesmo nessas últimas semanas, mesmo sabendo que estávamos ameaçados, não parti para a ação com ousadia suficiente. Eu não *desafiei* nada; não *mudei* nada.

Bem, hoje isso mudou. Hoje foi do jeito de Sylvie. E acontece que o jeito de Sylvie é muito diferente.

Nunca dei as cartas aqui. Mas hoje convoquei a Sra. Kendrick e Robert para uma reunião, estipulei a hora e o lugar, elaborei a agenda e basicamente estou no comando. Estou pronta. Durante todo o dia estive determinada e focada.

Ok, não "o dia todo". Seria mais honesto dizer que estive determinada e focada "em retalhos". Às vezes fiquei concentrada na Willoughby House. E outras verifiquei meu celular quinhentas vezes para ver se Dan havia mandado mensagem, tentei ligar para ele outras quinhentas, me perguntando o que ele devia estar pensando de mim e imaginando os piores cenários enquanto meus olhos se enchiam de lágrimas. Como nesse momento.

Mas não posso me dar ao luxo de chorar agora. Então, de algum modo, tiro Dan da cabeça. Quando entro na biblioteca, meu queixo está firme, e meu olhar, severo, e posso ver, pela expressão da Sra. Kendrick e de Robert, que ambos estão chocados com minha aparência.

— Sylvie! — A Sra. Kendrick arqueja, horrorizada. — Seu...

— Eu sei. — Eu me antecipo a ela. — Meu cabelo.

— Está bonito — diz Robert, e lhe dirijo um olhar desconfiado, mas seu rosto está impassível. Sem mais amenidades, pego minhas anotações e me posiciono junto à lareira.

— Trouxe vocês dois aqui — digo — para discutir o futuro. A Willoughby House é um museu valioso, educativo como nenhum outro, cheio de potencial. Cheio de ativos. Cheio de recursos. — Ponho minhas anotações de lado e olho cada um deles nos olhos. — Precisamos concretizar esses recursos, tirar proveito dessas potencialidades e monetizar esses ativos. — Como "monetizar" *não* é nem um pouco uma palavra do vocabulário da Sra. Kendrick, eu a repito, para dar ênfase. — Precisamos monetizar nossos ativos se quisermos sobreviver.

— Sim, sim — diz Robert com firmeza, e eu lhe dirijo um breve sorriso de gratidão.

— Tenho diversas ideias, que gostaria de dividir com vocês — continuo. — Primeiro: o porão tem sido criminosamente negligenciado. Sugiro uma exposição *Andar de Cima, Andar de Baixo*, tirando proveito do fascínio que as pessoas têm por conhecer como as diferentes classes costumavam morar e trabalhar. Segundo: na cozinha existe o antigo diário de uma criada, que detalha o seu dia. Liguei para dois editores hoje, e ambos mostraram interesse em publicá-lo. Isso poderia ser associado à exposição. Quem sabe encontramos o diário de sua patroa da época e publicamos os dois juntos?

— Essa é uma ideia inspirada! — exclama Robert, mas continuo, sem nenhuma pausa.

— Terceiro, precisamos trazer mais escolas e desenvolver o lado educacional. Quarto, precisamos colocar o museu todo on-line. Quinto, vamos alugá-lo como espaço para festas.

O rosto da Sra. Kendrick murcha.

— Espaço para festas?

— Sexto, vamos alugá-lo como cenário para filmagens.

— *Sim.* — Robert assente com a cabeça. — *Sim.*

— Sétimo, organizamos a exposição de arte erótica com destaque na mídia. E oitavo, concentramos o foco da nossa arrecadação de fundos, que no momento está espalhada por toda parte. É isso. — Levanto os olhos da minha lista.

— Bem — Robert ergue as sobrancelhas —, você andou ocupada.

— Sei que os incorporadores imobiliários estão rondando. — Apelo para ele diretamente. — Mas não podemos ao menos dar a este lugar uma *oportunidade* de se tornar um museu moderno e operante?

— Eu gosto — diz Robert devagar. — Gosto de todas as suas ideias. Apesar do dinheiro, de novo. *Não* entre com nenhum dinheiro, tia Margaret — acrescenta ele rapidamente para a Sra. Kendrick quando ela abre a boca. — Você já fez *bastante*.

— Concordo — digo. — Fez mesmo. E não precisamos. — Não consigo deixar de sorrir para ambos. — Porque hoje a Fundação Wilson-Cross nos concedeu um donativo de trinta mil libras.

Susie me mandou uma mensagem de texto com a boa notícia há uma hora. E, para ser sincera, minha reação inicial foi: Ótimo. Mas... é só isso? Estava esperando uma quantia mágica, a solução dos nossos problemas, um presente de fada-madrinha, como outro meio milhão.

Mas devemos ser gratos pelo que recebemos.

— Muito bem, Sylvie! — A Sra. Kendrick bate palmas.

— Bom trabalho — concorda Robert.

— Isso vai nos ajudar — digo — até que algum desses projetos comece a gerar renda.

Robert estende a mão para a lista e eu a entrego a ele. Ele a percorre com os olhos e assente algumas vezes.

— Você vai se encarregar de tudo isso?

Balanço a cabeça afirmativamente, com vigor.

— Mal posso esperar.

E estou sendo sincera. Mal posso esperar para começar esse trabalho. Quero dar o pontapé inicial nesses projetos e vê-los dar frutos. Mais do que isso, quero vê-los salvando a Willoughby House.

Mas, ao mesmo tempo, há um estranho sentimento dentro de mim que vem aumentando o dia todo. Uma sensação de que meu tempo aqui pode estar chegando ao estágio final. Que eu posso, em algum momento de um futuro não tão distante, partir para um novo ambiente. Me desafiar ainda mais. Ver do que sou capaz.

Noto o olhar de Robert e tenho a estranha convicção de que ele sabe o que estou pensando. Por isso rapidamente desvio o olhar. Concentro-me na lareira estilo Adam, com as duas imensas conchas trazidas da Polinésia por *Sir* Walter Kendrick. É onde nos reunimos todos os anos para o evento Meias de Natal da Equipe, organizado pela Sra. Kendrick. Ela embrulha presentinhos e prepara bolos de marzipã especiais...

Sinto uma tristeza repentina. *Deus*, este lugar é impressionante, com todas as suas peculiaridades e tradições. Mas não se pode ficar em um lugar só por tradição, certo? Não se pode permanecer parado, apenas por algumas razões sentimentais.

Será que é assim que Dan se sente em relação a mim?

Serei uma razão sentimental?

Meus olhos começam a arder novamente. Foi um dia tão difícil que não sei se consigo me controlar.

— Se vocês não se importam, vou embora agora — digo, a voz rouca. — Vou enviar um e-mail para vocês resumindo tudo que discutimos. É que... acho que preciso ir para casa.

— É claro, Sylvie! — exclama a Sra. Kendrick. — Vá e tenha uma ótima noite. E parabéns pelo trabalho! — Ela bate palmas novamente.

Saio da biblioteca e Robert me acompanha.

— Você está bem? — pergunta ele em voz baixa, e eu o amaldiçoo por ser tão perspicaz.

— Sim — digo. — Um pouco. Quero dizer, na verdade, não.

Paro junto à escada e Robert me fita como se quisesse dizer mais alguma coisa.

— O que foi que ele fez? — pergunta ele, por fim.

E a situação é toda tão invertida, que tenho vontade de rir. Só que não é engraçado. O que foi que Dan fez? Ele trabalhou incansavelmente para a minha família, sem nenhum crédito, enquanto eu o chamava de "despeitado" e um "maldito clichê" e o afastei.

— Nada. Ele não fez nada de errado. Nada. Desculpe. — Eu recomeço a andar. — Eu preciso ir.

Andando por nossa rua, eu me sinto entorpecida. Vazia. Toda a adrenalina do dia já se dissipou. Por um tempo fui distraída pelo estímulo de *fazer coisas* e *realizar mudanças* e *tomar decisões*. Mas agora tudo isso desvaneceu. Não parece mais importante. Somente uma coisa importa. Uma pessoa. E eu não sei onde ele está ou o que está pensando ou o que o futuro reserva.

Não tenho nem mesmo minhas meninas me esperando em casa. Se tivesse, poderia abraçá-las bem forte e ouvir suas historinhas e piadas e problemas, ler para elas, preparar o jantar delas e me distrair. Mas elas estão em uma festa de aniversário com Karen.

Caminho em meio a uma névoa de preocupação, alheia ao ambiente — mas, quando me aproximo de casa, algo chama a minha atenção e me deixa consternada. Diante da casa de John e Owen há uma ambulância e dois paramédicos tiram Owen do veículo em uma cadeira de rodas. Ele parece mais frágil que nunca e há um pequeno tubo plástico saindo de seu nariz.

— Ai, meu Deus. — Corro até John, que tenta pôr a mão no braço de Owen e é firme mas gentilmente afastado pelos paramédicos. — O que aconteceu?

— Owen não está bem — diz John simplesmente. Em sua voz há quase uma nota de advertência, e sinto que ele não quer ouvir as perguntas: O quê? Como? Quando?

— Sinto muito — digo. — Se houver alguma coisa que eu possa fazer... — Mesmo enquanto digo essas palavras, elas soam vazias. Todos as dizemos, mas o que elas significam?

— Você é muito gentil. — John assente com a cabeça, o rosto quase, mas não exatamente, se abrindo em um sorriso. — Muito gentil mesmo.

Ele entra em casa, seguindo Owen e os dois paramédicos, e eu os observo, perturbada, não querendo ser a vizinha intrometida que fica olhando, mas tampouco querendo ser a vizinha insensível que dá as costas.

E, ali de pé, uma coisa me ocorre: há, sim, algo que posso fazer. Corro para casa, entro na cozinha vazia e silenciosa, e começo a vasculhar a geladeira. Recebemos uma entrega do supermercado recentemente e estamos bem abastecidos, e, para ser franca, nunca tive menos vontade de comer.

Encho uma bandeja com um pacote de presunto, um pote de guacamole, uma sacola de peras maduras, duas baguetes congeladas que só precisam de oito minutos no forno, um vidro de nozes e castanhas que sobraram do Natal, um pacote de tâmaras, que também sobraram do Natal, e uma barra de chocolate. Então, equilibrando a bandeja em uma das mãos, sigo para a casa de John e Owen. A ambulância já se foi. Tudo parece muito silencioso.

Será que devo deixar a bandeja no chão em frente à porta e não incomodá-los? Não. Eles podem não se dar conta antes de amanhã, quando as raposas já terão destruído tudo.

Toco a campainha com cuidado e, no momento em que John atende, tenho no rosto uma expressão de desculpas. Os olhos dele estão vermelhos, noto imediatamente. Antes, não estavam. Sinto uma pontada no coração e quero recuar na mesma hora, deixando-o em paz em sua privacidade. Mas agora estou aqui. E então pigarreio algumas vezes e digo, meio sem jeito:

— Eu só pensei que talvez você quisesse... Que talvez não tivesse pensado em comida...

— Minha querida. — O rosto dele se enruga. — Minha querida, quanta gentileza.

— Quer que eu leve para dentro?

Entro na casa devagar, temendo perturbar Owen, mas John faz um gesto com a cabeça na direção da porta fechada da sala de estar e diz:

— Ele está descansando.

Ponho a bandeja no balcão da cozinha e os itens perecíveis na geladeira, notando o quanto ela está vazia. Vou pedir a ajuda de Tilda também. Vamos cuidar para que eles estejam sempre abastecidos.

Quando termino, me viro e vejo John perdido em devaneios. Espero em um silêncio cauteloso, não querendo interromper seus pensamentos.

— Sua filha. — Ele de repente volta à realidade. — Creio que ela deixou... um coelhinho. Pequeno... branco... orelhas grandes... — Ele descreve vagamente com as mãos. — Não é de uma raça que eu reconheça...

— Ah! Deve ser uma das miniaturas dela. Me desculpe. Ela as deixa por toda parte.

— Vou buscá-la para você.

— Deixe que eu pego!

Eu o sigo até a estufa, onde de fato um dos coelhinhos de Tessa se encontra incongruentemente perto das fileiras de plantas. Quando o pego, John parece novamente perdido em pensamentos, dessa vez hipnotizado por uma das plantas, e lembro de algo que Tilda me contou no outro dia. Ela disse que procurou o nome de John no Google e aparentemente sua pesquisa com plantas levou a um avanço na terapia genética, que pode vir a ajudar milhões de pessoas. (Não tenho a menor ideia de como funciona, mas é isso.)

— É um incrível trabalho de toda uma vida que você realizou — me arrisco, querendo dizer algo positivo.

— Ah, meu trabalho nunca será concluído — diz ele, num tom quase divertido. Seu rosto se suaviza e ele esfrega uma folha amorosamente entre os dedos. — Essas maravilhas jamais revelarão todos os seus segredos. Venho aprendendo sobre elas desde garoto. Todas as vezes que olho para elas, aprendo um pouco mais. E, como resultado, eu as amo um pouco mais. — Ele muda um vaso de lugar ternamente, acariciando as folhas. — Pequenos milagres. À semelhança das pessoas.

Não tenho muita certeza se ele está falando comigo ou consigo mesmo, mas cada palavra parece uma gota da Poção da Sabedoria. Quero ouvir mais. Quero que ele me diga todas as respostas para a vida.

— Não sei como você... — Eu me interrompo, esfregando o nariz, inalando o cheiro de terra e verde das plantas. — Você é muito inspirador. Dan e eu temos... — Engulo em seco. — Bem, não importa. Eu só quero que você saiba que é inspirador. Cinquenta e nove anos. — Eu o olho nos olhos. — Cinquenta e nove anos amando uma única pessoa. É um feito e tanto. Uma conquista.

John fica em silêncio por alguns instantes, suas mãos se movendo distraidamente em torno das plantas, os olhos distantes, perdidos em pensamentos.

— Costumo acordar cedo — diz ele, por fim. — Então vejo Owen despertar todas as manhãs. E cada manhã revela algo novo. A luz captura seu rosto de uma determinada forma, ele tem um pensamento novo, ele compartilha uma lembrança. Amar é achar uma pessoa infinitamente fascinante. — John parece perder-se novamente em pensamentos... e então retorna. — E portanto... não é uma conquista, minha querida. — Ele me oferece um sorriso suave e bondoso. — É, sim, um privilégio.

Fico olhando para ele, me sentindo sufocada. As mãos de John estão tremendo enquanto ele rearruma os vasos. Ele derruba um deles, então o levanta, e eu posso ver que ele não sabe exatamente o que está fazendo. Lembro-me de Owen nesse momento, pálido e encolhido, o tubo entrando pelo nariz, e tenho uma súbita e horrível sensação de que é grave, muito grave.

Em um impulso, seguro as mãos trêmulas de John e as mantenho nas minhas até pararem de tremer.

— Se você em algum momento quiser companhia — digo. — Ajuda. Caronas. Qualquer coisa. Estamos aqui.

Ele assente e aperta minhas mãos. E voltamos para a casa, e eu faço duas xícaras de chá, porque isso é algo que também posso fazer.

E, quando saio, prometendo retornar amanhã, tudo em que consigo pensar é: Dan. Preciso falar com Dan. Preciso me comunicar com ele. Mesmo que ainda esteja em Devon. Mesmo que esteja sem sinal. Mesmo que seja uma conversa unilateral.

Quando entro em nossa casa, já estou pegando o telefone. Disco o número dele, me abaixando no primeiro degrau da escada, desesperada para falar com ele, desesperada para fazê-lo entender... o quê?

— Dan — digo depois do sinal de mensagem. — Sou eu. Me desculpa. — Engulo em seco, um nó na garganta. — Eu só... eu queria... eu só...

Ai, meu Deus. Horrível. Por que sou tão *inarticulada* assim? John, com todas as suas preocupações, consegue falar como um poeta elegíaco, enquanto eu me debato de um lado para o outro como uma idiota. Desligo, disco novamente e começo outra mensagem.

— Dan. — Tento engolir o nó. — Sou eu. Só liguei para dizer...

Não. Estou parecendo Stevie Wonder. Péssimo. Desligo e tento outra vez.

— Dan, sou eu. Bem, você sabe disso, não é? Porque você viu *Sylvie* surgir na sua tela. O que significa que você está ouvindo minha mensagem. O que eu suponho seja um bom sinal...

Do que eu estou falando? Desligo antes que eu pareça ainda mais uma idiota incoerente e disco uma quarta vez.

— Dan. Por favor, ignore todas as outras mensagens. Desculpa. Eu não sei o que estava tentando dizer. O que eu *estou* querendo dizer é... — Faço uma pausa, tentando desemaranhar meus pensamentos. — Bem. Acho que tudo em que consigo pensar agora é você. Onde você está. O que está fazendo. O que está pensando. Porque não tenho mais a menor ideia. A menor. — Minha voz vacila e eu levo alguns segundos para me acalmar. — É irônico, acho, porque eu costumava pensar que conhecia você bem demais. Mas agora... — Uma lágrima de repente escorre pelo meu rosto. — Bem. Acima de tudo, Dan... e eu não sei se você ainda está ouvindo... mas, acima de tudo, eu queria dizer...

A porta se abre e levo um susto tão grande que deixo o telefone cair, pensando: Dan? *Dan?*

Mas é Karen, de tênis, fones de ouvido e sua mochila de ciclista.

— Ah, oi — diz ela, parecendo surpresa de me ver sentada na escada. — Esqueci meu iPad. Que merda, Sylvie, seu *cabelo.*

— Sim. Meu cabelo. — Olho para ela, confusa. — Mas, espere, você não deveria estar com as meninas?

— Dan está com elas — diz ela casualmente. Então, diante da minha reação, a expressão dela muda. — Ah. Será que não era para eu ter dito? Ele simplesmente apareceu e disse que ficaria com elas na festa.

— Dan está aqui? — Meu coração está batendo tão forte que eu mal consigo respirar. — Ele está aqui? Onde? *Onde?*

— Battersea Park — diz Karen, me dirigindo um olhar estranho. — Nas Alturas? O lugar de escalada, sabe?

Minhas pernas já estão em movimento. Eu me levanto, apressada. Preciso ir para lá.

DEZESSETE

O Battersea Park é uma das razões por que gostamos do sudoeste de Londres. Trata-se de um patrimônio incrível — imenso, verde e cheio de atividades. A noite está agradável quando chego aos portões e vejo que as pessoas estão ali em peso se divertindo. Elas passeiam, andam de bicicleta, de patins, de triciclo, e jogam tênis. Todas estão relaxadas e sorrindo umas para as outras. Mas eu não. Estou desesperada. Não estou sorrindo. Sou uma mulher com uma missão a cumprir.

Não sei o que está me impulsionando — será algum superpoder gerado por casamentos em crise, que faz a força explodir em seus músculos? Mas, de alguma forma, disparo, ultrapassando todos os corredores, cambaleando em meus saltos altos pretos, arfando, afogueada. Meus pulmões estão pegando fogo e tenho um calo no calcanhar, mas, quanto mais ele dói, mais eu corro. Não sei o que vou dizer quando o vir. Não tenho nem certeza se consigo formar uma frase — tudo que tenho são palavras estranhas e aleatórias aterrissando em meu cérebro enquanto corro. *Amor. Para sempre. Por favor.*

— Aiii! — De repente, sem aviso, sinto um imenso tranco, e desabo no chão, raspando o rosto dolorosamente no asfalto. — Ui! *Ui!* — Consigo me levantar, e vejo um garotinho em um triciclo, que claramente acabou de bater em mim e não parece se sentir nem um pouco culpado.

— Desculpe! — Uma mulher se aproxima correndo. — Josh, eu disse para você tomar cuidado nesse triciclo... — Ela vê meu rosto e fica apavorada. — Ai, meu Deus. Você machucou a testa. Precisa de um médico. Aqui tem pronto socorro?

— Está tudo bem — digo, rouca, e recomeço a correr. Agora que ela mencionou, posso sentir o sangue escorrendo pelo meu rosto. Mas não importa. Mais tarde farei um curativo.

Nas Alturas é um imenso parque de aventuras para crianças, cheio de cordas, perigosas escadas penduradas e horrendas pontes suspensas. Quando o avisto, a simples visão faz meu estômago revirar. Por que diabos alguém faria uma festa aqui? O que há de errado com atividades seguras no chão?

Ao me aproximar, vejo Dan. Ele se encontra de pé em uma ponte, no alto de uma torre, com dois outros pais, todos usando capacetes de segurança. Mas, enquanto os outros pais riem de alguma coisa, Dan parece alheio à festa. Ele tem o olhar fixo à frente, o rosto envolto em sombras, a testa tensa.

— Dan! — eu grito, mas o lugar está cheio de crianças barulhentas e ele não se vira para mim. — Dan! *Dan!* — grito tão alto que minha garganta arranha, mas ainda assim ele não me escuta. Não tenho escolha. Esquivando-me da cancela na entrada, e ignorando o grito do atendente, corro para a estrutura, tiro meus sapatos de salto e começo a subir a monstruosa série de degraus de corda que vai me levar à plataforma onde Dan está. Nem penso no que estou fazendo. Só estou indo até Dan da única maneira possível.

E é somente quando estou a cerca de três metros do chão que me dou conta do que está acontecendo. Ai, meu Deus. Não. Eu não posso... não.

Meus dedos se congelam em torno das cordas. Começo a respirar mais rápido. Olho para baixo e acho que vou vomitar. Dan está a mais de cinco metros ainda. Preciso continuar subindo. Mas não posso. Mas tenho de fazer isso.

— Ei! — Uma voz irada me chama do chão. — Quem é você? Está na festa? Você precisa de um capacete!

Não sei como me forço a dar outro passo acima. E outro. Lágrimas afloram dos meus olhos. Não olhe para baixo. Não olhe. Mais um passo. Os degraus de corda continuam a oscilar perigosamente e de repente deixo escapar um gemido.

— Sylvie? *Sylvie?* — A voz de Dan chega aos meus ouvidos. — Mas o *que*...

Levanto a cabeça para vê-lo me olhando de cima, incrédulo.

— Precisamos de um gerente — alguém está dizendo no chão. — Gavin, você é o subgerente. Você sobe atrás dela.

— Eu não vou subir atrás dela! — replica uma voz indignada. — De qualquer forma, devemos usar a escada de emergência. Jamie, pegue a escada de emergência.

Cada tendão do meu corpo está me implorando que pare. Minha cabeça está girando. Mas eu prossigo, passo após passo, cada vez mais alto, ignorando o fato de que estou a mais de cinco metros do solo. Mais de sete. De que não tenho cinto de segurança. Nem capacete. De que, se eu cair... Não. Pare. Não pense em cair. Continue.

Tomo consciência de que o ambiente está ficando mais silencioso. Devem todos estar me olhando. Será que as meninas estão me vendo? Minhas mãos começaram a suar. Minha respiração sai em arquejos rápidos e ásperos.

Agora a plataforma está a poucos metros de distância. Apenas mais uns degraus e pronto. Mas subitamente um novo tremor toma conta de mim. Minhas pernas tremem tanto que sinto a maior onda de medo até aqui. Não consigo controlar meus membros. Não posso fazer isso. Vou cair, vou cair, como posso *não* cair?

— Você está quase lá. — A voz de Dan subitamente soa em meus ouvidos. Sólida. Familiar. Algo em que me agarrar mentalmente. — Você está quase lá — repete ele. — Você não vai cair. Mais um degrau. Mão na plataforma. Quase lá, Sylvie, quase lá.

E de repente estou lá, e sua mão forte agarra a minha e eu desabo na plataforma de madeira, e por alguns instantes não consigo me mexer. Finalmente levanto a cabeça e vejo Dan me olhando, o rosto tão friccioso que tenho vontade de rir, só que não posso porque as lágrimas estão descendo pelo meu rosto.

— Mas que diabos? — ele pergunta, e me segura e aperta tanto que arquejo. — Que diabos? Sylvie, você poderia ter... O que você estava *fazendo*? — Ele me encara, parecendo chocado. Suponho que eu seja uma visão e tanto, com o cabelo tosado e o sangue escorrendo pelo rosto. — Você estava tentando me fazer uma surpresa? Ou me dar um susto? Ou um ataque cardíaco? Isso é de *verdade*? — Ele toca minha bochecha e, quando os dedos saem sujos de sangue, parece ainda mais chocado. — Meu Deus!

— Eu não estava tentando surpreender você — consigo dizer, a respiração ainda curta e rápida. — Não se trata disso. Eu só... eu só precisava ver você. Você não recebeu minhas mensagens?

— Mensagens? — A mão dele vai automaticamente para o bolso. — Não. Meu telefone quebrou. Sylvie... o que *aconteceu*? Você tem fobia de altura. — Ele olha para o solo, quase dez metros abaixo, e depois para mim. — Você não consegue subir nem em uma escada portátil.

— Bem. — Esfrego meu rosto ensanguentado. — Parece que consegui.

— Mas... o seu rosto. Seu cabelo. O que *aconteceu*? Sylvie, que diabos... — Ele de repente fica pálido. — Você foi atacada?

— Não. — Sacudo a cabeça. — Não. Eu mesma cortei o cabelo. Dan, ouça. Eu sei. Sobre... — Preciso dizer isso a ele urgentemente. — Eu *sei*.

— Você "sabe"? — Uma expressão cautelosa familiar surge em seu rosto, como se ele estivesse pronto para rebater minhas perguntas. E nesse momento me dou conta do quanto ele vem escondendo de mim. E que pressão constante ele deve ter sofrido. Não é de admirar que esteja cansado.

— Eu *sei*, ok? Acredite em mim. Eu sei.

Os outros pais que estavam na plataforma com Dan diplomaticamente seguiram para a plataforma da tirolesa, onde todas as crianças, inclusive as nossas duas, estão reunidas com os recreadores, que usam camisetas com a logomarca do parque. Estamos totalmente sós.

— O que você sabe exatamente, Sylvie? — pergunta Dan, cauteloso. E sua intenção de me proteger, mesmo agora, faz meus olhos arderem. Eu o fito, os pensamentos girando em minha mente. O que eu sei exatamente? Nada, é o que parece, a maior parte do tempo.

— Sei que você não é o homem que eu pensava que era. — Olho seus olhos azuis reservados, tentando ir além da superfície. — Você é tão, tão mais do que eu jamais me dei conta. — Minha garganta de repente está contraída, mas eu continuo. — Sei o que você vem fazendo, Dan. Sei quais são todos os segredos. Sei sobre o meu pai. Joss Burton. A coisa toda. Li os e-mails. — Respiro fundo. — Sei que meu pai era um mentiroso e um merda.

Dan visivelmente se encolhe e me olha, incrédulo.

— *O que* foi que você disse?

— Meu pai era um mentiroso. E um merda.

Faz-se silêncio enquanto minhas palavras pairam no ar. Nunca vi Dan parecer tão solavancado. Não creio que ele consiga falar. Mas tudo bem, porque eu tenho mais a dizer.

— Eu venho vivendo em uma bolha. — Engulo em seco. — Uma bolha segura, climatizada. Mas agora ela estourou. E a temperatura real entrou. E é... revigorante.

Dan assente lentamente.

— Eu estou vendo. O seu rosto. Está diferente.

— Diferente para ruim?

— Não. Diferente para *real*. Você parece mais *real*. — Ele me estuda, como se tentasse entender. — Seus olhos. Sua expressão. Seu *cabelo*.

Levanto a mão e sinto meu pescoço nu. Ainda parece estranho. Exposto. Parece uma nova eu.

— A Princesa Sylvie está morta — digo abruptamente, e deve haver algo de convincente em meu tom, porque Dan assente gravemente, e diz:

— Aprovado.

De repente percebo que uma escada extensível está sendo colocada junto à plataforma em que nos encontramos. Alguns instantes depois, um rapaz de uns vinte anos aparece, segurando um capacete. Quando vê meu rosto ensanguentado, ele recua, horrorizado.

— Esse ferimento aconteceu em nossas instalações? — Ele tem uma voz aguda e desagradável e parece surtado. — Porque a senhora é uma cliente não autorizada, não passou pelas instruções de saúde e segurança, não está usando proteção aprovada na cabeça...

— Está tudo bem. — Eu o interrompo. — Eu não me machuquei nas suas instalações.

— Bem. — Ele me dirige um olhar ressentido e me estende o capacete. — Todos os clientes precisam usar capacetes protetores o tempo todo. Antes de utilizar qualquer aparelho, todos os clientes precisam se registrar e estar equipados com um cinto.

— Desculpa — digo humildemente. Pego o capacete que ele me estende e o coloco.

— Por favor, desça do aparelho — acrescenta o sujeito com tanta reprovação na voz que sinto uma risada involuntária surgindo. — Sem delongas.

Sem delongas? Olho para Dan e vejo que ele também está reprimindo o riso.

— Ok — digo. — Estou indo. — Olho para a escada extensível e sinto uma onda de náusea. — Em um minuto.

— Posso mostrar um caminho mais tranquilo — Dan me diz.

— A menos que você queira se lançar pela escada de corda de cabeça...

— Hoje não — respondo no mesmo tom trivial. — Outra hora.

Sigo Dan por uma instável ponte de corda até uma plataforma mais baixa. Minhas pernas tremem violentamente em uma espécie de estado pós-traumático. Todas as vezes que olho para baixo tenho ânsia de vômito. Mas sorrio radiante para Dan sempre que ele se vira para trás, e de alguma forma prosseguimos e conseguimos chegar. *Vincit qui se vincit* se repete em minha cabeça. *Vence quem se vence.*

E então descemos uma escada mais fácil e logo estamos no chão. E eu me sinto muito, *muito* feliz. Na verdade, sinto uma leve vontade de abraçar o solo de gratidão.

Não que eu fosse admitir isso para alguém.

— Ok. — Dan de repente vem para cima de mim. — Agora que estamos em terra firme e você não vai cair com medo, vou repetir: que diabos aconteceu? — Seus olhos estão arregalados e percebo que ele está genuinamente chocado. — O que aconteceu com seu rosto, seu cabelo... — Ele está contando nos dedos. — Como você soube sobre o seu pai? Eu deixo você sozinha por duas noites e o caos se instaura.

Duas noites? Parece uma eternidade.

— Eu sabia que você estava mentindo sobre ir para Glasgow — digo, uma dor familiar tomando conta de mim. — Pensei que você tivesse ido para... Pensei que você estivesse me deixando. Você disse que precisava de espaço, disse que precisava fugir...

— Ai, meu Deus. Foi. — Dan fecha os olhos. — Sim, mas eu não quis dizer isso. Eu só... — Ele faz uma pausa e eu espero, com medo. — Tudo estava ficando... — Ele se interrompe novamente, olhando para o céu.

Não consigo concluir sua frase em perfeita sincronia. A sensitiva Sylvie, que sabia de tudo, se foi. E agora que a euforia de subir dez metros desapareceu, posso nos ver como somos de fato. Um casal do sudoeste de Londres enfrentando dificuldades. Tentando resolver as coisas. Tentando encontrar nosso caminho. Ainda procurando.

— Sei que tem sido um "pesadelo contínuo" — digo, por fim. — Mary Holland me falou.

— Ah, "pesadelo" é provavelmente forte demais. — Dan esfrega o rosto, parecendo subitamente cansado. — Mas é interminável. Sua mãe vem em cima de mim todo dia. E-mails dos advogados, do agente de Joss Burton... Esse livro vai acontecer. E vai ser coisa grande. Ela é uma figura importante, Sylvie, e não tenho certeza de que posso impedir dessa vez.

Ele parece tão perturbado, que eu deveria dizer alguma coisa compreensiva, mas minha raiva residual é grande demais e agora é minha vez de ir em cima dele:

— Então, por que você não me contou?

Porque foi Dan que guardou segredos, que abriu fissuras entre nós, que ficava mudando de página quando eu tentava ler sua história.

— Você deveria ter me contado desde o início. Assim que meu pai o procurou, você deveria ter dito: "Precisamos contar a Sylvie." Então teria sido tudo diferente.

Não posso evitar o tom de acusação. Desenvolvi todo um universo alternativo em minha cabeça, onde isso é o que acontece, e de alguma forma a situação fortaleceu a Dan e a mim como casal, em vez de quase nos levar à separação.

— Eu deveria ter *contado* a você? — Dan me fita, incrédulo, quase zangado. — Sylvie, você faz ideia... Seu pai teria me matado, para começar. A coisa toda foi um segredo absoluto para todos. Nem sua mãe queria saber. Tudo que estávamos tentando fazer, dia e noite, era conter aquela história. Encerrá-la. Seu pai estava tentando um *título de cavaleiro*, pelo amor de Deus. Ele foi categórico ao dizer que ninguém poderia saber desse escândalo, muito menos sua filha. E ele estava falando sério. Você pode imaginar a fúria em que ele se encontrava?

Depois de uma pausa, faço um gesto afirmativo com a cabeça, em silêncio. Ainda me lembro da ira incandescente que surgia nos olhos de papai. Não comigo, nunca com sua princesa, mas com outros. E a ideia de papai cerceado por um possível escândalo... Sim, eu posso imaginar.

— E então, justamente quando estávamos no meio de tudo aquilo... ele sofreu o acidente. E se foi. — Dan para abruptamente e posso vê-lo revivendo o choque. — Em nenhuma hipótese eu poderia ter contado a você depois disso.

— Sim, poderia — digo vigorosamente. — Aquele era o momento perfeito.

— Sylvie, você não conseguia lidar com as coisas como estavam! — explode Dan, furioso. — Você *lembra* de como foi aquela época? Você se dá conta do quanto fiquei preocupado? Você estava arrasada! Imagine se eu tivesse chegado e dito: "Ei, sabe o seu adorado pai? Aquele por quem você está de luto? Bem, aparentemente ele molestou uma garota de dezesseis anos, ou talvez não." — Dan esfrega o rosto com força. — Jesus! Você estava em um colapso nervoso, sua mãe estava em outro planeta, o que eu deveria fazer? O que eu *deveria* fazer?

Ele fala me olhando diretamente, o rosto contorcido, tensório como eu nunca tinha visto antes, e consigo ver nele todos aqueles anos de tensão. Consigo ver todas as decisões difíceis que ele vem enfrentando. Totalmente sozinho.

— Desculpa — eu digo, arrependida. — Eu sei. Você fez o que achou que era melhor. E eu sei que foi por amor a mim. Mas, Dan... você foi protetor demais.

Posso ver que minhas palavras doem em Dan. Todo esse tempo ele achou que estivesse fazendo a coisa certa, a coisa corajosa, o melhor possível. É difícil ouvir que não era bem assim.

— Talvez — ele concede após uma pausa.

— Você foi — insisto. — E precisamos parar de falar do meu "episódio". Precisamos aceitar que o luto acontece. Assim como todo tipo de coisa ruim; a vida acontece. E fingir que não existe ou tentar dizer que se trata de uma doença não é o caminho certo. Melhor reconhecer sua presença. Enfrentá-lo. Resolver tudo juntos.

Tenho uma súbita visão em que Dan e eu estamos com uma vassoura na mão, lado a lado, trabalhando juntos, acalorados, suados e determinados. Não é a imagem mais romântica do casamento, do tipo que se vê em um cartão da Hallmark... mas é a que eu quero que tenhamos.

Posso ver Dan digerindo o que estou dizendo — ou pelo menos tentando. É provável que leve algum tempo.

— Muito bem — diz ele, por fim. Talvez você tenha razão. — Então o rosto dele muda; fica um pouco mais tenso. — Você viu o que ela escreveu?

— Passei os olhos — digo, olhando para o chão.

A grande questão paira entre nós. Eu sei que ele nunca vai abordá-la, então eu tenho de fazer isso. Respiro fundo, me preparando para a resposta dele, qualquer que seja.

— Você acha que é verdade?

Imediatamente o rosto dele torna a se fechar, como um marisco.

— Não sei — diz ele, meio ausente. — É a palavra dele contra a dela. Foi há muito tempo. Acho que não vale a pena especular.

— Mas você leu tudo que ela escreveu. — Examino o rosto dele, tentando lê-lo. — O que você *acha*?

Dan parece ainda mais torturado.

— Não gosto de falar sobre isso com você. É...

— Sórdido — digo simplesmente. — Não era assim que minha família deveria ser. Devíamos ser os privilegiados e perfeitos, não é?

Dan faz uma careta, mas não me contradiz. Meu Deus, ele tem uma visão horrível da minha família. Brunches ridículos com mamãe. Vezes sem conta assistindo a papai, todo radiante e bonito, naquele DVD. E o tempo todo enfrentando advogados para manter nossa roupa suja escondida.

— Eu vou ler todos os arquivos — digo. — Tudo que ela escreveu, tudo que ela disse. Cada palavra.

Dan parece chocado.

— Não acho uma boa ideia...

— É o que vou fazer. — Eu o interrompo. — Preciso saber. Não se preocupe, não vou surtar. Você sabe que ela era a "Lynn"? — acrescento, abraçando meu próprio corpo. — Meus pais mentiram para mim.

— Eu sei. — Dan faz uma careta. — Essa foi a pior parte. Ouvir você falar de sua amiga imaginária, sabendo... — Ele sacode a cabeça. — Isso foi doentio.

— A infância inteira me senti culpada por causa de Lynn. Eu me sentia envergonhada, confusa e idiota. — Cerro os maxilares com a lembrança. — E nunca vou perdoá-lo por isso, *nunca*. — Pronuncio as palavras com violência e, ao levantar os olhos, dou de cara com Dan me olhando, preocupado.

— Sylvie, não exagere. Não vá demais na direção contrária. Sei que isso tudo é chocante. Mas, ainda assim, ele era seu pai, lembra? Você o amava, lembra?

Analiso meus sentimentos em relação a papai. Espero a familiar torrente de luto, amor e raiva por ele ter sido tirado de nós. Mas não vem nada. É como se o fluxo da água houvesse sido interrompido na tubulação.

— Talvez eu amasse. — Observo um sujeito de patins no parque tentando voltar de ré. — Talvez um dia volte a amar de novo. Isso é tudo que posso dizer agora. — Lanço um olhar de soslaio para ele. — Eu nunca entendi o que tinha acontecido de errado entre você e papai. Agora eu entendo.

Dan me dirige um olhar irônico.

— Pensei que eu escondesse meus sentimentos perfeitamente.

— Nem tanto. — Retribuo o sorriso, mas, por dentro, estou voltando os anos, até quando Dan descobriu tudo isso e foi arrastado para uma rua secundária no mapa da nossa família que ele nunca tinha imaginado. — Deve ter sido horrível para você.

— Não foi maravilhoso — diz Dan, os olhos distantes. — Eu idolatrava seu pai também, sabe, à minha maneira. Ele era um herói. Assim, quando essas acusações surgiram, a princípio fiquei chocado. Eu queria defendê-lo. Fiquei *feliz* em defendê-lo. Pensei de fato que fosse uma maneira de ficarmos mais próximos. Até... — Ele dá uma risada sem humor. — Bem. Digamos apenas... que não ficamos.

Assenti sombriamente.

— Eu li os e-mails dele para você. Eu sei.

— Ele não gostou do fato de eu tê-lo visto sob a camada de verniz — diz Dan lentamente. — Na verdade, ele não pôde suportar.

Os gritinhos anunciam as crianças, que estão sendo conduzidas para fora da estrutura de escalada até uma sala decorada com balões de gás. Quando passam, tanto Tessa quanto Anna arquejam ao nos ver, como se não nos víssemos há vários dias.

— Mamãe, você tem um dodói! — diz Tessa.

— É só um pequenininho! — grito de volta. — Vou colocar um curativo e vai ficar bom.

— Olha, aquele é o meu pai! Ele está ali! — Anna aponta para Dan, e todas as crianças se voltam e nos olham, boquiabertas, como se fôssemos celebridades, apesar de nos verem quase todos os dias na escola, e de todos os outros pais estarem aqui também.

— É para entrarmos com elas? — pergunto a Dan, meu radar maternal entrando em ação. — Esperam que a gente vá para o lanche?

— Não. Elas estão bem.

Acenamos enquanto elas seguem em fila para o salão de festa — e posso ouvir Tessa se gabando: "Minha mãe *sempre* sobe as escadas" — e nos entreolhamos, como se estivéssemos recomeçando.

Eu tenho a sensação de que outra camada foi arrancada. A reserva nos olhos de Dan se foi. Quando seu olhar encontra o meu, há uma nova sinceridade nele. Com cada revelação, entendo Dan melhor;

aprendo mais sobre ele; quero aprender mais sobre ele. A voz de John atravessa minha mente: *Amar é achar uma pessoa infinitamente fascinante.*

Ele é o meu homem. Meu Dan. O sol em meu sistema solar. E eu sei que ele às vezes era eclipsado por um sol maior e mais exibido, e talvez esse tenha sempre sido nosso problema. Mas agora não consigo pensar como pude comparar Dan a papai, mesmo na privacidade do meu cérebro, e achar Dan menor. Dan é o meu sol. Dan vence em todos, todos, *todos* os quesitos...

— Sylvie? — Dan interrompe meus pensamentos e eu me dou conta de que as lágrimas estão escorrendo pelo meu rosto.

— Desculpe — engulo em seco, limpando as bochechas. — Só estou pensando em... Você sabe. Nós.

— Ah, *nós.* — Os olhos dele se fixam nos meus e mais uma vez lá está aquela nova verdade em seu olhar: uma constatação. É uma conexão diferente. Estamos diferentes. Ambos.

— Então, e agora? — arrisco, por fim.

— Sessenta e oito anos menos... o quê?... umas poucas semanas? — responde Dan, em um tom indecifrável. — Ainda é um bom tempo.

Faço que sim com a cabeça.

— Eu sei.

— Muito tempo mesmo. Jesus!

— Sim.

Dan fica em silêncio por um instante e eu quase não consigo respirar. Então ele levanta os olhos e há algo neles que faz meu coração se contrair e dar nós.

— Estou preparado, se você estiver.

— Eu estou. — Balanço a cabeça novamente, mal conseguindo falar. — Estou. Estou preparada.

— Ok então.

— Ok.

Dan hesita, então ergue a mão e toca delicadamente meus dedos, e minha pele começa a formigar de uma forma que eu não estava esperando. O que aconteceu com minhas terminações nervosas? *Comigo?* Tudo parece muito novo. Imprevisível. Dan começa a mordiscar meus dedos, sem desviar os olhos dos meus, e eu o fito de volta, hipnotizada, querendo mais. Querendo ir para um quarto. Querendo redescobrir o homem que eu amo.

— Sylvie? Dan? Vocês vêm para o lanche? — Uma voz alegre nos chama e ambos nos voltamos com um susto e deparamos com a mãe da aniversariante, uma mulher chamada Gill, acenando para nós da porta do salão de festas. — Temos petiscos para os pais, Prosecco...

— Acho que em um minuto! — responde Dan educadamente.

— Com o que eu quero dizer: "Você não está vendo que estamos ocupados?" — acrescenta ele baixinho, de um jeito que só eu posso ouvir.

— Não aja assim — digo em tom de reprovação. — Ela está oferecendo Prosecco.

— Eu não quero Prosecco, quero você. Agora. — Os olhos dele me percorrem com uma avidez que não vejo há anos; uma urgência que me faz estremecer. Ele me agarra pelos quadris, a respiração pesada, e acho que transaria comigo aqui e agora. Mas estamos em Battersea Park, em uma festa infantil. Às vezes acho que Dan esquece essas coisas.

— Ainda temos mais de sessenta e sete anos — lembro a ele. — Vamos esperar outro momento.

— Eu não quero outro momento. — Ele enterra o rosto em meu pescoço.

— Dan! — Dou um tapinha nele. — Vamos ser presos.

— *Está bem.* — Ele revira os olhos comicamente. — *Está bem.* Vamos lá beber nosso Prosecco. Você aproveita para lavar o rosto — ele acrescenta quando começamos a percorrer lentamente o caminho decorado por bolas de gás. — Não que esse look "zumbi ensanguentado" não seja legal.

— Senão posso assustar as crianças — sugiro. — Posso ser a palhaça zumbi.

— Eu gosto. — Ele assente e leva a mão para despentear os cabelos em minha nuca. — Gosto disto também. Gosto muito.

— Que bom.

— *Muito.* — Ele não retira a mão de meu pescoço nu e sua voz transformou-se em uma espécie de grunhido sombrio, e eu de repente penso: *Ai, meu Deus, será que Dan o tempo todo preferia cabelos curtos e eu nunca nem mesmo soube disso?*

— As garotas detestaram, naturalmente — digo a ele.

— É claro que sim. — Dan parece achar graça. — E a Sra. Kendrick?

— Também detestou. Ah, essa é uma outra coisa — acrescento.

— Estou pensando em pedir demissão.

Dan para de repente e me olha, incrédulo.

— Ok — diz ele, por fim. — Cadê a minha mulher e o que você fez com ela?

— Por quê? — Eu o encaro, desafiadora. — Você a quer de volta?

— Tenho outra súbita visão da Sylvie que eu era: de cabelos de princesa, vivendo dentro da bolha. Já tenho a sensação de que ela existiu uma vida atrás.

— Não — diz Dan sem pestanejar. — Pode ficar com ela. Esta é a versão que me agrada.

— A mim também. — Ele ainda não consegue tirar a mão da minha nuca nua e eu não quero que ele tire. Meu pescoço inteiro está formigando. *Eu* toda estou formigando. Devia ter cortado o cabelo há *anos.*

A essa altura chegamos ao salão de festas. Posso ouvir os gritinhos das crianças e o tagarelar dos pais e todas as conversas que vão nos engolir assim que entrarmos. Dan para na entrada, os dedos descansando em minha nuca e vejo uma expressão fricciosa, profundamente concentrada, cruzar o seu rosto.

— Não é fácil, não é? — ele pergunta, sério, como se chegasse a uma conclusão importantíssima. — Casamento. Amor. Não é *fácil.*

Quando ele diz isso, as palavras de Tilda me voltam à mente, e elas nunca pareceram tão verdadeiras.

— Se amar é fácil... — eu hesito —, você não está amando direito.

Dan me olha em silêncio e, embora eu não seja mais a sensitiva Sylvie, posso ver através de seus olhos as emoções se misturando. Raiva. Ternura. Amor.

— Bem, então nós devemos ser mestres. — Subitamente ele me puxa e me beija com força, quase ferozmente, como uma declaração de intenções. Uma promessa, quase. Então, por fim ele me solta.

— Venha. Vamos beber aquele Prosecco.

DEZOITO

A casa fica isolada no alto de um penhasco, com imensas janelas de vidro emoldurando a visão do mar, um grande sofá modular forrado de linho e o ambiente deliciosamente perfumado. Estou instalada em uma extremidade do sofá e Lynn se encontra sentada de frente para mim.

Isto é, Jocelyn. Sei que ela é Joss. É como eu a chamo, diante dela. Mas, quando a olho, só consigo pensar em *Lynn*.

É como olhar para uma imagem do livro *Olho mágico*. Existe Joss. A famosa Joss Burton, fundadora da Labirinto, que vi em capas de livros e artigos de revistas, com sua característica mecha de cabelos brancos e os olhos escuros e inteligentes. E então, cintilando sob a superfície, existe Lynn. Traços da minha Lynn. No sorriso, especialmente. O jeito de enrugar o nariz quando está pensativa. A maneira como movimenta as mãos quando fala.

Ela é Lynn. Minha Lynn inventada, bem viva, sem nada de imaginária. É como ver o Papai Noel e a fada madrinha juntos, na forma de uma elegante mulher da vida real.

Não é a primeira vez que a vejo depois de adulta. Nós nos encontramos pela primeira vez há um mês. Mas ainda acho surreal estar aqui; estar com ela.

— Eu costumava falar com você todo dia — digo, minhas mãos envolvendo uma xícara de chá de camomila da Labirinto. — Contava meus problemas a você. Eu me deitava na cama, invocava você e simplesmente... conversava com você.

— E eu ajudava? — Joss sorri bem do jeito que me recordo: um sorriso afetuoso e um pouquinho provocante.

— Sim — retribuo o sorriso. — Você sempre fazia com que eu me sentisse melhor.

— Que bom. Mais chá?

— Obrigada.

Enquanto Joss serve o chá na minha xícara, olho na direção da vista estonteante, o topo do penhasco dando lugar a um céu de dezembro cinza-claro sobre o mar agitado. Estou me testando deliberadamente e, para minha satisfação, meu coração se mantém firme. Fiz várias sessões de terapia e treinei muito — e, embora eu nunca vá ser o tipo que sai dançando alegremente na corda bamba, estou reagindo muito melhor à altura. *Muito* melhor.

E ainda vou à terapeuta que me ajudou. Uma vez por semana bato à porta dela, ansiosa pela sessão, sabendo que eu devia ter feito isso há muitos anos. Porque acontece que ela é muito boa para falar sobre outros problemas além da altura. Como, por exemplo, pais. Amigos imaginários. Supostos casos antigos. Esse tipo de coisa.

Naturalmente, a essa altura já li tudo. Primeiro foi *Através do labirinto*, de ponta a ponta, duas vezes, em busca de pistas; lendo as entrelinhas. Depois, fui para a Avory Milton e li o relato completo de Joss do episódio com papai. Demorei uma manhã inteira, porque toda hora eu parava. Eu não conseguia acreditar. Não queria acreditar. Eu *acreditei*. Odiei a mim mesma por acreditar.

Semanas se passaram até que tudo se acomodasse na minha cabeça. E agora eu acho...

O que é que eu acho?

Suspiro enquanto meus pensamentos descrevem o mesmo círculo que vêm constantemente completando desde o dia em que fui ver Mary Smith-Sullivan.

Eu acho que Joss é uma pessoa sincera. É o que acho. Se cada um dos detalhes é exato, não tenho como saber. Mas ela é sincera. Mary Smith-Sullivan não está tão convencida. Ela repete para mim: "É a palavra dela contra a dele." O que é verdade, e é seu trabalho, como advogada, proteger seu cliente, e eu entendo isso.

Mas a questão é que são as palavras de Joss que sinto como verdadeiras. Ao ler a história dela, pequenos detalhes do que ele disse e de como ele agiu saltavam o tempo todo diante dos meus olhos. Eu ficava pensando: Esse é meu pai. E: *Sim*, foi assim mesmo. E depois me pegava pensando: Como poderia uma garota de dezesseis anos, nossa vizinha apenas nas férias, conhecer papai tão bem? E isso me levou logicamente a um lugar.

Cheguei a essa conclusão há quatro meses e fui para a cama me sentindo dormente. Nem consegui falar com Dan sobre o assunto. Mas no dia seguinte acordei com minha mente totalmente clara e, antes de sair para o trabalho, escrevi uma carta para Joss. Ela me telefonou assim que a recebeu e conversamos por uma hora. Eu chorei. Não tenho certeza se ela chorou, porque ela é uma daquelas pessoas muito tranquilas que encontraram um modo de atravessar o redemoinho. (Essa é uma citação de *Através do labirinto*.) Mas a voz dela tremeu. Com certeza, tremeu. Ela disse que tinha pensado muito em mim ao longo dos anos.

Depois nos encontramos em Londres e tomamos chá juntas. Estávamos ambas nervosas, acho, embora Joss escondesse isso melhor do que eu. Dan disse que poderia me acompanhar para dar apoio moral, mas eu disse "não". E, de fato, se ele tivesse ido, eu jamais teria tido a conversa fantástica que tive com Joss. Ela me contou que Dan, durante todo o tempo, tinha sido a única força positiva em toda a questão. Contou que ele a persuadiu de que o caso com meu pai não era necessário à poderosa história que ela contava em *Através do labirinto*, e que podia até mesmo depreciá-la.

— Quer saber? — disse ela então, os olhos brilhando. — Ele tinha razão. Sei que ele estava tentando defender seu pai, mas foi um bom argumento também. Estou feliz por não ter centrado aquele livro em meu eu adolescente.

Houve uma pausa, e me perguntei se ela estava prestes a dizer que jamais contaria aquela parte de sua história e que eu não precisava mais me preocupar. Só que ela pegou um enorme maço de papéis encadernado e, vendo a cautela em seu olhar, no mesmo instante eu soube.

— Esta é a prova do novo livro — disse ela. — Quero que você leia.

E então eu li.

Não sei como o fiz com tanta calma. Se eu tivesse lido alguns meses atrás, sem nenhum aviso, eu teria surtado. Provavelmente teria atirado o livro do outro lado da sala. Mas eu mudei. Tudo mudou.

— Sylvie, seu último e-mail me deixou perturbada — diz Joss ao apoiar o bule. Ela tem um jeito de falar que acalma. Ela diz algo e depois faz uma pausa e deixa as palavras respirarem, de forma que você *pensa* sobre elas.

— Por quê? O quê, exatamente?

Joss segura sua xícara com cuidado e olha para o mar por um instante. Seu novo livro vai se chamar *No amplo espaço aberto* e neste momento não consigo pensar em um título melhor.

— Você pareceu estar assumindo a responsabilidade. Sentindo-se culpada. — Ela se vira e me encara com um olhar límpido. — Sylvie, não estou dizendo e nunca vou dizer que seu pai foi a causa dos meus transtornos alimentares.

— Bem, talvez não. — Meu estômago se retorce em um conhecido nó de sentimentos ruins. — Mas com certeza...

— É muito mais complexo do que isso. Ele foi parte da minha história, mas não foi a *causa* de nada. Você precisa entender isso.

— Ela soa muito firme, e só por um instante ela tem dezesseis anos, e eu, quatro, e ela é Lynn, a mágica Lynn, que sabe de todas as coisas.

— Mas ele não ajudou exatamente.

— Bem, não. Mas você poderia dizer isso de tantas coisas, inclusive das próprias peculiaridades da minha personalidade. — Os olhos de Joss se enrugam com aquele jeito generoso dela. — É difícil para você. Eu sei. É tudo novo. Mas eu venho processando todos esses acontecimentos há anos.

Meus olhos passeiam pela sala, observando as velas enormes e tremeluzentes que estão por toda parte. Aquelas velas custam uma *fortuna* — são presentes caríssimos no sudoeste de Londres — e no entanto ela tem oito delas em uso. Estou sentada aqui há quinze minutos e já me sinto quase hipnotizada pelo perfume. Eu me sinto confortada e finalmente capaz de abordar o assunto que pairava entre nós.

— Como eu disse no meu e-mail... Eu li todo o material — digo devagar. — O livro novo.

— Sim — diz Joss. É apenas uma sílaba, mas percebo um estado de alerta maior em sua voz e vejo como sua cabeça se inclina, como a de um pássaro.

— Acho que é... poderoso. Empoderador. Não... — Não consigo encontrar a palavra certa. — Acho que entendi por que você quis escrevê-lo. Acho que as mulheres vão ler e ver como se pode cair em uma armadilha, e talvez isso evite que elas passem por isso.

— *Exatamente.* — Joss se inclina para a frente, seus olhos brilhando intensamente. — Sylvie, estou tão contente por você entender... que a intenção do livro não é ser sensacionalista. Eu não estou tentando expor seu pai. Se estou expondo alguém, esse alguém sou eu, meu eu de dezesseis anos, minhas preocupações e concepções equivocadas, e os padrões de pensamento errados que eu tinha. E espero que uma nova geração de garotas possa aprender com eles.

— Acho que você deve publicá-lo.

Pronto. As palavras saíram. Durante semanas dançamos em torno dessa questão. Venho lidando com mamãe, os advogados, Dan e minha própria e terrível confusão. Venho tentando, primeiro, fazer com que minha voz seja ouvida — e depois tentando descobrir o que realmente penso.

Foi só quando realmente *li* a prova que me dei conta do que Joss estava fazendo; do que ela estava falando; de como estava tentando apresentar sua história como uma narrativa para ajudar outras pessoas. Mamãe não conseguia ver além da menção a papai. Dan não conseguia ver além de seu desejo de me proteger. Os advogados não conseguiam ver além do trabalho que tinham de fazer. Mas eu conseguia ver Lynn. A sábia, gentil, engraçada e talentosa Lynn, transformando uma situação negativa em algo inspirador. Como posso silenciá-la?

Sei que mamãe me considera uma traidora. Ela vai sempre acreditar que Joss é uma mentirosa; que a história toda é uma ficção mal-intencionada criada para prejudicar nossa família e nada mais. Quando lhe perguntei se ela havia lido as palavras de Joss, ela começou a esbravejar: "*Como* isso pode ser verdade? *Como* isso pode ser verdade?"

Eu quis responder: "Bem, como minha amiga imaginária pode ser real?". Mas me calei.

Joss inclina a cabeça.

— Obrigada — diz suavemente, e por alguns instantes ficamos em silêncio.

— Você se lembra do passeio no barco dos Mastersons? — pergunto, por fim.

— Claro. — Ela levanta a cabeça, os olhos brilhando. — Ah, Sylvie, você estava tão fofa naquele colete salva-vidas pequenino.

— Eu queria *muito* ver um golfinho — digo com uma risada.

— Mas nunca vi.

Sempre guardei trechos daquele dia na memória. Céu azul, água cintilante, eu sentada no colo de Lynn, ouvindo-a cantar "Kumbaya". Depois, é claro, isso virou uma lembrança "imaginária", e me agarrei a ela com mais força ainda. Inventei conversas e jogos. Construí nossa amizade secreta. Criei todo um mundo de fantasia meu e de Lynn; um lugar para onde eu podia fugir.

A ironia é que, se meus pais nunca tivessem me contado que Lynn era imaginária, eu provavelmente teria esquecido tudo sobre ela.

— Eu adoraria conhecer suas filhas — diz Joss, quebrando o silêncio. — Traga-as para uma visita.

— Claro que vou trazer.

— Às vezes temos golfinhos aqui — acrescenta ela, sorrindo.

— Farei o possível.

— Preciso ir. — Relutante, me levanto. Devon é distante de Londres e preciso estar em casa à noite.

— Volte logo. Traga a família. E boa sorte no sábado — acrescenta.

— Obrigada. — Sorrio. — Lamento não poder convidar você...

Encontrar Joss sozinha é uma coisa. Tê-la no mesmo ambiente que mamãe seria ir longe demais. Mamãe sabe que estou em contato com Joss, mas isso está firmemente enquadrado na categoria de coisas das quais ela não quer nem tomar conhecimento.

Joss assente com a cabeça.

— Claro. Mas estarei pensando em vocês — diz ela, e me puxa para um abraço apertado, e sinto que de tudo isso uma coisa boa surgiu. Uma nova amizade. Ou uma nova amizade antiga.

Mas verdadeira.

E então, num piscar de olhos, o sábado chega e estou me arrumando. Maquiagem: feita. Vestido: no corpo. Cabelo: finalizado com spray. Não há mais nada a fazer nele. Mesmo flores ou um pente com pedras ficaria ridículo.

Meu cabelo está ainda mais curto do que quando o retalhei. Fui ao salão e, depois de seu queixo cair com o choque, meu cabeleireiro, Neil, mostrou como estava irregular e como precisava "realmente trabalhar nele" para acertá-lo. Ele chama de "look Twiggy", o que é muito fofo da parte dele porque não pareço nem um pouco com a Twiggy. Por outro lado, o corte combina com meu rosto. Essa é a opinião geral. Todos que empalideceram assim que viram meu cabelo cortado agora dizem: "Sabe que *prefiro* seu cabelo assim?" Exceto mamãe, é claro.

Tentei muito conversar com ela ao longo dos últimos seis meses. Muitas vezes, sentei-me naquele sofá dela e tentei puxar diferentes assuntos. Tentei explicar por que cortei o cabelo. E por que eu tive um piti. E por que não posso ser mais tratada como criança: ficar fora da sala enquanto os adultos conversam. Tentei explicar como foi errada toda a história de "Lynn". Tentei explicar como meus sentimentos com relação a papai são conflitantes. Tentei mil vezes ter uma conversa apropriada e empática, do tipo que acho que *devíamos* ter.

Mas tudo ricocheteia. Nada pousa e permanece. Ela não me olha nos olhos, nem reconhece o passado, nem muda de posição um centímetro. Para ela, papai ainda é o herói dourado e intocável da nossa família, Joss é a vilã e eu sou a vira-casaca. Ela está trancada em uma espécie de realidade engessada, cercada pelas fotos de papai e pelo DVD do casamento, a que ela ainda assiste quando as meninas a visitam. (Eu não quero mais assistir. Para mim, já chega. Talvez o reveja daqui a uns dez anos.)

Assim, da última vez que a visitei para o brunch — só eu — não falamos nada sobre o assunto. Conversamos sobre os lugares aonde ela pode ir nas férias com Lorna, ela preparou Bellinis e eu comprei um conjunto de anéis combináveis — tão versáteis — ao preço especial de ocasião de 39,99 libras (preço normal pelos cinco itens: 120,95 libras). No fim, ela disse: "Querida, foi *tão* agradável", e acho que ela realmente foi sincera. Ela gosta da bolha. Está feliz ali. Não está interessada em estourá-la.

— Mamãe! — Tessa entra correndo no meu quarto, vestida com a roupa que escolheu: camisa do Chelsea, tutu de bailarina e tênis de glitter.

Por um nanossegundo considerei a possibilidade de fazer valer minha autoridade e obrigá-la a usar o adorável vestido rosa-chá da Wild & Gorgeous que eu tinha visto on-line. Mas então me contive. Não vou obrigar minhas meninas a usar vestidos, cortes de cabelo ou ideias que não sejam delas. Que todos sejam quem quiserem ser. Que Tessa use sua camisa do Chelsea, e Anna, sua fantasia de Grúfalo. Ficarão perfeitas de damas de honra. Ou o que quer que sejam.

— Papai disse "Vejo vocês lá" — avisa ela.

— Ok. — Sorrio para ela. — Obrigada.

Não seguimos a tradição de passar a noite separados — afinal, estamos renovando os votos, não nos casando —, mas decidimos chegar ao local separadamente. Para manter um pouco da magia, pelo menos.

E Dan também não viu meu vestido, então não sabe que esbanjei no tomara-que-caia cinza-claro mais elegante de Vera Wang. Pelo menos a extravagância não foi minha. Mamãe se ofereceu para me comprar um vestido caro para a ocasião e eu aceitei sem hesitar. Foi o dinheiro de papai que pagou por ele. E acho que ele nos deve.

Dan e eu tivemos uma rápida conversa sobre dinheiro, algumas semanas depois que cortei o cabelo. Admiti que por muito tempo achei que ele se ressentia da riqueza do meu pai, e ele deu de ombros, parecendo desconfortável.

— Talvez — disse ele. — É justo dizer que eu me ressentia de muitas coisas relacionadas ao seu pai.

Então ele confessou que tem mesmo um pouco de preocupação sobre ser o provedor da família, e eu disse "Como o seu pai", e ele não me contradisse.

Depois tentei provar que podíamos viver com a minha renda (se fizéssemos *um monte* de mudanças) e assim os velhos estereótipos estariam mortos. E que, se ele fosse um feminista de verdade, não sentiria a necessidade de ser ele a ganhar o pão, mas poderia sustentar a unidade da família de outras maneiras. E Dan escutou educadamente, concordou com tudo e depois disse:

— Na verdade, temos um grande pedido novo entrando agora, então tudo bem se eu continuar contribuindo financeiramente, só por enquanto?

Graças a *Deus*.

Borrifo em mim o perfume de lírio-do-vale da Labirinto — presente de Joss —, calço os sapatos e desço para encontrar as meninas, que estão espiando Dora.

— Quero que ela fale — diz Tessa, que acabou de assistir a *Harry Potter* pela primeira vez. — Dora, fale. — Ela se dirige à cobra com autoridade. — *Fale*.

— Cobras falantes não existem na vida real — diz Anna, olhando para mim em busca de confirmação. — Coisas inventadas não existem na vida real, existem, mamãe?

— Não — respondo. — Não existem.

Não vou contar a elas que minha amiga inventada ganhou vida. Elas não precisam desse tipo de coisa complicada e esquisita na cabeça delas. Quando conhecerem Joss, ela será apenas Joss.

— Até logo, Dora — eu digo, conduzindo as meninas para fora da cozinha. Não vou dizer que me afeiçoei a Dora, exatamente, mas já consigo olhar para ela. Posso quase apreciar o fato de que ela é uma criatura incrível. Especialmente quando sei que ela está se mudando da cozinha. (*Sim! Vitória!*)

Nosso quintal está sendo todo reformado. As casas de brinquedo já se foram, e as meninas mal perceberam. Em seu lugar, estamos fazendo um novo espaço externo para Dan, todo de vidro e madeira, onde ele vai poder ter seu escritório e um lugar especial para Dora. E estamos começando uma horta.

"Se você é mesmo um especialista em jardinagem", disse a Dan uma noite, "então por que não estamos comendo rúcula cultivada em casa todo dia?"

Ele então riu e ligou para seu amigo Pete, que é paisagista, e juntos fizeram um projeto para o jardim. Planejaram até incluir cosmos, gazânias e petúnias. Dan de repente se lembrou de quando tentei fazê-lo se interessar pelo jardim antes, e se desculpou por ter estado tão distraído. Não precisava. Eu entendo; ele tinha outras coisas na cabeça.

Convidamos Mary Holland para almoçar em nossa casa e ajudar a planejar a horta de ervas. (Em parte para mostrar a ela — e um ao outro — que não havia ficado nenhum ressentimento nem mal-entendido.) Foi ótimo, porque John, por cima da cerca, juntou-se à conversa. E então veio para nossa casa também. E terminamos com um importante fórum de jardinagem, só para discutir um pequeno canteiro de ervas.

Desde então Mary retornou para nos visitar algumas vezes — ela se dá bem com Tilda também. ("Agora *entendo* por que você estava preocupada", Tilda sussurrou no meu ouvido, uns cinco segundos depois de conhecê-la.) Enquanto isso, Dan começou a ir à casa de John para vê-lo e conversar sobre trabalho (e discretamente assegurar que a geladeira esteja abastecida) e sinto que nossa existência se abriu um pouco. Estamos gastando menos tempo assistindo à nossa vida passada em DVDs. E gastando um pouco mais construindo nossa vida presente.

As meninas podem até ter um quarto cada uma agora que Dan não vai mais precisar do escritório. (Exceto, é claro, pelo fato de que elas não querem ter um quarto cada uma e choraram quando mencionamos essa possibilidade, Tessa gemendo: "Mas vou sentir saudade de Anna!", agarrando-se à irmã, como se tivéssemos sugerido que Anna fosse dormir em um campo de concentração.)

O carro está aguardando na rua e, quando fecho a porta de casa, tenho um flashback do dia do nosso casamento. Papai me conduzindo, na saída de casa. Eu parecendo uma princesa da Disney. Como tantas outras coisas, parece que isso foi há uma vida. Uma Sylvie diferente. Hoje não há ninguém para levar a mim e as garotas. Não há ninguém para me "entregar". Não sou uma coisa para ser passada a alguém, sou uma pessoa. E quero firmar um compromisso com outra pessoa. E pronto.

No entanto, é bem bacana andar em um carro de luxo. À medida que avançamos, as meninas acenam para os pedestres, e eu retoco meu brilho labial várias vezes e repasso o que vou dizer. Então, antes que me sinta totalmente pronta, paramos diante da Willoughby House. E, mesmo sabendo que esse não é o meu casamento de verdade e que eu não sou uma noiva, e que não se trata de uma grande ocasião... eu ainda sinto um súbito jorro de nervosismo.

O motorista abre a porta e eu salto da forma mais elegante possível, e os passantes param para apontar e fotografar, principalmente quando Anna sai com sua fantasia de Grúfalo, segurando seu buquê. Todas temos buquês de eucalipto amarrados com hera, que Mary deixou lá em casa hoje de manhã, junto com uma flor para a lapela de Dan. Tudo do Jardim de St. Philip. Ela me deu um abraço muito apertado e disse: "Estou muito, *muito* feliz por você", e pude ver que suas palavras vinham do coração.

— Vamos, meninas — digo quando estamos todas posicionadas. — Vamos lá! — E abro as portas da Willoughby House.

O lugar está fenomenal. Há flores e plantas por toda parte, cascateando pelos corrimões arrumadas em buquês. Os convidados estão sentados em fileiras de cadeiras douradas, no hall e no salão. A música começa e eu prossigo lentamente entre as cadeiras, ao longo do que é quase um corredor.

Vejo várias voluntárias, presentes com seus sorrisos suaves, todas usando chapéus em cor pastel. Os pais de Dan estão vestidos com elegância e eu abro um sorriso para Sue. Almocei com ela há algumas semanas e aparentemente ela e Neville recomeçaram as aulas de dança de salão. Ela estava bastante animada com essa novidade. Certamente eles parecem bem mais relaxados hoje do que há muito tempo.

Lá está Mary, linda em um vestido azul bem claro... Tilda, com um xale bordado com pedrarias... Toby e Michi... mamãe em um terninho rosa novo, conversando animadamente com Michi (provavelmente vendendo seu conjunto de anéis). Meu coração se aperta quando vejo John, com seus característicos tufos de cabelos brancos, sentado sozinho na ponta de uma fileira. Ele veio. Mesmo Owen não estando nada bem nesses dias, ainda assim ele veio.

Clarissa está de pé a um lado, capturando tudo em vídeo, e Robert está do outro lado, filmando daquele ângulo. O olhar dele encontra o meu quando passo e ele faz um gesto afirmativo com a cabeça. É um bom sujeito, Robert.

E lá, à minha frente, de pé em uma pequena plataforma acarpetada, encontra-se Dan. Vestido em um elegante terno azul que destaca seus olhos. Seus cabelos brilham à luz do sol, filtrada pela famosa janela de vitral dourada. E, ali de pé, orgulhoso, vendo-me aproximar com as meninas, ele de repente me faz lembrar de um leão. Um leão vitorioso. Feliz e nobre. O líder do bando.

(Pelo menos, colíder ao meu lado, obviamente. Acho que isso está claro.)

A inspiração para usar a Willoughby House como espaço para casamentos veio originalmente de mim. Dan e eu tínhamos decidido renovar nossos votos e eu estava procurando lugares no Google, e todos prometiam salões elegantes e um espaço "mergulhado na história" para a recepção. Então pensei: Espere, espere, espere...

Falando em monetizar a Willoughby House.... Ela foi feita para casamentos!

Levou um pouco de tempo para a licença sair, mas, desde então, já tivemos três casamentos (todos de filhas de apoiadores), e há mais procura a cada dia. Isso mudou toda a natureza da casa. Temos constantes chegadas de flores e noivas visitantes, e toda a esperança e animação que os casamentos trazem. É divertido. Devolve à casa a atmosfera apropriada de um espaço habitado.

E não para por aí: o website já está no ar! Um website digno e funcionando, onde se podem reservar ingressos e ler sobre eventos e tudo mais. (A loja on-line ainda será inaugurada.) E eu me sinto feliz todas as vezes que faço login, porque ele não é igual a qualquer outro website, somos *nós*. Não pudemos pagar imagens em 3D giratórias nem audiovisitas narradas por celebridades, mas o que temos são lindos desenhos a traço em todas as páginas. Eles representam a casa e artefatos, e há até mesmo um retrato da Sra. Kendrick na página *História da Família*. Cada página é mais encantadora que a anterior e a sensação que se tem é da perfeita alquimia do antigo com o novo. Exatamente como a Willoughby House. (E, para falar a verdade, exatamente como a Sra. Kendrick, que recentemente descobriu as mensagens de texto via celular e envia para Clarissa e para mim emojis praticamente a toda hora.)

— Bem-vindos, todos.

A Sra. Kendrick dá um passo à frente e eu reprimo uma risadinha, porque ela comprou uma toga. Do tipo usado em formaturas do ensino médio, roxo vivo, com mangas largas e decote quadrado.

Quer dizer, na verdade, combina perfeitamente com ela.

Quando chegamos à pergunta de quem seria o oficiante em nossa renovação dos votos, ocorreu-nos que não se tratava de uma cerimônia legal, então qualquer um poderia oficiá-la. E, sinceramente, eu não podia pensar em ninguém que eu gostaria mais do que a Sra. Kendrick. Ela ficou muito tocada. Então me fez cerca de cem perguntas por dia sobre o assunto, até eu desejar ter chamado *qualquer* outra pessoa.

Agora, porém, ela está ali, radiante, como se fosse a dona da casa — o que, é claro, ela é —, dizendo:

— É com grande prazer que recebemos hoje Dan e Sylvie nesta casa histórica, para renovar seus votos matrimoniais. Que é uma condição honrosa, que não deve ser empreendida levianamente — acrescenta ela, fazendo gestos dramáticos com as espaçosas mangas da toga.

— "Aquilo que Deus uniu, o homem não separa."

Ok... como? Isso parece muito aleatório. No entanto, ela parece estar se divertindo, rodopiando as mangas da toga, então que importância tem isso?

— Pois bem! — continua ela. — Sylvie e Dan escreveram os próprios votos, então eu os deixo com eles. — Ela dá um passo para o lado, e eu me viro para ficar de frente para Dan.

O meu Dan. A luz dourada forma um halo em torno dele. Seus olhos estão sorridentes e amorosos. E eu, que pensei que tivesse a situação sob controle, que não fosse nada de mais... de repente, não consigo falar.

Como se percebesse isso, Dan respira fundo, e dá para ver que ele também está emocionado. Por que *diabos* resolvemos fazer votos carregados de emoção para o outro na frente de outras pessoas? Por que pensamos que essa era uma boa ideia?

— Sylvie — diz ele, a voz um pouco aguda. — Antes de fazer meus votos, quero dizer uma coisa a você. — Ele se inclina para a frente e sussurra em meu ouvido: — Vamos para Santa Lucia amanhã. Está tudo providenciado. Nós quatro. Lua de mel em família. Surpresa.

O quê? *O quê?* Pensei que tínhamos posto um *ponto final* às surpresas. Ele não deveria fazer isso. Apesar de que... ah, meu Deus, Santa Lucia! Pisco algumas vezes, então me inclino para a frente e sussurro no ouvido dele:

— Eu não estou de calcinha. Surpresa!

Ah! A cara dele!

Dan parece ter esquecido os votos temporariamente, então estou prestes a começar os meus, quando percebo que há alguma movimentação no hall de entrada. No momento seguinte, o Dr. Bamford entra no salão. Ele acena para nós alegremente e se acomoda em uma cadeira.

— Surpresa — digo a Dan. — Pensei que ele deveria estar presente. Afinal, foi ele quem começou tudo isso.

— Bem pensado. — Dan assente, os olhos se acalmando. — Bem pensado.

E então, não sei como, fizemos nossos votos sem chorar ou tropeçar, e todos aplaudiram e já estamos no champanhe. Clarissa está pondo discos de jazz no velho gramofone e algumas das voluntárias estão dançando na pista improvisada. Vejo Robert engajado em uma conversa com Mary — humm, eis uma ideia — e os pais de Dan estão fazendo um passo de dança bastante elaborado. Os olhos de Neville estão fixos nos de Sue, e a visão dos dois se movendo em uma sincronia perfeita me faz piscar. Então, como se ela pudesse sentir que estou observando, os olhos de Sue encontram os meus, ela sorri sobre o ombro de Neville e eu aceno.

Encontro o olhar de Clarissa quando ela muda o disco no gramofone e lhe dirijo um sorriso afetuoso. Clarissa foi outra revelação. Há três meses ela nos espantou ao revelar que escrevera uma história de terror com fantasmas passada na Willoughby House e a gravou como podcast! Sem falar com ninguém! Ela disse que minha sugestão grudara em sua mente e que ela pensou em "fazer uma tentativa". Agora está no website, e já contabiliza muitos downloads, e todos nós sabemos que Clarissa um dia vai acabar escrevendo em tempo integral. No entanto, aparentemente ela mesma não sabe disso, ainda.

Quando estou ali parada com Dan, observando todo mundo, ele se inclina e murmura:

— Já comunicou à Sra. Kendrick? Ou a Clarissa?

Sei a que ele está se referindo e sacudo a cabeça.

— Ainda não está na hora — digo baixinho. — Depois que voltarmos.

Tenho muito orgulho de tudo que conquistamos na Willoughby House. E amo o lugar mais do que nunca agora que ele tem um novo fôlego. Mas nada muda se nada mudar. Vi essa frase em uma camiseta um dia desses, e me identifiquei. Eu mudei. Meus horizontes se ampliaram. E, se eu quiser continuar crescendo e mudando, preciso me desafiar.

Levei algum tempo para resolver o que fazer em seguida, mas finalmente encontrei o trabalho perfeito. Vou idealizar a campanha para a nova ala infantil do New London Hospital. Vi o anúncio para a vaga e imediatamente pensei: *Sim*. É um trabalho importante, e tive de convencer Cedric e seus diretores de que seria capaz de transferir minhas habilidades do mundo da história da arte, mas todas as vezes que penso a respeito sinto um jorro de adrenalina. Vou ajudar crianças. Vou alcançar um novo patamar de arrecadação de fundos. E outra pessoa pode assumir meu trabalho aqui — alguém com olhos e energia novos.

Às vezes é preciso cutucar as coisas com uma vara. Se eu não tivesse feito isso com nosso casamento, o que teria acontecido no longo prazo? Não gosto de pensar nisso, porque é irrelevante a essa altura, tudo se resolveu e estamos bem. Mas digamos... Não creio que teria resultado em nada maravilhoso.

Quando, em retrospecto, olho para nós, sinto que o Dan e a Sylvie que ficaram casados durante todos aqueles anos, que estavam tão satisfeitos um com o outro, que achavam que a vida era muito fácil... são pessoas diferentes. Eles não faziam a menor ideia.

— Parabéns! — Uma voz estrondosa nos saúda e eu vejo o Dr. Bamford se aproximando, uma taça na mão. — Que prazer vê-los outra vez, e obrigado pelo convite! Sempre tive a intenção de visitar este lugar, mas nunca vim. Coleção maravilhosa de livros. E a cozinha no porão! Fascinante!

— O senhor provavelmente achou estranho nós o convidarmos. — Sorrio para ele. — Mas, como creio que disse em minha carta, o senhor de fato deu início a algo quando o consultamos, tantos meses atrás.

— Ah, puxa! — exclama o Dr. Bamford, e dá para ver que ele não se lembra de nada.

— Não, foi uma coisa boa — tranquiliza-o Dan. — No fim. Concordo com a cabeça.

— No fim. O senhor nos disse que teríamos mais sessenta e oito anos de vida conjugal, e isso foi uma espécie de pontapé inicial... Bem, não reagimos de forma muito legal...

— Nós surtamos — diz Dan com franqueza. — Afinal, sessenta e oito anos... Isso é *muito* boxe de filmes e séries para ver.

Ele ri da própria piada, mas o Dr. Bamford não parece ouvir. Ele está olhando pensativo para Dan. Então se vira para mim e volta outra vez para Dan.

— Sessenta e oito anos? — diz ele, por fim. — Meu Deus. Humm. É possível que eu tenha superestimado um pouco. Tenho tendência a fazer isso. Meu colega Alan McKenzie está sempre me repreendendo nesse sentido.

Superestimado?

— Como assim "superestimado"? — pergunto, encarando-o.

— Como assim "superestimado"? — ecoa Dan, apenas meio segundo atrás de mim.

— O Dr. McKenzie recentemente me advertiu para subtrair um bom meio por cento dos meus cálculos. O que significa que vocês estão mais para... digamos... mais sessenta e quatro anos. — Ele sorri alegremente, então percebe uma bandeja de canapés passando. — Ah, salmão defumado! Me deem licença um instante...

Enquanto o Dr. Bamford persegue os canapés, Dan e eu nos entreolhamos, aturdidos. Eu me sinto enganada. Eu tinha 68 anos e agora só tenho 64.

— Sessenta e quatro anos? — consigo falar, por fim. — Sessenta e quatro? Isso não é nada!

Dan parece igualmente traumatizado. Ele me puxa, como se estivéssemos contando cada segundo, me esmagando contra ele.

— Ok, então temos apenas sessenta e quatro anos — diz. — Vamos fazê-los valer.

— Não vamos mais perder tempo — concordo fervorosamente.

— Não vamos mais brigar por coisas bobas.

— Viver cada momento.

— Ajustar o alarme para mais cedo — diz Dan com urgência.

— Dez minutos por dia. Podemos recuperar algum tempo com isso. — E ele parece tão perturbado que alguma coisa dentro de mim avisa: *Espere um pouco. Estamos exagerando de novo.*

— Dan... — digo com mais calma. — Ninguém sabe de verdade. Podemos ter mais setenta e dois anos juntos. Ou dois. Ou dois dias.

Meu olhar percorre o salão, subitamente vendo todos aqui em uma luz diferente. Ali está mamãe com seu sorriso frágil, que pensou que estaria com papai por muito mais tempo. John, encarando um futuro sem Owen, seus olhos tristes enquanto conversa com Tilda — que também teve de lidar com uma vida que não evoluiu da maneira como ela esperava. Os pais de Dan, ainda dançando, a expressão determinada, fazendo com que dê certo. Mary e Robert, conversando muito próximos, os sorrisos tímidos, quem sabe no começo de alguma coisa... E minhas meninas, dançando alegremente com a camisa do Chelsea e a fantasia do Grúfalo. De todos nós, elas é que estão certas.

— Venha. — Ponho a mão no braço dele e aperto com carinho. — Venha, Dan. Vamos só seguir com a vida.

E o levo para a pista de dança, onde todos param e nos aplaudem. Dan começa a dançar, animado, Tilda dá vivas e as meninas giram sem parar comigo, rindo.

E assim seguimos com a vida.

AGRADECIMENTOS

Enquanto escrevia este livro, refleti muito sobre longevidade, lealdade e parceria.

Tenho a sorte de viver como escritora há muitos anos, pelo que me sinto infinitamente grata aos meus maravilhosos e leais leitores. Os escritores não têm a oportunidade de "renovar os votos" com seus leitores — mas, assim mesmo, estou erguendo uma taça, fazendo um brinde a todos vocês. Muito obrigada por me lerem.

Gostaria também de aproveitar esta oportunidade para agradecer aos meus editores no mundo todo. Novamente, tenho muita sorte de ser publicada em muitos países, do Reino Unido, Estados Unidos e Canadá, passando por toda a Europa, até a América do Sul, Ásia e Oceania. Trabalhei em estreita colaboração com muitos dos meus editores e construí relacionamentos fantásticos e duradouros com eles. Ainda tenho vários países para visitar — mas estou ciente da dose de energia e entusiasmo que dedicam à publicação dos meus livros. Serei eternamente grata.

Quero agradecer especialmente à minha equipe de agenciamento — um grupo de pessoas muito talentosas e acolhedoras, que só poderiam me surpreender de forma positiva. (Isto não é um desafio!) Araminta Whitley, Marina de Pass, Kim Witherspoon, Jessica Mileo, Maria Whelan, Nicki Kennedy, Sam Edenborough, Katherine West, Jenny Robson, Simone Smith e Florence Dodd: muito obrigada.

Agradeço também a The Board, que está na minha vida quase desde que comecei a escrever. Não consigo imaginar fazê-lo sem vocês.

Jenny Colgan, obrigada por ser minha especialista em *Doctor Who*.

E, finalmente, como este é um livro sobre casamento, gostaria de creditar Henry, meu marido sempre incrível, e nossos filhos Freddy, Hugo, Oscar, Rex e Sissy, por me apoiarem, torcendo por mim, me fazendo rir e me ensinando como é o amor a longo prazo.

Este livro foi composto na tipografia Palatino
LT Std, em corpo 11/16, e impresso em
papel off-white no Sistema Cameron da
Divisão Gráfica da Distribuidora Record.